**Sarah MacLean**

Après avoir obtenu un diplôme de lettres et travaillé dans une agence littéraire, elle décide de se lancer dans l'écriture. Elle est auteure de romances, ainsi que de livres pour jeunes adultes devenus des best-sellers. Son talent lui a permis d'être classée à de nombreuses reprises sur la liste des meilleures ventes de l'*USA Today* et du *New York Times*.

# Le paria

*Aux Éditions J'ai lu*

**LES DIABOLIQUES**

1 – Belle de nuit

*N° 13488*

**LE CERCLE DES CANAILLES**

1 – Le flambeur

*N° 10420*

2 – La curiosité est un vilain défaut

*N° 10703*

3 – Le paria

*N° 10873*

4 – Discrétion assurée

*N° 11197*

**LA FAMILLE ST. JOHN**

1 – L'amour en 9 défis

*N° 11540*

2 – L'amour en 10 leçons

*N° 11543*

3 – L'amour en 11 scandales

*N° 11566*

**LES SOEURS TALBOT**

1 – L'inoubliable voyage de Sophie

*N° 12065*

2 – Le colosse venu d'Écosse

*N° 12202*

3 – Le retour de Seraphina

*N° 12334*

**LES MAUVAIS GARÇONS**

1 – Par une nuit sans lune

*N° 12954*

2 – L'amazone aux yeux verts

*N° 13037*

3 – La reine de la nuit

*N° 13170*

Sarah

# MACLEAN

LE CERCLE DES CANAILLES – 3

# Le paria

*Traduit de l'anglais (États-Unis)*
*par Béatrice Pierre*

J'AI LU

J'AI LU POUR elle

Si vous souhaitez être informée en avant-première
de nos parutions et tout savoir sur vos auteures préférées,
retrouvez-nous ici :

**www.jailu.com**

Abonnez-vous à notre newsletter
et rejoignez-nous sur Facebook !

*Titre original*
NO GOOD DUKE GOES UNPUNISHED

*Éditeur original*
Avon Books, an imprint of Harper Collins Publishers, New York.

*Pour Éric, mon gentil géant,*
*qui prend si bien soin de moi.*
*En souvenir affectueux d'Hélène, lady Lowe.*

# *Temple*

*Novembre 1819, Whitefawn Abbey, Devonshire*

Il se réveilla avec un mal de tête atroce, et en état d'érection.

Ce n'était pas inhabituel. Cela faisait près de la moitié d'une décennie qu'il se réveillait tous les jours dans au moins l'un de ces états, et plus de matins qu'il n'en pouvait compter dans les deux.

William Harrow, marquis de Chapin et héritier du duché de Lamont, était riche, titré, privilégié et beau garçon, et un jeune homme doté de tant de qualités manquait rarement de vin et de femmes.

Il ne s'inquiéta donc pas. Sachant, comme tout buveur averti, que le mal de tête aurait disparu aux alentours de midi, il songea à traiter l'autre affliction et, sans ouvrir les yeux, tendit la main vers la femme qui se trouvait forcément à côté de lui.

Sauf qu'elle n'y était pas.

Au lieu de toucher une chair chaude et accueillante, la main de William ne saisit qu'un oreiller décevant.

Il ouvrit les yeux. La lumière vive du soleil l'assaillit et amplifia le tonnerre qui lui martelait le crâne.

Le soleil allumant des incendies sous ses paupières, William inspira à fond et replia le bras sur ses yeux.

Pour gâcher d'avance toute une matinée, il n'y avait rien de plus efficace que la lumière du jour.

En fait, il était sans doute préférable que sa compagne de la veille ait disparu discrètement. Mais le souvenir de seins ronds et fermes, d'une abondante crinière auburn et d'une bouche faite pour le péché éveillait quelques regrets en lui.

Une très belle fille, assurément.

Et au lit… Au lit, une…

Eh bien, il ne se rappelait plus comment elle avait été. Il n'avait quand même pas bu à ce point ?

Elle était grande, fine, avec toutes les courbes qui lui plaisaient chez les femmes, et d'un gabarit assorti à sa propre taille, qui lui nuisait souvent avec ses partenaires. Avoir l'impression d'écraser une jolie fille gâchait son plaisir.

Et son sourire évoquait en même temps l'innocence et le péché. Elle avait refusé de lui dire son nom… et refusé d'entendre le sien…

N'était-ce pas la perfection absolue ?

Et ses yeux… il n'avait jamais vu des yeux pareils, l'un bleu comme la mer l'été, l'autre flirtant avec le vert. Fascinants ! Il s'était brièvement perdu en eux.

Ils s'étaient faufilés à travers les cuisines et avaient monté l'escalier de service. Une fois dans la chambre de William, elle lui avait servi un scotch…

Et il n'avait aucun souvenir de la suite.

Seigneur, il fallait vraiment qu'il arrête de boire.

Dès que cette maudite journée serait finie. Pas avant, car il aurait besoin d'alcool pour survivre au mariage de son père – au jour où il allait se retrouver accablé d'une quatrième belle-mère. Plus jeune que les précédentes. Plus jeune que son beau-fils.

Et très, très riche.

Il ne rencontrerait ce parangon d'épouse qu'à l'église, pas avant. Comme les trois autres. Puis, les coffres de la famille de nouveau remplis, il retournerait à Oxford et reprendrait la vie magnifique et scandaleuse d'un héritier de duché, faite de boissons diverses, de parties de dés et de cartes, de femmes complaisantes, et dépourvue de tout souci.

La vie qu'il aimait.

Mais, aujourd'hui, il ferait son devoir filial et, pour le bien du patrimoine familial, feindrait de s'intéresser à sa nouvelle mère. Et ce soir, après avoir tenu le rôle de l'héritier, peut-être se mettrait-il en quête de sa charmante partenaire de la nuit, histoire de raviver quelques charmants souvenirs.

Que le Ciel soit béni pour ces noces à la campagne auxquelles on invitait tout le voisinage ! Nulle femme au monde ne pouvait résister à l'attrait d'un mariage. Résultat, William n'en manquait aucun.

Quelle chance il avait d'avoir pour père un si fervent zélateur de la vie conjugale !

Avec un sourire, il s'étira en travers du lit. Son bras retomba sur un drap froid.

Froid et humide.

Tiens donc, pourquoi ?

Il ouvrit les yeux.

Et découvrit qu'il n'était pas dans sa chambre.

Ni dans son lit.

Et que la grande tache rouge qui souillait les draps et lui poissait les doigts était du sang, mais pas le sien.

Avant qu'il ait pu parler, bouger, ou seulement réfléchir, la porte s'ouvrit et une servante apparut, le visage souriant.

Une douzaine de choses auraient pu lui traverser la tête à cet instant… une centaine de choses, même. Et pourtant, durant la fraction de seconde qui s'écoula entre le moment où la servante entra et celui où elle vit toute la scène, William n'eut qu'une pensée : il allait dévaster la vie de cette jeune fille.

Plus jamais elle n'ouvrirait sans crainte la porte d'une chambre, plus jamais elle ne changerait les draps d'un lit, plus jamais elle ne verrait la lumière vive d'une matinée hivernale du Devonshire sans se rappeler ce moment.

Un moment qu'il ne pouvait modifier.

Il ne dit pas un mot lorsqu'il la vit se pétrifier sur place, devenir livide et écarquiller de surprise et d'horreur ses yeux bruns – n'était-il pas étrange qu'il ait remarqué leur couleur ? s'étonnerait-il plus tard.

Il ne parla pas plus lorsqu'elle ouvrit la bouche et hurla. Ce qu'il aurait sûrement fait s'il s'était trouvé à sa place.

Ce fut seulement lorsqu'elle fut arrivée au bout de ce premier cri strident – celui qui fit accourir valets de pied, servantes, invités, et enfin son père – qu'il parla, profitant du bref silence avant le déchaînement probable de l'orage :

— Où suis-je ?

Les yeux hagards, la servante ne répondit pas.

Il ne sortit pas du lit et renonça à repousser les draps lorsqu'il se rendit compte qu'il était nu et qu'aucun de ses habits n'était à portée de main.

Complètement nu dans un lit qui n'était pas le sien.

Et dont les draps étaient couverts de sang.

Rencontrant de nouveau le regard horrifié de la jeune fille, il demanda d'une voix étrange, lourde de ce qu'il identifia plus tard comme de la peur.

— À qui est ce lit ?

À sa grande surprise, la jeune fille répondit sans bredouiller.

— À Mlle Lowe.

Mlle Mara Lowe, la fille d'un riche financier, dont la dot était suffisante pour attraper un duc.

Mlle Mara Lowe, qui était sur le point de devenir duchesse de Lamont.

Sa future belle-mère.

# 1

*Douze ans plus tard,* L'ange déchu, *Londres*

Il y a de la beauté dans le moment où la chair rencontre l'os. Dans l'écrasement de phalanges contre une mâchoire, dans le son sourd d'un poing heurtant un abdomen, dans le grognement qui monte d'une poitrine une fraction de seconde avant la défaite.

Ceux qui apprécient une telle beauté sont des lutteurs, ou des boxeurs, selon le style.

Certains combattent pour le plaisir, pour l'instant où l'adversaire s'écroule sur le sol dans un nuage de sciure, à bout de forces, de souffle ou d'honneur.

Certains se battent pour la gloire, pour l'instant où, luisants de sueur, ils dominent un adversaire ensanglanté qui demande grâce.

D'autres enfin se battent pour le pouvoir, l'argent, un butin quel qu'il soit. Toutes choses promises par la tension des nerfs et la douleur.

Le duc de Lamont, que l'on connaissait sous le nom de Temple dans tout Londres, se battait pour obtenir la paix.

Il se battait pour le moment où il n'était plus que muscles et os, mouvement et force, habileté et feinte. Pour jouir de l'instant où la brutalité maintenait le monde à l'écart, étouffait la rumeur hargneuse de la foule, effaçait tout souvenir de sa tête et ne lui laissait que souffle et puissance.

Il se battait parce que, depuis douze ans, c'était seulement sur le ring qu'il parvenait à accepter la vérité sur lui-même et sur le monde.

La violence était pure. Tout le reste était souillé.

Cette certitude faisait de lui le meilleur lutteur d'Angleterre.

Invincible à Londres – dans toute l'Europe, disaient certains de ses admirateurs –, Temple montait tous les soirs sur le ring, torse nu, les phalanges enveloppées de longues bandelettes de tissu, ses plaies rouvertes avant d'avoir cicatrisé. Et, tous les soirs, il affrontait un adversaire différent mais tout aussi convaincu que les précédents de pouvoir battre le champion de la maison de jeu la plus fameuse de la capitale.

*L'ange déchu* exerçait une attirance extraordinaire sur une certaine catégorie de la population de Londres. Des dizaines de milliers de livres étaient jouées chaque soir dans la grande salle du club où se pressaient, épaule contre épaule, des hommes titrés et fortunés que fascinaient le tournoiement coloré de la roulette, le bruit des dés agités dans un cornet puis jetés sur un tapis vert, les cris étouffés de surprise, d'effroi ou de jubilation qui s'élevaient ici et là jusqu'à l'aube.

Et quand ces pauvres gens avaient tout perdu dans cette vaste salle, puis dans d'autres plus petites situées à l'étage, un dernier recours les attendait au sous-sol – sur le ring. Le royaume de Temple.

Les fondateurs de *L'ange* n'étaient pas sans pitié : ils offraient une possibilité de rédemption aux hommes qui s'étaient ruinés à leurs tables. Un moyen de récupérer leur fortune perdue.

Combattre Temple.

S'ils gagnaient, leurs dettes seraient effacées, leurs cris de révolte pardonnés, et, surtout, on ne leur reprendrait pas leur carte de membre.

Mais vaincre Temple, personne n'y était jamais arrivé, bien sûr.

Temple se battait depuis douze ans. Il avait commencé dans des ruelles obscures grouillant de personnages tout aussi sombres, dans le seul but de manger et de trouver un refuge où passer la nuit, puis dans des clubs de bas étage, afin d'acquérir pouvoir et influence.

Ce pour quoi il était né, et qu'il avait perdu lors d'une nuit dont il n'avait gardé aucun souvenir.

Penser à cela le déstabilisa, et son adversaire – une demi-portion, comparé à Temple – eut la chance de trouver l'angle parfait pour lui assener un coup violent dans la mâchoire et lui faire voir quelques étoiles.

La douleur le ramenant à l'instant présent, Temple recula en dansant et croisa le regard triomphant de son adversaire anonyme. Il avait un nom, bien sûr, mais Temple ne cherchait pas à s'en souvenir. Ses adversaires n'étaient pour lui que le moyen de recouvrer brièvement la paix.

De même qu'il n'était qu'un moyen pour eux de recouvrer leur fortune.

Une fraction de seconde plus tard, il avait repris son équilibre et feintait du gauche puis du droit. Il pouvait sentir la douleur dans les muscles de son adversaire et devinait comment il tomberait, victime de la fatigue et d'émotions trop violentes.

Celui-ci se battait pour une véritable fortune : quarante mille livres et un domaine dans l'Essex ; une ferme au pays de Galles, d'où sortaient les meilleurs chevaux de course de toute l'Angleterre ; et une demi-douzaine de tableaux d'un maître hollandais que Temple n'appréciait pas. La dot d'une fille. L'éducation d'un fils. Tout cela perdu très sottement aux tables de *L'ange déchu*. Tout cela remis en jeu ici même.

Temple croisa son regard et y reconnut le désespoir et la haine. La haine envers ce club, envers les hommes qui le géraient, et surtout envers Temple – le centurion qui montait la garde devant le butin arraché des poches de messieurs honorables.

Ainsi pensaient les perdants.

Comme si ç'avait été la faute de *L'ange* si les cordons trop lâches d'une bourse et une succession de coups de dés malheureux formaient une combinaison désastreuse.

Comme si ç'avait été la faute de Temple.

En fait, c'était la haine qui perdait définitivement ces gentlemen. Ils ignoraient que ceux qui se battaient avec tant de passion étaient condamnés à perdre.

Il était temps qu'il tire ce pauvre homme de cet état pitoyable, se dit Temple.

La cacophonie de cris qui s'élevait des spectateurs agglutinés autour du ring s'amplifia lorsque Temple passa à l'attaque.

Fini de jouer. Ses poings se mirent à délivrer une succession rapide de coups méchants, martelant sans pitié joues, mâchoire, torse.

L'homme qui avait cru pouvoir battre Temple, vaincre *L'ange*, corriger le destin, recula en chancelant dans les cordes.

Un dernier coup lui coupa le souffle, le pliant en deux, et il s'écroula aux pieds de Temple. Les spectateurs hurlèrent. De joie ? D'effroi ? Ils ne le savaient pas eux-mêmes, songea Temple, méprisant, en attendant que son adversaire se relève pour un second échange. Une dernière chance.

L'homme resta immobile, les bras repliés sur le crâne.

Bonne réaction. Il était malin. Plus malin que beaucoup d'autres, qui se relevaient pour retomber aussitôt, un peu plus blessés.

Temple jeta un regard interrogateur à l'arbitre, qui désigna d'un doigt noueux le pavillon rouge hissé au coin du ring. Le pavillon de Temple.

La foule rugit de plus belle.

Temple se tourna vers le long miroir qui s'étirait sur un côté de la salle et soutint son propre regard durant un moment avant de hocher la tête et d'enjamber les cordes.

Se frayant un chemin dans la foule des spectateurs, il ignora les doigts tendus vers sa peau couverte de sueur – tous voulaient pouvoir se vanter d'avoir touché le torse nu d'un tueur et vécu assez longtemps pour le raconter. Ce rituel l'avait d'abord irrité, puis empli de fierté. À présent, il l'ennuyait.

Il poussa la lourde porte métallique qui menait à son appartement privé et la laissa retomber derrière lui tout en déroulant la longue bande de tissu qui enveloppait ses phalanges douloureuses.

La pièce était sombre et silencieuse, bien isolée du reste du club où, il le savait, les joueurs se ruaient pour réclamer leurs gains tandis que quelques hommes entouraient le vaincu en attendant que le chirurgien vienne bander ses côtes cassées et soigner ses plaies.

Il laissa tomber la bandelette et alluma une lampe. La lumière se répandit dans la pièce, éclairant une table nue à l'exception d'une pile nette de papiers et d'une boîte en ébène sculptée. Il entreprit de dérouler le bandage de l'autre poignet, tout en regardant les papiers détaillant les biens de son adversaire, à présent inutiles.

D'ailleurs, quand avaient-ils été nécessaires ?

Les mains libérées des bandelettes, il saisit une sangle en cuir fixée au plafond et s'y suspendit de tout son poids. Il plia les bras et les détendit plusieurs fois tout en inspirant et expirant à fond.

On frappa à la porte.

— Entrez, dit-il sans se retourner.

— Encore un qui chute.

— Ils chutent toujours.

Temple fit encore deux étirements puis se retourna vers Chase, le fondateur de *L'ange déchu*, qui s'assit sans attendre d'y être invité.

— Ce fut un bon combat.

— Vraiment ?

Pour Temple, ils se ressemblaient tous. Quelques coups plus ou moins fictifs, puis d'autres réels, et la victoire sans surprise.

— Ce qui me surprend, c'est leur naïveté, remarqua Chase en étirant ses longues jambes devant lui. On pourrait penser qu'après tout ce temps, ils auraient compris qu'ils ne te battraient pas et se seraient résignés à leurs pertes. Et qu'ils auraient cessé de jouer, entre autres bonnes résolutions.

Temple prit une carafe et se servit un grand verre d'eau.

— Il est difficile de rejeter l'espoir d'effacer une faute. Même le plus infime espoir.

N'ayant pas eu, lui, la possibilité d'effacer son crime, Temple le savait mieux que quiconque.

— Ce pauvre Montlake, tu lui as cassé trois côtes, déclara Chase.

Temple but longuement. Quelques gouttes coulèrent sur son menton. Il les essuya du dos de la main.

— Les côtes se ressoudent.

— Décidément, ton mode de vie spartiate n'est guère confortable, dit Chase en se tortillant sur sa chaise.

— Personne ne te demande de t'attarder. Tu as tout ce qu'il faut comme fauteuils capitonnés, drapés de velours et coussins moelleux en haut, il me semble.

Un sourire aux lèvres, Chase brossa un grain de poussière sur son pantalon et posa une feuille à côté de la pile de papiers. Les noms des joueurs qui défiaient Temple pour la nuit suivante et celles d'après.

Temple lâcha un long soupir. Il n'avait pas envie de penser aux combats à venir. Ses désirs immédiats se limitaient à un bain chaud et à un bon lit. Il tira sur le cordon relié à une sonnette pour commander un bain et jeta un coup d'œil sur la feuille. Une demi-douzaine de noms étaient notés, qu'il ne pouvait lire de là où il était.

— Lowe te défie de nouveau, dit Chase.

Il n'y avait rien d'étonnant à cela. Lowe l'avait défié douze fois en douze jours. Cela le mit quand même mal à l'aise.

— Non, répondit-il comme les fois précédentes. Et tu devrais arrêter de me l'amener.

— Pourquoi ? Ce garçon ne devrait-il pas avoir sa chance, comme les autres ?

— Tu n'es qu'un sale bâtard assoiffé de sang, jeta Temple.

— Au grand désespoir de ma famille, je ne suis pas un bâtard, s'écria Chase en riant.

— Assoiffé de sang, en tout cas.

— Il se trouve simplement que j'apprécie le spectacle des combats, riposta Chase en haussant les épaules. Ce pauvre garçon a perdu des milliers de livres.

— Il pourrait avoir perdu les joyaux de la Couronne, cela me serait égal. Je ne me battrai pas avec lui.

— Temple...

— Lorsque nous avons fait affaire... lorsque j'ai accepté de venir à *L'ange*, nous avons décidé que j'aurais le dernier mot pour les combats. Oui ou non ?

Voyant où la discussion les menait, Chase hésita.

— Oui ou non ? insista Temple.

— Oui, oui...

— Je n'affronterai pas Lowe, déclara Temple. D'ailleurs, il n'est même pas membre du club, ajouta-t-il.

— Il est membre du *Knight's*. Ce qui lui donne les mêmes droits qu'aux membres de *L'ange*.

Le *Knight's*, la dernière acquisition des associés de *L'ange déchu*, était un club bas de gamme qui leur apportait les dettes de quatre cents personnages peu respectables. Ceux dont, justement, ils n'avaient pas voulu comme membres de *L'ange*.

— Nom de nom ! fulmina Temple. Sans Cross et ses stupides décisions...

— Il avait ses raisons, dit Chase.

— Que le Seigneur nous délivre des hommes amoureux !

— Bien dit, approuva Chase. Mais nous voilà quand même avec un second club à faire marcher, et c'est là que Lowe a contracté des dettes. Il a droit à un combat s'il le demande.

— Comment ce garçon a-t-il fait pour se retrouver ruiné ? s'écria Temple, exaspéré. Tout ce que son père touchait se transformait en or.

*Raison pour laquelle la sœur de Lowe avait fait un si bon parti...*

L'idée le révulsa. Elle lui rappelait trop de choses haïssables.

— La chance tourne, dit Chase avec un haussement d'épaules.

Vérité dont les quatre associés vivaient.

— Je ne me battrai pas avec lui ! Renvoie-le.

— Rien ne prouve que tu l'as tuée, dit Chase en regardant son ami dans les yeux.

— Rien ne prouve que je ne l'ai pas fait, rétorqua Temple.

— Je parierais tout ce que je possède que tu ne l'as pas fait.

— Oui, mais ce n'est qu'une intuition. La vérité, tu ne la connais pas.

Il l'ignorait lui-même.

— Je te connais.

Non. Tant qu'on ignorait ce qui s'était passé cette nuit fatidique, personne ne pouvait prétendre le connaître. Pas même lui.

— Je ne veux plus entendre parler de ce combat, reprit-il. Si tu tiens à offrir une chance à ce garçon, vas-y, relève son défi.

Il attendit la réaction de Chase, qui n'était pas du genre à renoncer facilement. Mais rien ne vint.

Le fondateur de *L'ange* se leva et prit les papiers empilés sur la table.

— Tu veux que je les range ?

Temple fit non de la tête et tendit la main pour les reprendre.

— Je le ferai, dit-il en regardant la liasse représentant les dettes de Montlake – ferme, domaine, argent liquide, tableaux…

Une vie.

— Pourquoi retires-tu ces papiers du coffre avant le combat ? demanda Chase.

— Il aurait pu gagner, dit Temple en faisant jouer le muscle d'une épaule, qui protesta d'un élan douloureux à la limite du plaisir.

Chase haussa les sourcils.

— Il aurait pu, certes, mais…

Mais il ne l'avait pas fait.

Temple reposa les papiers sur la table au bois éraflé.

— Ils misent tout ce qu'ils ont sur ce combat. Le moins que je puisse faire est de connaître l'ampleur de leurs pertes. Voilà pourquoi je retire ces papiers du coffre.

— Constater leur ruine ne t'empêche pas de gagner.

C'était vrai. Mais il savait ce que c'était que de tout perdre. De voir sa vie basculer subitement à cause d'un mauvais choix. D'un acte dont on aurait dû et pu aisément s'abstenir.

Il y avait une différence, bien sûr.

Les hommes qui montaient sur le ring se souvenaient de ce qu'ils avaient fait. Temple, non.

Mais peu importait.

Une sonnette fixée au-dessus de la porte tinta, annonçant que son bain était prêt.

— Je n'ai pas dit qu'ils ne méritaient pas de perdre.

Le rire de Chase résonna étrangement dans la pièce.

— Que tu es sûr de toi ! Un jour, tu ne gagneras peut-être pas aussi facilement.

Temple attrapa une serviette et s'en drapa le cou.

— Des promesses, encore des promesses, toujours des promesses… railla-t-il en se dirigeant vers la salle de bains adjacente.

Les rues situées à l'est de Temple Bar se réveillaient la nuit pour se remplir de ce que Londres avait de pire : voleurs, prostituées et assassins émergeant de leurs repaires de la journée et se répandant dans l'obscurité à la recherche de butins divers.

À quelques centaines de mètres des demeures les plus élégantes, ces misérables régnaient sur un territoire dans lequel l'authentique aristocratie ne s'aventurait pas, de peur de découvrir ce qu'était réellement la ville qu'elle aimait.

À moins que certains de ses membres ne le sachent déjà et n'aiment à s'y perdre, une fois la nuit tombée… Temple en faisait partie.

C'était là qu'il s'était réfugié douze ans auparavant, fou de peur et de fureur, avec pour seules armes ses poings et son courage.

Très vite, on l'avait reconnu et, bientôt, les mots honnis s'étaient élevés sur son passage.

*Le Duc Tueur.*

Au début, il avait fait semblant de ne pas les entendre, puis, les années passant, il avait adopté ce titre qui maintenait à l'écart les criminels, les escrocs, les importuns.

Quelle raison avait poussé un jeune homme né avec une cuillère incrustée de diamants dans la bouche à tuer sa future belle-mère ? Quel secret horrible cachaient les soies, les joyaux et l'argent des privilégiés ?

Temple donnait aux êtres les plus sombres de quoi espérer. La chance de croire que leurs existences sordides n'étaient peut-être pas très différentes de celles que menaient ces messieurs et ces dames si méprisants. Si le Duc Tueur n'était pas invincible, alors pourquoi ne pourraient-ils pas s'élever, eux ?

C'était dans cet espoir vacillant que se trouvait le pire danger.

Tournant au coin d'une rue, il quitta les lumières et le bruit et s'enfonça dans l'obscurité.

Il tendit l'oreille. C'était lorsqu'il approchait de sa demeure que ceux qui rôdaient à proximité de l'avenue bien éclairée retrouvaient leur courage.

Aussi ne fut-il pas surpris d'être suivi et se prépara-t-il à l'agression.

Il était déjà arrivé que des hommes soient assez fous pour se jeter sur lui avec un couteau ou une massue, dans l'espoir qu'un seul coup bien placé l'immobiliserait et leur laisserait le temps de lui faire les poches.

Et s'il ne se relevait pas, eh bien, tant pis. C'était la loi de la rue, après tout.

Il connaissait ce genre d'adversaires. Il avait répandu leur sang et leurs dents sur les pavés de Newgate avec une férocité qui n'avait pas sa place sur le ring de *L'ange déchu*.

Hélas, les agressions se succédaient sans que la leçon soit apprise. Il y avait toujours un misérable qui prenait la laine fine du manteau de Temple pour un signe de faiblesse.

Il ralentit et écouta les pas derrière lui. Ni lourds ni titubants, mais légers et déterminés. Très différents de ceux qu'il surprenait d'ordinaire.

Parce que, durant toutes ces années où il avait dû lever le poing contre des inconnus abrutis par l'alcool, la détresse physique et morale, jamais il n'avait eu à se défendre d'une femme. Voilà qui était pour le moins inhabituel !

Ralentissant un peu plus, il la laissa se rapprocher. Quelles que fussent les intentions de cette folle, il n'aurait aucun mal à éliminer toute menace sérieuse en une seconde.

À présent, il entendait la respiration précipitée de l'audacieuse – signe d'excitation et de peur. Comme si elle faisait cela pour la première fois. Comme si c'était elle la victime.

Et peut-être l'était-elle.

Deux mètres. Un mètre. Il se retourna, attrapa les poignets de la femme et l'attira à lui – pour découvrir simultanément qu'elle n'était pas armée et ne portait pas de gants.

Et qu'elle sentait bon, extrêmement bon. Un parfum floral, très frais. Légèrement citronné.

Il eut à peine le temps de noter cela avant qu'elle s'immobilise puis tente de se dégager.

Elle était grande et plus vigoureuse qu'il ne l'aurait pensé. S'abstenant de crier, elle utilisait tout son souffle et toutes ses forces pour essayer de se libérer, plus maligne en cela que beaucoup de ses adversaires masculins sur le ring et ailleurs.

Cependant, elle n'était pas de taille à lutter contre lui, aussi se contenta-t-il de la maintenir jusqu'à ce qu'elle cesse de se débattre.

Ce qu'elle fit bientôt, comprenant que ses efforts étaient vains.

— Lâchez-moi, dit-elle en le regardant en face.

Son audace inattendue faillit le faire céder, et il songea à la laisser s'enfuir dans la nuit.

Mais cela faisait longtemps qu'un adversaire ne l'avait pas intrigué. L'attirant plus près de lui, il lui prit les poignets dans une seule main et, de l'autre, tâta ses vêtements pour s'assurer qu'elle n'était pas armée.

Sa main se referma sur le manche d'un couteau caché dans la doublure du manteau. Il le prit et l'écarta hors de sa portée en jurant.

— Vous lâcher ? Non, je ne m'y risquerai pas.

— C'est à moi, dit-elle en tentant de reprendre son arme.

— Je n'aime pas les rencontres nocturnes avec des assaillants armés.

— Je ne suis pas armée.

Il haussa les sourcils.

— Je veux dire, je suis armée, bien sûr. C'est la nuit, et quiconque doté du cerveau d'un poisson rouge sortirait armé. Mais je n'ai pas l'intention de vous poignarder.

— Vous espérez que je vous croie sur parole ?

— Si j'avais voulu vous poignarder, je l'aurais fait, riposta-t-elle tranquillement.

Il maudit l'obscurité qui noyait le visage de l'impudente.

— Que cherchez-vous ? demanda-t-il en glissant le couteau dans sa propre botte. Ce que contiennent mes poches ? Vous auriez dû choisir une proie d'un gabarit moins imposant.

Quoique cette petite escarmouche ne fût pas pour lui déplaire, finalement.

— C'est vous que je cherchais.

— Vous n'avez pourtant pas l'air d'une femme légère, dit-il sur le ton de la constatation.

La façon dont elle se raidit et tenta de s'écarter lui prouva qu'il avait raison. Le contact autoritaire d'une main masculine lui était visiblement désagréable.

Elle s'efforça de nouveau de libérer ses poignets.

— Est-ce tout ce que les gens veulent de vous ? Votre argent ou votre…

Elle s'interrompit, et Temple retint un éclat de rire. Non, cette jeune personne n'était sûrement pas une prostituée. Certains mots la rebutaient.

— En général, avec les femmes, c'est l'un ou l'autre, dit-il en regrettant qu'aucun réverbère ne lui permette de voir le visage de l'inconnue. Très bien, chérie, si ce n'est ni mon portefeuille ni mon…

Il s'interrompit, enchanté de la voir retenir son souffle.

— … ni mes talents personnels qui vous intéressent, que voulez-vous de moi ? acheva-t-il.

Elle inspira profondément, comme si ce qu'elle allait dire avait une grande importance. Il en fit autant sans le vouloir.

— Je suis venue vous lancer un défi.

Il la lâcha et s'éloigna, exaspéré. Elle le défiait au combat ! Elle était donc aussi intéressée que les hommes ? Pour le compte de qui faisait-elle cela ?

Elle courut derrière lui.

— Attendez…

Il poursuivit son chemin.

— Votre Grâce…

*Elle n'arriverait à rien avec de si bonnes manières.*

— Un instant, je vous en prie, insista-t-elle.

— Je ne me bats pas avec les femmes, déclara-t-il en se retournant. Et peu m'importe qui est votre amant. Dites-lui de retrouver un peu de virilité et de venir me trouver en personne.

— Il ne sait pas que je suis là.

— Vous auriez peut-être dû commencer par le mettre au courant. Il aurait pu vous empêcher de traîner dans une rue obscure avec un homme connu pour être l'un des plus dangereux du royaume.

— Pour moi, vous n'êtes pas dangereux. On le dit, mais c'est faux.

La sincérité de son ton le troubla, et il songea brièvement à l'emmener chez lui, ne fût-ce que pour discuter… Cela faisait une éternité qu'une femme ne l'avait pas intrigué.

Le bon sens lui revint.

— Vous devriez le croire.

— Ce sont des sottises.

— Allons, rentrez chez vous et trouvez-vous un homme qui vous aime assez pour vous sauver de vous-même.

— Mon frère a perdu beaucoup d'argent, expliqua-t-elle.

Il se rendit compte soudain qu'elle ne parlait pas avec l'accent vulgaire des filles des rues. Mais que lui importaient son accent, son allure, et tout ce qui la concernait ?

— Je ne me bats pas avec les femmes, répéta-t-il.

Le redire le rassérénait. Lui rappelait qu'il n'avait jamais fait de mal à une femme. À aucune femme.

— Votre frère m'a l'air plus malin que la plupart des gens. Car je ne perds jamais.

— Je voudrais quand même récupérer l'argent.

— Eh bien, moi, il y a beaucoup de choses que je voudrais et que je n'aurai jamais, riposta-t-il.

— Je sais. C'est pour cela que je suis venue. Pour vous les rendre.

De nouveau, il fut frappé par son ton sincère. Cela valait peut-être la peine d'écouter la suite.

— J'aimerais vous proposer un marché, poursuivit-elle.

— Vous êtes donc une femme légère, finalement ?

Il avait cherché à l'insulter. Et avait échoué. Un petit rire s'éleva dans l'obscurité.

— Pas ce genre de marché. Vous ne me désirez pas autant que vous voulez ce que je peux vous donner.

Décidément, cette courageuse jeune femme était amusante. Il fit un pas vers elle et l'attira contre lui.

— Je l'avoue, j'ai toujours aimé la combinaison de la beauté et de la hardiesse, murmura-t-il à son oreille, ce qui, visiblement, la troubla au point qu'elle eut du mal à respirer. Peut-être allons-nous pouvoir trouver un arrangement, finalement.

— Ce n'est pas mon corps qui est en jeu.

C'était bien dommage. Elle était diablement effrontée, et une nuit dans son lit devait valoir le détour.

— Alors, qu'est-ce qui vous fait penser que j'ai envie de traiter avec vous ?

Elle hésita. Une seconde. Moins, sans doute. Mais il le perçut.

— Je vous propose quelque chose que vous désirez vivement.

— Je suis riche comme Crésus, chérie. Alors, si votre offre n'est pas de partager mon lit, vous ne possédez rien que je ne pourrais obtenir tout seul.

Il se détourna et reprit le chemin de sa demeure.

— Même l'absolution ? entendit-il derrière lui.

Il s'immobilisa.

*L'absolution.*

Combien de fois ce mot lui avait-il traversé la tête dans un chuchotement perfide ? Combien de fois l'avait-il retourné dans sa bouche tandis qu'il gisait dans son lit, avec pour seule compagnie le fardeau du remords et de la colère ?

*L'absolution.*

Il lui fallut une fraction de seconde pour identifier le sentiment qui l'envahit alors, dans un élan froid et furieux.

Un avertissement.

*Cette femme était dangereuse.*

Il devait s'éloigner.

Et pourtant…

Il saisit son bras. Sans prêter attention à son cri étranglé, il l'entraîna dans la lumière du réverbère qui éclairait les marches de son hôtel particulier.

Prenant le menton de la jeune femme dans une main, il releva son visage – une peau lisse rougie par le froid de la nuit, une mâchoire bien dessinée, des yeux grands et francs.

Ses yeux. L'un bleu, l'autre vert.

Un détail trop étrange pour être banal. Un détail inoubliable.

Elle tenta de dégager son menton, mais il resserra sa prise.

— Comment s'appelle votre frère ? demanda-t-il d'une voix autoritaire.

Elle avala sa salive, et une éternité s'écoula avant qu'elle ne réponde :

— Christopher Lowe.

Il la lâcha aussitôt, les oreilles rugissantes.

*L'absolution.*

Il secoua la tête, abasourdi.

— Vous êtes…

Elle ferma les yeux, incapable de soutenir son regard.

— Regardez-moi, ordonna-t-il.

Elle se raidit et rouvrit les yeux. Sans honte ni remords.

*Doux Jésus…*

— Dites-le !

Ce n'était pas une requête mais un ordre.

— Je suis Mara Lowe.

Ce n'était pas possible.

— Vous êtes morte !

— Je suis vivante, rétorqua-t-elle en secouant la tête, et ses cheveux auburn lancèrent des éclats fauves dans la nuit.

Tout en lui se figea. Tout ce qui avait bouillonné durant tant d'années. Tout ce qu'il avait vainement tenté d'annihiler, tout ce qu'il avait maudit et redouté. Tout se tut.

Jusqu'à ce que tout rugisse comme un hurlement monté de l'enfer lui-même.

Il inspira à fond une fois, deux fois, trois fois.

Puis se retourna pour ouvrir la porte d'entrée. La serrure cliqueta sourdement, ponctuant son souffle saccadé.

— Votre Grâce ?

La question le ramena au monde réel. *Votre Grâce.* Le titre pour lequel il était né. Le titre auquel il avait tourné le dos pendant des années. Le sien, de nouveau. Rendu par celle qui l'en avait dépouillé.

*Sa Grâce, le duc de Lamont.*

Il ouvrit la porte et se retourna face à la femme qui avait changé sa vie. Qui l'avait détruite.

— Mara Lowe.

Elle fit oui de la tête.

Il lâcha un rire rauque. C'était tout ce dont il était capable. Elle haussa les sourcils.

— Toutes mes excuses, dit-il en esquissant un salut ironique. Vous voyez, ce n'est pas tous les jours qu'un tueur rencontre son ancienne victime.

Elle avait visiblement du mal à respirer. Très bien. Pourquoi aurait-il été le seul à être bouleversé ?

— Vous ne m'avez pas tuée, déclara-t-elle avec un courage qu'il aurait dû haïr.

Il ne l'avait pas tuée. Une vague d'émotions submergea Temple. Soulagement. Fureur. Confusion. Et une douzaine d'autres sentiments contradictoires.

*Mon Dieu... Que diable s'était-il donc passé ?*

Il s'effaça et lui désigna le vestibule obscur.

— Entrez.

Elle hésita, et il crut qu'elle allait tourner les talons et prendre la fuite. Au lieu de quoi, elle inspira profondément et entra dans la maison. Ses jupes frôlèrent les bottes de Temple, lui rappelant qu'elle était bel et bien vivante.

*Vivante et sienne.*

# 2

Comme la porte se refermait derrière elle, Mara songea qu'elle était peut-être en train de commettre la pire erreur de sa vie.

Ce qui n'était pas rien, car, en matière d'erreur, elle avait commencé jeune. Deux semaines après l'anniversaire de ses seize ans, précisément. En fuyant le vieux duc qu'elle devait épouser et en laissant le fils de celui-ci se faire accuser du meurtre de sa future belle-mère.

Lequel fils devait, en cet instant, songer à faire une vérité de cette accusation erronée.

Lequel fils avait tous les droits de donner libre cours à sa fureur.

Et voilà qu'elle se retrouvait seule avec lui dans cette entrée mal éclairée.

Mais elle ne pouvait plus fuir. À cause de son imbécile de frère. La chance avait tourné. Le désespoir l'avait ramenée ici, afin qu'elle affronte son passé. Qu'elle affronte cet homme impressionnant, un véritable colosse en comparaison de tous les individus qu'elle avait connus.

Passant devant elle, il la guida vers un escalier.

Elle jeta un regard derrière elle. La tentation de fuir, de disparaître de nouveau revint l'assaillir.

Courir, courir, courir…

Et perdre tout ce qu'elle avait ? Tout ce pour quoi elle avait travaillé si dur ?

Il devina ce qu'elle pensait.

— Je vous aurai rattrapée avant que vous ayez fait dix mètres, eut-il l'obligeance de signaler.

Elle leva les yeux sur son visage. Ces douze années l'avaient changé – ce qui était normal, puisque le garçon de dix-huit ans était devenu un homme de trente ans. La peau douce et parfaite avait cédé la place à des angles et à un début de barbe sombre.

Elle aurait cherché en vain dans ses yeux la lueur malicieuse qui l'avait séduite cette nuit d'autrefois. Ce soir, ils restaient sombres, quasiment opaques, refermés sur des secrets.

Si elle tentait de se sauver, il la rattraperait, bien sûr. Mais n'était-ce pas pour être attrapée et retenue qu'elle était venue ? Pour dévoiler son identité ?

Mara Lowe.

Ce nom avait été effacé au profit de celui de Margaret MacIntyre. Mais, puisqu'il n'y avait pas d'autre moyen de sauver ce à quoi elle tenait plus que tout, ce qui lui donnait une raison de vivre, elle rendossait le triste costume de Mara Lowe.

Elle n'avait pas le choix.

Elle suivit son hôte dans l'escalier, puis dans une pièce qui tenait de la bibliothèque et du cabinet de travail. Lorsqu'il alluma les chandelles, une lueur chaude dora le cuir des fauteuils.

Temple s'accroupit devant l'âtre pour allumer un feu. L'image était tellement incongrue qu'elle ne put retenir sa question :

— Vous n'avez pas de domestiques ?

Il se remit debout et frotta ses grandes mains sur ses cuisses massives.

— Non. Juste une femme de ménage qui passe tous les matins, répondit-il.

— C'est tout ?

— Oui.

— Pourquoi ?

— Personne ne veut dormir dans la même maison que le Duc Tueur.

Il n'y avait ni colère ni tristesse dans ces mots. Uniquement la constatation d'un fait.

Il alla se servir un scotch, mais ne lui en proposa pas. Il ne lui proposa pas non plus de s'asseoir lorsqu'il plia sa grande carcasse dans l'un des fauteuils. Prenant une gorgée du liquide ambré, il posa une cheville sur le genou opposé tout en examinant attentivement la jeune femme de ses yeux noirs.

Elle croisa les doigts pour les empêcher de trembler et soutint son regard. Ce petit jeu pouvait être joué à deux. Douze ans à devoir survivre sans argent, sans pouvoir d'aucune sorte et en dehors de la société donnaient à qui s'en sortait une volonté de fer.

Une volonté dont il semblait bien pourvu, lui aussi.

Mais, se dit-elle tout à coup, elle avait choisi cette vie. C'était elle qui avait refusé l'existence qu'on lui proposait et qui avait décidé de la fuir. Lui, non. Il n'avait rien décidé, il avait subi. Il avait été le dommage collatéral du plan stupide d'une gamine égoïste.

*Je suis désolée.*

C'était vrai. Elle n'avait jamais voulu que ce charmant jeune homme soit la victime malheureuse de sa fuite.

Bien sûr, par la suite, elle n'avait pas essayé de l'innocenter.

Il était trop tard aujourd'hui pour s'excuser. Comme on fait son lit, on se couche, n'est-ce pas ?

Il but de nouveau, les paupières baissées comme pour voiler le regard insistant qu'elle sentait la fouiller de la tête aux pieds.

Dans ce premier affrontement, le perdant serait celui qui entamerait la conversation, s'aventurerait en terrain découvert.

Aussi attendit-elle en s'efforçant de garder son calme, de ne pas sursauter chaque fois que le feu pétillait dans le foyer, de ne pas devenir folle sous le poids du silence.

Cette attente devenant insupportable, elle inspira à fond et lâcha sans ménagement :

— Ma présence ici ne me plaît pas plus qu'à vous.

Sa déclaration se heurta à un mur et elle se mordit la langue, craignant de parler encore et d'empirer les choses.

Une seconde s'écoula, puis Temple lâcha un petit rire dénué d'humour.

— Stupéfiant. Jusqu'à cet instant, j'avais admis la possibilité que vous aussi aviez été victime du destin.

— Ne sommes-nous pas tous victimes du destin ?

Et elle l'avait été. Elle ne prétendrait pas qu'elle n'avait pas participé volontairement à ce qui s'était passé jadis, mais si elle avait su quelles conséquences allaient s'ensuivre pour lui comme pour elle, elle n'aurait pas...

Elle refoula le mensonge.

Elle l'aurait fait de toute façon. Elle n'avait pas eu le choix. Pas plus que ce soir.

Il y a des moments décisifs après lesquels la vie n'est plus la même. Et des chemins sur lesquels on ne rencontre pas de fourche.

— Vous êtes donc en vie et en bonne santé, mademoiselle Lowe.

Piquée par son ton accusateur, elle redressa le menton.

— Tout comme vous, Votre Grâce.

— Cela reste à voir, dit-il en se renversant sur le dossier de son fauteuil. Le destin n'était donc pas mon agresseur. C'était vous.

Lorsqu'il s'était emparé de ses poignets dehors, avant de savoir qui elle était et ce qui l'amenait là, il y avait eu de la chaleur dans sa voix, et elle s'était sentie attirée par lui, malgré elle.

Cette chaleur avait cédé la place à un calme glacial – un calme qui ne la dupait pas. Elle se doutait qu'il devait cacher un terrible orage.

— Je ne vous ai pas agressé.

Pas au sens propre, mais il s'était quand même passé quelque chose dont il souffrait encore.

— Voilà une sacrée menteuse, et je m'y connais en menteurs et bluffeurs de toutes sortes, déclara-t-il en la regardant dans les yeux.

— Je n'ai jamais menti, protesta-t-elle.

— Non ? Vous avez pourtant fait croire à tout le monde que vous étiez morte.

— C'est ce que le monde a choisi de croire.

— Vous avez disparu et laissé les gens tirer des conclusions erronées, déclara-t-il avec un regard dur.

La main qui ne tenait pas le verre de scotch se crispa de colère, un geste qui n'échappa pas à la jeune femme. Elle reconnut le geste des garçons des rues, prêts à se battre pour un oui ou pour un non. Il y avait toujours quelque chose, un rictus, une crispation de tout le corps, qui trahissait leur frustration, leur rage, le mauvais coup qu'ils mijotaient.

Et il n'était plus un garçon, mais un adulte redoutable.

Elle n'était pas idiote – ces douze dernières années lui avaient appris deux ou trois choses en matière de sécurité –, et elle songea à fuir de nouveau cet homme dangereux.

À renoncer au choix qu'elle avait fait pour sauver ce qui lui tenait à cœur. Avait-elle raison de ressusciter ce passé honni et de mettre son avenir entre les mains d'un homme à qui elle avait fait tant de mal ?

*Je n'ai jamais voulu que vous souffriez.*

La croirait-il ? C'était peu probable.

Elle persista, cependant. Tant pis s'il ne lui accordait pas son pardon. Qu'il l'écoute, au moins. Qu'il comprenne. Ce serait déjà beaucoup.

— J'ai disparu, oui, admit-elle. Et je ne peux changer ce fait. Mais me voici maintenant. Je suis revenue.

— Pourquoi ?

— L'argent, jeta-t-elle sans hésiter.

C'était vrai. Et faux.

— J'avoue que je ne m'attendais pas à tant de franchise, dit-il, les sourcils haussés.

— Les mensonges compliquent tout.

Il expira longuement.

— Vous êtes revenue pour plaider la cause de votre frère. Pas pour me disculper.

Elle tenta d'ignorer la colère qu'elle sentait gronder sous son ton presque affable.

— Oui.

— Cet imbécile s'est endetté jusqu'aux yeux.

— On m'a dit que vous pouviez y faire quelque chose.

— Pouvoir n'est pas vouloir.

Elle inspira puis se lança :

— Je sais qu'il ne peut pas vous battre. Je sais que vous gagnez toujours, quel que soit l'adversaire. Sans doute est-ce pour cela que vous avez refusé de relever ses nombreux défis. Ce dont je me réjouis, finalement. Cela m'a donné l'occasion de venir négocier.

Les yeux noirs de Temple parurent s'enfoncer dans son crâne.

— Vous êtes restée en contact avec lui. Vous n'avez pas complètement disparu.

Comprenant qu'elle avait commis une sottise, elle se figea.

— Depuis combien de temps étiez-vous en contact avec lui ? insista-t-il. Depuis toujours, peut-être ?

Elle hésita une seconde de trop. Il bondit de son fauteuil et se précipita vers elle. Elle recula, se prenant les pieds dans ses jupes.

Un bras massif la retint face à lui.

— Depuis combien de temps ? répéta-t-il. Non, inutile de me répondre, je peux sentir l'odeur de la culpabilité qui émane de vous, ajouta-t-il.

Plaquant les mains sur sa large poitrine, elle tenta de le repousser. Effort vain, bien sûr. Un colosse pareil ne s'écarterait que lorsqu'il l'aurait décidé.

— Votre frère et vous avez monté un plan idiot, et ensuite vous avez disparu.

Il était très près. Trop près.

— Peut-être pas si idiot que ça, finalement, reprit-il. Puisque tout le monde a cru que vous étiez morte, moi le premier.

Il y avait de la fureur dans sa voix, de la fureur et quelque chose d'autre, qu'elle aurait aimé apaiser.

— Et vous voilà, douze ans plus tard, en chair et en os. Je devrais corriger le passé, vous tuer, histoire de coller à ma réputation.

— Vous devriez peut-être. Mais vous ne le ferez pas, dit-elle en s'émerveillant de son audace.

Il la lâcha si brusquement qu'elle faillit tomber, puis se mit à arpenter la pièce avec une violence contenue qui rappela à Mara le tigre furieux qu'elle avait vu jadis tourner en rond dans la cage d'une ménagerie ambulante. En cet instant, elle aurait préféré avoir affaire à un fauve plutôt qu'au duc de Lamont.

— À votre place, je n'en serais pas si sûr. Douze années avec l'étiquette de tueur sur le dos, cela change un homme, jeta-t-il en pivotant vers elle.

— Vous n'êtes pas un tueur, riposta-t-elle.

— Vous êtes la seule personne à le savoir.

Les mots avaient été prononcés posément, mais Mara sentit toute la colère qui bouillonnait derrière. Cela la désarçonna. Était-il possible qu'il se soit pris pour un tueur ? Qu'il ait cru les ragots ?

Il fallait qu'elle dise quelque chose. Mais que répondre à l'homme accusé à tort de vous avoir tuée ?

— Cela aiderait-il si je m'excusais ?

— Vous avez des remords ?

— Je regrette que vous ayez été pris dans la mêlée.

— Soyez franche : regrettez-vous d'avoir fait ce que vous avez fait ?

Elle le regarda dans les yeux.

— Vous voulez la vérité ? Ou bien une platitude polie ?

— Vous ne pouvez imaginer tout ce que je veux.

Elle le pouvait, assurément.

— Je comprends surtout que vous êtes très en colère.

La repartie parut aviver sa colère. Il avança vers elle, son verre à la main, la faisant reculer de nouveau contre le mur.

— Ah bon, vous comprenez, vraiment ?

Elle avait dit ce qu'il ne fallait pas, comprit-elle. Levant les mains comme pour l'arrêter, elle contourna un divan et chercha que dire de plus intelligent.

Il n'attendit pas qu'elle ait trouvé.

— Vous comprenez ce que c'est que d'avoir tout perdu ?

*Oui.*

— Vous comprenez ce que c'est que d'avoir perdu jusqu'à son nom ?

Cela aussi, elle savait ce que c'était, mais le dire n'arrangerait rien.

— D'avoir perdu son titre, ses terres, ses amis, sa vie ?

— Mais vous n'avez pas perdu tout cela. Vous êtes toujours duc. Le duc de Lamont. Les terres vous appartiennent toujours. L'argent aussi. Vous avez même triplé la valeur du duché.

— Comment le savez-vous ? s'écria-t-il, surpris.

— Je me suis renseignée.

— Pourquoi ?

— Pourquoi n'êtes-vous jamais retourné au domaine ?

— Quel bien en aurais-je retiré ?

— Cela aurait pu vous rappeler que vous n'avez pas tant perdu, lâcha-t-elle.

Puis, comprenant combien sa réponse était provocante, elle se glissa en hâte derrière le haut dossier d'un fauteuil.

— Je ne voulais pas dire…

— Eh bien, vous l'avez dit.

— Ah, vous êtes en colère, remarqua-t-elle en restant prudemment derrière le fauteuil.

— Le mot de colère est bien faible pour décrire ce que je ressens.

— Bon, disons que vous êtes furieux, alors.

— On s'approche.

— Courroucé ? essaya-t-elle en reculant un peu plus.

— Cela aussi.

Elle jeta un œil derrière elle. Il n'y avait plus qu'une console, et le mur. Ce n'était pas une grande pièce, après tout.

— En rage ?

— Oui, cela aussi.

Elle sentit le dessus de la console lui rentrer dans les reins.

*Prise au piège, une fois de plus.*

— Je peux tout arranger, si vous voulez, proposa-t-elle. Enfin, réparer les dégâts.

Il s'arrêta, et elle sentit qu'elle avait capté son attention.

— Si je ne suis pas morte, vous n'êtes pas…

*Un tueur.*

— … ce qu'ils disent que vous êtes.

Comme il restait muet, elle s'empressa de combler le silence.

— C'est pour cela que je suis venue. Je ferai ce qu'il faut. Je me montrerai. Je prouverai que vous n'êtes pas ce qu'ils disent.

Il posa son verre sur la console.

— Vous le ferez.

Elle relâcha son souffle. Il n'était pas aussi impitoyable qu'elle l'avait craint. Elle acquiesça de la tête.

— Je dirai à tout le monde...

— Vous direz la vérité.

Elle hésita, tant ses mots semblaient menaçants. Néanmoins, elle hocha la tête.

— Je dirai la vérité.

Ce serait la chose la plus difficile qu'elle ait jamais faite, mais elle la ferait.

Elle n'avait pas le choix. L'enjeu était de taille, et tant pis si cela causait sa perte.

Il lui restait encore une clause à négocier avec Temple.

— À une condition, reprit-elle.

Il éclata d'un rire sonore qui la prit au dépourvu. Le sourire peu aimable qui suivit la mit carrément mal à l'aise.

— À quoi jouez-vous ? Vous prétendez me proposer un marché ? s'écria-t-il. Vous pensez que cette soirée m'a mis d'humeur à négocier ?

— J'ai disparu une fois, je peux le faire de nouveau.

— Maintenant que je vous sais vivante, je vous retrouverai, déclara-t-il avec tant de détermination qu'elle n'en douta pas.

Néanmoins, elle répliqua :

— Vous me chercherez peut-être, mais rappelez-vous que je suis restée cachée pendant douze ans. La discrétion n'a plus de secret pour moi. Si vous racontez que je suis vivante, je doute qu'on vous croie sur parole. Vous aurez besoin de moi pour prouver vos dires.

Un nerf palpita dans la joue de Temple.

— Je vous assure, je n'aurai jamais besoin de vous.

Ignorant sa déclaration, elle poursuivit :

— Je dirai la vérité. Je me montrerai avec les documents nécessaires pour prouver mon identité. Et vous effacerez la dette de mon frère.

Le silence se fit, et Mara crut avoir gagné.

— Non.

La panique l'envahit. Il ne pouvait pas refuser !

— Je trouve que c'est un marché honnête, protesta-t-elle, menton pointé.

— Un marché honnête, alors que vous avez détruit ma vie ?

Cette fois, l'irritation la gagna. Temple était l'un des plus riches personnages de Londres. De l'Angleterre, pour l'amour de Dieu ! Les femmes lui tombaient dans les bras, et nombre d'hommes rêvaient de gagner sa confiance. Il avait gardé son titre, ses biens et se trouvait à la tête d'un empire. Que savait-il des vies ruinées, de la misère, du froid, de la faim ?

— Et vous, combien de vies avez-vous brisées ? demanda-t-elle, tout en sachant qu'elle aurait mieux fait de se taire. Vous n'êtes pas un saint, milord.

— Quoi que j'aie fait...

Il s'interrompit et émit un soupir incrédule.

— Cela suffit, reprit-il. Si vous vous croyez en position de négocier les termes de notre accord, vous n'êtes pas plus maligne que lorsque vous aviez seize ans.

Une chose était claire, se dit-elle. Cet homme ne voulait nullement l'absolution.

Il voulait la vengeance.

— Vous ne comprenez pas la situation, Mara, murmura-t-il en se penchant sur elle. Vous êtes mienne, à présent. Sachez-le. Admettez-le. C'est moi qui décide des clauses du contrat.

Ses mots et son ton implacable l'inquiétèrent, mais elle refusa de le montrer. *Ce n'est pas un tueur.* Elle le savait mieux que quiconque.

*Il ne t'a pas tuée cette nuit-là, certes, mais tu ignores ce qu'il a fait depuis.*

Balivernes. Le duc de Lamont n'était pas un tueur. C'était seulement un homme très en colère. Ce qui pouvait se comprendre, non ? Elle s'y était préparée, avait bien réfléchi avant de mettre son manteau et de s'enfoncer dans la nuit à sa recherche.

Elle avait vécu seule durant douze ans. Elle avait appris à prendre soin d'elle-même. Et puis, elle était forte, courageuse, capable de détecter les ruses et les tricheries... non ?

Peut-être pas toutes, s'avoua-t-elle. Ni toujours.

Il s'écarta et se dirigea vers un fauteuil près de la cheminée.

— Vous devriez vous asseoir. Vous n'irez nulle part.

— Qu'est-ce que cela veut dire ? s'écria-t-elle.

— Cela veut dire que vous avez surgi devant moi sans que j'aille vous chercher, mademoiselle Lowe. Et qu'à présent, je ne vous lâche plus.

— Me voilà votre prisonnière, alors ? demanda-t-elle, le cœur battant.

Il ne répondit pas, mais la déclaration menaçante qu'il avait faite un peu plus tôt revint la hanter. *Vous êtes mienne, à présent.*

Doux Jésus... Elle avait commis une erreur épouvantable.

Ignorant le fauteuil qu'il lui désignait de l'autre côté de l'âtre, elle prit la carafe sur la console et remplit deux verres.

— J'ai le droit de boire quelque chose, non ? jeta-t-elle en croisant le regard sévère de Temple. Ou bien est-ce trop demander ?

— Je vous en prie.

Elle traversa la pièce et lui tendit un des verres, en espérant qu'il ne remarquerait pas le tremblement de sa main.

— Merci.

Les sourcils noirs se haussèrent de nouveau.

— Vous pensez que la politesse vous fera gagner des points ?

Elle s'assit au bord du fauteuil qu'il lui avait désigné.

— Je pense que la politesse ne nuit jamais.

Il but et, baissant les yeux sur le liquide ambré, elle avoua :

— Je ne voulais pas faire cela. En réalité, rien ne s'est passé comme je l'avais prévu.

— Je ne parviens pas du tout à imaginer ce que vous aviez en tête, répliqua-t-il sèchement. En revanche, j'imagine sans peine que vous avez bien profité de vos douze années de liberté.

Ce n'était pas ce qu'elle avait voulu dire, mais elle jugea préférable de ne pas rectifier.

— Et si je vous disais que cela n'a pas été toujours agréable ? Ni facile ?

— Je vous conseillerais de ne pas me le dire. J'ai perdu mon oreille compatissante pour la soirée.

Elle fronça les sourcils et le regarda fixement.

— Vous êtes un homme difficile.

Il but une gorgée.

— C'est le résultat de douze années de solitude.

— Je ne voulais pas que cela se passe de cette façon, reprit-elle. La vérité, c'est que nous n'avions pas compris qui vous étiez.

— Nous ?

Elle ne répondit pas.

— *Nous ?* insista-t-il en se penchant en avant. C'est de vous et de votre frère que vous parlez. J'aurais dû me battre avec lui lorsqu'il l'a demandé. Il mérite une bonne raclée. Il a…

Il hésitait à poursuivre. Mara retint son souffle.

— Il vous a aidée à fuir. Il vous a aidée à… à me droguer, acheva-t-il d'une voix pâteuse en portant une main à sa tête.

Ses yeux noirs s'écarquillèrent tandis que la vérité se faisait jour dans son esprit. Elle se leva de son fauteuil, le cœur battant.

Il fit de même, se dressant de toute sa hauteur. Sa stature l'avait sidérée autrefois. L'avait attirée, elle devait l'avouer.

Il interrompit ses pensées.

— Vous et votre frère, vous m'avez drogué !

Elle poussa le fauteuil entre eux.

— Nous n'étions que des enfants, dit-elle pour s'excuser.

*Quelle est ton excuse, aujourd'hui ?*

Il ne lui avait pas laissé le choix.

*Menteuse.*

— Bon Dieu !

Lâchant son verre, il se rua vers elle, la manqua et heurta le coin du fauteuil.

— Vous avez recommencé…

Il s'interrompit et s'écroula sur le tapis.

C'était une chose de droguer un homme une fois… mais le droguer deux fois était excessif. Même sur toute une vie. Elle n'était pas un monstre, après tout.

Ce qui ne serait sans doute pas l'opinion du duc de Lamont lorsqu'il émergerait de son sommeil comateux.

Les yeux baissés sur ce grand corps inerte, qui gisait sur le sol comme un chêne abattu, Mara réfléchissait à ce qu'il lui restait à faire.

Il ne lui avait pas laissé le choix.

Peut-être qu'à force de se le répéter, elle finirait par le croire. Et qu'elle arrêterait d'avoir des remords.

Il avait menacé de la garder prisonnière, comme un monstre que l'on séquestre dans une tour.

*Lequel des deux était un monstre ?*

Grands dieux, il était énorme.

Et intimidant, bien qu'inconscient.

Et très beau, même s'il ne correspondait pas aux canons de la beauté classique.

Le plus troublant était que, même inerte, il incarnait la puissance. Le regard de Mara se promena sur toute la longueur du corps affalé, le long des bras et des jambes si élégamment vêtus, s'arrêta une seconde sur les tendons du cou sortant du col déboutonné de la chemise, puis remonta jusqu'à la mâchoire carrée et à la fossette qui creusait le menton.

En dépit des cicatrices qui le marquaient, son visage aux traits nets trahissait ses origines aristocratiques ; c'était exactement le genre de visage devant lequel se pâmaient les dames.

Ce que Mara ne pouvait leur reprocher. Elle-même avait bien failli se pâmer.

Non, elle n'avait pas failli, elle s'était bel et bien pâmée.

Douze ans plus tôt, c'était un jeune homme qui souriait facilement, et dont l'expression enjôleuse promettait plus que des paroles courtoises. Le plaisir, peut-être. Trompée par sa taille, sa désinvolture, son absence d'afféterie, Mara l'avait pris pour un membre de la petite bourgeoisie locale invité au somptueux mariage qui devait faire d'elle une duchesse. En tout cas pour quelqu'un qui n'avait pas à se soucier des apparences.

Jamais elle n'aurait imaginé que l'héritier de l'un des plus puissants duchés du pays serait le garçon le plus insouciant de la soirée. Bien sûr, elle aurait dû deviner que c'était un aristocrate lorsqu'ils s'étaient retrouvés dans le petit jardin empli de fleurs à couper et qu'il lui avait souri comme si elle était la seule femme et lui le seul homme de tout le royaume.

Elle aurait dû, mais elle ne l'avait pas fait.

Et elle n'avait assurément pas imaginé que c'était le marquis de Chapin, l'héritier du duché dont elle allait devenir la duchesse. Autrement dit son futur beau-fils.

En tout cas, l'homme affalé à ses pieds n'avait pas du tout l'air de quelqu'un qui aurait pu être son beau-fils.

Mieux valait ne pas songer à cela pour le moment.

Elle se pencha pour vérifier sa respiration. La vue de sa poitrine qui s'élevait sous le gilet la rassura tout en l'effrayant. Car, quand il s'éveillerait, il ne serait sans doute pas très content.

L'adjectif la fit rire. Content n'était pas le mot.

Se montrerait-il seulement humain ?

Avec un vertige de panique, elle fit alors quelque chose dont elle ne se serait pas crue capable.

Elle le toucha.

Sa main plongea d'elle-même jusqu'à frôler la peau lisse, chaude et étrangement tentante.

Du bout du doigt, elle suivit les angles et les méplats du visage, la cicatrice blanche qui rayait la joue gauche, le nez jadis parfait et aujourd'hui bosselé et couturé. Son cœur se serra lorsqu'elle pensa aux combats qui avaient causé ses blessures.

Aux douleurs. À la vie qu'il avait menée. Aux mille épreuves qu'elle lui avait infligées.

— Que vous est-il arrivé ? chuchota-t-elle.

Il ne répondit pas, et le doigt de Mara parvint à la dernière cicatrice, sous la lèvre inférieure.

L'avait-il embrassée autrefois ? Oui, bien sûr. Embrassée et étreinte. Elle crut se souvenir du contact de sa bouche. Et souhaita…

Non.

Ses mains se retirèrent vivement, comme sous l'effet d'une brûlure. Elle reporta son attention sur le reste de son corps, sur le bras étiré bizarrement en travers du tapis, à cause de sa chute brutale sous l'effet du laudanum. Position inconfortable, sûrement. Elle se pencha avec l'idée de remettre le bras le long du corps. Mais, dès qu'elle eut pris la main de Temple, elle ne put s'empêcher de regarder les poils qui en ombraient le dos, les rivières que dessinaient les veines, les phalanges calleuses et marquées de cicatrices. Meurtries par les combats.

— Pourquoi vous infligez-vous toute cette souffrance ? demanda-t-elle.

Ce fut plus fort qu'elle. Son pouce caressa lentement la main meurtrie.

Elle frissonna. Le feu était en train de s'éteindre. Elle se redressa et alla jeter une bûche sur les braises, qu'elle tisonna. Lorsqu'une flamme dorée s'éleva et se mit à danser, elle revint observer le jeune homme étendu.

— Si vous ne m'aviez pas menacée, nous n'en serions pas là, murmura-t-elle.

Il était plus facile de lui parler alors qu'il avait les yeux clos que de le faire sous son regard accusateur.

— Si vous aviez accepté mon marché, vous seriez parfaitement conscient, reprit-elle. Et je ne me sentirais pas coupable.

Il ne dit mot.

— Enfin, il me resterait toujours le remords de vous avoir fait passer pour un assassin.

Silence.

— Mais je vous jure que je ne voulais pas que les choses se passent de cette façon. La situation m'a échappé.

Mais, de toute façon, elle aurait fui, reconnut-elle en son for intérieur.

La poitrine du jeune homme s'éleva un peu plus...

— Pourquoi suis-je revenue ?

... et s'abaissa.

S'il l'apprenait, il serait furieux. Elle soupira.

— Eh bien, je suis lasse de fuir.

Pas de réponse.

— Je ne fuirai plus.

Il lui semblait important de le dire. Peut-être parce qu'il y avait quelqu'un en elle – quelqu'un de très sensé – qui désirait toujours fuir. Qui désirait le laisser sur ce tapis comme autrefois dans les draps ensanglantés et disparaître de nouveau.

Mais il y avait une autre Mara – moins sensée – qui savait que le temps de la pénitence était venu.

Qui savait aussi que, si elle jouait adroitement, elle obtiendrait ce qu'elle voulait.

— Si vous acceptez mes conditions.

Remarquant le journal du jour sur la console, elle se demanda s'il était homme à vouloir s'informer tous les jours de l'état du monde.

Le remords jaillit ; elle le refoula.

Elle arracha un morceau de journal et, après avoir fouillé les tiroirs du secrétaire à la recherche d'un encrier et d'une plume, elle griffonna un mot et secoua la feuille pour faire sécher l'encre. Après quoi, elle revint s'agenouiller auprès du corps inerte et épingla son message sur la veste.

— Il n'y a pas de sang, cette fois-ci. J'espère que vous le remarquerez.

Elle reprit le couteau qu'il avait glissé dans sa botte et se releva.

Arrivée à la porte, elle se retourna. Cette pièce était vraiment glaciale. Elle ne pouvait pas le laisser ainsi, il allait mourir de froid. Le couvrir, c'était le moins qu'elle puisse faire. Elle l'avait drogué, après tout.

Elle prit une couverture pliée sur un fauteuil et l'étendit sur Temple en la bordant soigneusement, s'efforçant de ne pas s'émouvoir de sa taille, de la chaleur qui émanait de lui, de son parfum, un mélange de thym et de trèfle. En vain.

— Je suis désolée, murmura-t-elle.

Puis elle partit.

# 3

Il était dans la salle de bal de Whitefawn Abbey, qu'illuminaient des milliers de chandelles et les couleurs chatoyantes des soies et des satins.

Derrière les immenses portes-fenêtres, la nuit du Devonshire noyait les jardins et le parc du domaine du duc de Lamont.

*Son domaine.*

Il descendait l'escalier en marbre qui menait à la salle de bal, où des corps comprimés se déplaçaient tant bien que mal au rythme qu'imposait l'orchestre installé derrière un mur végétal. La chaleur le submergea lorsqu'il se fraya un chemin à travers la foule. Des sourires l'accueillaient, des mains se tendaient, des mots inintelligibles le hélaient, l'attiraient.

*Il était chez lui.*

Il y avait une coupe dans sa main ; il la porta à ses lèvres. Le champagne frais étancha la soif qu'il n'avait pas remarquée auparavant mais qui était devenue brusquement insupportable. Il laissa tomber la coupe lorsqu'une très belle femme se retourna et se jeta dans ses bras.

— Votre Grâce.

L'entendre dire son titre déclencha en lui une vague de plaisir.

Ils dansèrent.

Les pas depuis longtemps oubliés lui revenaient en mémoire. La femme, grande, s'accordait parfaitement à sa haute taille et était délicieusement souple dans ses bras.

La musique prit de l'ampleur. Ils dansaient toujours, tournoyant encore et encore, les visages qui les entouraient se fondant en une mer obscure, les murs de la salle s'écartant, lorsqu'il fut distrait par un effleurement sur sa manche. Baissant les yeux sur la laine, il vit une tache blanche de la taille d'une pièce de six pence.

De la cire, tombée d'un des lustres.

Sous ses yeux, la tache se liquéfia et se répandit sur sa manche comme une flaque de miel fondu. La femme posa ses longs doigts dessus et leva les yeux vers lui.

Elle avait de très belles mains.

Une très belle peau.

Il suivit la ligne de son bras du poignet à l'épaule, se régalant de sa perfection – les courbes et les vallées de sa clavicule, la montée élégante du cou, la mâchoire bien dessinée, la bouche large et accueillante, le nez racé et des yeux étonnants. L'un vert, l'autre bleu.

Ses lèvres pleines formèrent les mots qu'il avait désirés et redoutés si longtemps :

— Votre Grâce.

C'est alors qu'il la reconnut.

Mara Lowe.

Il se réveilla allongé sur le tapis de sa bibliothèque et bondit sur ses pieds, poussant un juron qui retentit dans la lumière bleutée de l'aube.

Un plaid vert et noir tomba à ses pieds, mais constater que cette folle de Mara Lowe avait voulu l'empêcher de prendre froid ne le réconforta nullement. Il l'imagina penchée sur lui alors qu'il était complètement vulnérable et eut envie de rugir de colère.

Elle l'avait drogué et était repartie !

*De nouveau.*

*Oui, mais elle était vivante.*

Il ne l'avait pas tuée.

Le soulagement emplit ses poumons, malgré la frustration et la colère.

*Il n'était pas un assassin.*

Il passa une main sur sa figure pour chasser la tension de l'émotion et remarqua brusquement qu'elle ne s'était pas contentée de le droguer et de partir.

Elle avait écrit un mot sur un morceau du journal de la veille et l'avait épinglé sur sa poitrine, comme s'il avait été un paquet à livrer.

Il arracha le papier. Quoi qu'elle ait écrit, cela ne calmerait pas sa colère.

*J'avais espéré ne pas devoir en arriver là, mais je ne me laisserai pas intimider, ni malmener.*

Il se retint de froisser le bout de papier et de le jeter dans le feu. Elle estimait avoir été malmenée ? Et lui, alors ? Être drogué une deuxième fois et laissé inconscient sur le tapis de son propre cabinet de travail, comme appelait-elle cela ?

*Je vous proposais un marché, ni plus ni moins.*

*Quand vous serez d'humeur à négocier, je vous accueillerai volontiers pour une discussion entre égaux.*

C'était impossible. Il était loin d'être aussi fou qu'elle.

*Vous me trouverez au 9 Cursitor Street, Holborn.*

Elle avait laissé son adresse. Quelle erreur ! Elle aurait dû quitter Londres, se terrer là où elle l'avait déjà fait. Sauf que, cette fois-ci, la sachant vivante, il se serait lancé à sa recherche et l'aurait retrouvée, même s'il avait dû consacrer sa vie à cette quête.

Il méritait sa rédemption. Et elle la lui procurerait.

Qui était cette femme audacieuse et stupide ?

Mara Lowe. Vivante. Retrouvée.

*Forte comme l'acier.*

Il plongea une main dans sa botte, bien qu'il sût d'avance qu'il n'y trouverait rien.

La harpie avait repris son couteau.

Une heure plus tard, après s'être lavé et changé, il approchait du 9 Cursitor Street sans savoir à quoi s'attendre. Il était possible que cette folle ait pris la poudre d'escampette, finalement, après avoir confié à l'un ou l'autre des malfrats de Holborn le soin d'achever le travail qu'elle avait commencé la veille.

Le quartier était tout sauf agréable, même à 7 heures du matin. Affalés sur le seuil de tavernes aux vitres opaques de saleté, des bouteilles vides à côté d'eux, des ivrognes émergeaient difficilement de la stupeur. Une prostituée sortit d'une ruelle, les yeux injectés de sang, les lèvres trop rouges, la peau blafarde.

— Qu'est-ce qu'un beau gars comme toi fait par ici ?

*Je chasse les fantômes.*

Sans attendre d'y être conviée, la prostituée se jeta dans ses bras et se mit à le palper, en quête de son portefeuille.

— Pas de chance aujourd'hui, chérie, dit-il en écartant la main avide.

Comme elle s'accrochait à lui, il tourna la tête de côté pour fuir son haleine aigre.

— Faisons affaire, voyons. J'ai jamais eu un client de cette taille.

— Merci, répondit-il en la soulevant pour la reposer plus loin. Mais j'ai un rendez-vous.

Elle lui offrit un sourire édenté.

— Dis-moi, trésor, tu es grand comme ça de partout ?

Un autre homme aurait ignoré la question, mais Temple avait vécu longtemps dans la rue, et les prostituées ne le mettaient pas mal à l'aise. Pendant des années, elles avaient été les seules femmes que sa réputation n'effarouchait pas.

Le destin n'avait pas gâté celle-ci, hélas, mais elle ne méritait pas d'être méprisée.

— Personne ne s'est plaint jusqu'à présent, répondit-il avec un clin d'œil.

— Quand tu voudras, chéri, gloussa-t-elle. Je suis une bonne affaire, tu sais.

— Je m'en souviendrai, promit-il en portant un doigt à son chapeau.

Il s'éloigna et descendit Cursitor Street jusqu'au numéro 9.

La maison tranchait sur les autres. Elle était plus propre, et ornée de jardinières regorgeant de fleurs multicolores. Mara Lowe n'avait pas fui, devina-t-il.

Mais pourquoi vivre ici, dans une rue misérable de Holborn ?

Il laissa le marteau retomber sur la porte.

— Je vois que je ne serais pas la première à goûter à la marchandise.

Il se retourna. La prostituée l'avait suivi et l'observait. Elle s'approcha un peu plus, et une lueur de reconnaissance s'alluma dans ses yeux.

— Je me disais bien que je te connaissais.

Il se détourna.

— Tu es le Duc Tueur.

La frustration envahit Temple comme un raz-de-marée dévastateur. Il ne serait donc jamais débarrassé de ce surnom ?

— J'm'en fiche bien, tu sais. Une fille comme moi peut pas faire la difficile, ajouta-t-elle d'une voix lasse.

Elle se sentait à égalité avec lui, comprit-il. Elle aussi vivait dans l'opprobre.

— T'as un garçon pour MacIntyre ? poursuivit-elle.

— Un garçon ? fit-il en se retournant vers elle.

Elle haussa les sourcils.

— T'es pas le premier, tu sais. Et tu seras pas le dernier. C'est la vie. Enfin, c'est la vie des hommes. Mais les filles devraient être plus prudentes, de nos jours. Surtout avec des gars comme toi.

La femme ne connaissait visiblement pas Mara Lowe.

La porte s'ouvrit sur une jeune fille au visage angélique qui ne devait pas avoir plus de seize ans. Elle le regarda avec des yeux étonnés.

Il souleva son chapeau.

— Bonjour. Je voudrais voir Mara.

La jeune fille fronça les sourcils.

— Mme MacIntyre, vous voulez dire ?

Il aurait dû deviner qu'elle ne serait pas là. Qu'elle lui avait menti. Avait-elle jamais dit la vérité, d'ailleurs ?

— Je ne...

L'enfer qui se déchaîna soudain dans la maison l'empêcha de finir sa phrase.

Une cacophonie de cris sortit d'une pièce qu'il ne pouvait voir, et une demi-douzaine de petits personnages jaillirent dans l'entrée, poursuivis par des personnages légèrement plus grands, dont l'un portait... était-ce un pied de table ?

Trois des plus petites créatures – de tout jeunes garçons, vit-il enfin – parurent deviner que leur mort était imminente et firent ce que tout être doué d'intelligence aurait fait en pareille circonstance : elles prirent la fuite. Hélas, c'était une erreur tactique, car elles n'avaient pas prévu que Temple et la jeune femme se trouveraient là. Aussi, au lieu de pouvoir gagner la rue, se retrouvèrent-elles capturées comme des mouches dans un réseau de jupes, de manteau et de jambes de pantalon.

Le trio glapit de frustration. La servante se mit à crier – de terreur, supposa Temple. Et le garçon qui tenait un pied de table poussa un cri de guerre, sauta sur une petite table, brandit son arme et se jeta dans la bagarre.

Un bref instant, Temple admira le courage de l'enfant et ses talents de guerrier.

La jeune fille qui gardait la porte n'avait pas sa chance. Elle bascula tel un peuplier emporté par la tempête et, s'échappant du piège de batiste et de laine, les garçons se jetèrent par terre et commencèrent à s'étriper consciencieusement.

Lorsque des cris perçants commencèrent à jaillir du tas humain, Temple comprit qu'il ne pouvait pas rester les bras ballants et laisser ces intrépides créatures s'entre-tuer ou se répandre dans la ville et déclencher Dieu seul savait quelle catastrophe.

La servante gisant encore empêtrée dans l'amas de ses jupes et jupons, il était apparemment le seul capable de sauver la situation.

Sans attendre qu'on l'y invite, il franchit le seuil et entra dans la maison, laissant la porte claquer derrière lui. Il tendit la main à la servante pour l'aider à se relever. Une fois qu'il eut vérifié que toutes les extrémités de la jeune fille fonctionnaient, il s'attaqua au problème suivant : le tas de garçons qui se bagarraient au milieu de la pièce.

Et il fit ce pour quoi il était doué.

Il plongea dans la mêlée.

Il en extirpa les garçons, l'un après l'autre, les posa sur leurs pieds, ôtant des sabres en bois, des sacs de pierres et autres armes de fortune des mains et des poches, et annonçant d'une voix autoritaire :

— Il suffit.

Il avait pris chacun des deux derniers garçons dans une main – celui qui tenait un pied de table et un autre plus petit – et les soulevait du sol lorsqu'il vit, gisant à terre, un petit animal rose.

Il se pencha, sans lâcher les garçons.

— Aaah… fit le garçon au pied de table, que le fait d'osciller à un mètre du sol ne semblait pas émouvoir. Attention, elle va se sauver.

*Était-ce un… une…*

Le porcelet revint à la vie avec un couinement strident et courut dans la pièce voisine.

— Doux Jésus ! s'écria Temple en bondissant en arrière.

Et, pour la première fois depuis qu'il avait frappé à la porte du 9 Cursitor Street, le silence régna dans la petite maison.

Il se retourna face aux garçons, qui le fixaient avec de grands yeux hagards.

— Qu'est-ce que c'est ?

Aucun ne répondit, mais tous se tournèrent vers leur aîné, lequel avait gardé son arme mais ne semblait plus d'humeur à s'en servir.

— Vous avez invoqué le nom du Seigneur et je pense que c'était en vain, dit-il d'un ton accusateur, et peut-être aussi admiratif.

— Votre cochon m'a surpris.

Le garçon secoua la tête.

— Mme MacIntyre n'aime pas qu'on jure.

Pour ce que Temple avait vu, Mme MacIntyre aurait mieux fait de se soucier plus de la vie de ses protégés et moins de leur langage mais, n'étant pas là pour donner des conseils en matière d'éducation, il garda ses pensées pour lui.

— Eh bien, répondit-il, on ne le lui dira pas.

— Trop tard, dit le plus petit en pointant le doigt derrière Temple.

— Je crains d'avoir entendu, fit une voix féminine qu'il reconnut aussitôt.

Il lâcha les garçons.

*Elle n'avait pas fui.*

— Madame MacIntyre, je présume ?

Mara jugea plus utile de s'occuper des garçons que de lui répondre.

— Que vous avais-je dit au sujet de Lavande ? gronda-t-elle en regardant les garçons.

— On ne doit pas la pourchasser ! récitèrent plusieurs garçons d'une seule voix.

— On jouait, et c'était notre butin ! expliqua un autre.

— Volé dans notre trésor à nous ! cria l'aîné, qui avait visiblement endossé le rôle de chef de bande. Nous voulions la sauver, précisa-t-il à l'intention de Mara.

— Le cochon s'appelle Lavande ? s'enquit Temple, stupéfait.

Sans prêter la moindre intention à l'intrus qu'il était, la jeune femme regarda chaque enfant successivement avec l'expression déçue qu'il avait souvent vue, hélas, sur le visage de sa propre gouvernante, du temps où quelqu'un se souciait de lui.

— Daniel ? Qu'est-ce que j'ai dit ? reprit-elle en arrêtant son regard sévère sur l'aîné de la petite bande. Quelle est la règle ?

Le garçon regarda ailleurs.

— Lavande n'est pas un trésor.

Elle passa au garçon qui se tenait de l'autre côté de Temple.

— Et quoi encore, Matthew ?

— On ne pourchasse pas Lavande.

— Exactement. Même si… George ?

— Même si elle nous asticote, répondit l'enfant en se dandinant.

— Bien, fit Mara en hochant la tête. Maintenant que nous avons rappelé les règles concernant Lavande, allez vous laver les mains et rangez vos armes. C'est l'heure du petit déjeuner.

Une vague d'hésitation parcourut la douzaine de garçons, chaque visage se levant sans vergogne vers le colosse qui avait interrompu leur bagarre.

— Voyons, messieurs, reprit Mara. Je crois m'être exprimée en bon anglais, non ?

Daniel fit un pas en avant et pointa le menton vers Temple.

— C'est qui, lui ?

— Personne dont tu aies à te soucier, assura Mara.

Les garçons hochèrent la tête d'un air dubitatif.

— Il est vraiment grand, dit Matthew en rejetant la tête en arrière pour mieux voir Temple.

— Et fort aussi, on dirait, signala un autre garçon.

Daniel opina du chef. Son regard s'attardait sur la cicatrice qui marquait la joue de Temple.

— Il est venu pour nous emmener ? Ailleurs ? Nous faire travailler ?

Habitué depuis des années à feindre l'impassibilité, Temple réussit à cacher sa surprise. Cette maison était un orphelinat, comprit-il soudain. Sans doute aurait-il dû le remarquer plus tôt, mais le mot évoquait plus pour lui des garçons vêtus de guenilles et faisant la queue pour recevoir des bols de pâtée brunâtre qu'un bataillon de guerriers hurlants occupés à pourchasser un cochon rose dénommé Lavande.

— Bien sûr que non. Personne ne vous emmènera ailleurs. Et, avant de travailler, il faut étudier. Vous le savez bien.

— Qui c'est, alors ? insista Daniel en se tournant vers elle.

Sourcils haussés, Temple attendait la réponse. Une chose était sûre, elle ne pouvait pas dire la vérité.

Elle chercha son regard et lâcha tout à trac :

— Il est venu pour se venger.

Une douzaine de petites bouches s'ouvrirent grand. Temple se retint d'en faire autant.

— Se venger de quoi ? demanda Daniel.

— D'un mensonge que j'ai fait.

*Doux Jésus, elle n'avait pas peur.*

— Mentir est un péché, décréta le petit George avec gravité.

Mara eut un sourire discret.

— Oui, et si tu mens, un homme comme celui-ci viendra te punir.

Une fois de plus, elle faisait de lui le méchant de l'histoire. Tous les yeux se portèrent sur lui.

— Vous voyez, les garçons, j'ai à faire avec Mme MacIntyre, dit-il d'un ton qu'il espérait léger.

— Elle ne voulait pas vraiment mentir, s'écria George pour la défendre.

Temple était convaincu qu'à ce moment-là Mme MacIntyre avait bel et bien voulu mentir.

— Elle l'a fait quand même.

— Elle devait avoir une bonne raison. N'est-ce pas ?

Les visages se tournèrent vers la jeune femme, dont le regard s'éclaira subitement. Avait-elle l'audace de trouver la scène amusante ?

— Oui, Henry, et c'est pour cela que je compte faire un marché avec notre invité.

Plutôt mourir. Il n'y aurait pas de marché.

— Peut-être pourrions-nous causer de cette bonne raison, *madame MacIntyre*, dit-il.

— Peut-être, répondit-elle d'un ton qui laissait entendre qu'elle n'y était pas disposée.

La plupart des garçons parurent rassurés. Sauf Daniel.

— On devrait rester avec vous. Juste par prudence.

Un bref instant, Temple vit quelque chose de familier chez ce garçon.

Méfiance. Suspicion. Assurance.

— C'est très gentil à toi, Daniel, dit Mara en poussant l'enfant vers l'une des portes qui donnaient sur l'entrée. Mais, je t'assure, je m'en tirerai très bien.

Temple n'en doutait pas. Les autres garçons non plus, visiblement, et ils se laissèrent pousser hors de la pièce. Daniel obéit lui aussi, mais pas avant d'avoir jeté à Temple un regard sévère. Cela faisait une éternité qu'on ne l'avait pas fixé avec autant de hardiesse.

Cette loyauté de l'enfant envers Mara le toucha.

Puis il se rappela que la femme en question était une menteuse chevronnée et ne méritait pas une telle loyauté. Et il plaignit l'enfant, qui serait forcément un jour ou l'autre très déçu.

— Madame MacIntyre ? fit-il, une fois la porte refermée derrière les garçons.

Elle se tourna vers la servante aux yeux écarquillés qui n'avait pas bougé du seuil.

— Ce sera tout, Alice. S'il vous plaît, dites à la cuisinière que les garçons sont prêts pour le petit déjeuner. Et apportez du thé dans le salon pour notre invité.

— Même si j'étais homme à boire du thé, je ne me risquerais plus à ingérer quoi que ce soit venant de vous... Sans vouloir vous offenser, Alice, ajouta-t-il.

Les joues de Mara se couvrirent d'un rose délicat. Parfait. Elle était embarrassée. C'était un minimum. À force de le droguer, elle finirait par l'éliminer pour de bon.

La servante partit sans se faire prier.

— Qu'est-il arrivé à M. MacIntyre ? demanda Temple lorsqu'ils furent seuls.

— Il était soldat. Il est mort au combat.

— Où cela ?

— En général, les gens n'ont pas la grossièreté de le demander.

— Je manque d'éducation.

— La bataille de Nsamankow, puisque vous voulez tout savoir.

— Bien joué, approuva Temple. Un homme suffisamment obscur pour que personne n'en ait entendu parler et décédé au fin fond de l'Afrique.

Elle changea de sujet.

— Je ne vous attendais pas si vite.

— Il n'y avait pas assez d'arsenic dans le scotch ?

— Ce n'était pas de l'arsenic, mais du laudanum, corrigea-t-elle en baissant la voix.

— Vous admettez donc m'avoir drogué.

— Oui, dit-elle après une brève hésitation.

— Et, reconnaissez-le, ce n'était pas la première fois... la première fois que vous me droguiez et que vous preniez la fuite, ajouta-t-il comme elle gardait le silence.

Elle lâcha un petit soupir d'agacement avant de prendre son bras et de l'entraîner vers la pièce où s'était réfugié le petit cochon. Sa main était chaude et ferme, et il se souvint brièvement de son rêve – de longs doigts blancs caressant sa manche tachée de cire.

Il avait beau être un gaillard réputé pour son sang-froid, elle le perturbait. Elle incarnait un danger qu'il n'arrivait pas à identifier.

Le salon était propre et bien rangé. Un petit poêle répandait une douce chaleur, et le porcelet qui avait échappé à une mort certaine quelques minutes plus tôt sommeillait, douillettement installé sur un coussin brodé.

Cette femme laissait un cochon dormir sur un coussin brodé ! Un cochon nommé Lavande !

Eh bien, ce n'était qu'une surprise de plus. Et sans doute pas la dernière. Autant se résigner et attendre bravement la suite, se dit-il en se tournant vers la propriétaire du cochon.

— Je n'ai pas fui, protesta-t-elle. Je vous ai laissé mon adresse. Je vous ai même carrément invité à venir me trouver.

— Quelle magnanimité de votre part !

— Si vous n'aviez pas été aussi en colère...

Il ne put s'empêcher de l'interrompre.

— Vous avez estimé que me laisser inconscient sur le tapis de ma bibliothèque calmerait ma colère ?

— Je vous ai recouvert d'une couverture, signala-t-elle.

— Suis-je bête... Bien sûr, cela arrange tout.

Elle soupira et chercha le regard de Temple.

— Je ne voulais pas que les choses se déroulent de cette façon.

— Pourtant, en partant de chez vous pour vous rendre chez moi, vous n'avez pas oublié de vous munir d'une bonne quantité de laudanum.

— Eh bien, vous êtes plus grand que la plupart des hommes. Je devais prévoir une quantité suffisante. Et vous avez pris mon couteau.

— Dites tout ce que vous voulez, votre baratin ne vous rendra pas plus aimable à mes yeux.

— Dommage, j'y avais pourtant réussi autrefois, riposta-t-elle.

Il réprima un éclat de rire. Il n'était pas question qu'elle l'amuse. C'était une créature vénéneuse. Et le venin n'avait rien d'amusant.

— Je ne dis pas que votre colère est injustifiée, mais je ne me laisserai pas malmener.

— C'est la seconde fois que vous utilisez ce mot avec moi. Dois-je vous rappeler que, depuis que nous nous connaissons, il n'y a qu'une personne qui a été droguée ? Deux fois ? Et que ce n'est pas vous ?

Les joues de la jeune femme s'empourprèrent. Avait-elle des remords ? Impossible.

— Néanmoins, cela me semble être une bonne description de la façon dont vous pourriez vous comporter avec moi, Votre Grâce.

Il aurait aimé qu'elle cesse d'employer ce terme honorifique. L'entendre l'énervait au plus haut point, car cela lui rappelait toutes les années durant lesquelles il avait souffert d'en être dépouillé.

*À tort, puisqu'il était innocent.*

Toutes ces années durant lesquelles il avait vécu avec l'idée qu'il était peut-être – qu'il était sûrement – un assassin !

*Elle les lui avait volées.*

Une vague de colère l'envahit, chaude et violente, tandis qu'il découvrait la tentation amère de la vengeance.

— Que s'est-il passé ? jeta-t-il brusquement.

— Je vous demande pardon ?

— Il y a douze ans, à Whitefawn Abbey, la veille de votre mariage, que s'est-il passé ? Parlez franchement.

— Vous ne vous en souvenez pas ?

— Quelqu'un m'a drogué. L'auriez-vous oublié ? Alors, non, je ne m'en souviens pas.

Ce n'était pas faute d'avoir essayé. Il avait revu la soirée dans sa tête des centaines de fois, des milliers de fois. Il se souvenait d'avoir bu du scotch. D'avoir eu envie d'une femme. Il avait oublié le visage de la jeune séductrice, mais pas ses boucles auburn, les courbes charmantes de son corps et son rire à la fois innocent et coquin.

Et ses yeux étranges, l'un bleu, l'autre vert. Personne ne pouvait oublier ces yeux-là.

— Je me rappelle que vous étiez avec moi.

Elle fit oui de la tête, et ses joues se colorèrent de nouveau.

Cela, il n'en avait jamais douté. Il était jeune, il avait bu et aucune femme n'avait jusque-là résisté à ses avances. Une chose cependant le troublait.

Il avança vers elle. Elle recula contre la porte.

— Avant que vous me droguiez, que vous inondiez le lit de sang et que vous preniez la fuite… nous sommes restés seuls, vous et moi ?

Elle déglutit, et le mouvement de sa gorge trahit son émoi. De la culpabilité ?

— Oui.

Une fois de plus, il fut surpris par sa franchise.

Baissant les yeux sur ses jupes, elle les lissa. Il remarqua qu'elle ne portait pas de gants, comme la veille au soir. Mais, ce matin, à la lumière du jour, il pouvait voir sur ses mains la marque de travaux manuels : des ongles coupés court, la peau tannée par le soleil, et une fine cicatrice sur sa main gauche.

Cette cicatrice choqua Temple. Ce n'était pas en jouant au piano ni en peignant des aquarelles comme le faisaient les jeunes filles de la bonne société qu'on se blessait ainsi.

Mais le pire n'était-il pas qu'il l'ait remarquée ? De quoi se souciait-il, bon sang ?

— Pendant combien de temps ?

— Pas longtemps.

La réponse lui arracha un rire amer.

— Suffisamment longtemps, quand même, suggéra-t-il.

— Suffisamment longtemps pour faire quoi ? demanda-t-elle, inquiète.

— Suffisamment longtemps pour que vous me mettiez hors d'état de nuire.

Elle relâcha son souffle, et il comprit qu'elle lui cachait quelque chose. Il l'examina et regretta de ne pas être sur un ring. Là, les points faibles de son adversaire étaient visibles, accessibles ; il savait où frapper.

Ici, dans cette étrange maison, dans cet étrange face-à-face avec cette étrange femme, le combat était incertain, et moins glorieux.

— Dites-moi une chose. Saviez-vous qui j'étais ?

Dieu seul savait pourquoi, il y attachait de l'importance.

— Non, répondit-elle avec un regard sincère.

Alors, pourquoi s'était-elle lancée dans cette histoire folle ? Que s'était-il passé autrefois dans cette jolie petite chambre aux murs tapissés de jaune ?

*Bon sang de bois.*

Il avait assez d'expérience des combats pour savoir qu'elle ne le lui dirait pas. Plus il montrerait son intérêt pour la question, plus elle se sentirait puissante.

Il changea de méthode.

— Vous n'auriez pas dû réapparaître, dit-il. Mais c'est tant mieux pour moi. La vérité va enfin éclater.

Mara fut soulagée qu'il renonce à l'interroger sur le passé. Pour le reste, elle se sentait capable de lui tenir tête.

— Alors, vous êtes prêt à négocier ? demanda-t-elle en allant s'asseoir derrière son bureau. Si vous effacez les dettes de mon frère, j'écrirai aujourd'hui même une lettre aux journaux.

Il ne put retenir un petit rire ironique.

— Vous ne vous attendez quand même pas que ce soit aussi facile ?

— Facile, je ne dirais pas ça.

Cette lettre, elle l'avait écrite cent fois dans sa tête, et une douzaine de fois sur le papier, lequel papier avait invariablement atterri dans une corbeille. Les années avaient passé, et elle n'en était pas devenue plus facile à écrire.

— Mais ce serait promptement rédigé. Ce qui présente quelque intérêt.

— J'attends cela depuis des années. Ni la vitesse ni la facilité ne sont primordiales.

Elle posa la question, bien qu'elle connût d'avance la réponse.

— Qu'est-ce qui est primordial, alors ?

— Le châtiment.

Elle rit pour cacher son malaise.

— Que comptez-vous faire ? M'obliger à marcher dans la rue, couverte de goudron et de plumes ?

— L'image n'est pas déplaisante.

Il sourit. Était-ce le sourire qu'il réservait aux joueurs de son club, à ses adversaires sur le ring ?

— J'ai en effet l'intention de vous montrer partout, mais sans goudron ni plumes.

— Comment, alors ? s'étonna-t-elle.

— Élégante, maquillée, superbement coiffée.

Elle secoua la tête.

— Vos pairs ne m'accepteront pas.

— Pas comme l'héritière fortunée que vous avez été. Cela, non, en effet.

Déjà, à l'époque, ils l'acceptaient à peine. Elle était une menace pour tout ce qu'ils représentaient. La jolie fille d'un nouveau riche à qui il fallait apprendre que son argent ne la hissait pas au niveau de l'aristocratie.

— Ils ne voudront pas de ma compagnie.

— Ils feront ce que je dirai. Vous voyez, je suis duc. Et, si je me souviens bien, tandis que les ducs assassins ne sont guère appréciés des matrones de la haute société, ceux qui n'ont pas commis de meurtre sont d'ordinaire accueillis à bras ouverts... L'idée même d'un duc plaît aux dames, ajouta-t-il en se penchant sur elle.

Les mots étaient plus soufflés que prononcés, et Mara se retint difficilement de porter la main à son oreille, autant pour les chasser que pour les retenir là.

— Vous êtes mienne, à présent. Vous devez vous plier à ma volonté.

Elle fronça les sourcils. De quoi la menaçait-il ?

— C'est-à-dire ?

— Eh bien, vous devez faire tout ce que je désire. Je ne saurais être plus précis.

— Je ne serai pas votre maîtresse, n'y comptez pas ! déclara-t-elle en se raidissant.

— D'abord, vous n'êtes pas en position d'exiger ou d'interdire quoi que ce soit. Ensuite, je ne me rappelle pas vous l'avoir proposé.

Elle rougit.

— Alors, que voulez-vous ?

Il haussa les épaules, et elle le haït pour cette attitude désinvolte dans un moment pareil.

— Je ne veux pas vous savoir à côté de moi alors que je dors. Je me méfie, voyez-vous... mais cela, ils n'ont pas besoin de le savoir.

Les mots la blessèrent.

— Vous me demandez d'être votre maîtresse... de nom seulement ?

Il s'approcha un peu plus.

— Douze années de mensonge à mon détriment ont sûrement fait de vous une bonne comédienne. Il est temps d'utiliser ce talent à mon bénéfice. De la façon qu'il me plaira.

Elle redressa les épaules et, inclinant la tête de côté, sonda son regard. Il était très près – assez près pour qu'en un autre temps, en un autre lieu, dans la peau d'une autre femme, elle puisse imaginer se hisser sur la pointe des pieds et presser les lèvres sur les siennes.

*D'où sortait cette pensée ?*

Elle n'avait aucune envie d'embrasser cet homme.

Plus jamais.

— Vous voulez donc me perdre.

— Vous m'avez dépouillé de ma vie, répliqua-t-il. Ce ne serait que justice, non ?

Elle aussi avait été exclue de la société pendant ces douze années – depuis l'instant où elle avait souillé leurs draps de sang et quitté en courant la petite chambre jaune.

— Il faudra donc que je quitte Londres de nouveau. Que je recommence tout.

— Vous l'avez déjà fait.

*Comme lui.*

Elle redressa les épaules.

— J'accepte.

La vue de sa surprise enchanta Mara. Manifestement, il avait sous-estimé son courage et sa détermination.

— Mais à une condition.

*Dis-le-lui. Dis-lui que l'argent qu'a perdu Christopher est celui que les pères des garçons donnent pour entretenir l'orphelinat.*

Elle chercha son regard et buta sur une expression glaciale, indifférente. Semblable à celle des messieurs qui déposaient ici leur rejeton illégitime et se hâtaient de repartir.

— Je n'ai aucune raison d'accepter de condition.

— La raison est que vous n'avez pas le choix. J'ai disparu, je peux le refaire.

La haine se peignit sur les traits du duc de Lamont. Mara Lowe sculptait avec l'habileté d'un maître, dans la chair et les os au lieu du marbre.

— Je vous retrouverai, et cette fois, je serai sans pitié, promit-il.

Elle comprit que rien ne l'arrêterait. Il se vengerait, et ni elle ni ceux qu'elle aimait ne seraient en sécurité.

Dans ce cas, autant l'affronter dès maintenant.

— Si vous me traitez comme une putain, payez-moi comme une putain.

Il blêmit. Elle avait visé juste.

— Je ferai ce que vous me demanderez, reprit-elle. Je me plierai à votre petit jeu jusqu'à ce que vous décidiez de m'envoyer faire mes bagages. Et vous ne me reverrez plus.

— En échange de la dette de votre frère.

— En échange de ce que je voudrai.

Il eut un petit sourire, et Mara se dit qu'en d'autres circonstances elle aurait aimé le faire sourire. Mais, en cet instant, ce sourire l'horripila.

— Votre frère ne vous mérite pas.

— Cela ne vous regarde pas.

— Pour quelle raison faites-vous cela ? Par amour fraternel ? demanda-t-il, le regard noir.

Mieux valait qu'il croie cela et qu'il ne s'occupe pas de l'orphelinat.

— Il aurait plutôt besoin d'une bonne raclée. Vous voulez que je m'en charge ?

La soif de vengeance était de retour.

— Vous me faites cette proposition et en même temps vous déclinez ses défis, s'écria-t-elle, plus irritée qu'elle ne l'aurait imaginé. Auriez-vous peur de lui laisser une chance ?

— Je n'ai jamais été battu.

— Ne vous ai-je pas envoyé au tapis hier soir ?

Il s'immobilisa, et elle réprima un sourire triomphant.

— Vous vous vantez de m'avoir drogué ?

— Je me vante de vous avoir abattu. C'est l'objectif, non ? Vous me devez de l'argent.

— Sur le ring, mademoiselle Lowe. C'est là que cela compte.

Elle sourit, sachant que cela l'agacerait. Espérant que cela l'agacerait.

— C'est une question de vocabulaire. Vous avez honte d'admettre que j'ai eu raison de vous.

— Avec l'aide d'autant de narcotique qu'il en faudrait pour abattre un bœuf.

— Sottises... Un cheval, peut-être. Mais pas un bœuf. Et vous avez honte. Je m'occupe de garçons, Votre Grâce. Je sais reconnaître quand l'un d'eux a honte.

Le regard sombre, il se rapprocha d'elle. Près de deux mètres de muscles et d'os, de force et de détermination, de cicatrices et de nerfs la dominèrent, assortis d'une senteur entêtante de thym et de trèfle.

Puis il chuchota, si près de son oreille qu'elle sentit les mots plus qu'elle ne les entendit :

— Je ne suis pas un garçon.

Elle ouvrit la bouche pour répliquer, mais aucun mot n'en sortit. Ce fut au tour de Temple de sourire.

— Si vous voulez me mettre par terre, venez me retrouver sur le ring, mademoiselle Lowe.

— Il faudra me payer.

— Et si je ne suis pas d'accord ? Que ferez-vous ? Vous n'avez pas le choix.

*C'était vrai.*

— Peut-être, mais je n'ai rien à perdre.

*Mensonge.*

— C'est idiot, répliqua-t-il. On a toujours quelque chose à perdre. Je peux vous montrer ce que vous avez à perdre, si vous voulez.

Il l'avait prise au piège. Elle ne pouvait pas se sauver avant d'avoir mis les garçons à l'abri. C'est-à-dire avant d'avoir récupéré l'argent que Kit avait perdu.

— Vous pourriez vous sauver de nouveau, dit-il, mais je vous retrouverais et ce qui se passerait alors ne vous plairait pas.

Maudit soit-il… Il n'allait pas accepter son marché. Elle eut envie de hurler.

— Vous ne serez pas la première femme que je paierai pour qu'elle fasse mes quatre volontés…

Une image traversa l'esprit de Mara – un enchevêtrement de bras et de jambes dans des draps défaits, des cheveux et des yeux noirs, et plus de muscles qu'un homme n'était censé en avoir.

— Mais je vous assure, mademoiselle Lowe, que vous serez la dernière.

Les mots la sidérèrent, et il lui fallut un moment pour comprendre qu'il avait accepté. Que l'orphelinat était peut-être sauvé.

Le prix en était sa perte à elle. Mais les garçons seraient à l'abri. Le soulagement l'envahit, jusqu'à ce qu'il ajoute :

— Nous commencerons ce soir.

# 4

— Et qui peut me dire ce qui est arrivé à Napoléon après Waterloo ?

Une forêt de mains se dressa dans la petite salle d'étude de la Maison pour Garçons MacIntyre. Daniel n'attendit pas d'être désigné pour répondre avec jubilation :

— Il est mort !

— Oui, en effet, il est mort. Mais avant cela ?

Daniel réfléchit une seconde avant de proposer :

— Il s'est mis à pleurer, il a fui devant Wellington… et il est mort !

— Ce n'est pas tout à fait ça, dit Mara. Matthew ?

— Il a poussé son cheval dans un fossé… et il est mort !

Elle retint un sourire.

— Hélas, non.

Elle désigna l'une des mains tendues vers le plafond.

— Charles ?

— Il s'est tiré une balle dans le pied, le pied est devenu vert et est tombé, et il est mort !

Cette fois-ci, Mara sourit franchement.

— Eh bien, messieurs, après cela, je doute d'être un bon professeur.

Les mains se baissèrent, et un grognement général parcourut la pièce. La leçon d'histoire allait sans doute se prolonger d'une heure. Un coup frappé à la porte sauva les garçons, et Alice apparut.

— Excusez-moi, madame MacIntyre.

— Oui ? fit Mara en baissant le livre qu'elle tenait.

— Il y a…

Alice referma la bouche puis, s'enhardissant, reprit :

— Il y a quelqu'un ici pour vous.

*Temple.*

De retour.

Il avait dit « ce soir ». Elle jeta un coup d'œil à l'horloge. La journée était loin d'être finie. Cet homme était donc un tricheur. Elle le lui dirait carrément.

Regardant les petits visages qui l'entouraient, elle comprit qu'elle n'était pas prête à dire la vérité.

Elle n'était pas prête à redevenir Mara Lowe.

Elle voulait rester Mme MacIntyre, née Dieu seul savait où, gouvernante d'un groupe hétéroclite de petits orphelins. Mme MacIntyre avait un but. Mme MacIntyre était utile. Mme MacIntyre avait une vie à mener et à protéger.

Mara Lowe n'avait rien.

Rien en dehors d'une vérité déplaisante.

Elle s'obligea à se mettre debout et traversa la pièce en affectant un air serein. Une fois à la porte, elle se retourna vers ses élèves.

— Si je…

Non.

Elle s'éclaircit la gorge et recommença.

— Quand je reviendrai, je veux entendre ce qui est arrivé à Napoléon.

Le grognement général reprit derrière elle avant que la porte ne se referme.

Alice eut la bonne idée de garder le silence tandis que les deux femmes remontaient le couloir. Mara n'était pas sûre de pouvoir soutenir une conversation cohérente tant son cœur battait fort.

Il était là. Au rez-de-chaussée. Juge, jury et bourreau en une seule personne.

Elle ne pourrait jamais fuir le passé ni éviter l'avenir, songea-t-elle en descendant l'escalier. L'espérer avait été stupide.

La porte du petit salon dans lequel ils avaient discuté quelques heures plus tôt était entrouverte, et la vue de cet entrebâillement l'emplit de frayeur.

Elle inspira à fond, fit signe à Alice d'aller vaquer à ses travaux et poussa la porte.

— Tu l'as vu ! gronda son frère.

— Que fais-tu ici ? s'écria-t-elle en refermant derrière elle.

— Pourquoi es-tu allée le trouver ? demanda Kit en avançant vers elle.

— Réponds-moi d'abord. Nous étions d'accord : tu ne devais pas te montrer ici. Si tu avais besoin de me voir, il fallait m'écrire. Me donner un rendez-vous.

C'était ainsi qu'ils se voyaient depuis douze ans. Jamais dans cette maison, et jamais dans un lieu où l'un d'eux pouvait être reconnu.

— Nous nous étions aussi mis d'accord sur le fait que tu ne dirais pas à cet homme que tu étais vivante et habitais quasiment sous son nez.

— Il a un nom, Kit.

— Il ne l'utilise pas.

— Il en a un qu'il utilise.

*Temple.* Un nom qui lui allait bien, vu sa stature et son allure implacable.

Avait-il toujours été aussi implacable ? Elle savait qu'il avait été un jeune homme gai, un peu trop libertin, mais ni froid ni irascible.

Ces traits de caractère, c'était à elle qu'il les devait.

Kit passa la main dans ses cheveux hirsutes, et Mara vit combien il était las. De deux années plus jeune qu'elle, son frère avait été un enfant joyeux et toujours prêt à s'amuser. Puis elle avait fui, brisant la vie de

Temple et laissant Kit ramasser les débris de leur nuit de folie. Son frère et elle avaient communiqué par lettres durant des années jusqu'à ce qu'elle réapparaisse à Londres sous le nom de Mme MacIntyre, veuve de soldat et directrice de la Maison pour Garçons MacIntyre.

Kit s'était montré très discret sur ce qu'il avait vécu après qu'elle l'avait laissé seul avec leur père, mais à son retour, elle l'avait trouvé changé. Plus froid, plus dur. Et il ne s'était pas privé de jouer l'argent qu'elle lui avait confié, dont il avait perdu jusqu'au dernier shilling.

Elle remarqua ses épaules voûtées, ses joues creuses et les éraflures sur ses bottes noires.

— Kit...

— Ne m'appelle plus comme ça. Je ne suis plus un enfant.

— Je sais.

— Tu n'aurais pas dû aller le trouver. Tu sais comment on l'appelle ?

— On l'appelle ainsi à cause de moi, dit-elle avec un haussement de sourcils.

— Cela ne signifie pas qu'il n'a pas fini par mériter ce surnom. Je ne veux pas que tu le voies.

*Trop tard.*

— Tu ne veux pas ? s'écria-t-elle avec colère. De quel droit me donnes-tu des ordres ? De toute façon, on n'a pas le choix. Cet homme détient tout notre argent. Pendant que tu fais l'imbécile, moi, je me démène pour sauver la maison.

— Avec toi, c'est toujours la maison, les garçons.

Bien sûr. Ils étaient ce qu'elle avait de plus important. Ce qu'elle avait fait de bien. Sa fortune morale.

Mais il était vain de batailler avec Kit. Le bien, la morale, il ne savait plus ce que cela voulait dire.

— Comment as-tu su qu'il était venu ici ?

— Tu me prends pour un idiot ? Je paie la putain qui traîne dans cette rue pour veiller sur toi.

— Pour veiller sur moi ou pour savoir ce que je fais ?

— Elle a vu le Duc Tueur et m'a fait prévenir.

À l'idée que son frère l'espionnait, la colère de Mara s'exacerba.

— Je n'ai pas besoin de protection.

— Mais si. Tu en as toujours eu besoin.

Elle retint sa repartie – à savoir que, pendant des années, elle avait affronté plus de démons que lui. Et toute seule.

— Kit... Pardon, Christopher, je suis allée le voir parce qu'il le fallait.

Elle s'interrompit, ne sachant comment dire les choses. Ouvrant grand les mains, elle reprit :

— Tu as tout perdu, non ?

Christopher passa de nouveau la main dans ses cheveux, d'un geste plus violent, plus nerveux.

— Tu crois que je ne le sais pas ? Bon Dieu, Mara !

Il avait élevé la voix et prononcé son prénom d'autrefois. Elle jeta un œil à la porte et s'assura qu'elle était bien fermée.

— Bien sûr que je le sais. J'ai perdu tout ce que père m'a laissé, fulmina son frère.

Ainsi que tout ce qu'elle possédait et qu'elle lui avait stupidement confié. Mais ce n'était rien comparé aux fonds destinés à l'orphelinat, laissés par les pères indélicats pour l'entretien de leurs fils.

Son argent serait plus en sécurité dans une banque, avait expliqué Kit. Il fructifierait, même. Mais, comme elle était une femme et qu'elle n'avait aucun papier pour prouver son mariage ni la mort de son mari, son frère s'était chargé de la représenter et de déposer cet argent à la banque.

Son frère, un flambeur invétéré.

La colère lui serrait la gorge. Et, en même temps, elle regrettait leur enfance, le temps où elle réconfortait son cadet, un gentil petit garçon, dont les bêtises ne portaient pas à conséquence. Aujourd'hui, elle souffrait d'être amenée malgré elle à haïr l'homme qu'il était devenu, malhonnête, égoïste, odieux.

— Tu ne sais pas ce que ça a été de vivre dans son ombre après ton départ, dit-il.

Leur père. L'homme qui les avait mis malgré lui sur la route de Temple. Riche comme Crésus et jamais satisfait. Il avait toujours voulu plus, mieux. Il aurait voulu un fils plus intelligent, plus hardi, plus courageux, plus fin ; il aurait voulu avoir une duchesse pour fille.

Et il n'avait eu ni l'un ni l'autre.

— Il nous observe sûrement de l'enfer où il grille, terriblement déçu, poursuivit le jeune homme avec un rire amer.

— Il n'a plus de prise sur nous, c'est déjà cela, remarqua-t-elle en haussant les épaules.

— Bien sûr que si, voyons. Sans lui, rien de tout cela ne serait arrivé. Tu n'aurais pas fui. Je n'aurais pas joué. Je n'aurais pas perdu… Tu ne vivrais pas parmi les clochards et les putains, ajouta-t-il en désignant la rue.

Il inspira à fond et répéta :

— Pourquoi es-tu allée trouver Temple ?

— Il détient nos dettes.

— Qu'a-t-il dit ?

Elle hésita. Le marché ne plairait pas à Kit.

— Qu'as-tu accepté ? insista-t-il d'une voix exaspérée.

— À ton avis ?

— Tu t'es vendue.

Si ç'avait été aussi simple !

— Je lui ai promis de me montrer en société.

Il réfléchit, et elle crut qu'il allait protester. Mais elle avait oublié que les hommes désespérés se transforment aisément en maquereaux. Plus rien ne les rebute.

— Et je récupérerai mon argent.

— Ce n'est pas seulement le tien.

— La somme qui t'appartenait était infime, déclara-t-il avec désinvolture.

— Ce qui venait de l'orphelinat était suffisant pour l'entretenir une année. Peut-être plus.

— J'ai assez de soucis comme ça, Mara. Je ne vais pas me tracasser aussi pour tes gamins.

— Ce sont des enfants ! Ils dépendent de moi pour tout !

Il soupira, visiblement lassé.

— As-tu récupéré mon argent, oui ou non ?

Cela ne tourmentait nullement Kit d'avoir mis en danger l'œuvre qui donnait à sa sœur une raison de vivre. Il s'en fichait éperdument, du moment que ses dettes étaient annulées et qu'il pouvait se remettre à jouer.

Comprenant cela, elle fit ce pour quoi elle était douée.

Elle mentit.

— Non.

La colère se peignit sur le beau visage du jeune homme, qui se mit à marcher de long en large dans la pièce.

— Tu as fait un pacte avec le diable et tu n'as rien obtenu en échange ? À quoi ta démarche a-t-elle servi ? Tu as tout gâché !

— J'ai fait ce qui devait être fait. De toute façon, il ne se battra pas avec toi, Kit.

Le jeune homme s'empara d'une chaise et la lança contre le mur. Elle se fendit en plusieurs morceaux.

Mara s'immobilisa. Les accès de colère de son frère lui étaient familiers. Se glissant derrière le bureau, elle appuya fermement les doigts sur le plateau pour en cacher le tremblement.

Une fois de plus, la situation lui échappait.

Peut-être le méritait-elle. Peut-être était-ce ce qui arrivait aux filles d'Ève qui essayaient de prendre leur destin en main.

— Nous avons fait un marché, et il n'y a pas à revenir dessus. J'ai amené cet homme dans ma chambre. Je l'ai drogué. J'ai souillé nos draps de sang. Ensuite, je me suis sauvée. C'est moi qui implore son pardon. C'est moi qui peux lui rendre son honneur. Il a besoin de moi, et moi de lui.

— Et moi ?

— Toi, tu ne l'intéresses pas.

Christopher alla se planter devant la fenêtre.

— Il a tort. Il ne sait pas ce dont je suis capable.

Dehors, le soleil froid de cet après-midi de novembre sombrait, jetant des reflets dorés sur ses boucles brunes, et Mara se souvint d'un jour de leur enfance à Bristol. Kit courait en riant sur le bord d'un bassin près de leur maison, en tirant derrière lui un petit bateau qu'on venait de lui offrir.

Il avait trébuché sur une souche, ce qui lui avait fait lâcher la ficelle. Le vent avait emporté l'esquif jusqu'au milieu du bassin, où il s'était renversé et avait coulé.

Ils avaient été fouettés et envoyés au lit sans dîner – Kit, pour n'avoir pas cherché à sauver le bateau qui avait coûté de l'argent à leur père, et Mara pour avoir eu le culot de rappeler à leur père qu'il ne leur avait pas appris à nager.

Ce n'était pas la première fois que Kit était malchanceux, et ce n'était pas la première fois que Mara essayait de le protéger de la colère paternelle.

Ça n'avait pas non plus été la dernière.

Mais aujourd'hui, ce n'était pas son frère qu'elle cherchait à protéger. C'étaient les enfants dont elle avait la charge. Et elle n'avait pas assez confiance en lui pour l'impliquer dans son plan.

— Reste à l'écart de cela.

— Ah bon ? Et si je ne suis pas d'accord ?

Elle lui ouvrit la porte.

— Tu n'as pas le choix.

Il se retourna vers elle. Les dernières lueurs du jour soulignèrent ses traits et, brusquement, elle trouva qu'il ressemblait à leur père.

— Toi, entre les mains du Duc Tueur ? Son club et lui ont pris tout ce que je possède. Je suis censé baisser les bras et ne rien faire ? Et mon argent, alors ?

Il ne disait pas : « Et ton argent ? Et l'argent de l'orphelinat ? »

Mais pourquoi s'étonnait-elle ? Il avait toujours été un enfant gâté et irresponsable. L'âge n'arrangeait rien, hélas.

— L'argent n'est pas tout, riposta-t-elle.

— Oh, Mara… souffla-t-il. Bien sûr que si.

S'il avait retenu une chose de leur père, c'était bien cela.

Des heures plus tard, Lavande à ses pieds, Mara essayait de se concentrer sur son travail lorsque Lydia Baker entra dans son bureau.

— Je suis fatiguée de feindre de n'avoir rien remarqué, déclara-t-elle.

Mara tenta, elle, de feindre l'incompréhension.

— Je vous demande pardon ?

— Ne faites pas celle qui ne comprend pas, dit Lydia, qui, s'asseyant sur une petite chaise en bois face au bureau, se tapota le genou pour attirer l'attention de Lavande.

Le porcelet releva la tête, examina l'être humain qui se permettait de le déranger et décida de rester sur son coussin.

— Ce cochon ne m'aime pas, conclut la jeune femme.

Soulagée qu'elle ait changé de sujet, Mara s'empressa de répondre :

— Ce cochon a passé la moitié de la matinée à tenter d'échapper à une bande de garçons surexcités. Une fois de plus.

— C'est mieux que d'avoir à fuir un fermier armé d'un grand couteau, estima Lydia en examinant l'animal.

Lavande lâcha un soupir émouvant. Mara éclata de rire.

— Depuis sept ans, nous travaillons côte à côte, reprit Lydia. Et je ne vous ai jamais interrogée sur votre passé.

— Ce dont je vous suis très reconnaissante.

Haussant un sourcil blond, Lydia agita la main d'un geste faussement délicat.

— S'il n'y avait eu que l'homme qui est venu cet après-midi, je me serais tue. Mais, cette visite-là s'ajoutant à celle de ce matin, je ne peux plus garder le silence. Les ducs, ça change tout.

C'était assurément l'euphémisme du siècle.

Lydia se pencha en avant et tapota le bureau avec les lettres qu'elle tenait à la main.

— J'ai beau travailler dans un orphelinat, je n'ignore pas complètement le monde extérieur. Le colosse qui est arrivé au point du jour était le duc de Lamont... le Duc Tueur de Lamont.

Seigneur, ce surnom odieux sonnait comme un reproche perpétuel ! songea Mara.

— Ce n'est pas un assassin, ne put-elle s'empêcher de protester, avant de comprendre que cela revenait à admettre qu'elle connaissait bien l'homme en question.

Elle pinça les lèvres en une ligne mince tandis que Lydia écarquillait les yeux et lâchait un discret :

— Non ?

— Non, confirma Mara.

Lydia attendit que Mara poursuive.

Deux douzaines d'épingles contenaient difficilement la masse blonde et bouclée de ses cheveux. Voyant que sa patronne et amie gardait le silence, elle croisa les jambes et se renversa contre le dossier de sa chaise.

— Ce n'est pas pour nous amener un enfant qu'il est venu ?

— Non.

— Il n'est pas venu non plus en reprendre un.

— Non.

— Et son objectif n'était pas de faire à l'orphelinat le don généreux d'une somme qui nous aurait tirées d'affaire pour longtemps.

— Non, hélas, admit Mara avec un petit sourire.

— Pensez-vous pouvoir le convaincre de le faire ? demanda Lydia avec aplomb.

— Malheureusement, ma présence ne l'incite pas à faire des cadeaux.

— Ah... donc, sa visite ne concernait pas l'orphelinat.

— Non, pas du tout.

— Sa visite serait-elle en rapport avec la seconde de la journée ? suggéra Lydia.

— Je ne comprends pas...

— Menteuse, rétorqua Lydia. Votre deuxième visiteur était M. Christopher Lowe. Un jeune homme très riche, puisqu'il a hérité de la fortune de son père.

Mara pinça les lèvres de nouveau avant de commenter :

— Il n'est plus riche du tout.

Lydia inclina la tête sur le côté.

— En effet. J'ai entendu dire qu'il avait tout perdu dans la maison de jeu que possède l'homme qui a tué sa sœur.

— Il n'a pas tué...

Mara s'interrompit. *Lydia savait.*

— Mmm, fit celle-ci en brossant une poussière sur sa jupe. Vous semblez bien sûre de vous.

— Je le suis.

— Depuis combien de temps connaissez-vous le duc de Lamont ?

C'était la question fatidique, celle qui la ferait sortir de sa cachette et se dévoiler à tous.

Elle allait devoir se mettre à raconter la vérité. Commencer par Lydia était une sorte de grâce, sauf qu'avouer à son amie qu'elle lui mentait depuis toujours était une tâche délicate.

Mara inspira et lâcha :

— Douze ans.

Lydia hocha lentement la tête.

— Depuis qu'il a tué la sœur de Lowe ?

*Depuis qu'il est censé m'avoir tuée.*

L'avouer aurait dû être facile. Lydia la connaissait mieux que quiconque. Elles avaient fait connaissance dans le domaine du Yorkshire où s'était réfugiée Mara, puis Lydia avait suivi son amie lorsque celle-ci était venue à Londres ouvrir un orphelinat pour garçons.

— Nous avons tous nos secrets, Margaret, dit Lydia avec gentillesse.

— Ce n'est pas mon nom.

— Non, bien sûr.

Sa réponse désarçonna complètement Mara. Les larmes jaillirent de ses yeux, et son amie se pencha en avant avec un sourire.

— Vous n'avez pas plus été élevée dans une ferme du Shropshire que Lavande.

Mara jeta un regard sur l'animal qui, toujours assoupi, émit un ronflement de béatitude.

— Une ferme dans le Shropshire lui conviendrait parfaitement.

— Oh là là... fit Lydia avec un sourire. C'est une petite truie gâtée pourrie qui dort sur un coussin brodé et se régale de nos restes. Elle n'apprécierait ni la porcherie ni la pâtée... Si ce n'est pas du Shropshire, reprit-elle, d'où venez-vous ?

Mara baissa les yeux vers le bureau sur lequel elle travaillait depuis sept ans en espérant qu'on ne lui poserait jamais ces questions.

— Bristol.

— Vu votre accent, je doute que vous ayez été élevée sur les quais de Bristol.

L'image de la maison de son enfance lui revint. Son père disait qu'il aurait pu acheter l'Angleterre entière si l'envie lui en prenait, et pour montrer au monde combien il était riche, il avait fait construire une maison immense avec moult dorures, tableaux et marbres.

Il aimait particulièrement les portraits et couvrait tous ses murs de visages d'inconnus. « Un jour, je les remplacerai par ceux de ma propre famille », disait-il chaque fois qu'il accrochait un nouveau tableau.

Une maison hors de prix, d'un luxe outrancier, et ridiculement décorée. Et c'était la seule chose qu'il avait aimée.

— Non, en effet.

— Et le duc ?

Lydia savait. C'était une certitude.

— Je… je l'ai rencontré. Une fois.

Ni mensonge ni vérité. Le verbe « rencontrer » n'était pas le mot qui convenait pour décrire ce qui s'était passé entre eux. Ce jour-là, il était tard, la nuit sombre, la situation désespérée. Elle devait impérativement trouver une issue et s'était servie de lui.

— La veille de votre mariage.

Elle avait redouté cet instant pendant douze ans. Mais, à présent, elle n'avait plus à hésiter.

— Oui.

— Il ne vous a pas tuée.

— Non.

Lydia attendit.

Mara se frotta le bras machinalement.

— Je ne voulais pas que ce soit… un spectacle aussi affreux.

Elle avait prévu de souiller les draps d'un peu de sang, pour qu'on pense qu'elle avait été déflorée, puis qu'elle s'était enfuie avec un autre homme. Quant au jeune homme drogué, elle avait pensé qu'il aurait quitté la chambre avant que quiconque le trouve là. Mais voilà, elle avait été un peu trop généreuse avec le laudanum et le sang.

Lydia réfléchissait tout en tournant et retournant les enveloppes qu'elle tenait à la main.

— Je ne me souviens plus de votre nom.

— Mara.

— Mara, répéta Lydia comme pour le tester. Mara.

Mara hocha la tête. Entendre enfin son nom prononcé à haute et intelligible voix lui fit plaisir. Et pas du tout peur.

Il n'y avait plus de retour en arrière possible.

Finalement, Lydia s'écria avec force :

— Eh bien, mademoiselle Lowe, je suis très contente de faire votre connaissance.

Le soulagement suivit le plaisir.

— Quand le duc de Lamont mettra son plan à exécution, ma mystification sera découverte.

Lydia la regarda dans les yeux. Elle avait compris. Mara devrait fuir Londres. L'orphelinat serait ruiné si elle y restait associée.

— Son plan ?

— Les représailles.

Cet homme n'hésiterait pas à se venger, elle le savait. Mais elle aussi avait réfléchi et pris une décision. Sa vie serait anéantie, certes, mais elle ne partirait pas avant d'avoir assuré la sécurité des garçons.

— Mais moi aussi, j'ai un plan.

— Voilà qui ne m'étonne pas de votre part, dit Lydia avec un petit sourire.

— Je comprendrais que vous vouliez partir avant le scandale.

— Non, non, protesta Lydia. Je ne veux pas partir.

— Bien, fit Mara. Cette maison aura besoin de vous lorsque je ne serai plus là.

— Je serai là, affirma Lydia avec un hochement de tête.

L'horloge de l'entrée sonna, les ramenant à l'instant présent.

— Puisque nous en sommes à parler franchement, dit Lydia en lui tendant l'une des enveloppes qu'elle tenait toujours à la main, vous pourriez peut-être me dire pourquoi vous recevez des lettres d'un club de jeu.

Les yeux de Mara s'écarquillèrent. Elle prit l'enveloppe et l'examina. D'un côté, son nom et son adresse avaient été griffonnés hâtivement. De l'autre, un cachet représentait un ange féminin aux ailes ouvertes.

Elle ne le reconnut pas.

— C'est le cachet de *L'ange déchu*.

— Le club du duc de Lamont, s'écria Mara, le cœur battant.

— La maison de jeu la plus privée de Londres, acquiesça Lydia. La moitié masculine de l'aristocratie y perd des fortunes scandaleuses tous les soirs... Selon ce que j'ai entendu dire, les membres peuvent demander n'importe quoi d'extravagant, de licencieux ou tout simplement d'impossible à acquérir, le club le leur fournit.

— Si c'est impossible à acquérir, comment le club fait-il ? demanda Mara en riboulant des yeux.

— J'imagine que les propriétaires sont des hommes très puissants.

Mara se remémora les épaules larges de Temple, son nez cassé, son ton autoritaire, la façon dont il avait négocié leur accord.

— Sans doute, en effet, dit-elle en décachetant l'enveloppe.

Un chiffre et un mot traversaient le milieu de la feuille. Mara n'aurait jamais gâché autant de papier pour si peu de texte. Apparemment, l'économie n'était pas une priorité pour Temple – sauf, peut-être, l'économie de langage.

*21 heures.*

C'était tout. Sans signature, laquelle n'était d'ailleurs pas nécessaire.

Mara frémit. Il s'était écoulé un certain temps depuis que quelqu'un avait osé lui donner des ordres.

— Je ne suis pas sûre d'apprécier votre duc, dit Lydia, qui, penchée sur le bureau, examinait le message.

— Vu qu'il n'est pas mon duc, cela ne me gêne pas.

— Vous comptez y aller ?

Elle avait accepté un marché qui représentait à la fois son châtiment et son unique chance de sauver l'orphelinat.

Gardant le silence, elle baissa les yeux sur la seconde enveloppe.

— Celle-ci est beaucoup moins intéressante, dit Lydia.

C'était une facture, Mara le devina avant de l'ouvrir.

— Combien ?

— Deux livres et seize pence. Pour le charbon.

Plus que ne contenait la caisse. Et, à en juger par le froid de ce mois de novembre, l'hiver serait rigoureux. Une vague de panique menaça de submerger Mara, qui s'empressa de la refouler.

Elle trempa sa plume dans l'encrier, reprit le message du duc et écrivit au dos :

*10 livres.*

Avec un tout nouveau sentiment de puissance, elle remit le mot dans son enveloppe.

Il pouvait dicter les termes, oui, mais elle établirait le prix. Et dix livres maintiendraient les garçons au chaud toute l'année.

Elle raya son nom sur l'enveloppe, le remplaça par celui de Temple et rendit la lettre à Lydia.

— Il faudrait la faire porter au club. Quant à la facture, nous en parlerons demain.

# 5

Une couturière. Il l'avait amenée chez une couturière. En plein milieu de la nuit, comme si c'était un crime d'acheter des robes.

Certes, se faufiler de nuit par la porte de service d'une des plus célèbres couturières de Bond Street semblait un peu criminel. Aussi criminel que le frisson de plaisir qui avait traversé Mara lorsque, en entrant dans l'atelier du magasin, elle avait frôlé le corps puissant de Temple.

Puissance à laquelle elle n'avait accordé aucune attention, bien évidemment.

Elle n'avait pas non plus été frappée par son agilité, surprenante au vu de sa taille, quand il avait sauté de la voiture pour l'aider à en descendre, ouvert les portes devant elle, soutenant son coude, virevoltant pour l'entraîner, comme un danseur de ballet et non comme un boxeur.

On eût dit que la grâce lui avait été donnée dès le sein de sa mère.

Le cœur battant, elle se laissa pousser dans la pièce, où des lampes dessinaient des zones d'ombre et de lumière.

— Pourquoi sommes-nous ici ?

— Vous n'avez pas besoin de murmurer. Mme Hébert nous attend.

— Elle sait pourquoi nous venons ?

— J'imagine qu'elle pense que je veux habiller une amie en désirant que cela reste secret, répondit-il en partant explorer le magasin vide de ses employées.

— Cela vous arrive souvent ? demanda Mara en le suivant.

Il s'arrêta, et elle faillit buter contre son dos.

— J'ai peu de raisons de garder secrètes mes relations avec les jolies femmes, répondit-il en la regardant par-dessus son épaule.

Une image lui revint : le jeune et beau garçon au sourire audacieux dont les épaules larges et les yeux noirs l'avaient troublée douze ans plus tôt. Il n'avait aucune raison de cacher ses aventures. Il ne devait pas manquer de candidates pour partager son lit.

— Je l'imagine en effet.

— En partie grâce à vous, dit-il en écartant les pans d'un rideau qui cachait le salon d'essayage.

C'était une façon de lui rappeler qu'avant qu'elle ne se mêle de sa vie, il était l'héritier respecté d'un des plus riches duchés du pays. S'il avait gardé sa fortune, il devait la dépenser dans l'ombre. Il avait perdu le respect de ses pairs.

À cause d'elle.

Elle refoula le remords qui la titillait.

— Quand recevrai-je l'argent promis ?

— Quand vous aurez rempli votre part du marché.

— Comment puis-je savoir que vous tiendrez parole ?

Il la fixa longuement, et elle comprit qu'elle n'aurait pas dû mettre en doute son honneur.

— Vous devrez me faire confiance, répondit-il.

— Je n'ai jamais rencontré d'aristocrate digne de confiance, riposta-t-elle.

Des hommes désespérés, furieux ou dévoyés, oui, elle en avait rencontré. Mais honorables, non, jamais.

— Alors, réjouissez-vous, car on ne me considère pas comme un aristocrate, répliqua-t-il avant de tourner les talons.

Elle le suivit dans le salon d'essayage de Mme Hébert où celle-ci patientait tranquillement, comme si elle n'avait rien de mieux à faire que d'attendre le duc de Lamont.

Ce qu'il venait de dire fut aussitôt confirmé. Ce n'était pas le duc de Lamont qu'attendait la célèbre couturière, mais l'un des propriétaires du plus fameux cercle de jeu de Londres.

— Bonsoir, Temple, fit Mme Hébert, qui se hissa sur la pointe des pieds pour déposer un baiser sur la joue du jeune homme. Espèce de monstre magnifique ! Venant de n'importe qui d'autre, j'aurais repoussé la requête… mais vous résister m'est impossible, acheva-t-elle avec un sourire chaleureux.

— Vous ne résistez pas non plus à Chase, remarqua-t-il.

La Française éclata de rire.

— Eh bien, une femme d'affaires doit savoir de quel côté sa tartine est beurrée, comme vous dites en Angleterre.

Mara écoutait en silence ce badinage tout en se demandant combien de femmes Temple avait confiées au talent de la Française.

— Cette dame est très jolie, reprit Mme Hébert en la regardant.

Mara en perdit momentanément le souffle. Personne ne lui avait jamais fait un tel compliment. Enfin, peut-être autrefois… Mais pas depuis qu'elle avait fui.

Cependant, la couturière exagérait. Mara avait vingt-huit ans, des mains abîmées par le travail et plus de rides autour des yeux qu'elle ne l'aurait voulu. Elle n'était ni maquillée ni pomponnée comme les beautés qu'elle avait vues à *L'ange déchu* l'autre soir. Elle n'était pas non plus sophistiquée comme les dames de la société l'étaient.

Elle n'eut pas le temps de protester : Temple avait pris la parole en écartant le compliment sans même l'approuver.

— Elle a besoin d'être habillée.

— Je n'ai pas besoin d'être habillée ! protesta Mara.

La Française alla allumer les chandelles qui entouraient la petite estrade dressée au milieu de la pièce, agissant comme si Mara n'avait rien dit.

— Enlevez votre manteau, s'il vous plaît... Un trousseau complet ? demanda-t-elle en jetant un coup d'œil à Temple.

— Une demi-douzaine de robes du soir. Et autant de tenues de jour.

— Je ne... commença Mara.

Mme Hébert l'interrompit.

— Cela suffira à peine pour deux semaines.

— Elle n'a pas besoin de plus.

— Elle est là, non, celle dont vous parlez ? Dans cette pièce ? s'écria Mara, l'œil noir.

La couturière haussa les sourcils de surprise.

— Bien sûr, mademoiselle...

— Pour le moment, vous n'avez pas besoin de savoir son nom, jeta Temple, sèchement.

*Pour le moment*. Un jour, la couturière saurait son nom et son histoire. Mais pas ce soir, ni le lendemain, pendant qu'elle créerait les tenues qui causeraient la perte de Mara.

Les chandelles allumées projetaient sur le sol une flaque d'or dans laquelle Mara supposa qu'elle allait devoir entrer. La couturière sortit un mètre à ruban de sa poche et se tourna vers Mara.

— Mademoiselle, votre manteau, s'il vous plaît. Il faut l'ôter.

Mara ne bougea pas.

— Enlevez-le, ordonna Temple.

Il ôta lui-même le sien et s'assit sur un canapé, une cheville sur le genou opposé, et son manteau plié par-dessus. Son visage restait noyé dans la pénombre.

Mara émit un rire peu convaincant.

— Ah bon ? C'est ainsi que les choses se passent avec vous ? Vous ordonnez et la femme obéit ?

— Quand on en vient au moment où la femme doit se déshabiller, oui, c'est souvent de cette façon que les choses se passent.

Son ton narquois donna à Mara l'envie de taper du pied. Elle se retint et inspira à fond. Sortant un crayon et un carnet noir de sa poche, elle s'enquit :

— Combien vous coûte habituellement un effeuillage ?

Il eut l'air d'avoir avalé un gros insecte. Elle aurait ri si elle n'avait pas été aussi furieuse.

— Moins de dix livres, répondit-il lorsqu'il se fut repris.

— Oh, me serais-je mal fait comprendre ? s'écria-t-elle avec un sourire. C'était le prix de départ pour la soirée.

Elle ouvrit son carnet et feignit de réfléchir devant la page vierge.

— À mon avis, l'essayage coûte… un autre billet de cinq.

Il s'esclaffa lourdement.

— Vous recevez une sélection de robes parmi les plus belles de Londres, et je dois payer ?

— Les robes ne se mangent pas, Votre Grâce, signala-t-elle de sa voix d'institutrice.

Laquelle voix eut l'effet habituel.

— Une livre.

— Quatre, corrigea-t-elle avec un sourire.

— Deux.

— Trois livres et dix pence.

— Deux et dix, jeta-t-il.

— Trois.

— Vous êtes un escroc professionnel.

— Trois, donc, nota-t-elle, légèrement ivre d'excitation car elle n'avait pas espéré obtenir plus de deux livres.

— Allez-y, alors. Enlevez ce manteau.

Elle rangea le carnet dans sa poche et ôta son manteau, qu'elle alla déposer sur l'accoudoir du canapé, près de Temple.

— Vous êtes un prince parmi les hommes, vraiment… Dois-je aussi ôter ma robe ?

— Oui.

La réponse était sortie de la bouche de la couturière, qui se tenait derrière eux. Mara nota la brève lueur de surprise puis d'amusement qui éclaira le regard de Temple.

— Ne riez pas, dit-elle en pointant sur lui un doigt menaçant.

— Et si je ris ?

— Pour prendre vos mesures, mademoiselle, j'ai besoin que vous soyez le moins vêtue possible. Si c'était l'été et que vous ne portiez qu'une robe légère…

La couturière n'avait pas besoin de poursuivre ; on était fin novembre et, le froid sévissant déjà, la robe et la chemise de Mara étaient en laine.

— Retournez-vous, dit-elle à Temple, en posant les mains sur ses hanches.

— Non.

— Je ne vous ai pas accordé l'autorisation de m'humilier.

— Mais je l'ai achetée, riposta-t-il en s'affalant un peu plus dans le canapé. Détendez-vous. Mme Hébert a très bon goût. Laissez-la vous draper de soie et de satin, et laissez-moi payer.

— Vous croyez que trois livres vont me rendre plus malléable ?

— Je ne crois pas que vous puissiez jamais être malléable. Mais j'attends que vous teniez parole. Et rappelez-vous qu'à la fin, vous aurez une douzaine de robes neuves.

— Un gentleman respecterait ma pudeur.

— Je suis un vaurien, d'après la rumeur.

— Nul doute que, lorsque je vous connaîtrai un peu mieux, je vous donnerai un nom bien pire.

Il rit de bon cœur, d'un rire sonore dont le son riche et chaud émut Mara malgré elle.

— Je n'en doute pas non plus. Mais vous êtes sûrement assez forte pour supporter ma présence, même si vous êtes en petite tenue. D'autant plus que vous avez un chaperon.

Quel individu exaspérant ! Elle avait follement envie de le gifler. Non, c'eût été trop facile. Plutôt lutter avec les mots. Le battre avec les mots. Car Temple n'était pas seulement fort sur le ring, il était aussi doté d'une intelligence hors du commun.

Elle avait passé des années sous la domination masculine. Enfant, son père l'empêchait de vivre comme elle l'aurait aimé. Il contrôlait chacun de ses faits et gestes grâce à une armée de domestiques espions, de nounous doucereuses, de gouvernantes traîtresses. Il avait voulu la vendre à un homme trois fois plus âgé qu'elle, qui aurait sûrement été tout aussi autoritaire, et c'était pour cela qu'elle avait pris la fuite.

Mais même lorsqu'elle vivait dans la campagne du Yorkshire puis dans les rues sordides de Londres, elle n'avait pas réussi à échapper aux hommes. Elle n'avait jamais pu secouer leur mainmise – ils la dominaient, même s'ils n'en avaient pas conscience. Leur contrôle continuait à s'exercer sur elle à travers la peur qu'elle avait d'être découverte et condamnée à avouer son forfait. La peur de perdre tout ce pour quoi elle avait travaillé.

Et, à présent, alors même qu'elle s'exhortait au calme, elle ne pouvait chasser l'impression que cet homme faisait partie de la longue file d'individus qui brandissaient à son encontre leur pouvoir de mâle. Oui, il voulait obtenir réparation, et peut-être était-ce légitime. Et oui, elle l'avait accepté et elle tiendrait parole, mais il n'était pas question qu'elle ait peur de lui.

Cet individu était suffisant et content de lui, et elle avait très envie de lui rabattre son caquet.

Tant pis pour les éventuelles conséquences !

Elle se plaça dans la flaque de lumière et, se tournant face à Temple, elle offrit son dos à la couturière qui entreprit de déboutonner, délacer, dénouer ses différentes couches de vêtements.

Ses yeux scrutaient l'obscurité dans laquelle, supposait-elle, une expression triomphante devait se dessiner sur le visage de Temple.

— Eh bien, tant pis, dit-elle. Après tout, ce ne sera pas la première fois que vous me verrez en sous-vêtements.

Quoi ?

Tout se figea. Avait-elle dit ce qu'il pensait avoir compris ? L'expression narquoise qui éclairait le regard de Mara semblait le confirmer.

— Qu'avez-vous dit ? s'écria-t-il en se penchant en avant.

Elle haussa les sourcils, et il comprit qu'elle se moquait de lui.

— Auriez-vous un problème d'audition, Votre Grâce ?

Quelle femme exaspérante ! Il eut envie de renverser le mobilier délicat de cette pièce scandaleusement féminine et de la dénuder complètement.

Il allait se lever et exiger qu'elle s'explique un peu mieux lorsque la robe de la jeune femme tomba à ses pieds, la laissant vêtue d'une chemise, d'un corset et de presque rien d'autre.

Et là, il lui fut impossible de faire le moindre mouvement.

*Bon sang de bois.*

La Française se mit à tourner autour de Mara tout en l'examinant, ce qui permit à Temple de reprendre ses esprits.

— Elle va aussi avoir besoin de lingerie, dit Mme Hébert.

Temple n'était pas d'accord. Mara n'avait pas besoin de sous-vêtements du tout.

*Doux Jésus.*

Elle était parfaite. Et elle mentait. Car, s'il l'avait déjà vue en petite tenue, il s'en serait souvenu.

Jamais il n'aurait oublié la naissance des seins parsemée de taches de rousseur, ni la forme épanouie de ce que cachait la chemise. Non, jamais.

*Ce ne sera pas la première fois que vous me verrez en sous-vêtements.*

Il ferma les yeux, furieux de ne pouvoir se rappeler la nuit fatidique.

— Ils sont roux ?

La question de la couturière retentit dans la petite pièce comme une détonation. Mara sursauta.

— Je vous demande pardon ?

— Vos cheveux, précisa Mme Hébert. La lumière des chandelles change les couleurs. Mais ils sont roux, n'est-ce pas ?

— Ils sont bruns, dit Mara.

*Une cascade soyeuse de boucles auburn.*

— Auburn, dit Temple.

— Tiens ? Je ne vous croyais pas capable de remarquer la différence, dit-elle en baissant les yeux sur la couturière, qui travaillait agenouillée devant elle.

Ces cheveux avaient hanté sa mémoire durant douze ans. Il y avait eu d'innombrables moments où il avait décidé qu'ils relevaient de son imagination. Et elle aussi.

Mais non, elle avait réellement existé. Et elle n'était pas morte !

Ce qui faisait d'elle la clé de cette nuit. Elle s'en souvenait mieux que lui et était donc sa seule chance de reconstituer sa chute. Mais il n'avait jamais pensé qu'elle était restée avec lui plus longtemps que nécessaire pour le détruire.

Peut-être n'était-elle pas restée. Peut-être n'était-ce qu'un mensonge de plus. Peut-être qu'elle l'avait drogué et laissé là pour faire diversion pendant qu'elle fuyait Dieu seul savait quoi pour aller Dieu seul savait où, et peut-être que ses propos actuels n'étaient qu'une ultime tentative de torture.

Non, ce n'était pas un mensonge. Il le savait.

Mais savoir qu'elle était restée un moment avec lui avant de l'abandonner en le privant de tout souvenir était pire.

Il devait se reprendre, lui cacher son désarroi, songea-t-il en se laissant retomber contre le dossier.

— J'ai aussi noté que vous ne portiez pas de gants, dit-il.

Mara serra ses mains l'une contre l'autre.

— Quand on travaille de ses mains pour gagner sa vie... ce n'est pas possible.

Mais elle aurait pu éviter de travailler. Elle aurait pu être duchesse.

— Toutes les gouvernantes que j'ai connues en portaient, affirma-t-il.

Les mains de la jeune femme étaient rouges et rugueuses par endroits. C'étaient des mains habituées aux travaux manuels.

Il le savait parce que les siennes avaient le même aspect.

Comme si elle lisait dans ses pensées, elle décroisa les mains et les laissa pendre le long des hanches.

— Je ne suis pas une gouvernante ordinaire.

Sans aucun doute.

— Je ne vous ai jamais trouvée ordinaire en quoi que ce soit.

Mme Hébert se remit debout, s'excusa et les laissa seuls. Un long silence s'installa, que Mara brisa :

— J'ai l'impression d'être l'offrande préparée pour un sacrifice.

Il pouvait comprendre pourquoi. Une chaude lumière entourait l'estrade au milieu de la pièce obscure. Dans ses sous-vêtements blancs, Mara aurait pu aisément tenir le rôle de la vierge innocente que l'on va jeter au feu.

*Vierge.*

Le mot le troubla.

Avaient-ils...

La question fit naître en lui l'image de ce corps parfait étendu en travers d'un lit, les membres nus et ouverts pour l'accueillir. Par quoi commencerait-il ? La longue colonne du cou, la courbe des seins, le renflement discret du ventre, les secrets enfouis entre ces longues cuisses parfaites ?

Ce fut plus fort que lui, il se leva et avança. Elle referma les bras autour d'elle-même. Elle avait la chair de poule, remarqua-t-il.

*Il pourrait la réchauffer.*

— Vous avez froid ? demanda-t-il.

— Oui, je suis à moitié nue.

C'était un mensonge. Elle n'avait pas froid, mais elle avait les nerfs à vif.

— Je ne crois pas.

Elle lui jeta un regard acerbe.

— Pourquoi n'ôtez-vous pas vos vêtements pour voir s'il fait assez chaud ?

Les mots avaient jailli avant qu'elle les ait soupesés. Avant qu'elle se rende compte de ce qu'ils évoquaient. Curiosité. Frustration. Plus encore.

Il s'arrêta juste à la limite de la flaque de lumière dans laquelle elle baignait.

— Ai-je déjà fait cela ? demanda-t-il d'une voix brutale.

Elle baissa les yeux sur ses pieds dénudés. Il suivit son regard.

— Ce matin-là, j'étais complètement nu quand je me suis réveillé. Nu et couvert de sang. Ce n'était donc pas votre sang, acheva-t-il en entrant dans la lumière.

— Non, ce n'était pas le mien, acquiesça-t-elle en le regardant.

— D'où venait-il ?

— D'un cochon.

— Pourquoi ?

— Je ne voulais pas...

Bon sang, ce n'étaient pas des excuses qu'il cherchait, mais la vérité.

— Il suffit. Où étaient mes habits ?

— Je ne sais pas. Je les ai donnés à...

— À votre frère, sans doute. Mais pourquoi ?

— Nous... Je... j'ai pensé que, si vous étiez nu, cela retarderait le moment où vous pourriez vous mettre à ma recherche. Cela me donnerait plus de temps pour fuir.

— Et c'est tout ?

L'explication le décevait, découvrit-il avec horreur. Qu'avait-il espéré ? Qu'elle avoue avoir cédé à une réelle attirance ?

Peut-être.

Non. Bon sang ! Cette femme n'était qu'une source de problèmes. Il ne devait pas souhaiter l'avoir attirée.

Que voulait-il d'elle, à présent ? Il ne le savait plus.

— J'étais nu, Mara. Je me souviens de vos cheveux dénoués. De votre torse penché sur moi.

Elle rougit, et il sut ce qu'il voulait. Il monta sur la petite estrade en évitant de la toucher.

— Est-ce que nous avons...

— Excusez-moi, Votre Grâce.

— Un moment, madame Hébert, dit-il sans regarder la couturière.

La Française fit demi-tour sans discuter.

Il enlaça Mara et l'attira à lui. Les torses se soudèrent, les cuisses se touchèrent. Elle lâcha un petit cri, mais il n'entendit aucune peur dans sa voix.

Doux Jésus, elle n'avait pas peur de lui. Depuis quand n'avait-il pas tenu dans ses bras une femme qui ne le craignait pas ?

*Depuis qu'il l'avait tenue, elle.*

— Est-ce que nous l'avons fait, Mara ? chuchota-t-il à son oreille.

Et il ne put se retenir de lui mordiller le lobe, ce qui la fit frissonner de plaisir.

Pas de peur.

— Est-ce que nous avons baisé ?

Le mot ordurier la fit se crisper, et il refoula un stupide sentiment de honte.

Puis elle tourna la tête et lui rendit la pareille. Pressant les lèvres sur son oreille, elle l'embrassa une fois, deux fois doucement avant de le mordre. Le désir le traversa. Grands dieux, il la désirait plus qu'il n'avait jamais désiré personne, et ce bien qu'il la sût aussi dangereuse qu'un serpent venimeux.

— Si je vous le dis, cesserez-vous ce jeu ? Effacerez-vous la dette ?

Il n'avait jamais eu adversaire plus séduisant, ni plus habile.

Car, un instant, il songea à acquiescer. À tout effacer et à la laisser se sauver. Et peut-être l'aurait-il fait si elle avait pu lui rendre la mémoire.

Mais de cela aussi, elle l'avait dépouillé.

— Oh, Mara, dit-il en la lâchant avec quelque chose qui ressemblait vaguement à de la déception. Rien de ce que vous pourrez dire ne me fera vous pardonner.

Il sauta de l'estrade, regagna l'obscurité et appela Mme Hébert.

La couturière revint, une masse de satin et de dentelles sur les bras.

— Mademoiselle, s'il vous plaît, dit-elle en lui faisant signe d'enfiler la robe.

Mara hésita, mais Temple vit qu'elle regardait la robe comme si elle était à jeun depuis des jours et que ce que tenait la Française était de la nourriture digne d'un festin.

Pendant qu'elle passait la tête et les bras par l'ouverture d'une somptueuse robe mauve, il s'adressa à la couturière.

— Je ne veux pas qu'elle ait des habits confectionnés pour une autre femme. Tout doit être fait à ses mesures. Par vous.

Mme Hébert lui jeta un coup d'œil.

— Bien sûr. Cette robe est un modèle. Vous avez dit vouloir voir la collection.

Mara protesta dès que sa tête émergea à la lumière.

— Il ne vous suffit pas de m'humilier en restant là pendant que j'essaie des robes ? Il faut aussi que vous choisissiez à ma place ?

Mme Hébert se pencha, boutonna le dos de la robe, puis ajusta les plis de la jupe. Le corsage était un peu étroit et la taille trop lâche, remarqua Temple aussitôt.

Il n'avait jamais adhéré à l'idée que les habits pouvaient embellir qui les portait. Si une femme était séduisante, elle l'était dans n'importe quelle tenue. Et si elle ne l'était pas… eh bien, même la meilleure couturière n'était pas magicienne.

Pourtant, cette robe semblait relever de la magie, avec sa ligne pure, le scintillement du satin dans la lumière et la façon dont la couleur mauve soulignait la blancheur de la peau de Mara, ravivait les éclats rouges de ses cheveux et rehaussait le vert et le bleu de ses yeux.

Enfer ! Il réagissait comme une foutue bonne femme.

La jeune femme qui se laissait habiller devant lui était la Mara qu'il ne connaissait pas – celle qui avait été élevée dans l'opulence et aurait dû devenir duchesse de Lamont.

Et, dans cette robe, elle avait bien l'air d'une duchesse. D'une très jolie duchesse…

Temple eut envie de tendre la main.

Non.

— Il faudrait échancrer un peu plus le corsage.

— Mais non, Votre Grâce, protesta la couturière. Le corsage est parfait. Regardez comme il laisse deviner sans montrer.

Elle avait raison, bien sûr. Le corsage était juste assez échancré pour séduire sans choquer. Il avait remarqué tout de suite combien la coupe ajustée mettait en valeur ces charmants petits seins dont il avait envie d'examiner chaque tache de rousseur.

C'était parfait, certes, mais ce n'était pas l'élégance qu'il recherchait. Il voulait scandaliser.

— Plus bas, insista-t-il.

La couturière regarda Mara, et Temple espéra qu'elle protesterait, qu'elle exigerait qu'on ne touche pas au corsage.

Mais, devinant ce qu'il voulait, elle se déroba délibérément au combat. Elle resta immobile, la tête baissée dans un signe d'obéissance simulée.

Abandonnant Temple au sentiment d'être le pire des crétins.

— Combien de temps ? aboya-t-il.

— Trois jours.

Il fit oui de la tête. Trois jours, cela lui convenait.

— Il lui faudra aussi un masque.

— Pourquoi ? Le but n'est-il pas de me démasquer ? intervint Mara, agacée d'être une fois de plus tenue à l'écart de la conversation. Pourquoi me cacher ?

Il la regarda dans les yeux. Elle était un peuplier, et il était la bourrasque. Elle ne romprait pas.

Il cacha son admiration.

— Vous resterez cachée jusqu'à ce que je choisisse de vous montrer.

— Très bien.

Lorsque Temple vit la couturière commencer à déboutonner le corsage, il eut soudain très chaud. Mara retint un instant la robe avant de la laisser tomber.

— Dites-moi, Votre Grâce, devrai-je désormais me déshabiller devant vous ?

Le souffle court, Temple rêvait de recevoir quelques coups de poing, et d'en distribuer aussi.

— Je vous laisse seule, avec plaisir… Mais quand je reviendrai, vous avez intérêt à me dire la vérité sur cette nuit. Je ne vous quitterai pas avant que vous l'ayez fait. Ce n'est pas négociable.

Sans attendre qu'elle réponde, il écarta les rideaux et gagna l'autre partie de la boutique, remplie de rouleaux de tissu et de boîtes de mercerie. Inspirant profondément, il fit quelques pas dans l'espace peu éclairé et examina vaguement ce qui l'entourait en attendant d'être sûr que Mara était rhabillée.

Une vitrine ouverte l'attira. Plongeant la main dans un panier, il en sortit une longue plume noire et s'émerveilla de sa douceur. Il se demanda quel effet elle produirait, plantée dans les cheveux splendides de Mara.

Laissant tomber la plume comme si elle l'avait brûlé, il pivota vers le salon d'essayage. Mme Hébert se tenait sur le seuil.

— Le vert lui irait bien, dit-elle.

— Je veux aussi la robe mauve. Celle qu'elle a essayée.

Des années de métier avaient appris à Mme Hébert à garder pour elle ses réflexions. Elle osa pourtant suggérer :

— Avec ses cheveux et son teint, la dame devrait porter surtout du vert.

Aussitôt, il imagina Mara toute de vert vêtue, robe, lingerie, bas. Les bas… il aurait payé cher pour voir ses jambes.

Peut-être les avait-il déjà vues.

L'idée qu'elle gardait pour elle des secrets qui le concernaient autant qu'elle était insupportable.

— Faites-lui porter la couleur que vous voulez, ça m'est égal... Mais envoyez aussi la mauve, insista-t-il en passant près de la Française pour rejoindre Mara dans le salon d'essayage.

— Temple...

Entendre Mme Hébert prononcer son nom le fit se retourner.

— J'ai habillé des douzaines de vos femmes, dit la couturière.

— Les femmes de *L'ange*, précisa-t-il.

— Celle-ci n'est pas comme les autres.

L'euphémisme était de taille.

— En effet.

— Les habits ont un pouvoir indéniable, poursuivit Mme Hébert. Ils peuvent tout changer.

Propos sans intérêt, mais il n'était pas d'humeur à discuter avec une couturière qui s'y connaissait forcément mieux que lui en matière de vêtements. Il la laissa donc finir.

— Sachez précisément ce que vous désirez.

Exactement ce dont il avait besoin. Une couturière française aux propos sibyllins.

Il écarta les rideaux et regarda l'estrade sur laquelle Mara s'était tenue dans la superbe robe, droite et fière.

La pièce était vide.

*Sapristi.*

Elle s'était sauvée.

# 6

Trois minutes, peut-être moins.

C'était tout le temps dont elle disposait pour se cacher avant qu'il ne se lance à sa recherche.

Mara enfila la grande cape chaude que Lydia l'avait convaincue d'acheter afin d'emmener les garçons se promener sans prendre froid, et descendit la ruelle derrière la boutique en cherchant un recoin où se tapir.

Plus ce serait près de la boutique, mieux cela vaudrait.

Temple penserait qu'elle avait cherché à s'éloigner le plus possible. Elle n'avait donc qu'à se blottir dans l'obscurité et à attendre qu'il passe devant elle.

Jamais il n'imaginerait qu'elle était restée près de la boutique.

Elle avait appris à se cacher durant douze longues années – en fait, elle l'avait appris dès les douze premières heures de sa fuite. Mais aujourd'hui elle ne disposait pas d'une voiture avec un cocher bien payé, ni d'une légion de gens disposés à l'aider. Aujourd'hui, elle n'avait ni argent ni relations influentes. Et son adversaire était l'un des personnages les plus puissants de Londres.

S'il la rattrapait, il l'obligerait à dire la vérité.

Or, la vérité sur cette nuit d'autrefois était le seul atout de Mara. Il n'était pas question qu'elle l'abatte aussi facilement.

Ce n'était pas pour cela qu'elle avait fui, cependant. Elle avait fui parce qu'elle craignait de ne pas pouvoir lui résister.

Son cœur s'emballa.

Grâce à l'étrange architecture de Mayfair, elle s'enfonça rapidement dans un labyrinthe d'impasses et de ruelles, et elle se glissa derrière un grand tas de Dieu seul savait quoi en essayant d'inhaler le moins possible la puanteur environnante.

*L'aristocratie produisait autant, sinon plus, d'ordures que les autres classes.*

Interrompant le flot de ces réflexions maussades, des pas retentirent.

Des pas lourds, masculins.

Pressant le front sur ses genoux, elle tenta de se faire toute petite et s'immobilisa.

Les pas s'éloignant, elle bondit sur ses pieds. Elle devait fuir tout de suite dans la direction opposée, vite et loin.

Mais cela la libérerait-il ? Elle en doutait. Temple et elle étaient étroitement liés, à présent.

Cela marcherait au moins pour ce soir. Et, une fois seule, elle pourrait réfléchir. Se reprendre. Élaborer une stratégie. Se battre.

Elle prit une profonde inspiration et sortit de la ruelle. Cinq pas plus loin, elle buta sur un mur vivant.

*Temple.*

Sauf que ce n'était pas lui. Parce que, s'il lui faisait éprouver de la colère, de la frustration, de l'irritation, jamais il ne l'avait effrayée.

Comme le faisait en ce moment l'homme qui l'avait agrippée et lui soufflait dans le nez une haleine puante.

— Eh bé, qu'est-ce qu'on a là ?

Elle se figea, tel un petit lapin pris au piège. L'homme la poussa vers un acolyte, qui la retint d'une poigne de fer. Le premier l'examina de la tête aux pieds. Cela fait, il lui adressa un sourire édenté.

— V'là-t'y pas qu'on est les gars les plus chanceux de Londres, ce soir ! Avec une fille qui nous tombe directement sur les genoux !

— C'est là que tu seras bientôt, poupée, approuva son ami en soufflant dans l'oreille de Mara.

Les mots menaçants la firent sortir de sa stupeur. Elle se débattit à coups de pied et de poing, en se tortillant dans tous les sens, jusqu'à ce que son ravisseur la maintienne tout contre lui et que son odeur – alcool, sueur et vêtements sales – lui soulève l'estomac.

— On n'aime pas, nous, quand les femmes font les difficiles, souffla-t-il à son oreille.

— Eh bien, ça tombe mal parce que je me sens tout à fait d'humeur difficile, riposta-t-elle.

Il la repoussa contre un mur si brutalement que ses poumons se vidèrent d'un coup. La panique la submergea.

Crier n'était plus possible. *Elle ne pouvait plus respirer.*

Sa terreur laissa la place à la colère.

Les larmes affluèrent, et elle se débattit de plus belle. Sans grand effet. La main droite de l'homme tira sur sa cape, dont les agrafes volèrent, et retroussa ses jupes. Un courant d'air froid s'enroula autour des chevilles de Mara, remonta sur ses mollets, atteignit ses genoux.

— Tiens-la bien, dit le premier homme, qui défaisait déjà le rabat de son pantalon.

Mara retrouva miraculeusement le souffle. Ce n'était plus la mort qu'elle voyait approcher, mais quelque chose de pire encore.

Elle frappa son agresseur, le griffa, rua autant qu'elle put, mais sentit vite qu'elle n'était pas de taille. Changeant de tactique, elle chercha le couteau glissé dans la doublure de son manteau.

Elle le trouva au moment où les mains de l'homme se refermaient sur sa jambe, au-dessus du genou. Écœurée de sentir ces doigts sales sur sa peau, à cet endroit précis, elle ferma brièvement les yeux. Tout en sortant le couteau de sa cachette.

Son agresseur l'aperçut avant qu'elle ait pu l'utiliser et tendit la main.

Elle n'était pas de taille, se répéta-t-elle avec épouvante. Cet homme était trop fort pour elle.

Il lui arracha le couteau et le pressa sur sa gorge.

— Idiote ! Des trucs comme ça, c'est trop dangereux pour les petites filles dans ton genre.

La peur céda la place à l'horreur.

Puis, subitement, la masse puante disparut comme par magie, et le couteau de Mara ricocha sur les pavés, tandis que s'élevait un rugissement qui, au lieu de la terroriser, lui procura un immense soulagement.

*Temple.*

Elle était libre. L'homme chargé de la maintenir l'avait lâchée dès que le duc était arrivé et se tenait à présent un peu à l'écart, les yeux fixés sur son ami, qui se faisait proprement rosser par Temple.

Mara recula précipitamment et alla se recroqueviller dans un coin.

De coups de poing en gifles, Temple repoussait son adversaire contre le mur, aussi violemment qu'elle l'avait été quelques minutes plus tôt, et nul doute que le malfrat éprouvait la même peur qu'elle tandis que le boxeur à mains nues le plus célèbre d'Angleterre utilisait chaque once de son talent et de sa force.

Mais Temple n'agissait pas en lutteur professionnel respectueux des règles. Il cherchait le sang.

Ses gestes étaient précis et mesurés, résultat d'années d'entraînement, mais sa colère se sentait dans chacun de ses coups, dont seule la succession rapide maintenait l'homme debout.

Son acolyte parut s'en rendre compte et jugea que sauver son ami était beaucoup moins important que se sauver lui-même.

Malheureusement pour lui, sortir de l'impasse l'obligeait à passer devant Temple. Lequel ne comptait pas le laisser s'en tirer à si bon compte.

Lâchant son adversaire, il attrapa le fuyard par le col et le jeta à terre. C'est alors que le premier voyou ramassa le couteau de Mara, qui vit la lame briller dans l'obscurité.

— Il a un couteau ! cria-t-elle, prête à se battre pour protéger Temple comme il l'avait protégée.

Elle n'en eut pas le temps. D'un coup de genou, Temple envoya à terre l'homme qui brandissait l'arme. Le couteau glissa sur les pavés et s'arrêta à quelques centimètres des pieds de Mara, qui l'intercepta.

— Plus. Jamais. Tu. Ne. Frapperas. Une. Femme ! se mit à scander Temple en ponctuant chaque mot d'un coup bien placé.

L'homme gémit.

— Qu'est-ce que tu as dit ? demanda Temple en se penchant sur lui.

Un second gémissement lui répondit.

Temple souleva l'individu par les revers de sa veste et le lâcha. La tête de l'homme heurta les pavés.

— Je ne t'entends pas.

L'homme secoua la tête, les yeux fermés.

— Je… je ne…

Un coup de pied le réveilla.

— Tu quoi ?

— Je ne frapperai plus une…

— Une quoi ?

— Une femme.

Temple recula d'un pas.

— Lève-toi.

L'homme obéit tant bien que mal.

— Emmène ton salopard de copain avec toi si tu veux qu'il vive.

L'homme aida son camarade à se mettre debout et, clopin-clopant, tous deux s'éloignèrent. Toujours recroquevillée, Mara les suivit des yeux avant de chercher le regard de Temple.

Jurant entre ses dents, il vint s'accroupir près d'elle.

— Mara ?

En entendant son nom prononcé de cette voix douce et grave à la fois, elle sentit quelque chose se dénouer en elle, et elle fut prise de tremblements incoercibles. Les mains de Temple hésitèrent à quelques centimètres d'elle. Tout près d'elle, mais sans la toucher. De peur de l'effrayer, se dit-elle.

Le geste était si attentionné, si gentil, qu'il était difficile de ne pas le prendre pour une preuve d'amitié.

« Merci d'être arrivé à temps », aurait-elle voulu dire.

Les mots se dérobèrent. Et cela n'eut pas d'importance, car il la prit dans ses bras et l'étreignit.

Et, pour la première fois depuis des années, elle se sentit en sécurité.

Pour la première fois depuis toujours, peut-être.

Elle s'abandonna à son étreinte, heureuse de sa chaleur, de sa force, de sa stature. Il baissa la tête sur la sienne et l'encercla de tout son corps.

— Vous ne risquez plus rien, murmura-t-il, la bouche dans ses cheveux. Vous êtes en sécurité. Ils ne reviendront pas, promit-il en la berçant.

Ses lèvres frôlèrent la tempe de Mara.

Elle le crut.

Elle se fia à la voix douce, aux mains qui, après avoir corrigé ses assaillants, caressaient son dos et ses jambes, tiraient ses jupes sur ses chevilles, tandis que sa chaleur chassait le froid de la peur.

— Vous les avez battus. Ils étaient deux. Et vous étiez tout seul.

— Je vous l'ai dit : je ne perds jamais, dit-il d'un ton délibérément léger.

— Quelle arrogance…

— Je ne suis pas arrogant. C'est la vérité.

Elle ne sut que répondre.

— Vous n'avez pas mis votre manteau, remarqua-t-elle.

— Je n'avais pas le temps. Il fallait que je vous retrouve.

— Merci, dit-elle.

Le mot ne lui était pas familier.

— Ne me remerciez pas, dit-il en resserrant son étreinte. J'étais très en colère.

Elle sourit contre sa veste.

— Je l'imagine sans peine.

— Je le suis peut-être toujours, mais je suis encore trop terrifié pour pouvoir le dire avec certitude.

Elle rejeta la tête en arrière et chercha ses yeux dans l'obscurité.

— Terrifié ?

Il se détourna.

— Peu importe. L'essentiel est que vous soyez saine et sauve.

Elle l'était. Grâce à lui.

— Mais comment…

— Ne vous ai-je pas dit que je vous retrouverais où que vous soyez ?

Elle secoua la tête. Il était passé devant l'endroit où elle se terrait. Elle l'avait entendu.

Et pourtant il l'avait trouvée.

Il repoussa ses cheveux d'une main.

— Comme je ne vous voyais toujours pas, j'ai rebroussé chemin.

— Si vous n'étiez pas revenu sur vos pas…

Il la pressa un peu plus sur sa poitrine.

— N'y pensons plus puisque je l'ai fait, déclara-t-il.

Il l'avait fait, et elle était indemne.

— Merci, fit-elle à la poitrine ferme dont la chaleur la réconfortait.

Sa main retomba sur le bras de Temple, qui se crispa et émit un petit sifflement de douleur.

Elle se redressa immédiatement et ôta sa main.

— Vous avez mal au bras ?

— Ce n'est rien.

— Ce n'est pas rien

Sa manche était fendue et, lorsqu'elle écarta le tissu, elle vit la même déchirure dans la chemise, et du sang qui suintait.

— Il vous a blessé.

Les boutons de la veste avaient volé pendant la bagarre et se trouvaient sans doute éparpillés sur les pavés.

— Ôtez ça, dit-elle en commençant à dénouer la cravate. Vous avez besoin de soins.

— Tout va bien, dit-il en retenant son poignet.

— Non, non, protesta-t-elle, prise de remords. Je n'aurais pas dû fuir.

— Comment ?

— Si je n'avais pas fui…

Une fois de plus, elle lui avait fait du mal.

— Non.

Libérant sa main, elle voulut dénouer la cravate. Il l'arrêta et posa une main chaude sur sa joue.

— Ne dites pas cela. Ne le pensez pas. Ce n'est pas votre faute.

— Vous êtes blessé, dit-elle en plongeant les yeux dans son regard noir.

Il eut un sourire en coin.

— J'avais besoin de me battre, de toute façon.

— Ce n'était pas ce combat-là que vous cherchiez.

— Mais si, mais si…

— Il faut rentrer, dit-elle en s'apprêtant à l'aider à se mettre debout.

Ignorant sa main, il se releva d'un mouvement fluide. Une fois debout, il resta immobile une seconde. Un vertige, devina-t-elle.

Elle se glissa sous son bras valide.

— Appuyez-vous sur moi.

— Non.

— Pourquoi ?

— Vous voulez que je vous écrase ?

Elle sourit.

— Je suis plus forte que je n'en ai l'air.

Il baissa les yeux sur elle.

— Je pense que c'est la première vérité que vous me dites.

Le commentaire la troubla.

— Je vais prendre ça comme un compliment.

— Vous devriez.

Non, non, se morigéna-t-elle, il ne fallait surtout pas qu'elle apprécie ces moments d'intimité.

*Trop tard.*

— Je n'ai pas besoin d'aide.

Levant les yeux, elle remarqua la crispation de la mâchoire, la ligne déterminée de ses lèvres. Et elle les reconnut.

Combien de fois avait-elle jeté ces mots à la tête de tel ou tel qui offrait de l'aider ? Elle avait passé tant de temps dans la solitude et la misère qu'il ne lui venait pas à l'esprit qu'on puisse aider autrui sans attendre quelque chose en retour.

Ou, pire, sans qu'on cherche à contrôler sa vie.

— Je vois, dit-elle doucement.

— Parfois, j'ai en effet l'impression que vous me voyez, répondit-il après un bref silence.

Il prit sa main, et elle se crispa. Il le remarqua.

— Dois-je payer pour cela aussi ?

Elle se souvint de leur marché et rougit. En réalité, le contact de cette peau rugueuse sur la sienne éveillait en elle un plaisir incongru dont elle avait honte.

— Non, dit-elle. C'est gratuit.

Ils rebroussèrent chemin en silence. Une sorte de camaraderie s'établissait entre eux à la faveur de la nuit. Elle se dissiperait probablement à la lumière, quand ils se rappelleraient leur passé et leur présent et qu'ils songeraient à l'avenir, quel qu'il soit.

Aussi jugea-t-elle prudent de garder le silence.

Lorsqu'ils sortirent de la ruelle, le cocher de Temple sauta à terre pour ouvrir la portière et abaisser le marchepied, et ils s'installèrent à l'intérieur de la voiture, genou contre genou. Toujours en silence.

Arrivé devant son hôtel particulier, Temple descendit le premier.

— Entrez.

Elle le suivit sans mot dire.

— L'histoire de notre relation est un peu trop entachée de violence, Votre Grâce, dit Mara comme elle entrait dans la bibliothèque, la pièce où, après lui avoir expliqué la raison de sa réapparition, elle l'avait drogué pour la seconde fois.

Temple ôta sa veste, ne gardant que sa chemise tachée de sang.

— Et de qui est-ce la faute ? demanda-t-il d'une voix moins agressive qu'elle ne l'avait craint.

Presque gentille.

L'adjectif convenait étrangement à cet homme connu dans tout Londres pour sa force brutale. Et qui, envers elle, se montrait impitoyable et attentionné à la fois.

Décoller la chemise de la plaie lui arracha un grognement étouffé. Heureusement, les bords de la plaie étaient nets, constata Mara lorsqu'il fut torse nu.

En entrant dans la maison, il avait fait chauffer de l'eau et rassemblé des linges propres, avec une efficacité qui suggérait que ce genre de situation ne lui était pas inhabituel.

— Asseyez-vous, dit Mara en trempant un linge dans l'eau.

Il s'assit dans un fauteuil, et elle entreprit de nettoyer la plaie.

Gardant le silence, il se laissa faire, ce qui aurait dû la surprendre. Ce qui aurait dû les surprendre tous les deux.

Mara s'obligea à ne regarder que la balafre rouge de chair déchirée qui montrait de quelle violence elle aurait pu être la victime, de quelle sauvagerie il l'avait sauvée. Ces horribles individus n'auraient pas hésité à la poignarder si elle leur avait résisté un peu trop longtemps à leur goût.

Retenant son souffle tant l'odeur de Temple – trèfle et thym – la troublait, elle s'appliqua à ne toucher que la plaie, sous laquelle la tache noire d'un tatouage frémissait en même temps que le muscle.

Ses yeux suivaient le va-et-vient du linge vite rougi qu'elle trempait dans l'eau avant de l'appliquer de nouveau sur la plaie, d'où suintait toujours un peu de sang.

Elle leur interdisait d'aller fureter ailleurs, sur les cicatrices dont le torse de Temple était largement pourvu, entre les collines et les vallées de la large poitrine, parmi les volutes fines de poils noirs avec lesquels ses doigts mouraient d'envie de jouer.

— Vous n'êtes pas obligée de me soigner, murmura-t-il.

— Mais si, voyons, riposta-t-elle sans le regarder. Sans moi...

La main de Temple s'empara de la sienne et la pressa contre sa poitrine nue, et elle sentit les poils se hérisser contre son poignet.

— Mara... souffla-t-il d'une voix sourde.

Elle fit celle qui n'avait pas entendu et tortilla son poignet pour se libérer.

— Bon, d'accord, soignez-moi, dit-il en la lâchant.

— Il faudrait faire quelques points.

— Vous vous y connaissez en plaies qu'il faut recoudre ?

Elle en avait soigné et recousu des douzaines. Plus qu'elle ne pouvait en compter. Trop, même, alors qu'elle n'était qu'une enfant.

— Oui. Et celle-ci a besoin de points.

— Je suppose que cela me coûtera quelque chose ?

Elle sursauta. Pendant un moment, elle s'était permis de croire qu'ils étaient amis.

*Idiote.*

Rien n'avait changé. Cet homme était toujours en quête de vengeance, et elle d'argent. Il valait mieux pour eux deux qu'ils le gardent à l'esprit.

— Ce sera une bonne affaire, dit-elle.

— Dites votre prix.

— Deux livres, répondit-elle avec dégoût.

Le regard de Temple s'éclaira d'une lueur qu'elle ne reconnut pas – du dégoût, comme elle ? –, mais qui disparut avant qu'elle ait pu l'identifier. Il ouvrit un tiroir de la table à côté de lui et en sortit une aiguille et du fil.

— Faites-le, alors.

Seul un homme fréquemment blessé gardait une aiguille et du fil à portée de main, se dit-elle en s'autorisant à regarder brièvement l'entrelacs de cicatrices, à différents stades de guérison, qui ornait la poitrine de Temple.

*Que de souffrances il a dû endurer ces douze dernières années…*

Elle alla verser deux doigts de scotch dans un petit verre.

— N'espérez pas me le faire boire.

— Je n'ai pas mis de drogue dedans. Vous m'avez vue faire, non ?

— Je préfère quand même m'abstenir.

— Ce n'était pas pour vous, de toute façon, dit-elle en trempant l'aiguille dans l'alcool, avant de couper une bonne longueur de fil.

— Quel dommage de gâcher un si bon scotch !

— Cela rendra les points moins douloureux.

— Balivernes.

Elle haussa les épaules.

— La femme qui m'a appris à recoudre les plaies tenait ce truc d'hommes blessés sur le champ de bataille. Cela semble sensé.

— Il est vrai qu'à la guerre, les hommes aiment bien avoir une bouteille d'alcool près d'eux.

Jugeant inutile de répondre, elle enfila l'aiguille et examina la plaie.

— Cela va faire mal, prévint-elle.

— Malgré mon excellent scotch ?

— Vous me le direz.

Il siffla doucement lorsqu'elle piqua.

— Nom de nom…

— Vous voulez un verre ? demanda-t-elle.

— Non, je préfère n'avoir affaire qu'à votre arme visible.

Elle pinça les lèvres. Elle ne rirait pas. Elle ne le trouverait pas amusant. Ni intéressant. Ni même gentil. C'était un ennemi, pas un ami.

Elle effectua sa tâche rapidement, avec la précision née de l'expérience. Comme elle coupait le fil, il sortit du tiroir un pot d'onguent.

— Voilà pourquoi vous sentez cette odeur, dit-elle en reconnaissant le parfum de trèfle et de thym qui s'échappa du pot lorsqu'elle l'ouvrit.

— Vous l'aviez remarquée ?

— Il est impossible de ne pas la remarquer, dit-elle en rougissant malgré elle.

Elle porta le pot à son nez et inhala. Puis elle plongea le doigt dedans et le promena sur la peau enflammée autour de la plaie en veillant à ne pas lui faire mal. Ensuite, elle plia un linge propre et pansa soigneusement le bras de Temple.

— Vous aurez une vilaine cicatrice, dit-elle.

— Ce ne sera ni la première ni la dernière.

— Mais c'est celle dont je suis responsable... Cela vous amuse ? demanda-t-elle en l'entendant glousser.

— Je trouve intéressant que vous revendiquiez l'unique cicatrice qui n'a rien à voir avec vous.

— Les autres me concernent ? s'écria-t-elle, sidérée.

Il inclina la tête et la regarda attentivement.

— Chacune a été récoltée dans un combat. Et je ne me serais pas battu si je n'avais pas été...

Il s'interrompit, et elle se demanda comment il allait finir sa phrase.

*Si je n'avais pas été accusé à tort.*

*Si je n'avais pas été exclu de la société.*

*Si je n'avais pas été arraché à la vie que j'aurais dû mener.*

— ... Temple, acheva-t-il simplement.

*Temple*. Le nom qu'il avait pris après qu'elle avait fui et l'avait laissé se débrouiller avec des draps pleins de sang et une accusation de meurtre. Le nom qu'il avait pris à la place de William Harrow, marquis de Chapin, futur duc de Lamont.

Elle regarda ses cicatrices, le réseau de lignes blanches et roses auxquelles s'ajoutaient des meurtrissures récentes dues à sa profession.

Sauf que ce n'était pas une profession.

Il était riche et titré, et s'il n'avait pas été accusé de son meurtre, il n'aurait pas eu à se battre.

*Temple, le boxeur.* Voilà ce qu'elle avait fait d'un jeune homme innocent. Voilà pourquoi il était normal qu'elle le soigne.

Qui donc le soignait d'ordinaire ?

N'osant poser cette question, elle en choisit une autre, moins dérangeante :

— Pourquoi ce nom de Temple ?

— Que voulez-vous dire ?

— Pourquoi avez-vous pris ce nom ?

— Je suis bâti comme un temple, non ? proposa-t-il avec un petit sourire.

Des années de mensonge firent comprendre à Mara qu'il évitait la vérité et qu'insister ne servirait probablement à rien.

— Et ces taches d'encre ?

— Vous n'aimez pas mon tatouage ?

La main de la jeune femme s'approcha et resta en suspens.

— Allez-y, dit-il. N'ayez pas peur.

Elle leva les yeux et vit qu'il observait sa main.

— Je ne devrais pas.

— Vous en avez envie, dit-il en faisant jouer le muscle, ce qui modifia le dessin. Cela ne me fera pas mal, en tout cas.

La pièce n'était pas chaude – dehors, la neige tombait mollement –, et pourtant le bras de Temple était brûlant. Mara passa le doigt sur le dessin, des circonvolutions qui s'entremêlaient gracieusement autour d'un espace noirci, et s'émerveilla de la douceur de sa peau.

— Comment fait-on cela ? demanda-t-elle.

— Il faut une petite aiguille, un grand pot d'encre et beaucoup de talent.

— Qui est l'artiste en question ?

— L'une des filles du club, répondit-il, fasciné par la danse des doigts de Mara sur sa peau frémissante.

— Elle est très habile.

— C'est vrai et, grâce au Ciel, elle a la main sûre.

*Est-elle votre maîtresse ?* Mara se retint de poser la question. Elle ne voulait pas connaître la réponse. Peu lui importait qu'une jolie femme se soit amusée à le perforer trente-six mille fois avant de… avant de quoi ?

— Est-ce que cela vous a fait mal ?

— Moins que certains combats.

La douleur était son lot quotidien, après tout, se dit-elle. Et cela ne la regardait pas.

— À mon tour de poser des questions, déclara-t-il.

— Quel genre de questions ? s'inquiéta-t-elle en s'écartant.

Comme si elle n'avait pas su depuis des années qu'un jour il lui faudrait s'expliquer.

Si au moins il avait eu une chemise...

S'il insistait pour qu'elle lui parle de cette nuit d'autrefois, la nuit où elle avait commis une erreur dramatique, il serait préférable qu'il soit habillé. Et qu'il se tienne moins près d'elle. Et surtout qu'il soit moins attirant.

— Comment se fait-il que vous soyez si habile pour soigner les plaies ?

Ce n'était pas la question à laquelle elle s'attendait, aussi ne put-elle repousser les images qui l'assaillirent. Sang et cris. Lames pointues et piles de linges souillés. Le dernier souffle de sa mère, les larmes de Kit et le visage indéchiffrable de leur père, ne manifestant ni émotion ni remords.

— Ces douze années m'ont procuré beaucoup d'occasions de soigner des blessures, répondit-elle évasivement en baissant les yeux.

Il ne répondit pas et laissa passer un moment de silence. Puis il glissa un doigt sous le menton de Mara et l'obligea à le regarder dans les yeux.

— La vérité, maintenant.

Elle tenta d'ignorer l'effet troublant que produisait ce simple contact.

— Vous croyez me connaître assez pour deviner quand je mens ?

Un nouveau silence s'installa. Les doigts de Temple caressèrent la joue de Mara, la courbe de son oreille, la colonne de son cou, s'attardant à l'endroit où son pouls battait follement.

Et, durant tout ce temps, elle soutint son regard, refusant d'être la première à se détourner. Même lorsqu'il fit pivoter son visage sur le côté et parut sur le point de lui donner le baiser qu'elle désirait tant.

Ses lèvres effleurèrent une fois, deux fois celles de Mara, y allumant un incendie dévastateur.

Elle soupira contre sa bouche, et un râle sourd monta de la gorge de Temple. Elle en frémit tout entière.

Mais, au lieu du baiser désiré, elle n'eut droit qu'à un petit discours horripilant :

— Toute ma vie, j'ai vu des gens mentir, Mara. Des hommes et des femmes, des gentlemen et des vauriens. En matière de vérité et de mensonge, je suis devenu un excellent juge.

Sentant ses doigts s'attarder sur son cou, elle avala sa salive.

— Et je suppose que vous ne mentez jamais ?

— Je mens tout le temps. Mais c'est normal, puisque j'appartiens à la pire espèce de vauriens.

Oui, il était un vaurien, elle le croyait. Mais cela ne l'empêchait pas de se demander quel effet cela lui ferait de lui dire la vérité, de déposer à ses pieds la pile de ses faits et gestes, de ses soucis et de ses erreurs, et de le laisser juger ses bonnes actions comme ses péchés.

— Dites-moi la vérité, suggéra-t-il. Qui avez-vous soigné, Mara ?

Son ton caressant – comme si, ayant attendu douze ans, il était prêt à patienter encore quelques instants – lui donna follement envie de lui répondre.

Puis une phrase revint l'assaillir.

*Rien de ce que vous pourrez dire ne me fera vous pardonner.*

Comment oublier ces mots ? Il voudrait toujours se venger.

La vérité était une chose étrange, fugace, insaisissable – si peu de gens la disaient, et on ne la remarquait souvent que parce qu'elle détonnait parmi les mensonges qu'on disait.

Mara choisit la fuite, de nouveau.

— Personne en particulier. Je sais me servir d'une aiguille, voilà tout.

— Je rétribuerai la vérité, dit-il.

Il eut beau dire cela d'une voix douce, elle fut blessée.

— Elle n'est pas à vendre.

Il ne renonçait pas, elle le vit à son regard. Aussi fit-elle la seule chose à laquelle elle pensa pour le distraire. Elle se hissa sur la pointe des pieds et l'embrassa.

# 7

Si on lui avait demandé de parier sur ce qui se produirait dans cette pièce ce soir-là, il aurait peut-être émis l'hypothèse qu'il embrasserait Mara.

Il en avait eu envie dès qu'il l'avait prise dans ses bras, dans la ruelle.

*Avant cela, même.*

Depuis le moment où elle l'avait bouleversé en laissant entendre qu'ils avaient peut-être eu des relations intimes, autrefois.

Qu'il ait eu les nerfs tendus après s'être battu, c'était normal.

Ce qui était plus inquiétant était que cet état se soit changé en désir alors qu'elle lui caressait le bras dans la ruelle et s'inquiétait de sa blessure et de sa douleur.

Pendant le trajet de retour, cela l'avait tenaillé au point qu'il n'avait pu s'empêcher de prier la jeune femme d'entrer.

Autant jeter du sel sur une plaie, car il savait très bien qu'une fois chez lui, il la désirerait encore plus. Ces longues jambes, ce joli visage, cette splendide chevelure auburn qu'il mourait d'envie de dénouer, que de beautés affolantes !

Et ce n'était rien comparé aux sensations qu'éveillaient en lui le caractère de la jeune femme, son rire, ses vives reparties, ses regards tantôt acides, tantôt tendres.

Son désir s'était intensifié pendant qu'elle recousait sa plaie, et alors, oui, il avait parié qu'il l'embrasserait.

Mais pas qu'elle l'embrasserait. Cela, non !

Ce fut pourtant ce qu'elle fit.

Une main sur la nuque de Temple, elle inclina sa tête vers la sienne et captura ses lèvres.

Il se pétrifia et s'interdit de l'étreindre, redoutant de l'effrayer s'il posait ses mains de géant sur ses épaules délicates, craignant qu'elle ne prenne de nouveau la fuite.

Puis la bouche innocente de Mara s'ouvrit, et il sentit le bout de sa langue promener sur sa lèvre inférieure une caresse douce, torturante.

Il n'y tint plus.

Un râle lui échappa, et il referma les bras autour d'elle. Ce bruit de gorge parut inquiéter Mara, mais il ne put le retenir. D'ailleurs, contrôlait-il encore quelque chose ?

La soulevant contre lui, il trouva l'angle parfait pour l'embrasser comme elle devait l'être. Comme il avait rêvé de l'embrasser.

Et elle lui rendit la pareille. Ses mains entourèrent le cou de Temple, ses doigts s'enfoncèrent dans ses cheveux. Lorsqu'il glissa la langue dans sa bouche, elle soupira de plaisir, ce qui le bouleversa encore plus.

Il mordilla sa lèvre inférieure et se délecta de la sentir frissonner dans ses bras. Ses mains jouèrent avec ses cheveux, éparpillèrent les épingles, libérèrent un flot de boucles auburn. Il les caressa une fois, deux fois puis recula la tête pour mieux la voir.

— Temple, protesta-t-elle.

— Attendez, murmura-t-il. Laissez-moi vous regarder.

Jamais il n'avait vu une telle beauté. Son regard la dévora – la cascade soyeuse des cheveux dans lesquels la lumière de la chandelle allumait des éclats fauves, les yeux bleu et vert que voilait un mélange de frustration et de désir, les lèvres déjà légèrement tuméfiées par ses baisers...

Il reprit sa bouche, avec le désir fou de graver dans sa mémoire le son de ses soupirs, le parfum de sa peau, le poids si léger de son corps contre lui, toutes choses si nouvelles pour lui...

À moins que...

Il écarta la tête de nouveau. Elle rouvrit les yeux.

— Vous devriez vraiment arrêter d'arrêter, dit-elle avec un sourire.

— Chez la couturière... commença-t-il, et aussitôt il souffrit de voir le voile de la sensualité déserter les yeux de la jeune femme. Ce que vous avez dit lorsque Mme Hébert vous a demandé de vous dévêtir...

*Ce ne sera pas la première fois que vous me verrez en sous-vêtements.*

— Nous avons déjà fait cela, acheva-t-il.

— Oui, dit-elle en baissant les yeux sur le tatouage qui ornait le bras de Temple.

Non. Ce ne pouvait être vrai. Il ne l'aurait pas oublié. Il se serait souvenu d'elle, de sa saveur, de ses gestes. De tout ce qu'elle était.

Il embrassa son cou puis le creux de sa clavicule, y plongea la langue, savoura le soupir qu'elle ne put retenir lorsqu'il desserra le lacet du corsage et glissa une main sous le tissu pour caresser l'extrémité d'un sein.

Pour le libérer.

*Doux Jésus, il n'aurait pas pu oublier tant de perfection.*

Il chercha son regard.

— Nous avons déjà fait cela, n'est-ce pas ? répéta-t-il.

Elle hésita, et cette pause le frustra. Il ne supporterait pas qu'elle mente de nouveau.

Soudain, cela lui parut plus important que n'importe quoi d'autre. Il abaissa les épaisseurs de vêtements, laissant la robe sombre et la chemise crème découvrir une peau claire sur laquelle la lumière vacillante de la chandelle éveilla des éclats d'or.

— William... souffla-t-elle.

Son véritable prénom.

Il s'immobilisa.

— Comment m'avez-vous appelé ?

Elle hésita.

— Je...

Personne ne l'avait appelé ainsi depuis plus d'une décennie. Même autrefois, peu de gens le faisaient. Seules les femmes qui partageaient son lit utilisaient son prénom, et il y prenait plaisir. Cela les rendait plus proches, plus accueillantes. Il se croyait aimé, pauvre idiot qu'il était.

— Dites-le.

— William.

*Doux Jésus. Il avait déjà vécu cela.*

S'il l'avait oublié, c'était qu'elle y avait veillé. Elle lui avait donc tout volé de cette nuit-là, même ce moment.

Il la relâcha comme si elle l'avait brûlé, et peut-être était-ce le cas. Peut-être le fait qu'elle l'ait privé du souvenir de cette nuit était-il la plus grave de ses fautes, maintenant qu'il pouvait apprécier le trésor dont sa mémoire avait été dépouillée.

Il se mit debout, et un léger vertige le prit. Il attendit une fraction de seconde avant de s'éloigner de quelques pas, furieux de l'effort que cela lui coûtait.

— Que s'est-il passé d'autre cette nuit-là ?

Elle garda le silence.

*Bon sang de bois.*

Que s'était-il passé ? L'avait-il fait se déshabiller ? L'avait-il embrassée partout ? Lui avait-elle rendu la pareille ? S'étaient-ils donné du plaisir avant qu'il ne se réveille dans la peau du Duc Tueur et qu'il ne puisse plus jamais toucher une femme sans voir l'inquiétude envahir son regard ?

Ou bien Mara s'était-elle contentée de l'utiliser ? S'était-elle empressée de le droguer et de partir ?

La colère l'envahit comme une fièvre.

— Nous nous sommes embrassés. Je vous ai vue en petite tenue. Et ensuite ? Avons-nous…

Elle se raidit, attendant qu'il achève la phrase avec le mot grossier qu'il avait osé prononcer chez la couturière.

— L'avons-nous fait, oui ou non ? insista-t-il.

*Je n'ai jamais rencontré d'aristocrate digne de confiance.*

*Seigneur… Lui avait-il fait du mal ?*

À seize ans, elle était sans doute vierge. L'avait-il prise avec les ménagements nécessaires ?

Jamais à sa connaissance il n'avait couché avec une jeune fille vierge. L'avait-il fait cette nuit-là ?

Et si… L'orphelinat. Les garçons.

*Était-il possible que l'un d'eux soit son fils ?*

Son cœur s'affola.

Non. Elle n'aurait pas disparu comme une voleuse en emmenant son enfant. Ou bien si ?

Il lui jeta un coup d'œil.

Mara rajustait son corsage et arborait une expression sereine, comme s'ils étaient en train de deviser des débats au Parlement ou du temps hivernal.

Il revint auprès d'elle et s'arrêta à quelques centimètres.

— Vous me devez la vérité, dit-il en se retenant difficilement de la secouer.

Pendant un instant, il vit quelque chose dans le regard de Mara. Elle y réfléchissait, comprit-il. Elle songeait à lui révéler la vérité.

Puis son regard changea. Et voilà… elle choisissait une autre tactique.

Lorsqu'elle parla, ce fut d'une voix assurée.

— Nous avons passé un marché, Votre Grâce. Vous obtenez réparation et moi, mon argent. Si vous voulez la vérité sur cette nuit d'autrefois, je serai heureuse d'en négocier le prix.

Il en resta muet une seconde. Quelle audace ! Il n'avait jamais rencontré quelqu'un d'aussi effronté. Et, tout en mourant d'envie de la ligoter et de la harceler jusqu'à ce qu'elle réponde à ses questions, il admirait son sang-froid.

— Il semble que vous ayez eu affaire à des canailles et que vous en ayez tiré de profitables leçons.

— Vous seriez surpris de découvrir ce que douze années passées à devoir se débrouiller seule peuvent faire d'une femme, répliqua-t-elle avec aigreur.

Ils étaient debout, face à face. Mara faisait une adversaire plus à sa hauteur que beaucoup d'autres, songea Temple. Peut-être parce que tous les deux avaient connu la misère et l'angoisse. Peut-être parce que aucun d'eux n'avait l'habitude de faire confiance à autrui.

— Je ne serais pas surpris du tout, admit-il.

— Alors, vous êtes d'accord pour discuter de clauses supplémentaires ?

Il faillit accepter. Il faillit même annuler la dette de Christopher Lowe, rendre au frère et à la sœur leur argent, le domaine et les maisons de leur père, tout ce que celui-ci leur avait légué et que son imbécile de fils avait perdu.

Parce que, découvrit-il, ce qu'il souhaitait plus que tout, c'était se souvenir de cette nuit, la revoir, la revivre. Il le désirait plus que le droit de reprendre son nom. Plus que tout ce qu'il possédait.

Mais elle ne pouvait pas plus lui rendre la mémoire que lui rendre les années perdues.

Tout ce qu'elle pouvait lui donner était la vérité.

Et il l'obtiendrait.

Il y avait un homme dehors, devant l'orphelinat.

Elle aurait dû s'y attendre. Temple l'avait renvoyée chez elle dans une voiture glaciale, où elle avait plus souffert de son absence que du froid. Elle aurait dû se douter qu'il la ferait suivre dès que, rejetant toute précaution, elle lui avait offert la vérité sur cette nuit d'antan – en échange d'une certaine somme. Bien sûr qu'il allait la surveiller. Elle était devenue encore plus précieuse.

La vérité était la plus recherchée des marchandises.

La voiture était restée là, telle une sentinelle, tandis qu'elle entrait dans la maison, montait l'escalier et s'écroulait sur son couvre-lit. Elle s'était endormie alors que les lanternes du véhicule projetaient des ombres mouvantes sur le plafond de sa petite chambre.

Il avait neigé toute la nuit, et une fine poudre blanche saluait ce premier jour de décembre. Lorsqu'elle regarda la rue dans la lumière grise, elle constata que la voiture était partie. Un duvet blanc soulignait les traces des roues, et à la place du véhicule se tenait un individu énorme, engoncé dans un manteau épais. Son chapeau baissé jusqu'aux sourcils et son écharpe remontée sur ses joues ne laissaient voir qu'une bande de peau sombre et des yeux aux aguets.

À rester là, immobile dans le froid hivernal, il allait attraper la mort.

Bon, se dit-elle, il n'y avait pas là de quoi s'étonner. Temple la faisait surveiller car il craignait qu'elle ne prenne de nouveau la fuite et qu'il ne puisse pas faire reconnaître son innocence et la châtier comme il en mourait d'envie.

Tout en se préparant pour les leçons de la journée, elle se dit qu'elle avait autre chose à faire qu'à se soucier de Temple et de la soirée de la veille.

Ce baiser ? Elle n'y pensait plus. Non, plus du tout.

Il lui fallut pourtant un moment avant de parvenir à chasser ce souvenir de sa tête.

Lydia était dans l'entrée, un paquet d'enveloppes à la main et une ride entre les sourcils.

— Nous avons un problème.

— Je vais le renvoyer, déclara Mara sans s'arrêter.

— Quel que soit le problème auquel vous pensez, ce n'est pas celui dont je voulais vous parler, dit Lydia en montrant les enveloppes.

Mara sentit son cœur sombrer. Le fait que Temple la fasse surveiller n'était pas le plus grave de ses problèmes. Il était rare qu'on en ait un seul à la fois, se rappela-t-elle, s'efforçant d'être philosophe.

Elle entra dans son cabinet de travail et s'assit derrière son bureau. Lydia prit le fauteuil qui lui faisait face.

— Nous avons perdu notre crédit, annonça-t-elle d'un ton dépité.

Il fallait s'y attendre. Cela faisait des mois qu'elles ne payaient plus leurs notes. À cause de Kit, la caisse de l'orphelinat était quasiment vide.

— Auprès de qui ?

Lydia feuilleta les factures.

— Le marchand de fruits et légumes. Le libraire. Le cordonnier. Le laitier. Le boucher…

— Mon Dieu, se sont-ils réunis pour décider de réclamer ensemble leur dû ?

— On dirait. Mais ce n'est pas le pire.

— Les garçons n'auront rien à manger, et il y a pire ?

Frissonnant de froid, Mara alla ouvrir le poêle. Il était vide. Elle le referma.

— Oui, c'est cela, le pire, dit Lydia en agitant la dernière enveloppe.

Le charbon.

À Londres, les hivers étaient longs, froids et humides, et l'orphelinat aurait besoin de charbon pour que les garçons restent en bonne santé.

En vie.

— Deux livres et seize pence, lui rappela Lydia.

— Flûte, flûte, flûte, marmonna Mara.

— C'est exactement ce que je pensais.

Maudites factures.

Maudits créanciers.

Et maudit soit son père à cause de qui tout était arrivé.

Maudit encore soit son frère qui avait joué et tout perdu. Y compris ce qui ne lui appartenait pas.

Et maudits soient Temple et sa maison de jeu pour avoir ramassé leur fortune sans hésiter jusqu'au dernier sou.

— Nous avons une maisonnée de garçons dont les pères font partie des hommes les plus riches d'Angleterre, dit Lydia. Il n'y a personne pour nous aider ?

— Ce n'est pas possible.

Publier la liste des pères indignes aurait pour résultat de scandaliser Londres et de nuire gravement à l'avenir des garçons. Sans parler de la réputation de l'orphelinat. Qui leur confierait un enfant ensuite ?

— Et les pères eux-mêmes ?

Les messieurs qui venaient de nuit déposer leur progéniture indésirable. Les personnages influents qui brandissaient d'odieuses menaces pour la dissuader de livrer leur nom à la presse. Mieux valait ne pas compter sur eux. Ils se vengeraient, et pas uniquement sur elle.

— Ils se sont lavé les mains de ces garçons. Je n'irai sûrement pas frapper à leur porte.

Il y eut un bref silence.

— Et le duc ?

Mara ne feignit pas de ne pas comprendre. Le duc de Lamont était riche comme Crésus, et très puissant. Mais il était aussi furieux contre elle.

— Eh bien, quoi ?

Lydia hésita, et Mara devina que son amie cherchait ses mots. Comme si elle-même n'avait pas déjà envisagé cette possibilité !

— Si vous lui disiez la vérité, à savoir que votre frère a joué de l'argent qui ne lui appartenait pas…

*Rien de ce que vous pourrez dire ne me fera vous pardonner.*

La promesse sinistre résonna dans la tête de Mara.

La veille au soir, elle avait eu le tort de n'offrir à Temple que des demi-vérités, puis de demander à être payée en échange d'un récit détaillé de leur nuit d'antan.

Elle s'assit.

Non. Le duc ne les aiderait pas. Elle était seule avec ses problèmes. Les garçons dépendaient d'elle. C'était à elle de veiller sur eux.

Elle se leva et alla extraire un livre de la bibliothèque. Elle le serra contre elle, le souffle court, chaque fibre de son être protestant contre ce qu'elle s'apprêtait à faire. Ce livre représentait sa sécurité. Son avenir. L'assurance que plus jamais elle ne connaîtrait la pauvreté et la faim. Qu'elle n'aurait pas à dépendre de l'aide d'autrui.

C'était sa planche de salut, le fruit de douze années de travail et d'économie. Elle avait prévu de l'utiliser dès que Temple l'aurait ruinée et obligée à fuir de nouveau. Mais la santé des garçons était plus importante que sa propre survie.

Elle posa le livre sur le bureau et l'ouvrit. Une cavité creusée dans les pages contenait un sac de toile qui tinta lorsqu'elle le sortit.

— Mon Dieu, qu'est-ce que cela ? s'écria Lydia.

C'était ce qu'elle avait épargné durant toutes ces années de travail. Un shilling ici, un shilling là.

Ce qui faisait aujourd'hui douze livres et quatre shillings. Pas plus.

— Payez le charbon, le laitier et le boucher, dit-elle sans répondre à la question de son amie. Prenez votre salaire et celui d'Alice. Et faites ce que vous pouvez pour effacer ou réduire les autres dettes... jusqu'à ce que l'aîné de nos garçons ait besoin de nouveaux habits et de nouvelles chaussures.

Lydia examina l'argent et secoua la tête.

— Même avec ça...

Elle n'avait pas à achever sa phrase. Cet argent ne leur suffirait pas pour tenir tout l'hiver. Il les amènerait tout juste au Nouvel An.

Il n'y avait qu'une solution, se dit Mara. Accepter de passer plus de temps avec le duc de Lamont.

Elle se leva et sortit dans le vestibule. Hissés sur les accoudoirs des fauteuils ou accrochés à l'embrasure des deux fenêtres, les garçons fixaient l'homme qui se tenait dehors. Intriguée, Lavande trottinait quelques mètres derrière le petit groupe. Mara la prit dans ses bras, craignant que l'un des enfants ne bascule sur elle.

— Ça fait au moins une heure qu'il est là, dit Henry.

— Il n'a pas l'air d'avoir froid !

— C'est pas possible ! Il neige ! rétorqua Henry comme s'il était le seul à avoir des yeux.

— Il est presque aussi grand que celui qui est venu voir Mme MacIntyre l'autre jour, dit Daniel avec un mélange d'effroi et d'admiration.

Certes, il était moins grand que Temple, approuva-t-elle en son for intérieur.

— Oui ! Celui-là, il était grand comme une maison !

Plus grand encore, et plus beau. L'idée la troubla. Que lui importait qu'il soit beau ou laid. Sa beauté ne lui faisait ni chaud ni froid. Vraiment. Elle ne l'avait même pas remarquée. Pas plus qu'elle n'avait remarqué l'espèce de faiblesse qui la prenait lorsqu'il l'embrassait.

Bref, il était exaspérant. Et impossible. Et envahissant. Et beaucoup plus beau que l'individu qui montait la garde devant la maison.

Ce dont elle se fichait éperdument, n'est-ce pas ?

— Vous croyez qu'il est là pour l'un de nous ? demanda George d'une petite voix inquiète.

Cela obligea Mara à intervenir.

— Messieurs.

Les garçons sursautèrent et, lâchant les rideaux, se bousculèrent les uns les autres, si bien que l'étrange structure s'écroula, laissant une demi-douzaine d'entre eux sur le sol. Mara lutta contre le fou rire tandis qu'ils se relevaient, repoussaient leurs cheveux en arrière et tiraient sur leurs manches.

— Madame MacIntyre ! s'écria Daniel. Vous êtes revenue !

— Bien sûr que je suis revenue, dit-elle avec un sourire.

— Vous n'étiez pas au dîner, hier soir. Nous avons pensé que vous étiez partie, dit Henry.

— Pour toujours, ajouta George.

Le cœur de Mara se serra. Ces garçons avaient beau jouer aux guerriers et feindre de ne rien craindre, ils gardaient, ancrée en eux, la peur d'être abandonnés. Mara passait beaucoup de temps à s'efforcer de les rassurer. Et à leur prédire que ce serait eux qui la quitteraient un jour.

Sauf qu'aujourd'hui ce n'était plus vrai.

Elle allait devoir les laisser. Elle allait envoyer une lettre aux journaux, montrer son visage à la société de Londres, et ensuite elle n'aurait pas d'autre choix que de les quitter. Il ne lui resterait que cette solution pour éviter que le scandale ne dissuade les donateurs de financer l'orphelinat et n'affecte la vie des garçons.

Le cœur serré, elle s'accroupit, ce qui incita Lavande à se débattre pour se libérer. Elle déposa un baiser sur la tête blonde de George et sourit à Henry.

— Jamais, affirma-t-elle, honteuse de duper ainsi d'innocents enfants.

— Où étiez-vous, alors ? demanda Daniel, fidèle à son habitude d'aller au cœur du sujet.

Que répondre ? Elle ne pouvait quand même pas raconter à ces jeunes garçons que l'homme dont ils avaient admiré la stature l'avait emmenée essayer de nuit des habits plus propres à une prostituée qu'à une gouvernante, puis que des malfrats avaient tenté de la violer avant que le même homme à la stature impressionnante la libère et l'embrasse.

— J'avais… à faire… en ville.

— Hé, vous avez vu ? Il y a deux hommes dehors, maintenant ! s'écria Henry, qui était retourné à la fenêtre. Et avec une grande voiture noire ! On pourrait tous tenir dedans, et il y aurait encore de la place !

Les autres garçons le rejoignirent aussitôt et, malgré elle, Mara les imita. Avant même de l'apercevoir au-delà des petites têtes et des nuques maigrichonnes, elle sut qui se trouvait dans la rue enneigée.

Temple, bien sûr.

Sans prendre le temps de la réflexion, elle ouvrit la porte d'entrée et se dirigea vers la voiture. Temple discutait avec l'autre homme et lui tournait le dos, mais à peine eut-elle fait quelques pas vers lui qu'il lui jeta un coup d'œil par-dessus son épaule.

— Rentrez, vous allez attraper la mort.

— Que faites-vous ici ?

Il dit à son compagnon quelque chose qui fit ricaner ce dernier, puis se tourna vers elle.

— C'est une voie publique, madame MacIntyre. Je peux avoir trente-six raisons d'être là. Maintenant, faites ce que je vous ai dit. Rentrez.

— Je n'ai pas froid, répliqua-t-elle. Et, sauf si vous cherchez une femme pour réchauffer votre lit, vous n'avez sûrement pas trente-six raisons d'être ici. Dans votre état, cet effort me semble bien stupide.

— Qu'est-ce qui vous fait dire cela ?

— Le fait que je vous aie recousu le bras il y a moins de douze heures.

Il haussa une épaule.

— Je me sens très bien. Suffisamment bien en tout cas pour vous porter à l'intérieur et vous envelopper dans une bonne cape chaude.

Effectivement, il avait l'air en pleine forme, songea-t-elle en le regardant attentivement. Il émanait de lui une telle puissance que c'en était presque gênant.

— Vous n'êtes pas en état de me porter. La plaie pourrait se rouvrir.

— Vous êtes inquiète ? demanda-t-il.

— Non, répondit-elle par instinct.

— Je crois que si.

— Votre blessure vous a peut-être brouillé la tête, rétorqua-t-elle, agacée. Il se trouve simplement que je ne veux pas avoir à recommencer mon travail.

— Pourquoi pas ? Vous pourriez me dépouiller de deux livres de plus. J'ai vérifié, à propos. C'est du vol. Un chirurgien m'aurait pris deux shillings. Trois au plus.

— Dommage que vous n'ayez pas eu de chirurgien sous la main, alors. J'ai demandé ce que vous m'avez paru pouvoir payer. Et cela vous coûtera le double si je dois recommencer.

— En tout cas, si vous n'avez pas froid, rentrez au moins pour cette pauvre petite truie. Elle, elle va sûrement prendre froid.

Elle baissa les yeux sur Lavande, assoupie dans le creux de son bras.

— Elle ne m'a pas du tout l'air mal en point.

Elle vit le regard de Temple passer au-dessus d'elle, et cela lui donna l'impression inédite d'être petite et frêle, alors qu'elle dépassait d'une demi-tête beaucoup d'hommes de sa connaissance.

— Bonjour, messieurs, dit-il.

Elle se retourna. Les résidents de la Maison pour Garçons MacIntyre s'étaient rassemblés dans l'ouverture de la porte, prêts à dévaler le perron couvert de neige.

— Jeunes gens, dit-elle de sa voix d'institutrice. Rentrez et allez prendre votre petit déjeuner.

Ils ne bougèrent pas d'un centimètre.

— Est-ce que chaque individu mâle de l'espèce humaine est forcément exaspérant ? marmonna-t-elle.

— On dirait, répondit Temple.

— C'était une question rhétorique.

— Je vois que la voiture vous intéresse, les garçons. Allez la regarder de plus près si vous voulez.

Il n'en fallut pas plus pour que les enfants dévalent les marches comme si une marée les poussait vers le grand véhicule noir. Sur un signe de Temple, le cocher descendit de son perchoir, ouvrit la portière et abaissa le marchepied.

Des exclamations d'excitation et de stupéfaction fusèrent tandis que les garçons entouraient la voiture.

— Vous n'aviez pas à faire ça, maugréa Mara.

Elle ne voulait pas qu'il soit gentil avec eux. Qu'il leur inspire confiance – alors que de lui dépendait qu'ils aient le ventre bien rempli et un toit sur la tête.

— Cela me fait plaisir, dit-il. J'imagine qu'ils ont rarement l'occasion de voyager en voiture.

— Non, en effet. Ils ne connaissent rien au-delà de Holborn, hélas.

— Je comprends.

Sûrement pas. Héritier d'un immense duché, il avait grandi au sein d'une famille très fortunée. Il lui suffisait de claquer des doigts pour obtenir ce qu'il y avait de mieux dans tous les domaines – clubs, écoles, vêtements, livres et tableaux, voyages – et une demi-douzaine de voitures. Au moins.

Néanmoins, il avait appris ce que c'était que d'être seul. D'être la victime de circonstances sur lesquelles il n'avait aucun pouvoir.

Elle poussa un long soupir. En cela, du moins, ils étaient semblables.

— Votre Grâce…

— Temple, corrigea-t-il. Personne ne m'appelle ainsi.

— Cela arrivera, assura-t-elle. Bientôt.

Le regard de Temple s'éclaira.

— Oui. Cela arrivera.

Elle se souvint de la promesse qu'il avait faite la nuit où ils avaient trouvé un accord. À savoir qu'elle serait la dernière femme qu'il paierait pour sa compagnie.

— Et alors ? demanda-t-elle.

Elle regretta aussitôt de lui avoir montré qu'elle s'intéressait à lui.

— Alors, tout sera différent, répondit-il d'un ton assuré. Quel âge a-t-il ? demanda-t-il en désignant Daniel.

Elle regarda le garçon aux cheveux bruns qui, ayant toujours assumé le rôle de meneur, entraînait à grands cris ses camarades dans une folle sarabande autour de la voiture.

— Onze ans, répondit-elle.

— Depuis combien de temps est-il avec vous ?

— Depuis le début.

Les yeux de Temple s'assombrirent.

— Dites-moi, avez-vous projeté de maintenir en permanence le secret de cette nuit en suspens au-dessus de ma tête ? Vous êtes-vous montrée à moi avec l'idée que cette nuit et ses mystères vous aideraient à récupérer l'argent perdu par votre frère ? M'avez-vous recousu uniquement pour m'amener à de meilleurs sentiments ? Est-ce pour cela que vous m'avez embrassé ? Avez-vous monté ce plan une fois que votre frère a eu tout perdu ?

Il acheva sa tirade par un rire tonitruant, ce qui donna à Mara le temps de se reprendre. Elle était sidérée qu'il puisse la croire capable d'une telle machination. Démentir lui parut cependant inutile.

*Rien de ce que vous pourrez dire ne me fera vous pardonner.*

Elle se détourna et regarda les garçons, qui cherchaient à savoir s'ils pouvaient tenir tous dans la voiture.

— Seize ! cria l'un d'eux comme Henry, poussé par-derrière par Daniel, tentait de s'enfoncer dans la masse.

Mara s'avança, prête à les sermonner.

— Laissez-les, dit Temple en la retenant. Ils méritent bien de jouer un peu.

— Ils vont abîmer le rembourrage des sièges.

— Cela se répare facilement.

Bien sûr. Il était riche au-delà de tout ce qu'elle pouvait imaginer.

Elle revint à leur conversation.

— Je n'avais rien planifié.

— Et pourtant, vous m'avez proposé un marché au lieu de dire la vérité.

Elle n'avait pas eu le choix.

Un vent glacial dévalant Cursitor Street, elle pivota pour se protéger. Sa robe de laine n'était pas suffisamment épaisse. Lavande s'éveilla et émit un petit grognement de protestation. Voyant la jeune femme frissonner, Temple la tira vers lui, pour la mettre à l'abri de son corps majestueux.

Elle résista à l'envie de s'appuyer sur lui. Comment se faisait-il qu'il émane toujours de lui une chaleur si réconfortante ?

— Votre cochon a froid, dit-il en caressant la joue du petit animal, qui se recroquevilla.

Mara se demanda brièvement ce qu'elle éprouverait si ces doigts longs et fins lui caressaient la joue…

Serait-elle jalouse du cochon ? Quelle idiotie !

Elle se redressa et regarda Temple, qui souriait devant l'attitude confiante du petit cochon.

— Combien de temps me ferez-vous surveiller ? demanda-t-elle.

— Le temps que j'arrive à mes fins.

La réponse peu aimable encouragea Mara à insister :

— Et notre accord ?

Cessant de caresser Lavande, il la regarda.

— Je crois pouvoir obtenir l'information d'une autre façon.

Un frisson la parcourut. Excitation. Peur. Et quelque chose qu'elle ne chercha pas à identifier.

— Je n'en doute pas. Mais je suis plus forte que vous ne le pensez.

— Vous êtes exactement aussi forte que je le pense.

Le vent fouetta les jambes de Mara, enroulant ses jupes autour d'elle.

— En attendant, j'aurai l'honneur d'être l'objet de votre vigilance.

Il eut un petit sourire en coin.

— Je suis heureux que vous voyiez le bon côté des choses.

— Et que coûte cette surveillance ? demanda-t-elle.

— Rien.

— Cela ne figurait pas dans notre accord.

— En effet, mais l'accord stipulait que je vous paierais pour votre temps. Cette surveillance est prise sur mon temps. Et ce sont mes hommes qui l'effectuent.

— En nous épiant comme des bandits.

— Cela vous soulage de me traiter de bandit ? Cela vous aide à vous absoudre de vos péchés ?

Mara se détourna.

— Je voudrais simplement que vos hommes et vous n'effrayiez pas les enfants.

Temple jeta un œil à la voiture.

— Ils n'ont pas l'air terrorisés.

Les garçons avaient changé de jeu. Sept ou huit d'entre eux s'étaient hissés sur le toit de la voiture, et les autres tentaient de les rejoindre avec l'aide du cocher et du garde de Temple.

Temple et ses hommes s'étaient immiscés dans sa vie, songea Mara, et avaient séduit ses élèves avec rien d'autre qu'une belle voiture et quelques mots gentils. En deux jours, Temple avait bouleversé sa vie. Et il menaçait de la dépouiller de tout ce à quoi elle tenait.

Elle ne le supporterait pas.

Pressant Lavande sur son sein, elle sortit le petit carnet noir de sa poche.

— Je vous ai donné suffisamment de mon temps pour aujourd'hui, dit-elle. Disons une couronne[1] ?

— Je ne vous ai pas demandé de me rejoindre, protesta-t-il.

Elle lui décocha un sourire narquois.

— Eh bien, je l'ai fait quand même. Vous avez de la chance, non ?

— Oh oui, fit-il en se balançant d'avant en arrière sur ses talons. J'ai toujours beaucoup de chance quand je suis avec vous.

— Une couronne, donc.

Elle le nota sur son carnet et se tourna vers la voiture.

— Les garçons ! cria-t-elle. Il est temps de rentrer.

Ils ne l'entendirent pas. À croire qu'elle n'avait rien dit.

— Les gars, jeta tranquillement Temple, et ils se tournèrent tous vers lui. Cela suffit pour aujourd'hui.

Les garçons descendirent du toit de la voiture sans rechigner, comme s'ils avaient attendu ces mots-là, cette voix-là, cette autorité-là.

Elle eut envie de hurler.

Au lieu de quoi, elle se dirigea vers la maison.

— Vous n'êtes pas invité, lui lança-t-elle en se sentant suivie.

— La vérité finira par surgir, Mara.

— Pas aujourd'hui.

— Demain, alors.

— Cela dépend, éluda-t-elle.

— De quoi ?

— Du contenu de votre portefeuille.

La réplique le fit rire. Un son riche et chaud qui la troubla malgré elle.

1. Une couronne vaut cinq livres. *(N.d.T.)*

— Demain soir, je compte sur vous, dit-il. J'imagine que ce privilège me coûtera dix livres de plus.

— C'est un bon début, dit-elle en feignant une désinvolture qu'elle était loin d'éprouver.

Dix livres… du charbon pour tout l'hiver !

Il la suivit des yeux jusqu'à ce qu'elle aït disparu dans la maison.

# 8

Lorsque Mara entra dans son cabinet de travail le lendemain matin, ce fut pour découvrir qu'elle avait une traîtresse pour collaboratrice et amie.

Lydia et le duc de Lamont devisaient tranquillement, comme s'il était parfaitement normal qu'un homme de son espèce passe un moment dans un orphelinat, et tout aussi normal qu'une gouvernante boive chacune de ses paroles. Ulcérée, Mara referma la porte d'un coup sec.

Temple se mit debout, et Mara refusa de prêter attention à l'onde chaude qui la pénétra soudain. L'hiver était rigoureux, et le charbon n'avait pas encore été livré. Ce n'était pas la présence de cet homme qui la réchauffait, non !

— On laisse entrer tout le monde, maintenant ? demanda-t-elle à Lydia.

Celle-ci avait travaillé avec Mara assez longtemps pour ne pas se laisser intimider.

— Le duc m'a dit qu'il avait rendez-vous avec vous.

— Pas du tout. Je ne vous retiens pas, Votre Grâce, reprit Mara en allant s'asseoir derrière son bureau.

Au lieu de partir, il prit une chaise et s'assit. Mara craignit qu'il n'écrase le siège délicat.

— Vous l'avez peut-être oublié, mais nous avons dit hier que je reviendrais aujourd'hui.

— Ce soir.

— Mlle Baker m'a invité à entrer.

— Il était dehors quand je suis descendue, expliqua Lydia. Il fait horriblement froid, et je me suis dit qu'il apprécierait une tasse de thé.

Temple avait visiblement brouillé le cerveau de la pauvre fille.

— Il ne veut pas de thé, décréta Mara.

— Une tasse de thé, ce serait bien agréable, rétorqua-t-il.

— Vous ne prenez jamais de thé, riposta Mara.

— Puisque tout le monde l'apprécie, je me dis qu'il serait idiot de ne pas essayer.

— Je vais sonner pour qu'on nous apporte un plateau, dit Lydia.

— Inutile, mademoiselle Baker. Je ne peux boire ni thé ni rien d'autre ici.

— Pourquoi donc ? s'écria Lydia, décontenancée.

— Il a peur que je l'empoisonne, expliqua Mara.

— Oh, fit la jeune fille. Oui, je comprends que cela vous inquiète… Mais moi, je ne vous empoisonnerai pas, dit-elle en se penchant vers Temple.

— Je vous crois, répondit-il en souriant.

Mara émit un grognement de désapprobation et fusilla Lydia des yeux.

— C'est de la trahison.

Le pire était que Lydia paraissait s'amuser beaucoup.

— Ce n'est que justice, expliqua-t-elle, puisque nous le mettons au travail aujourd'hui.

— Comment ? s'exclama Mara en se relevant brusquement.

Temple fit de même.

— Il a proposé de nous aider avec les garçons.

— Sûrement pas ! jeta Mara en se rasseyant.

Temple se rassit à son tour.

— Qu'est-ce que vous faites ? lui demanda Mara.

Il haussa son épaule valide.

— Un gentleman ne s'assoit pas quand une dame est debout, dit-il simplement.

— Vous voilà gentleman, maintenant ? Hier, vous vous targuiez d'être un vaurien.

— Je tourne la page… Comme pour le thé, précisa-t-il avec un sourire espiègle.

Lequel sourire attira l'attention de Mara sur ses lèvres.

*Doux Jésus, elle les avait embrassées !*

Non, il ne fallait pas penser à ça.

— J'en doute beaucoup, dit-elle en lui jetant un regard sévère.

Elle se leva, et il fit de même.

Elle se rassit. Elle savait que c'était puéril, mais tant pis.

Il resta debout.

— Vous n'auriez pas dû vous asseoir ?

— La règle ne marche que dans un sens. Il est préférable que je reste debout pendant que vous… que vous fulminez.

— Si vous attendez que j'arrête de fulminer, vous risquez de ne plus jamais vous asseoir.

Les yeux bleus de Lydia se mirent à pétiller sous l'effet du rire qu'elle retenait tant bien que mal.

Mara lui jeta un regard furieux.

— Si vous riez, je lâcherai Lavande dans votre chambre au milieu de la nuit. Les petits soupirs d'aise qu'elle lâche en dormant vous procureront de charmants réveils.

La menace fit son effet.

— C'est simplement que ce monsieur a proposé son aide, dit son amie en reprenant son sérieux. Il m'a semblé que les garçons pourraient tirer profit de l'enseignement d'un homme.

Mara écarquilla les yeux.

— C'est une plaisanterie ?

— Pas du tout, affirma Lydia. Il y a des choses que des garçons doivent apprendre et pour lesquelles nous ne sommes pas… compétentes.

— Balivernes. Nous sommes d'excellents professeurs.

Lydia s'éclaircit la gorge et poussa un papier plié sous le nez de Mara.

— Hier soir, j'ai trouvé ça dans le livre de lecture de Daniel.

Mara déplia la feuille. Un dessin maladroit mais précis en occupait le centre. Elle eut le tort de rougir, si bien que Temple se pencha pour regarder de quoi il s'agissait.

— Ce n'est qu'un enfant ! protesta Mara en repliant la feuille.

— Eh bien, l'enfance n'empêche pas la curiosité, commenta Lydia. Et il a quand même onze ans.

— Quoi qu'il en soit, ce n'est pas à ce monsieur de satisfaire sa curiosité, trancha Mara en agitant la main vers Temple, qu'elle préférait ne pas regarder. Non qu'il manque de connaissances en la matière, j'imagine.

— Je vais prendre cette remarque comme un compliment, dit-il en restant beaucoup trop près d'elle.

Pivotant dans son fauteuil, elle prit son courage à deux mains et le regarda dans les yeux.

— Ce n'en était pas un. Je signalais seulement que vos manières libidineuses ne convenaient pas à un maître.

— Des manières libidineuses, répéta-t-il, sourcils haussés.

— Grossières. Scandaleuses. Vulgaires… Vous voulez d'autres adjectifs ? Monsieur s'en va, ajouta-t-elle à l'intention de Lydia.

— Mara, protesta la jeune fille. C'est un duc, j'imagine qu'il a été élevé comme un gentleman.

— Il a tout oublié de cette éducation. Aujourd'hui, c'est un boxeur et il possède une maison de jeu. Comme tuteur de jeunes gens impressionnables dont j'espère faire des gentlemen, il ne convient pas du tout.

— J'ai été un gentleman, autrefois.

Mara lui jeta un regard acerbe.

— Vous en aviez l'air, en effet. J'aurais pu m'y laisser prendre.

Elle regretta sa repartie. À cause de qui avait-il dévié de la route où l'avait mis sa naissance ?

— Je pourrais vous rappeler que c'est moi qui ai été dupé cette nuit-là, madame MacIntyre, riposta-t-il en insistant sur son nom d'emprunt. Il se trouve que je suis libre pour la journée, reprit-il en regardant Lydia, et je serais heureux d'enseigner à vos élèves deux ou trois choses qu'un gentleman doit savoir.

Mara blêmit. La situation lui échappait complètement.

Elle ne voulait pas de lui dans cette maison, auprès d'elle, auprès de ses garçons, auprès de son amie, dans sa vie.

Elle ne voulait pas de lui. Nulle part. Un point, c'est tout.

Peu importait qu'elle ait passé une bonne partie de la nuit à se retourner dans son lit en pensant à leur baiser. À la façon dont il se débrouillait avec les garçons et savait se faire obéir d'eux.

Peu importait que, lorsqu'elle oubliait leur passé, elle appréciât l'homme qu'il était devenu.

Cela n'avait aucune importance. Ce qui comptait, c'était son avenir et celui de l'orphelinat. Or, cet homme les menaçait.

— Vous a-t-il échappé à tous les deux que je suis la directrice de cet établissement ? Et que je n'ai nulle intention de laisser cet homme passer la journée ici ?

— Voyons, Mara, c'est stupide, protesta Lydia sans se soucier de la politesse. Vous empêchez les garçons de connaître un duc.

— Ce n'est pas le duc le plus recherché de la bonne société.

Temple se raidit. La bouche de Lydia s'ouvrit et se referma.

Et Mara se sentit idiote.

— Je ne voulais pas dire…

— Non, bien sûr, glissa-t-il.

— Je sais très bien que…

Il ne dit mot. Elle se tourna vers Lydia, en quête d'aide, mais la gouvernante se contenta de secouer la tête, les yeux écarquillés. Les remords envahirent Mara, brûlants, odieux. Elle devait se rattraper d'une façon ou d'une autre.

— Vous avez reçu une éducation de gentleman, dites-vous ?

Il soutint son regard avant de s'incliner profondément, plus aristocrate que jamais.

— Oui.

Une trêve était-elle possible entre eux ?

— Vous savez comment parler aux dames, leur faire des compliments qui ne soient pas ridicules, vous comporter honorablement et sans gaucherie en leur présence ? s'enquit Lydia, dont le regard ne quittait pas le papier que tenait Mara. Nous aurions besoin de conseils dans ce domaine. Les garçons grandissent.

— J'ai reçu peu de plaintes.

C'était un brillant causeur, Mara n'en doutait pas.

— Et le sport ? poursuivit Lydia. Je trouve que, dans l'éducation de nos élèves, le sport a été négligé.

Mara poussa un soupir impatient.

— Cet homme est bâti comme un dieu grec. Je pense que le sport est l'unique chose qu'il puisse leur enseigner correctement.

Les mots ricochèrent sur les murs de la pièce. Lydia écarquilla encore plus les yeux, tandis que Temple se pétrifiait.

Mara resta bouche bée.

Elle n'avait pas dit une chose pareille, quand même ? Un dieu grec !

C'était la faute de Temple. Il s'était introduit dans ses pensées et se mêlait de tous les aspects de sa vie. Elle en perdait la tête.

*Un dieu grec !*

Elle ferma les yeux et fit le vœu qu'il perde soudain, et pour toujours, l'usage de la parole.

— Évidemment, je ne voulais pas dire…
— Eh bien, merci quand même.
Depuis quand les vœux étaient-ils exaucés ?
Elle se crispa, rassembla tout son courage.
— Mes propos n'avaient rien de flatteur. Les dieux grecs étaient une bande de personnages plus que douteux. Ils n'arrêtaient pas de se transformer en animaux et d'enlever des vierges.
*Doux Jésus. Pourquoi ne pouvait-elle pas garder la bouche fermée ?*
— Il y a pire comme destin, commenta-t-il.
Lydia lâcha un gloussement. Mara la fusilla du regard.
— Rappelez-vous que vous venez de lui demander d'apprendre aux garçons à se conduire en gentlemen.
La jeune fille tourna les yeux vers Temple.
— Votre Grâce, êtes-vous conscient que les garçons ne doivent pas entendre d'allusions malséantes ?
— Bien sûr. Mais êtes-vous consciente que c'est votre patronne qui a pris l'initiative de cette conversation ?
Mara eut très envie de lui piétiner le pied. Mais, vu leurs poids respectifs, il était peu probable qu'il sente quoi que ce soit.
— Bon, eh bien, c'est réglé, dit Lydia d'un ton assuré, comme si c'était le cas malgré l'opposition déclarée de Mara. Vous passerez la matinée avec les garçons, qui apprendront, je n'en doute pas, beaucoup de choses.
Elle adressa à Mara un regard lourd de sous-entendus et enchaîna :
— Et peut-être qu'après cela, Mme MacIntyre et vous pourrez discuter de l'éventualité d'un don au bénéfice de notre œuvre.
Lydia était une jeune personne très maligne. Alors que Mara ne voyait en Temple qu'un dangereux individu, Lydia le considérait comme un potentiel allié fortuné. Quelqu'un qui pourrait payer leurs innombrables factures.
Temple haussa les sourcils.

— Votre sens des affaires rivalise avec celui de votre employeuse.

— Je prends cela comme un compliment, dit Lydia avec un sourire satisfait.

*Ce en quoi elle avait tort.*

Temple aussi était malin. Il n'aiderait pas l'orphelinat sans contrepartie. Et leur meilleure chance de payer leurs factures était pour Mara de continuer sur la même voie. Un léger malaise l'envahit à cette idée.

Il s'agissait de l'orphelinat et du bien-être des garçons, se dit-elle. La fin justifiait les moyens.

Lydia se leva.

— Eh bien, c'est un plaisir de vous accueillir au sein de notre équipe, déclara-t-elle d'un ton cérémonieux. Ce n'est pas tous les jours qu'un duc oublie son titre et se met au travail.

— Je crois que c'est assez fréquent dans les romans, dit Temple.

— Nous ne sommes pas dans un roman, riposta Mara.

Dans un roman, elle aurait été une jeune femme parfaite, au passé parfait, au teint parfait, etc. Et lui aurait été un duc beau et troublant.

Eh bien, la dernière partie ressemblait fort à la réalité, songea-t-elle.

— Pourtant, les événements de ces derniers jours ont été suffisamment étranges pour me convaincre du contraire, remarqua-t-il.

— En effet, fit Lydia en riant.

— Ne vous mettez pas à le trouver sympathique, supplia Mara.

— Cela risque d'être difficile, avoua Lydia avec une grimace dépitée.

Temple s'inclina.

Ils flirtaient, à présent. Dans un roman, ç'aurait été Lydia l'héroïne, songea Mara. La jolie gouvernante blonde aux éclats de rire joyeux, aux grands yeux émouvants et aux nombreuses qualités de cœur et d'esprit.

Exactement ce qu'il fallait pour remettre le vilain duc dans le droit chemin et pour que l'histoire s'achève dans l'euphorie.

Mara se morigéna. Ils n'étaient pas dans un roman.

— Lydia, préparez les garçons pour la leçon spéciale de Sa Grâce, dit-elle. Et vous, restez avec moi une minute, je vous prie, ajouta-t-elle à l'adresse de Temple.

Lydia lui jeta un regard intrigué, mais, sans rien ajouter, elle sortit pour rassembler les enfants.

— Vous n'aviez pas besoin de faire ça, dit Mara, une fois que Temple et elle furent seuls.

— C'est très aimable à vous de vous soucier de moi.

— Ce n'est aucunement le cas, corrigea-t-elle.

— Je vais le déduire quand même, déclara-t-il avec un sourire narquois.

Cet homme la troublait. Le parfum de l'onguent – thym et trèfle – dont elle avait badigeonné sa plaie lui rappelait le contact chaud et lisse de sa peau. Et, par conséquent, leur baiser.

Elle n'en revenait pas de l'avoir embrassé. Et qu'il lui ait rendu son baiser. Fallait-il qu'elle soit folle ! Et lui bien audacieux !

Mieux valait oublier toute la scène.

Il la regardait avec un sourire malicieux, comme s'il lisait dans ses pensées.

Elle se ressaisit.

— Les garçons ont rarement l'occasion de rencontrer des gentlemen. Vous les intéresserez.

— Probablement.

— Ne…

Elle hésita, cherchant les mots justes.

— Ne vous faites pas aimer d'eux, lâcha-t-elle brutalement. Sinon, quand vous partirez et que vous les oublierez, ils seront trop malheureux. Je vous en prie, ne les laissez pas s'attacher à vous.

Soudain, la possibilité de s'attacher à lui ne semblait plus si irréelle.

— Il ne s'agit que d'une matinée, Mara, dit-il.

— Donnez-moi votre parole.

— Celle du gentleman ? Ou celle du vaurien ?

— Les deux.

— Très bien, dit-il avec un hochement de tête. Vous avez les deux.

Elle ouvrit la porte et se tourna vers lui. *Dieu, qu'il était beau...*

— J'espère que vous en tiendrez au moins une.

Il sortit. Elle referma la porte, puis, bien qu'elle eût très envie de s'élancer à sa suite, elle alla s'asseoir derrière son bureau.

Une heure.

Ce fut le temps au bout duquel la curiosité l'emporta sur le bon sens. Mara sortit de son bureau et trouva Lydia en sentinelle dans le vestibule.

— Où sont-ils ? demanda-t-elle.

La jeune fille indiqua du menton la porte fermée de la salle à manger.

— Il est là, avec eux, depuis trois bons quarts d'heure.

— À faire quoi ?

— Je n'en ai aucune idée.

Mara s'approcha de son amie et murmura :

— Je n'en reviens pas que vous lui ayez demandé cela.

— Il a l'air d'un homme très convenable.

Il l'avait été. Autrefois.

— Vous n'en savez rien.

Le regard bleu de Lydia s'assombrit.

— Ceux qui ne le sont pas, je sais les reconnaître. Et vous dites vous-même qu'il n'a pas fait ce dont tout le monde l'accuse... Et puis, il est assez riche pour nous sauver.

Encore aurait-il fallu qu'il sache qu'ils étaient en danger.

*Rien de ce que vous pourrez dire ne me fera vous pardonner.*

Cette phrase-là, elle ne pourrait jamais l'oublier.

— Mais ils ont l'air d'être contents, disait Lydia.

Des rires et des exclamations retentirent. Mara frappa à la porte et ouvrit sans attendre. Le brouhaha cessa immédiatement.

Temple leva les yeux et se mit aussitôt debout. Les garçons en firent autant.

— Ah, madame MacIntyre, dit-il. Nous allions achever notre discussion.

Le regard de Mara passa d'un garçon à l'autre. Tous gardaient les lèvres fermées, comme si on les avait instruits d'arts mystérieux qu'ils avaient promis de ne pas révéler.

— Je suppose que tout va bien ? demanda-t-elle en regardant Temple.

Il hocha la tête avec circonspection.

— Il me semble.

Elle ressortit en se promettant de ne plus les déranger. Promesse qu'elle tint deux heures. Après quoi, il lui sembla nécessaire d'aller jeter un coup d'œil au menu du déjeuner. Cela l'amena à traverser le vestibule de l'orphelinat, où il lui fut impossible de ne pas remarquer la haie de garçons attentifs alignés le long des murs, les yeux rivés sur Temple qui se tenait au milieu de la pièce, Lavande dans les bras, Daniel et George à côté de lui.

Elle hésita, puis recula pour observer la scène.

— Il m'a mis en colère, expliquait George.

Ce n'était pas la première fois que Daniel et lui se chamaillaient. Et ce ne serait pas la dernière.

— Et ? insista Temple en le regardant.

— Et je l'ai frappé.

Mara fut choquée. Les coups étaient interdits dans l'orphelinat. Évidemment, y laisser entrer un boxeur était une horrible idée. Elle s'apprêtait à intervenir quand elle entendit Temple demander :

— Pourquoi ?

Quelle étrange question… Elle s'arrêta. George avait visiblement du mal à répondre. Il haussa les épaules et baissa les yeux sur ses pieds.

— Un gentleman regarde dans les yeux la personne à laquelle il parle, dit le maître du jour.

George regarda Temple.

— Parce que je voulais que lui aussi soit en colère.

— Tu cherchais à te venger.

Si le bâtiment s'était effondré à cet instant, Mara n'aurait pas été plus médusée. À quel jeu jouaient-ils ? Était-ce une sorte de confession ? Une comédie ?

— Oui, dit George.

— Et, finalement, Daniel s'est mis en colère ?

— Non ! protesta l'intéressé en se redressant de toute sa taille.

Temple retint difficilement un sourire, ce qui n'échappa pas à Mara.

— Vraiment ? dit-il en regardant Daniel. Parce que, toi aussi, tu avais l'air d'être très en colère.

— Il m'a frappé ! Je me suis défendu !

— Ce qui est tout à fait ton droit, commenta Temple. Mais est-ce que tu te sens mieux maintenant que tu l'as frappé en retour ?

Daniel fit la moue.

— Non.

— Et toi, reprit Temple en se tournant vers George. Tu te sens vengé ?

George réfléchit. Inclinant la tête de côté, il observa longuement Daniel et admit :

— Non.

— Pourquoi ? demanda Temple.

— Parce que je suis toujours en colère.

— En effet. Et quoi d'autre ?

— Et maintenant Daniel aussi est fâché.

— Exactement. Et Lavande ?

Les garçons regardèrent le petit animal.

— On ne l'avait pas vue ! dit Daniel.

— Elle est sortie de je ne sais où ! cria George.

— Et elle a failli être prise dans votre bagarre. Elle aurait pu se faire bousculer, piétiner, ou pire.

Les garçons parurent horrifiés.

— Que cela vous serve de leçon. Je ne vous dis pas de ne pas vous battre, je vous dis de ne le faire que pour de bonnes raisons.

— La vengeance n'est pas une bonne raison ?

Retenant son souffle, Mara attendit la réponse. Il était évident que Temple songeait à un litige beaucoup plus grave que celui qui avait opposé les garçons.

— L'expérience m'a appris que la vengeance n'a pas toujours les résultats espérés.

*Que voulait-il dire ?*

— Et il arrive qu'on mette en danger un pauvre petit être innocent, acheva-t-il après une pause.

Les garçons sourirent, et George tendit la main pour caresser la tête de Lavande.

— En outre, reprit Temple, ce qui est plus grave, c'est que vous avez mal au poing.

George secoua la main.

— Comment le savez-vous ?

Temple tendit une main, de la taille d'une tête d'enfant, et serra le poing.

— Vous gardez le pouce à l'intérieur. Si vous le laissez à l'extérieur, ce sera moins douloureux.

— Vous voudriez bien nous apprendre à nous battre ?

La demande timide arracha un sourire à Mara. *Dieu, qu'il était beau...* De là où elle était, cachée derrière l'escalier, elle pouvait se repaître de sa vue, sans que personne s'en aperçoive.

— Volontiers.

Elle devait l'arrêter avant de se retrouver avec un bataillon de pugilistes bien entraînés sur les bras. Et elle l'aurait peut-être fait s'il ne s'était pas retourné.

Son regard la dénicha sans la moindre hésitation.

— Madame MacIntyre, pourquoi ne vous joignez-vous pas à nous ?

Cela faisait une éternité qu'elle l'observait sans bouger. Une autre femme, il ne l'aurait peut-être pas remarquée, mais c'était Mara Lowe, et il avait admis en son for intérieur qu'il la remarquerait toujours. Quoi qu'elle ait fait. Quoi qu'elle fasse. Même s'il se méfiait d'elle et pensait souvent à lui tordre le cou.

Aussi saisit-il l'occasion de l'interpeller. Sa surprise l'enchanta. S'était-elle crue invisible ?

Elle avança en feignant de passer par là, comme si elle ne les épiait pas depuis un moment.

— Bon après-midi, messieurs !

Les garçons pivotèrent d'un seul bloc comme des petits soldats et effectuèrent un salut impeccable.

— Bon après-midi, madame, dirent-ils d'une même voix.

— Mon Dieu, quel bel accueil ! s'exclama-t-elle avec enjouement.

Elle aimait ces enfants, cela sautait aux yeux. Une image assaillit Temple. Mara souriant à une rangée de garçons dans le parc de Whitefawn Abbey. Une rangée de garçons aux cheveux bruns et aux yeux noirs. Ses garçons à lui.

Et sa Mara.

*Nom de Dieu, d'où lui venait cette idée absurde ?*

Il la chassa promptement et revint à l'instant présent.

— Madame MacIntyre, les garçons aimeraient qu'on leur apprenne à boxer. Voulez-vous nous aider ?

— Je ne saurais par où commencer.

Une femme qui se promenait avec un couteau dans la doublure de son manteau avait sûrement quelque idée sur la façon de s'y prendre.

— Raison de plus pour apprendre.

Les garçons, qui étaient restés parfaitement silencieux pendant cet échange, commencèrent à protester.

— Elle ne peut pas apprendre, c'est une fille ! cria l'un d'eux.

— C'est vrai, renchérit un autre. Les filles apprennent à coudre. À danser. À faire de la musique.

L'idée de Mara maniant l'aiguille pour faire autre chose que recoudre une plaie était franchement risible.

— Elle peut apprendre, intervint George. Mais elle n'en a pas besoin. Les filles n'ont pas à se battre.

Un souvenir déplaisant revint à Temple : Mara agressée dans une rue de Mayfair par deux brutes qui, sans lui, seraient arrivées à leurs fins. Cela ne devait pas se reproduire. Il fallait qu'elle apprenne à se défendre. À lui de s'en charger.

— Pour commencer, les gentlemen n'utilisent pas le mot « fille » en parlant d'une dame. Ensuite, vous apprendrez tous bientôt à danser.

La nouvelle souleva un chœur de protestations.

— Et, enfin, tout le monde doit pouvoir se défendre.

Il se tourna vers Mara en lui tendant la main.

— Madame MacIntyre ?

Elle hésita une seconde, puis glissa les doigts dans les siens. Une fois de plus, elle ne portait pas de gants, et il regretta d'en avoir mis.

Quelle idée stupide de lui avoir tendu la main ! Son objectif avait été de la déconcerter, elle. Pas lui. Mais voilà, avec Mara Lowe, les choses ne se passaient jamais comme prévu.

Il fit pivoter la jeune femme face aux garçons et referma ses doigts en poing.

— Essayez de garder tous les muscles détendus lorsque vous serrez le poing. Ce n'est pas un poing très serré qui blessera votre adversaire. C'est la force avec laquelle vous donnerez le coup. En revanche, plus votre poing sera serré, plus vous vous ferez mal.

Les garçons le regardaient attentivement, serraient les poings, lançaient les bras dans tous les sens. Contrairement à Mara, qui maintenait le poing près de son visage, comme si quelqu'un pouvait l'assaillir à tout moment. Il croisa son regard, et cela lui fit chaud au cœur.

Il revint à ses élèves.

— N'oubliez pas ceci, les garçons : plus vous serez furieux, moins vous aurez de chances de gagner.

Daniel cessa d'agiter les bras, l'air perplexe.

— Si on ne doit pas se battre quand on est en colère, pourquoi se battre, alors ?

Excellente question.

— Pour se défendre.

— Et si quelqu'un me frappe en premier ? demanda un autre garçon.

— Mais pourquoi quelqu'un nous frapperait-il en premier ? répliqua George. Parce qu'il est fâché et qu'il ne connaît pas cette règle ?

— Peut-être parce qu'il a de mauvaises manières, suggéra Daniel, et tout le monde éclata de rire.

— Ou bien parce qu'il a été mal entraîné, ajouta Temple avec un sourire.

— Ou encore parce que tu as fait du mal à quelqu'un qu'il aime, dit Henry. Je frapperais celui qui ferait du mal à Lavande.

Les garçons approuvèrent d'un hochement de tête énergique.

— Se protéger soi-même ou protéger quelqu'un de cher. Ce sont les seules bonnes raisons de se battre, approuva Temple en cherchant le regard de Mara.

Elle s'empourpra, et voir ses joues rosir le ravit sans qu'il sût pourquoi.

— Il se peut aussi que l'agresseur ait fait une erreur, dit-elle.

*Que voulait-elle dire ?*

Quelque chose voilait ses yeux étranges. Le regret ? Était-ce possible ?

— Et ensuite, Votre Grâce ? s'impatienta un garçon.

Temple serra les poings et les tint devant son visage.

— Protégez toujours votre tête. Même quand vous frappez.

Il avança la jambe gauche.

— Votre bras et votre jambe gauches doivent mener la danse. Les genoux fléchis.

Les garçons se mirent en position, et il passa devant eux, ajustant une épaule ici, un poing là, leur rappelant de garder les genoux fléchis et de rester alertes sur leurs pieds. Quand il eut inspecté le dernier de la file, il se tourna vers Mara, qui l'attendait, poings dressés.

Prête au combat.

— Enseigner la lutte aux dames est plus difficile parce que je ne peux pas voir leurs jambes, remarqua-t-il.

*Hélas… que n'aurait-il donné pour voir celles de Mara !*

Se plaçant derrière elle, il posa les mains sur ses épaules.

— Vous permettez ?

— Oui.

Il y avait deux douzaines de garçons attentifs autour d'eux, chacun assumant son rôle de chaperon. Il n'avait aucune raison de se sentir troublé. Le contact le fit cependant frissonner.

Il la fit balancer d'avant en arrière, en glissant un genou en avant pour estimer l'ampleur de son enjambée ; le frottement du tissu de sa robe sur sa jambe de pantalon lui assécha la bouche.

Il entendit le souffle de la jeune femme se suspendre brièvement. Son odeur – un léger parfum de citron – lui monta à la tête.

Si elle était sienne un jour, il ferait construire une serre qu'il remplirait de citronniers.

*Si elle était sienne ?*

En voilà une sottise…

Non, ce qu'il voulait dire, c'était qu'il voulait une femme dans son genre, grande, élancée, courageuse…

*Mensonge.*

Il s'écarta.

— Gardez les poings en l'air et la tête baissée. Rappelez-vous qu'un homme frappe à partir des épaules.

— Et les femmes ? Elles ne frappent pas de la même façon ? demanda-t-elle avec une lueur d'amusement dans le regard.

Elle le taquinait ? L'idée était incongrue, vu leur passé, mais ses yeux bleu et vert scintillaient. Elle le taquinait bel et bien.

— D'après mon expérience, madame MacIntyre, les femmes se battent avec agressivité.

— Quelle bêtise... Nous nous battons avec notre cœur.

Elle, sûrement. Cette femme n'hésiterait pas à se battre pour ces garçons et – du moins le croyait-il – pour son misérable de frère.

Elle se battait pour les autres. Il y avait de l'honneur dans son audace.

Et pour lui, se battrait-elle ?

Décidément, ces jours-ci, il était doué pour enchaîner les âneries.

Il chassa la dernière en date et reporta son attention sur ses élèves, tout en faisant bouger le crâne de Mara d'un geste qui se voulait professionnel.

— Gardez la tête inclinée en avant.

Ses cheveux avaient-ils toujours été si doux ?

— Ne remontez pas le menton, vous prendriez un vilain coup là...

Ses doigts effleurèrent le dessous de son menton, dont la peau douce le tenta comme une coupe de sucreries.

— ... et là.

Ses doigts glissèrent sur le cou de Mara jusqu'à l'endroit où le pouls palpitait sous la peau.

Elle inhala vivement, et il devina qu'elle éprouvait la même chose que lui.

Le plaisir.

Le désir.

Qui était cette femme ? Que se faisaient-ils l'un à l'autre ?

À contrecœur, il la repoussa et s'adressa aux garçons.

— Le coup ne vient pas de votre bras, mais de tout le corps. De vos jambes, même. Vos bras ne sont que les messagers.

Il lança un coup dans le vide. Les garçons poussèrent un cri.

— Qu'est-ce que c'était rapide !

— Vous devez être l'homme le plus fort du monde, non ?

— Maintenant, à votre tour.

Les garçons furent enchantés d'envoyer des coups dans l'air, de sautiller d'avant en arrière, de pivoter brusquement face à quelque ennemi imaginaire. Il les observa longuement, et son regard s'attarda sur l'aîné, Daniel. Le garçon aux cheveux noirs s'appliquait beaucoup et cherchait visiblement l'approbation de Temple. Il y avait quelque chose de familier chez lui.

Les cheveux noirs, comme lui. Les yeux bleus, comme Mara.

Onze ans.

Elle avait dit que le garçon était avec elle depuis le début. Que fallait-il comprendre ? Qu'il vivait avec elle depuis sa naissance ? Depuis le jour où elle l'avait mis au monde ?

*Doux Jésus. Cet enfant était-il son fils à lui ?*

Dans ce cas, pourquoi lui avoir caché son existence si longtemps ? Ne pouvait-elle pas deviner qu'il les aurait accueillis avec joie ? Qu'il l'aurait aussitôt épousée et aurait reconnu l'enfant ?

*Ils auraient formé une famille.*

Cette idée, accompagnée d'images de repas familiaux, de fêtes d'anniversaire, de soirées animées et chaleureuses, avait un pouvoir enivrant. Et, dans cette succession d'images, Daniel n'était pas seul. Il avait des frères et des sœurs, aux cheveux noirs ou auburn et aux yeux couleur d'été, vert et bleu. Et ils étaient heureux.

*Le bonheur était chose étrange et fugace.*

Mais, en cet instant, sa famille connaissait le bonheur.

Sa mystérieuse famille inexistante.

Le bruit que faisaient les garçons en se battant le ramena à l'instant présent. Qu'elle le veuille ou non, Mara Lowe répondrait à ses questions. Mais ce n'était pas le moment d'insister.

— Bravo, messieurs. Vous vous en tirez très bien.

Mara et lui restèrent debout côte à côte un long moment, à observer les enfants. Puis elle dit posément :

— Il n'y a rien d'étonnant à ce que vous n'ayez jamais été battu.

Il haussa une épaule.

— La lutte, c'est ce que je sais faire. C'est ce que je suis.

— Je ne crois pas que vous ne soyez que ça.

Il la regarda et regretta qu'ils ne soient pas seuls.

— Mettez-vous en garde, dit-il.

Elle leva les poings et demanda :

— Vous voulez que je vous frappe ?

— C'est la seule façon pour moi de vérifier si vous avez retenu la leçon.

— Non, dit-elle en laissant retomber les mains.

— Pourquoi ?

Elle baissa les yeux, et il s'émerveilla du semis de taches de rousseur qui ornait ses joues. Comment se faisait-il qu'il ne les ait pas remarquées plus tôt ? Il tenta de plaisanter :

— Cela ne vous déplairait sûrement pas de me faire un œil au beurre noir.

Elle garda le silence, et il sentit ses doigts le picoter tant il avait envie de lui relever le menton.

— Madame MacIntyre ?

— Je ne veux pas vous faire mal, répondit-elle en évitant toujours son regard.

De tous les mots qu'elle aurait pu dire, ceux-ci étaient les plus choquants. Car ils étaient mensongers. Après tout, ils étaient ennemis – associés momentanément et uniquement pour le bénéfice des enfants. Bien sûr qu'elle voulait lui faire mal.

Son mensonge aurait dû irriter Temple. Au lieu de quoi, il sentit quelque chose qui ressemblait à de l'espoir l'envahir.

Ce qui l'irrita.

— Regardez-moi.

Elle s'exécuta. Et, à sa grande surprise, il vit la vérité dans ses yeux.

Si elle ne voulait pas le blesser, que faisaient-ils, alors ? À quel jeu jouaient-ils ?

Il fit un pas vers elle, agrippa son poing et l'attira sur sa poitrine, légèrement sur la gauche. Elle tenta de retirer sa main et, n'y arrivant pas, l'ouvrit sur la poitrine de Temple.

— Non, dit-elle.

La situation était scandaleuse, mais tant pis. Il ne pouvait plus penser qu'à la chaleur de cette main ouverte sur sa poitrine. À la franchise de ce geste.

Depuis quand une femme ne l'avait pas touché avec tant d'honnêteté ?

Il faillit l'étreindre et l'embrasser jusqu'à ce qu'elle cède et lui dise tout – la vérité sur cette nuit d'autrefois, sur la raison qui l'avait poussée à monter cette monstrueuse supercherie, sur ce qu'elle avait vécu ensuite et sur l'avenir qu'elle espérait.

Il baissa la tête, ce qui l'amena à quelques centimètres de celle de Mara.

Elle s'éclaircit la gorge.

— Votre Grâce, voyez-vous un inconvénient à ce que j'envoie les garçons remettre de l'ordre dans leur tenue et se laver les mains ? Il est presque l'heure de déjeuner.

Il la lâcha précipitamment, comme si elle l'avait brûlé. *Mon Dieu...* Il avait failli... Devant deux douzaines d'enfants.

— Pas du tout, nous avons fini pour la journée, je pense.

Elle se tourna vers les garçons.

— Je compte sur vous pour vous rappeler la leçon du duc : les gentlemen ne commencent pas les bagarres.

— On se contente de les finir ! s'écria George.

Les garçons se dispersèrent, sauf le petit Henry, qui s'apprêta à ramasser Lavande, couchée aux pieds de Temple.

Heureux de la distraction, Temple le devança.

— Non. Lavande reste avec moi.

— Personne n'a le droit de la prendre pour lui tout seul, protesta Henry. Mme MacIntyre n'aime pas ça.

Temple chercha le regard de Mara par-dessus la tête blonde de l'enfant.

— Eh bien, Mme MacIntyre n'a qu'à me gronder.

Le programme parut satisfaire Henry, qui courut rejoindre les autres. Temple fit face à Mara. La jeune femme avait l'air aussi troublée que lui.

— Il a raison, dit-elle. La règle est qu'on ne doit pas utiliser Lavande comme un butin personnel.

— Qui l'a édictée ?

— Moi, dit Mara en tendant la main vers le petit animal.

Temple recula hors de portée.

— Eh bien, selon mes règles à moi, puisque je l'ai sauvée, elle est à moi.

— Ah, nous revoilà avec les règles des vauriens.

— Cela ne vous gêne pas du tout de les suivre quand elles vous conviennent, fit-il remarquer.

— En ce qui concerne Lavande, je suis scrupuleusement les règles que j'ai édictées.

Il se rapprocha et reprit en baissant la voix :

— Vous êtes la pire sorte de vaurien.

— Comment cela ? fit-elle en haussant les sourcils.

— Vous suivez les règles quand cela vous arrange. Vous n'avez pas de principe ferme.

Il s'approcha un peu plus pour la dominer de toute sa hauteur.

— Êtes-vous en train d'essayer de m'intimider pour que je me rallie à vos vues ? demanda-t-elle.

— Est-ce efficace ?

Elle déglutit, et il se retint difficilement de lui caresser le cou.

— Non.

— Il y a des hommes qui tremblent rien qu'en entendant mon nom, vous savez.

— Eh bien, il faudrait qu'ils vous voient avec un petit cochon dans les bras. Cela les rassurerait sûrement, dit-elle en riant.

Il baissa les yeux sur Lavande et rit aussi.

— Quand vous avez dit que cela ne valait pas la peine de chercher à se venger, qu'aviez-vous en tête ?

— Ce n'est pas ce que j'ai dit.

— Vous avez dit que la vengeance n'avait pas toujours les résultats espérés, je me trompe ?

— Non. J'ai bien dit cela, et c'est vrai, répondit-il. Mais cela ne signifie pas que la vengeance soit forcément inutile, ou décevante.

— Quand s'achèvera votre vengeance ? demanda-t-elle, les yeux rivés sur la fossette qui creusait le menton de Temple.

— Elle s'achèvera lorsque je serai duc et que j'aurai ce qui m'a été promis à la naissance. La vie pour laquelle j'ai été élevé. Avec une épouse. Un enfant. Des terres.

Whitefawn Abbey.

— Et en ce qui me concerne ? demanda-t-elle en évitant son regard.

Il s'imagina rencontrant Mara Lowe dans des circonstances différentes. Elle avait bien des qualités – c'était une femme intelligente, courageuse et généreuse, qui tenait ses promesses envers les garçons qu'elle avait recueillis.

Il se secoua. En quoi cela le regardait-il, bon Dieu ? ronchonna-t-il en son for intérieur.

De sa main libre, il ramena le visage de Mara face au sien.

— Je ne sais pas, répondit-il. Mais je n'aurais pas dû venir aujourd'hui.

— Pourquoi êtes-vous venu ?

— Parce que j'avais envie de vous voir dans votre élément. De rencontrer vos garçons.

— Dans quel but ?

Il n'avait pas à répondre à cela. Vouloir la connaître mieux était stupide. Mais c'était plus fort que lui. Désormais, leurs destins étaient indissociables.

Et le pire était que cela ne lui déplaisait pas.

Toutes choses impossibles à dire. Aussi choisit-il la diversion. Il raccourcit la distance qui les séparait et l'embrassa.

Elle se laissa faire, les lèvres entrouvertes dans ce qui était à peine un baiser, mais plutôt l'esquisse d'une tentation.

Surpris de voir qu'elle ne résistait pas, il s'empara de sa bouche. Sa main glissa de la joue fraîche de Mara à son cou gracile puis le long de son dos, avant de l'enlacer et l'attirer à lui. Le soupir qu'elle poussa alors le combla.

Les mains dans les cheveux de Temple, elle se pressa contre lui avec ardeur, sans la moindre hésitation.

Il l'étreignit, avec le désir fou de chasser tout ce qui les opposait et de ne garder que la joie de cet instant magique.

C'est alors que Lavande fit savoir d'un couinement offensé qu'elle n'était pas d'accord avec ce rapprochement intempestif. Le petit animal au duvet blond se tortilla désespérément entre eux, demandant qu'on le pose à terre ou bien qu'on le laisse reprendre sa sieste.

Confus, Mara et Temple se séparèrent. Elle porta la main à sa gorge tandis qu'il posait Lavande sur le sol. La truie ne demanda pas son reste et s'enfuit aussi vite que le lui permettaient ses petites pattes.

Enfin seuls, Temple et Mara se regardèrent dans les yeux, hésitant entre prendre la fuite, comme Lavande, et se jeter dans les bras l'un de l'autre.

Mais il n'était plus temps de fuir.

L'admettant, il la reprit dans ses bras, la souleva et s'empara de sa bouche avec fièvre.

*Doux Jésus.*

Il la reposa aussitôt et, encadrant son visage de ses mains, plongea le regard dans le sien.

— Vous êtes un problème à vous toute seule.

Il ponctua cette déclaration d'un baiser sur la main de Mara et recula.

Elle porta sa main à ses lèvres, ce qui le troubla. Il tourna les talons.

— Vous ne déjeunez pas avec nous ? entendit-il derrière lui.

— Non, merci, répondit-il en se retournant.

Jamais il n'aurait dû la prendre dans ses bras. Et encore moins l'embrasser. Cette femme le perdait, corps et âme.

Pourquoi ne pouvait-il s'en souvenir une fois pour toutes ?

— Vous avez l'air d'un homme affamé, remarqua-t-elle.

Il faillit éclater de rire. Il avait faim, certes, mais pas d'aliments ordinaires.

— Non, pas du tout.

— Vous avez toujours peur que je vous empoisonne ?

— On n'est jamais trop prudent.

Elle sourit. Un sourire qui le toucha. Il n'y tint plus.

— Mara… cette nuit d'autrefois. Est-ce que nous avons fait l'amour ?

Les yeux de la jeune femme s'ouvrirent grand.

Elle inspira brièvement et se reprit, faisant preuve d'un sang-froid qu'il ne pouvait qu'admirer.

— Avez-vous décidé d'effacer la dette de mon frère ? demanda-t-elle.

Se moquait-elle de lui ? Il l'ignorait, mais au moins sa question les ramenait-elle sur un terrain plus solide.

— Non.

Elle ouvrit la porte et s'effaça.

— Alors, je regrette mais je ne me souviens pas.

— Bon, je comprends ce que cela veut dire, dit-il en décrochant son manteau de la patère.

Sa main était sur la poignée de la porte lorsqu'elle ajouta :

— Vous me devez deux livres de plus, en tout cas, Votre Grâce.

— Pour quoi donc ? s'écria-t-il comme une onde glacée l'envahissait.

— Pour le baiser, répliqua-t-elle fièrement.

Choqué, il ferma brièvement les yeux. Pas une seconde il n'avait pensé à leur marché pendant qu'ils s'embrassaient. Elle non plus, il en était convaincu.

— Deux livres, cela me paraît correct.

Elle n'avait pas à savoir qu'il en aurait payé deux cents pour revivre ce moment. Deux mille. Tout ce qu'elle aurait demandé.

— À ce soir, dit-il en ouvrant la porte. Mettez la robe que Mme Hébert vous fera livrer dans l'après-midi.

# 9

— Tu ne dois pas te battre avec cet homme.

— Il est trop tard, répondit Temple, qui laçait ses bottes. La moitié du club est déjà autour du ring.

Adossé au mur à côté de la porte, le marquis de Bourne, l'un des quatre propriétaires associés de *L'ange déchu* et le plus vieil ami de Temple, regardait ce dernier se préparer pour le combat.

— Ce n'est pas de cela que je parle, et tu le sais. Ce soir, tu peux te battre contre qui tu veux. Et, si j'avais encore l'âme d'un joueur, je parierais vingt billets que Drake va s'écrouler avant la fin de la première minute. Ce que je veux dire, c'est que tu ne dois pas relever le défi de Lowe, insista-t-il en désignant les papiers qui encombraient la table.

Temple jeta un coup d'œil aux noms des joueurs qui le défiaient. Christopher Lowe figurait sur le dessus. Visiblement, Mara n'avait pas informé son frère qu'elle avait passé un marché avec le Duc Tueur et qu'elle était en train de regagner leur argent. À moins que Lowe ne veuille sauver la réputation de sa sœur – mais Temple doutait que le jeune homme se soucie réellement de Mara.

— Ce serait le combat de l'année, dit Temple. *L'ange* y gagnerait une fortune scandaleuse.

— Peu m'importe que le roi et son entourage s'assoient autour du ring et qu'ils misent les joyaux de la Couronne sur le match. Tu ne dois pas relever le défi de cet imbécile.

Temple se suspendit à la sangle en cuir accrochée au plafond et laissa son poids détendre ses épaules. Dans une demi-heure, il monterait sur le ring et se battrait, et chaque spectateur se passionnerait pour le combat.

Certains se verraient dans le personnage du duc déchu qui, malgré sa réputation détruite et la haine que son crime avait soulevée, régnait en maître ici.

Beaucoup se mettraient à la place de son adversaire, dans le combat de David contre Goliath. Ils savaient ce que c'était que de perdre une partie, ou la totalité, de sa fortune aux tables de *L'ange*.

Enfin, même chez ceux qui parvenaient à payer leurs dettes et à garder leur carte de membre, il y avait quelque chose qui désirait la ruine du club.

— Cela fait partie du jeu, dit-il. C'est pour cela qu'ils continuent à venir. C'est ce que nous avons accepté de leur donner en échange de leur argent.

— Foutaises, riposta Bourne. Nous avons accepté de prendre l'argent de ces abrutis et de leur donner le spectacle d'un combat. Nous n'avons pas accepté de nous donner en spectacle nous-mêmes. Et c'est ce que tu ferais.

S'écartant du mur, il alla prendre la fiche de Lowe.

— Ce ne serait pas un combat, reprit-il. Ce serait un lynchage. Les gens penseraient que Lowe a enfin obtenu la possibilité de venger sa sœur. Si tu veux vraiment te battre avec lui, attends au moins que la garce réapparaisse. Le monde sera de ton côté.

La mâchoire de Temple se crispa.

— Peu m'importe de quel côté les gens se rangent.

— En voilà un mensonge... dit Bourne avec un rire amer. Je sais mieux que quiconque ce que tu voudrais que les gens pensent de toi.

Temple ne répliquant pas, Bourne poursuivit :

— J'ai examiné le dossier de Lowe, tout à l'heure. Il a perdu tout ce qui n'était pas inaliénable, plus un bon paquet d'argent qu'il a gagné je ne sais comment. Je m'étonne que Chase n'ait pas envoyé Bruno lui ôter ses vêtements du dos. On va récupérer des maisons, des chevaux, des voitures, des entreprises. Un foutu service à thé en argent. Qu'allons-nous faire de ce truc ?

— Il y a des gens qui aiment le thé, remarqua Temple.

Bourne jeta le dossier sur la table.

— Christopher Lowe est l'homme le plus malchanceux de toute l'Angleterre. Soit il ne s'en rend pas compte, soit il s'en fiche. En tout cas, son père doit se retourner dans sa tombe, prêt à faire un pacte avec le diable ou, pire, à sortir de son cercueil pour étrangler de ses mains son imbécile de fils.

— Tu méprises un homme qui se ruine à nos tables. De ta part, c'est le comble de l'ironie.

Le regard de Bourne brilla d'agacement.

— J'ai tout perdu, d'accord, mais j'ai tout regagné. Et plus.

— La vengeance t'a souri.

— J'ai passé une décennie à rêver de vengeance, à me convaincre que je ne désirais rien tant que détruire celui qui m'avait dépouillé de mon héritage.

— Ce que tu as fait, remarqua Temple.

— Et j'ai failli perdre la seule chose qui comptait vraiment pour moi, ajouta Bourne d'une voix soudain grave.

Temple émit un grognement et attrapa la sangle qui pendait du plafond pour s'étirer de nouveau.

— Si les hommes qui se trouvent de l'autre côté de ce mur savaient que vous devenez doux comme des agneaux, Cross et toi, lorsque vous parlez de vos épouses, *L'ange* ne ferait plus peur à personne.

— Qu'ils aillent se faire pendre. La vengeance était mon objectif, Temple. Elle n'a jamais été le tien.

Temple chercha le regard de son ami.

— On peut changer d'objectif.

— Sans doute. Mais sache que la vengeance est un plat amer et froid. Elle transforme un homme en salaud.

— Je suis déjà un salaud, riposta Temple.

Bourne lui adressa un sourire espiègle.

— Non, tu es un bon gros nounours.

— C'est ce que tu penses ? Répète-le-moi sur le ring.

Bourne ne releva pas la menace.

— Cette histoire ne se terminera pas comme tu le penses.

Elle se terminerait exactement comme Temple le pensait. Mara avait été le cerveau de l'entreprise, mais son frère y avait tenu une part non négligeable – pleurant, geignant, accusant et incitant tout le monde à croire que Temple avait détruit sa vie.

Un souvenir lui revint : lui, marchant dans la rue cinq ans auparavant, tout le monde s'écartant sur son passage. Personne ne voulait croiser le Duc Tueur. Personne ne voulait prendre le risque de l'irriter d'un regard ou d'un geste malencontreux.

Sortant en titubant d'un pub avec des amis dans le même état que lui, Christopher Lowe l'avait heurté par inadvertance.

— L'assassin de ma sœur à la lumière du jour, avait dit l'ivrogne avec mépris. Quelle surprise…

Les abrutis qui les entouraient s'étaient esclaffés, et Temple s'était pétrifié.

La colère de Lowe lui paraissait justifiée, puisqu'il se croyait meurtrier.

— Elle m'a peut-être volé douze ans, mais lui n'est pas plus innocent, dit-il à Bourne.

— Tous les deux doivent payer. Dieu sait qu'il mérite une solide raclée et, oui, tu auras l'impression de t'être vengé. Après quoi, tu promèneras la dame en question dans tout Londres, elle aura honte, on t'accueillera partout à bras ouverts, et tu seras traqué par toutes les mamans en quête de gendre. Mais tu seras toujours en colère.

*La vengeance n'a pas toujours les résultats espérés.*

Ce dont il était sûr, c'était que la vengeance, une fois qu'il l'aurait obtenue, le marquerait à jamais. Sous quelque forme qu'elle se présente.

— Je dis seulement que tu as tout ce que tu désires : argent, pouvoir, et un titre qui prend la poussière faute d'être utilisé mais qui t'appartient. Tu pourrais tout récupérer. Revenir dans la société. Te trouver une petite jeune fille timide. Les jeunes filles bien élevées aiment les vauriens. C'est bizarre, mais c'est un fait.

Bourne avait raison. Temple pouvait tout récupérer. La fortune et un titre souillé étaient plus que ce que beaucoup d'hommes pouvaient offrir à leur fiancée. Il y aurait bien quelqu'un pour vouloir de lui.

Mais la colère était une maîtresse rusée.

— Je ne veux pas d'une petite jeune fille timide.

— Qu'est-ce que tu veux, alors ?

*Il voulait une vie.*

Bourne savait mieux que quiconque ce que cela signifiait.

— Je veux mon honneur, répondit Temple en regardant son ami dans les yeux.

— Lowe ne peut pas te le donner. Perdre sur le ring fera de lui un martyr.

Temple hocha la tête. Il en avait assez de cette conversation.

— Et la fille ? demanda Bourne.

Mara, ses cheveux auburn dénoués, ses yeux étranges. Ses mains toujours nues. Pourquoi avait-il remarqué ce détail ?

*Pourquoi y attachait-il de l'importance ?*

Non, non, cela lui était complètement égal.

— Nous avons un compte à régler.

— Je n'en doute pas.

— Elle m'a drogué.

— Il y a longtemps, rappela Bourne.

Temple fit non de la tête.

— La nuit où elle a réapparu.

Une minute s'écoula. Devinant ce qui allait suivre, Temple regretta d'avoir parlé.

— Non ! rugit Bourne dans un éclat de rire.

Feignant un calme qu'il était loin d'éprouver, Temple se mit à sautiller sur place et à boxer dans le vide.

— Si.

Le rire de Bourne redoubla.

— Oh, attends que les autres apprennent ça ! Le grand, l'indestructible Temple… drogué par une demoiselle sur le retour ! Où étiez-vous ?

— En ville, chez moi.

— Chez toi ! s'exclama Bourne en se tapant sur les cuisses.

*Nom de nom de nom…*

— Va-t'en, jeta Temple.

Bourne se redressa et croisa les bras sur sa poitrine.

— Oh non. C'est trop drôle. Cette histoire n'a pas fini de m'amuser. Finalement, elle est sacrément dégourdie, cette fille !

On frappa à la porte. Ils jetèrent un œil à l'horloge. Il était trop tôt pour que le combat commence.

— Entrez, cria Temple.

La porte s'ouvrit sur Asriel, l'homme de Temple et l'un des vigiles chargés de la sécurité du club.

— La dame que vous avez invitée, annonça-t-il à son chef.

Mara.

Un frisson de plaisir le parcourut, qu'il refoula avec irritation.

— Fais-la entrer.

Il attendit qu'Asriel soit parti puis se tourna vers Bourne.

— Je croyais que tu t'en allais.

Bourne s'installa dans un fauteuil et étendit les jambes devant lui.

— Je crois que je vais rester, dit-il, les yeux brillants. Après tout, je ne voudrais pas que cette femme essaie de te droguer une nouvelle fois. Tu peux avoir besoin de protection.

— Méfie-toi, c'est toi qui vas avoir besoin de protection.

La porte s'ouvrit avant que Bourne ait répliqué et Mara entra. Elle portait une grande cape noire dont la capuche lui tombait jusqu'aux sourcils, mais il la reconnut sans peine.

Dieu, quelle allure elle avait… Si elle n'avait pas été le diable incarné, il l'aurait trouvée terriblement attirante. Cette bouche, ces lèvres pulpeuses… il n'aurait pas dû y goûter. Cela ne faisait qu'attiser son désir.

Elle repoussa sa capuche, et ses yeux cherchèrent les siens. Il remarqua son expression nerveuse, hésitante, lorsqu'elle vit Bourne.

Et, soudain, que ce soit dû à l'énervement dans lequel le mettait la perspective du combat ou à un autre sentiment plus perfide, Temple eut une folle envie de frapper Bourne. Violemment.

C'était forcément à cause du combat, car ce ne pouvait être à cause de Mara. Peu lui importait qui elle regardait. Et qui la regardait. D'ailleurs, son objectif n'était-il pas que tout Londres la regarde ?

Bourne ne se leva pas, et ce manque de respect accrut l'irritation de Temple.

— Je sais qui vous êtes, dit-elle en omettant délibérément son titre. Tout le monde sait qui vous êtes… M'avez-vous fait venir pour vous voir brutaliser un pauvre homme ? demanda-t-elle en se tournant vers Temple.

Elle s'efforçait à l'arrogance pour cacher son malaise. Il connaissait cette tactique, pour l'avoir souvent utilisée.

— J'espérais que vous me donneriez un gage à porter pendant le combat.

— J'aurais dû trafiquer votre sabre.

— Trafiquer les sabres, c'est une expression qu'on utilise dans la Maison pour Garçons MacIntyre ? fit Temple en haussant les sourcils.

Bourne ricana.

— Vous êtes marquis, non ? demanda Mara en lui jetant un regard sévère.

— Oui.

— Dites-moi, vous vous comportez aussi de cette manière ? Je pose la question parce que votre ami ici présent ne tient guère à se comporter en duc. Je me demandais si l'immaturité était contagieuse. Comme la grippe.

Une lueur d'admiration éclaira brièvement le regard de Bourne.

— Charmante, dit-il à l'adresse de Temple.

— Son arme, c'est le laudanum.

— Je ne boirai rien venant d'elle, promit Bourne.

— *Elle* se munit aussi d'un couteau, ajouta Mara.

— Je vous aurai à l'œil, ajouta Bourne.

— Voilà qui est intelligent, approuva Temple.

Mara émit un petit soupir d'agacement, celui que ses élèves devaient certainement lui arracher plusieurs fois par jour, se dit Temple.

— Vous vous apprêtez à rouer de coups un pauvre homme, et vous restez là à plaisanter.

— Et maintenant, elle te fait la morale ! C'est amusant, tu ne trouves pas ? remarqua Bourne.

— J'aimerais que vous sortiez, monsieur, jeta-t-elle.

Il haussa un sourcil.

— À votre place, je n'utiliserais pas ce ton, chérie.

— J'imagine que vous voudriez que je m'excuse ? s'écria Mara, le regard noir.

Bourne se leva et rectifia le tombé de sa veste.

— Excusez-vous plutôt auprès de lui, dit-il en désignant Temple du menton. Il n'est pas aussi indulgent que moi.

Il sortit sa montre de sa poche et se tourna vers Temple.

— Il reste dix minutes avant le combat. Tu as besoin de quelque chose ?

Les yeux fixés sur Mara, Temple ne dit mot.

— À plus tard, alors.

— À plus tard, fit Temple en hochant la tête.

Le marquis sortit.

— Il ne vous a pas souhaité bonne chance, dit Mara.

— Nous ne nous souhaitons pas bonne chance.

Temple ouvrit une boîte posée sur la table et en sortit un rouleau de cire.

— Pourquoi ?

Il coupa deux morceaux de cire et les posa sur la table, sans chercher à regarder la jeune femme, ce qui lui demanda un gros effort.

— Souhaiter bonne chance porte malheur.

— C'est ridicule.

— C'est l'usage ici.

Elle ne sut que répliquer à cela.

— Pourquoi m'avez-vous fait venir ? demanda-t-elle en croisant les bras sur la poitrine.

Il prit une longue bande de linge, en posa une extrémité sur sa paume et entreprit de l'enrouler autour de sa main, en veillant à ne pas faire de plis.

Ce petit travail n'avait pas pour seul but de protéger les muscles et les os, bien qu'il ne soit pas rare que des doigts se brisent. Il s'insérait dans le rythme du sport, l'attente du combat, les préparatifs minutieux grâce auxquels les lutteurs atteignaient une forme de sérénité qui renforçait leur efficacité.

Hélas, la présence de Mara annulait l'effet apaisant de ce rituel.

— Venez, dit-il.

— Pourquoi ?

— Combien voulez-vous pour m'enrouler cette bande de tissu autour des mains ? demanda-t-il.

Elle observa les mains en question une fraction de seconde.

— Vingt livres.

Il fit non de la tête.

— Dites un autre chiffre.

— Cinq.

C'était stupide, bien sûr, mais il la voulait tout près de lui.

— Entendu.

Elle s'approcha en enlevant sa cape. Vêtue de la robe mauve que Mme Hébert avait promis de lui livrer, elle était magnifique. Le cœur de Temple se mit à cogner violemment dans sa poitrine. Avant de poser sa cape sur un fauteuil, elle en sortit le petit carnet noir qu'elle emportait partout avec elle.

— Cinq, répéta-t-elle en notant la somme. Et dix pour la soirée. Comme toujours.

Elle rangea le carnet et prit la main de Temple. Fidèle à son habitude, elle avait omis de mettre des gants. Peau contre peau, cette fois-ci. Chaleur contre chaleur.

Il payait pour cela.

Se le rappeler constamment l'aiderait peut-être à l'oublier, elle. À oublier son parfum citronné, sa saveur, la souplesse de son corps élancé lorsqu'il la prenait dans ses bras.

Elle s'appliqua à entourer le poignet, la main et la naissance du pouce en maintenant les bandes bien lisses.

— Vous faites ça très bien, dit-il d'une voix qui le surprit.

Cette émotivité, cette vulnérabilité lui faisait horreur. Il ne se reconnaissait pas.

— J'ai pansé des os brisés. Je pense que c'est le même principe.

Il saisit au vol l'information. Mara ne se livrait que par bribes. Juste de quoi lui donner envie de poser une douzaine de questions qu'elle laisserait sans réponse. Aussi renonça-t-il à l'interroger.

— En effet, dit-il sobrement.

Les gestes de la jeune femme étaient doux et assurés. Elle inclinait la tête sur ses mains, et il se retenait difficilement de poser les lèvres sur ses boucles auburn. Il se demanda quel spectacle offriraient ses cheveux répandus en vagues somptueuses sur un oreiller. Sur le sol de cette pièce. Sur sa poitrine nue. Sur celle de Mara.

Les épaules de la jeune femme s'abaissaient et s'élevaient à un rythme que ne justifiait pas sa tâche.

Il reconnut cette respiration.

*C'était celle du désir.*

Elle glissa l'extrémité du tissu sous la dernière bande et vérifia la fixité de l'ensemble.

Encore une chose qu'elle faisait avec adresse, songea-t-il.

Il prit l'autre bande de tissu et la tendit à Mara. Les nerfs tendus, avide de son contact, il la regarda envelopper son autre main.

Doux Jésus, il avait besoin de s'étirer encore une fois.

*Et s'il n'avait eu besoin que de cela…*

Il sortit un masque du tiroir de la table.

— Mettez-le.

— Pourquoi ? Vous pourriez profiter de la soirée pour me montrer à vos invités.

— Je ne veux pas qu'on vous voie tout de suite.

*Jamais. Je ne veux pas que notre marché s'achève.*

— Plus tard ?

— Après le combat.

— Si vous ne perdez pas, vous voulez dire.

— Même si je perds, Mara.

— Si vous n'êtes pas laissé pour mort. C'est le but du combat, non ?

Ça ne l'était pas, mais il ne jugea pas nécessaire de la détromper.

— Très bien, si je ne perds pas... Mais je ne perdrai pas.

— Quel est votre plan ? demanda-t-elle.

— Vous verrez ce qu'est *L'ange déchu*. Beaucoup de femmes tueraient pour avoir cette chance.

— Pas moi, riposta-t-elle.

— Cela vous plaira.

— J'en doute.

Son obstination le fit sourire et, pour le cacher, il tira sur sa chemise, qu'il fit passer par la tête, exposant sa poitrine nue. Elle se détourna, telle une demoiselle effarouchée.

— Je ne suis pas tout nu, dit-il en s'esclaffant. D'ailleurs, vous m'avez déjà vu ainsi.

— C'était différent. Vous étiez blessé.

— Je parle d'avant.

Elle rougit.

Bon Dieu de bon Dieu, il aurait donné sa fortune pour savoir ce qui s'était passé cette nuit-là. Sa fortune à lui, oui. Mais pas celle qu'avait perdue le frère de Mara. Par principe.

— Vous ne dirigez pas un orphelinat de garçons ?

— Ce n'est pas pareil, protesta-t-elle, les yeux rivés au plafond.

— Si, justement.

— Ils ont de trois à onze ans, voyons !

— Eh bien, ils sont plus petits, c'est tout.

Elle leva les mains dans un geste d'agacement.

— Beaucoup plus petits !

Elle se tut une fraction de seconde avant de lâcher tout à trac :

— Je ne vous ai pas remercié de leur avoir donné un peu de votre temps aujourd'hui.

Un élan de plaisir – de fierté, plutôt – le traversa. Il s'efforça de l'ignorer.

— Vous n'avez pas à me remercier.

— En tout cas, cela leur a fait très plaisir, déclara-t-elle en feignant de s'intéresser aux dessins géométriques du tapis.

Touché qu'elle ravale son orgueil pour le remercier, il s'approcha. Elle recula d'autant.

— Et vous ? demanda-t-il à mi-voix. Cela vous a fait plaisir ?

— Non, répondit-elle, les joues en feu.

Le mensonge le fit sourire.

— Pas même quand je vous ai embrassée ?

— Certainement pas.

Il fit encore quelques pas et la prit dans ses bras, la soie de la robe caressant son torse nu. Il prit la main de Mara et la leva vers la sangle qui pendait du plafond.

Comprenant ce qu'il voulait, elle attrapa la sangle d'une main puis de l'autre, se retrouvant les bras étirés, telle une vierge offerte en sacrifice à quelque divinité impitoyable.

Elle était libre de lâcher la sangle, de lui refuser ce qu'il avait en tête. Au lieu de quoi, elle le défia du regard.

Relevant le défi, il prit sa joue en coupe et passa le pouce sur sa pommette. La douceur veloutée de sa peau le bouleversa.

— Non ?

— Non, souffla-t-elle.

Il inclina la tête, et la vue des seins qui tendaient le tissu de la robe attisa son désir. Il bénit et maudit en même temps Mme Hébert de lui avoir si fidèlement obéi.

Mara Lowe était la tentation incarnée.

Mais, étrangement, ce n'était pas son visage, ni son corps, ni ses seins parfaits qui s'élevaient et s'abaissaient à un rythme irrégulier qui l'en persuadèrent. Ce fut sa hardiesse. Elle refusait de se laisser intimider.

Et elle le rejoignait sur le chemin du désir.

Pour elle, il n'était pas un tueur ; elle était la seule personne au monde qui avait toujours été convaincue de son innocence.

Il lui releva le menton, exposant son cou long et blanc, et déposa un baiser sur le pouls qui palpitait sous le menton, puis à l'endroit où le cou rejoignait l'épaule.

— Vous êtes sûre que vous n'avez pas aimé cela ?

Elle fit oui de la tête, oscillant sous la sangle qu'elle étreignait pour résister à l'effet des caresses.

— Absolument, dit-elle, le souffle saccadé.

Il se pencha, embrassa la pente d'un sein, une fois, deux fois, trois fois – jusqu'à ce que ses lèvres parviennent au décolleté. Il glissa un doigt entre la peau et la soie et caressa la chair tendue vers lui.

La chair qu'il désirait douloureusement.

— Même maintenant ? demanda-t-il en abaissant le décolleté.

Elle lâcha la sangle d'une main, qu'elle posa sur l'épaule de Temple. Peau nue contre peau nue.

— Même maintenant.

C'était un défi. Une provocation.

Qu'il ne pouvait refuser. Il posa les lèvres sur sa poitrine et jouit du petit cri qu'elle ne put retenir tandis qu'il travaillait cette peau sacrée, la tétant jusqu'à ce que le cri se transforme en gémissement. L'attirant plus près de lui, il la souleva et lui fit refermer les jambes autour de sa taille. Dans ce sanctuaire où il avait plus souvent connu le désespoir que le plaisir, il sentit la joie de l'adoration l'engloutir.

Mara avait lâché complètement la sangle et reposait entièrement dans ses bras, livrée à ses caresses, l'encourageant de ses soupirs et de ses gémissements étouffés.

Fou de désir, il l'adossa au mur. Ses mains s'affairaient partout, retroussaient la robe, découvraient la peau lisse des cuisses, remontaient jusqu'au triangle en feu.

Il s'arrêta et chercha son regard.

— Oui, fit-elle.

De sa vie, il n'avait entendu permission aussi désirée, aussi franchement accordée.

— Redites-le, dit-il.

Histoire d'en jouir.

— Oui.

Bouleversé, il songea qu'il aurait donné tout ce qu'il possédait en échange d'une nuit avec cette femme.

Mais l'avait-il déjà eue ?

L'idée le glaça. Son désir se mêla de haine, de fureur, de dépit.

— Dites-moi… Avons-nous déjà fait ceci ? Avons-nous été…

*Amants.*

Un instant, il crut qu'elle allait répondre. Il lui sembla voir de la sympathie dans son regard. Non, de la pitié. Il ne voulait pas de sa pitié. Elle lui avait volé cette nuit et refusait de la lui rendre.

Puis le regard de Mara reprit son expression habituelle, et il sut ce qu'elle allait dire.

— Répondez-moi !

— Vous connaissez le prix de cette information.

En d'autres circonstances, songea Temple, il aurait trouvé cette femme parfaite sur tous les plans. Son intransigeance était admirable. Son audace aussi.

Mais c'étaient ces mêmes qualités qui l'avaient poussée à le droguer lors de leur première rencontre. Puis de la deuxième. Ces mêmes qualités qui avaient fait que, pendant douze ans, elle n'avait pas cherché à l'innocenter.

Et c'étaient ces qualités qui, certainement, la dresseraient de nouveau contre lui.

Mais, cette fois-ci, il était dans son sanctuaire.

Et jamais il n'avait été aussi exaspéré.

— Si l'orphelinat disparaît, madame MacIntyre, une formidable carrière de putain vous attend.

Elle s'immobilisa une demi-seconde, telle une biche aux abois, puis sa main se leva et atterrit avec une précision remarquable sur la joue de Temple.

Il ne chercha pas à l'éviter. Il prit la gifle comme un dû. Avec le sentiment d'être le pire des imbéciles. Il n'aurait pas dû dire cela. Jamais il n'avait insulté une femme à ce point. L'excuse était presque sur ses lèvres lorsqu'une cloche sonna au-dessus de la porte menant au ring.

— Qu'est-ce que c'est ? demanda-t-elle d'une voix étrangement atone en laissant retomber sa main.

*Doux Jésus, que leur était-il arrivé ?*

Il se détourna, en s'interdisant de toucher sa joue sur laquelle, très certainement, s'épanouissait une fleur rouge.

— Mon adversaire est prêt, dit-il. Nous reprendrons cette discussion après le combat.

Elle inspira et lâcha :

— J'espère qu'il va gagner.

Il revint devant la table et pétrit les deux tronçons de cire.

— Je ne doute pas que vous l'espériez, mais je sais que vous serez déçue.

Sans se cacher, il inséra dans sa bouche un tronçon, puis l'autre, et les moula autour de ses dents.

Elle l'observa un instant, avant de jeter :

— *Bonne chance*, Votre Grâce.

# 10

Comment pouvait-on être aussi goujat ?

Avec l'arrogance due à son statut de duc fortuné et libre de toute charge, il avait émis l'idée que lui acheter une information faisait d'elle une putain.

S'il avait eu affaire à un homme, aucune insulte ne lui serait venue à l'esprit.

*Si vous me traitez comme une putain, payez-moi comme une putain.*

Il l'avait caressée, embrassée, troublée. Il avait éveillé ses sens, son désir.

Puis il l'avait traitée de putain.

Il méritait une bonne correction. Le grand et invincible Temple méritait d'être battu. Par elle.

Bouillant de colère, Mara suivit l'homme auquel Temple l'avait confiée le long d'un passage secret et entra dans une pièce remplie de femmes.

Elle écarquilla les yeux de surprise. Les dames n'étaient pas censées fréquenter les clubs pour hommes, encore moins les maisons de jeu.

Elle reconnut quelques visages. Une marquise. Deux comtesses. Une duchesse italienne connue pour sa vie dissolue.

Certaines étaient masquées, d'autres non, et cela ne semblait pas les gêner. Toutes étaient très élégantes et bavardaient aimablement, comme elles l'auraient fait devant une tasse de thé.

Ce n'étaient ni des femmes du peuple, bien évidemment, ni des bourgeoises attachées aux convenances. C'étaient des aristocrates.

Une fois qu'elle eut fait cette découverte, Mara remarqua autre chose, qu'elle aurait dû voir dès qu'elle avait été introduite dans cette pièce tel l'agneau poussé vers l'autel de son sacrifice.

Tout un mur de cette longue pièce était une fenêtre – une grande fenêtre qui donnait sur une salle remplie d'hommes en tenue de soirée, tous parlant fort, riant encore plus fort, se donnant des claques amicales, agitant de petits bouts de papier, vibrant d'excitation comme les feuilles d'un chêne dans la chaleur de l'été.

Ils étaient rassemblés en demi-cercle devant un grand espace vide entouré de cordes et dont le sol était couvert de sciure.

Le ring.

Mara s'approcha de la vitre et tendit la main pour la toucher. Puis, craignant que les hommes ne la voient, elle s'arrêta.

Le plus surprenant était qu'ils ne semblaient nullement intéressés par cette fenêtre ni par les dames assises de l'autre côté.

Étaient-ils tellement habitués à les voir là que leur présence ne les choquait plus ? Qu'ils ne cherchaient pas à les tenir à l'écart du spectacle ? Mon Dieu, dans quel genre d'endroit s'était-elle fourvoyée ?

— Ils ne vous verront pas, dit une dame au regard grave qu'agrandissaient les verres épais de ses lunettes. Ce n'est pas une fenêtre. C'est un miroir sans tain.

— Un miroir sans tain ?

Cette longue fenêtre ne ressemblait pas du tout à un miroir. D'ailleurs, elle ne pouvait se voir dedans.

— Nous pouvons les voir, mais eux ne voient qu'eux-mêmes, expliqua la dame.

Comme pour prouver ses dires, un gentleman s'approcha de la vitre et rectifia le nœud de sa cravate.

Mara leva la main devant la longue figure étroite du jeune homme.

Il retroussa les lèvres et découvrit ses dents.

Elle laissa tomber sa main.

D'un doigt ganté, il frotta ses dents teintées par le tabac. Puis, satisfait, il se retourna et s'éloigna.

Des rires féminins saluèrent cette toilette hâtive.

— Lord Houndswell serait sûrement très offensé de savoir que nous avons assisté à ses efforts d'hygiène.

— Vous me croyez, à présent ? demanda la dame à Mara.

— Cela doit vous fournir des heures d'amusement.

— Quand il n'y a pas assez de combats pour nous distraire, répliqua une autre femme. Regardez ! Drake est entré sur le ring.

Les conversations s'éteignirent. Un jeune homme venait d'enjamber les cordes et de pénétrer dans l'espace couvert de sciure où se tenaient déjà deux autres messieurs – le marquis de Bourne et un homme à l'attitude désinvolte de dandy.

La foule qui se trouvait de l'autre côté du ring s'ouvrit en deux, révélant une grande porte métallique, et l'air se chargea de tension.

— Il peut arriver à tout moment maintenant, dit une voix féminine.

Et, des deux côtés de la vitre, la foule se figea.

Tous attendaient Temple.

Et Mara s'aperçut qu'elle aussi l'attendait. Tout en le haïssant.

Puis il surgit, grand et large comme une maison, emplissant l'encadrement de la porte comme si elle avait été faite à ses mesures, le torse nu, arborant ses tatouages scandaleux et une culotte de peau qui soulignait ses cuisses massives. Le regard de Mara se posa sur les longues bandes de tissu dont elle avait protégé les collines et les vallées de ses phalanges, les muscles de son pouce et de son poignet. Vainement, elle tenta de ne pas regarder ses mains. De ne pas penser à leur peau rugueuse et chaude.

De ne pas se rappeler qu'il était l'arme répandant le désir dans son corps. La blessant de désir.

— Quelle belle brute... soupira une femme derrière Mara.

Admiration ? Souvenir ému ? Difficile à dire. Mara s'interdit de se retourner.

— Quel dommage qu'il ne se soit jamais intéressé à vous, Harriet, commenta une autre, ce qui déclencha une symphonie de rires.

Et celle-ci, parlait-elle d'expérience ? Mara s'efforça aussitôt de chasser cette pensée dérangeante.

Il avança, se tourna vers la vitre, et ses yeux parurent la chercher.

Puis il enjamba les cordes, et Bourne – soudain tout petit à côté de Temple – adressa à Drake quelques mots inaudibles. Celui-ci leva les bras, et Bourne palpa sa culotte d'un geste clinique qui choqua Mara.

— Que font-ils ? demanda-t-elle.

Une dame vint se poster à côté d'elle.

— On s'assure qu'ils ne sont pas armés. Chaque combattant s'entoure d'un second qui est chargé de veiller à ce que le combat soit loyal. Comme dans un duel.

— Temple ne tricherait jamais, dit Mara, ce qui attira sur elle l'attention des dames qui l'entouraient.

La remarque lui avait échappé. Ses joues s'embrasèrent. Elle chercha un regard ami et s'arrêta sur celui de sa voisine, une grande femme blonde dont la lumière venue du ring dorait les yeux.

— Non, jamais, acquiesça l'inconnue.

Voilà. C'était bien le ton de l'expérience que Mara avait entendu un instant plus tôt. Cette femme connaissait Temple. Intimement, sans doute.

Elle était assez belle pour qu'il s'intéresse à elle.

Ils devaient former un beau couple, la haute taille de la femme s'accordant à celle de Temple, sa blondeur contrastant avec le physique ténébreux de son amant. Mara imagina les longs bras de l'inconnue autour du cou de Temple, ses doigts dans ses cheveux, tandis que les mains massives de Temple enserraient sa taille fine. Puis leurs deux corps nus s'étreignant, se possédant, s'aimant.

Et la haine revint, mais cette fois pour une autre raison, plus troublante.

— Que ne donnerais-je pour être le second de Drake en ce moment ! s'écria une voix du fond de la pièce.

Mara reporta son attention sur le ring, sur lequel le dandy approchait de Temple et lui faisait signe de lever les bras. Il obtempéra, ce qui fit onduler les muscles de sa poitrine et de son abdomen. L'image troubla Mara au point qu'elle sentit sa bouche s'assécher. Temple se laissa palper avec un petit sourire narquois, comme si, sûr de la présence du diable à ses côtés, il n'avait nul besoin de tricher.

Elle l'imagina, les bras étirés et les mains agrippant la sangle comme elle un peu plus tôt, le cuir froid mordant ses paumes, tandis qu'elle lui faisait subir le même traitement qu'il lui avait infligé…

Non. Elle le détestait trop.

— Vas-y ! Tâte-le partout !

— N'aie pas peur, fouille-le !

— Vérifie tous les recoins et les interstices ! Ah ah ah !

Les dames rivalisaient d'encouragements osés, riant et criant tandis que le dandy palpait le duc de Lamont avec une hâte due à la peur ou à la gêne, ou aux deux.

— Pas si vite !

— Ni trop doucement !

— Je parierais ma fortune que Temple aime une main ferme !

— C'est de la fortune de votre mari que vous parlez ? demanda une voix, et la rouquine qui se tenait devant la fenêtre se retourna, un grand sourire sur son joli visage.

— Ce que le comte ignore ne peut pas le blesser. Regardez comme cet homme est grand !

— Dix livres qu'il est grand de partout !

— Personne ne relèvera ce pari, Flora, répliqua quelqu'un d'une voix rieuse. Aucune de nous ne veut que vous vous trompiez.

— Je prendrais le risque de passer une nuit avec le Duc Tueur pour le découvrir !

Un grand éclat de rire secoua la pièce, la plupart des femmes tirant un plaisir évident de ces commentaires à la limite de l'obscénité. Mara les regarda, satin et soie, coiffure et maquillage impeccables, colliers, bracelets et bagues, vivants joyaux de l'aristocratie. Toutes connaissaient le vrai nom de Temple, mais elles avaient oublié ce qu'il impliquait – qu'il était duc et méritait leur respect.

Et même s'il n'avait pas été duc... ce n'était pas un animal de compétition.

*Ces glapissements odieux, ces regards libidineux, c'était à elle qu'il les devait.*

Le regret lui serra le cœur. Si elle avait pu remonter le temps, elle aurait cherché un autre moyen de fuir les chaînes qu'un père cruel et un mari impitoyable s'apprêtaient à lui mettre. Elle aurait épargné à cet homme de tels affronts.

Mais, hélas, on ne peut modifier ce qui a eu lieu.

Ils devaient se plier au destin.

Les seconds achevèrent enfin leur inspection. Du bout du pied, Temple dessina une ligne dans la sciure au milieu du ring.

— Les adversaires s'affrontent de part et d'autre de cette ligne, expliqua la voisine de Mara. Autant de rounds que nécessaire jusqu'à ce que l'un d'eux s'écroule et ne se relève pas.

— Les paris sont clos, annonça l'homme qui avait amené Mara, rappelant aux dames qu'elles se trouvaient dans une maison de jeu – que *L'ange déchu* ne perdait aucune occasion de vider les poches de ses hôtes.

Temple se campa d'un côté de la ligne et ne bougea plus.

— Temple laisse toujours l'initiative à son adversaire.

— Pourquoi ?

Elle eut honte de sa curiosité. On l'obligeait à assister à un spectacle brutal, mais elle n'était pas forcée de s'y intéresser.

— Il n'a jamais été battu. Il aime donc donner à son adversaire une chance de plus. Cela lui paraît juste.

La justice. Chose à laquelle il n'avait pas eu droit. C'était un homme généreux, même si personne ne s'en rendait compte. Sauf elle, hélas.

Elle regarda ses pieds nus, les tatouages noirs de ses bras massifs, la myriade de cicatrices qui striaient sa poitrine et son visage, et le pansement qui cachait la plaie qu'elle venait de recoudre.

À cause d'elle, il était devenu un objet de paris et d'étonnement semblable à celui que suscitaient les monstres mis en bocaux des cabinets de curiosités.

Le combat commença brutalement.

Drake se jeta sur Temple en brandissant un poing que ce dernier évita prestement, avant de lui assener un coup puissant dans le flanc.

Chancelant, Drake recula dans les cordes. Le temps de reprendre son souffle, et il revint à l'assaut.

Le duc l'attendait, immobile devant la ligne de séparation.

— Aïe, ça ne va pas être un beau combat ce soir, les filles, déclara l'une des dames. Drake ne va pas tarder à s'écrouler comme une pierre.

— C'est toujours comme ça, dit une autre.

— Si seulement on lui offrait un adversaire digne de lui qui le garde un moment sur le ring, soupira une troisième, et Mara fit le vœu que ces femmes se taisent.

Drake revint sur son adversaire, bras tendus comme un enfant cherchant à être embrassé. Aussi vif que l'éclair, Temple écarta ses bras et lui donna un coup sec dans la mâchoire, suivi d'un autre dans le torse.

Drake tomba à genoux, et Temple recula derrière la ligne.

Mara le regarda ; son visage ne montrait ni le triomphe ni la fierté qu'on aurait pu s'attendre à y voir, rien qui soulignât l'aisance avec laquelle il avait gagné ce combat.

En moins d'une minute.

Drake bascula sur le dos, et des deux côtés, des exclamations s'élevèrent de la foule. Des hommes criaient en brandissant des papiers en l'air et en les jetant.

— Que se passe-t-il ? demanda Mara.

— Ces messieurs sont déçus, répondit sa voisine. Ils ont misé gros – pas sur Temple ou sur Drake, mais sur le nombre de rounds, ou de coups, et même sur la façon dont Drake tomberait… Ils n'aiment pas les combats rapides.

— Anna, appela le garde qui était resté dans le coin de la salle réservée aux dames.

— Excusez-moi, dit-elle à Mara. J'ai à faire.

Comme Mara haussait les sourcils, elle expliqua :

— Les clients malheureux ont besoin de… réconfort.

Mara comprit. Cette femme était une courtisane. Une prostituée de luxe dont on rétribuait grassement les services, probablement.

— Bien sûr, dit-elle.

— Milady, fit la femme en s'inclinant.

— Oh, je ne suis pas…

Anna sourit.

— Peut-être pas de naissance, mais d'esprit, sûrement.

Elle s'en alla, laissant Mara avec la certitude qu'elle ne méritait aucun titre honorifique, vu ce à quoi elle avait condamné un innocent.

Indifférent aux cris et à l'agitation qui l'entourait, Temple alla se planter devant le miroir et le scruta.

— Ici ! cria une dame.

Il hocha la tête ; soupirs et gloussements coururent dans la pièce. Mara comprit qu'il la priait de venir. Le souvenir des derniers mots qu'ils avaient échangés réveilla sa colère.

Si seulement elle avait été un homme ! Si seulement elle avait pu le combattre au grand jour, lui reprendre son argent, l'affronter comme le faisaient les joueurs !

*Eh bien, pourquoi pas ?*

Un homme très maigre, au nez chaussé de lunettes, vint s'incliner devant elle.

— Temple vous demande de le rejoindre dans son appartement. Je dois vous y conduire.

*Parfait.*

— Je vous suis.

Elle lui prouverait qu'il avait tort. Elle se montrerait plus forte, plus intelligente qu'il ne l'imaginait. Elle lui ferait regretter ses paroles. Il lui présenterait ses excuses, et il aurait de la chance si elle les acceptait.

Troublée par ses baisers, par sa gentillesse inattendue, elle avait oublié la guerre qui les opposait. Il avait fallu qu'il la traite de putain pour qu'elle se rappelle le but que chacun poursuivait : lui, sa vengeance ; elle, la survie de l'orphelinat.

Et elle atteindrait le sien.

Sa détermination renforcée, elle suivit son guide et émergea du couloir silencieux dans la salle où s'agitaient les spectateurs.

Son plan était clair – aussi clair que celui qu'elle avait concocté douze ans auparavant et qui l'avait amenée ce soir dans le club de jeu le plus prisé de Londres.

Elle se félicita d'avoir gardé son masque, qui limitait son champ de vision et lui permettait d'ignorer les hommes qui se pressaient de chaque côté de l'allée menant au ring.

Temple était resté sur le ring et serrait les mains de ses admirateurs. Le pauvre n'avait aucune idée de ce qui l'attendait.

Le regard rivé sur lui, elle ne vit le marquis de Bourne que lorsqu'il s'interposa et lui saisit le bras.

— N'avancez pas.

— On ne m'arrêtera pas, dit-elle en le regardant dans les yeux.

— Croyez-moi, vous n'avez pas envie de me mettre à l'épreuve.

Elle accueillit cette déclaration avec un petit rire.

— Dites-moi, lord Bourne, vous pensez vraiment que vous avez à vous mêler de cette histoire ? Ma vie entière m'a menée à cet instant.

— Je ne vous laisserai pas le priver de sa vengeance, dit-il. Vous la méritez entièrement, pour avoir anéanti sa vie.

Fut-ce l'idée qu'il prétendait comprendre le long fil du passé reliant Mara et Temple ? Ou bien son ton arrogant, comme s'il se pensait capable d'empêcher le globe de tourner sur son axe si l'envie l'en prenait ? Ou encore son expression satisfaite ? Elle ne le saurait jamais.

Quoi qu'il en soit, ce fut sans la moindre hésitation qu'elle usa des leçons apprises pendant les douze années où elle avait vécu sans personne pour prendre soin d'elle.

Bourne ne vit pas venir la gifle.

L'air ahuri, l'aristocrate chancela tandis qu'un flot de sang coulait de son nez.

Sans prendre le temps de s'émerveiller de son exploit, Mara enjamba les cordes.

Le silence tomba sur la salle. Les messieurs déçus qui exigeaient un second combat se tournèrent vers elle, bouche bée.

Un frisson d'incertitude naquit sur la nuque de Mara et commença son lent voyage le long de sa colonne vertébrale.

Elle le chassa. C'était son choix. Sa prochaine étape.

Rencontrant le regard noir de Temple, elle y lut la surprise. L'irritation. La frustration. Et quelque chose d'autre, qui disparut très vite.

Elle inspira à fond et déclara à haute et intelligible voix dans la salle immense :

— Moi aussi, j'ai une dette à effacer, Votre Grâce.

Il haussa les sourcils mais ne dit mot.

— Alors, dites-moi, reprit-elle. Relevez-vous mon défi ?

# 11

Si on lui avait donné mille livres pour deviner qui monterait sur le ring et demanderait à l'affronter après Drake, jamais Temple n'aurait pensé à Mara Lowe.

Et pourtant, elle était là, grande et fière, les pieds dans le sang de Drake, aussi paisible que si elle était entrée dans un salon de thé ou une mercerie. Comme s'il était parfaitement habituel qu'une femme masquée se risque sur un ring dans un club pour messieurs.

Elle était folle à lier.

Puis elle lança son défi d'un ton posé comme si c'était son droit, comme si ses propos n'allaient pas déclencher un scandale.

Lequel se manifesta par une cacophonie d'éructations, d'éclats de rire et de grognements offensés.

Reprenant ses esprits, Temple s'approcha d'elle, l'œil plus noir que jamais, un rictus de mépris sur les lèvres.

Elle ne bougea pas, et il regretta que le masque cache son expression.

Il pensa à le lui arracher. À la démasquer dès maintenant devant les hommes les plus puissants de Londres, et à retrouver la vie que douze ans d'exclusion avaient gelée.

Mais agir tout de suite l'empêcherait de savoir jusqu'où elle était prête à aller.

Inclinant la tête, il parla à mi-voix, pour que personne d'autre ne puisse entendre :

— Voilà un mouvement bien audacieux…

— L'audace, on n'en a jamais trop, vous ne trouvez pas ?

Il se sentit envahi par une onde de chaleur incroyable. Aucun défi, aucun combat ne lui avait procuré cette sensation, ce léger vertige, ce désir de se ruer dans l'action sans attendre.

— Vous croyez que je vais céder ?

— Je pense que vous n'avez pas le choix, dit-elle avec un petit sourire.

— C'est une erreur.

— Comment cela ?

— C'est mon ring, ce sont mes règles.

Il leva une main, et tous les spectateurs – deux cents personnes au moins – se turent. Elle admira le contrôle qu'il exerçait sur cette foule de débauchés.

— Messieurs ! s'écria-t-il. Il semble que la soirée ne soit pas finie.

Il s'approcha un peu plus d'elle, et sa douce odeur de citron l'enveloppa, symbole de propreté dans ce lieu souillé de vices. Elle n'était pas à sa place ici.

Mais il avait beau le savoir, il ne désirait pas qu'elle parte.

D'un geste preste, il l'attira à lui et glissa une jambe entre les siennes. Le bruit de la soie l'émut. Mais le pire, ce fut de sentir ce corps mince et souple dans ses bras, de ne plus être capable de réfléchir, de voir son objectif – la vengeance – s'estomper comme un rêve fugace, inutile.

Il la serra un peu plus. Elle poussa un petit cri étouffé et posa les mains sur sa poitrine nue, des mains fraîches et douces sur sa peau en sueur.

— Comme on fait son lit, on se couche… souffla-t-il à son oreille.

Elle se figea une fraction de seconde.

— Alors, Votre Grâce, ne perdons pas de temps.

La réplique le décontenança. Voyait-elle la même image que lui ? Eux deux au lit, nus, dans les bras l'un de l'autre ?

Magnifiques. Égaux.

Il se tourna vers la foule. Les regards avides fixés sur Mara lui firent horreur, même s'il les savait nécessaires.

— Dois-je m'assurer qu'elle n'a pas d'arme ?

Un rugissement approbateur monta de la foule. Il tendit une main vers ses jupes, sachant que le couteau qu'elle portait si religieusement ne serait pas loin, et lui palpa le torse et les hanches, tout en cherchant son regard. Elle poussa un petit soupir.

— Je ne vous savais pas exhibitionniste.

Elle fit la moue.

— Ce n'est pas maintenant que je vais commencer.

— Votre comportement suggère le contraire.

Dans une poche, il trouva le carnet dans lequel elle racontait les événements de leur relation en livres, shillings et pence. Le couteau aussi.

— Mme Hébert vous a fait une poche ? Je ne le lui avais pas demandé.

— Ne vous ai-je pas prouvé que je sais manier l'aiguille ?

Il ne put retenir un éclat de rire. Cette femme avait reçu une robe qui coûtait plus qu'elle ne gagnait en une année, et sans tarder elle s'y cousait une poche pour garder son arme préférée à portée de main.

Il montra le couteau à l'assistance.

— La dame est faite d'acier.

De plus d'une façon.

Les hommes rirent bruyamment. Temple jeta le couteau à terre.

— Une femme n'est jamais trop prudente, Votre Grâce, riposta Mara d'une voix forte, afin de mettre les rieurs de son côté. Mais, et mon défi ? Ne sommes-nous pas à égalité maintenant que vous m'avez pris mon couteau ?

La foule applaudit, et Temple devina ce que Mara avait en tête.

— Pas sur le ring, chérie. Mais nous pouvons nous rendre dans un autre endroit où… discuter ?

Elle se raidit dans ses bras tandis que les spectateurs gloussaient.

— Je ne pense pas, dit-elle. Vous êtes mon créancier. Je suis ici pour racheter mes dettes. C'est ce qui se fait à *L'ange*, non ?

— Ooooh, chanta la foule.

— Je ne me bats pas avec les femmes, rétorqua Temple, s'adressant autant à l'assistance qu'à Mara.

Elle posa un poing sur sa poitrine nue.

— Aucune femme ne vous a donc jamais défié sur ce ring, Votre Grâce ?

— Elle marque un point, Temple ! cria quelqu'un.

— Cent livres pour relever ce défi à ta place, Temple !

— Cent seulement ? Je donnerais le double pour une fille comme ça ! Je parie qu'elle est fantastique au lit.

Lâchant Mara, Temple se retourna. Oliver Densmore, le pire des abrutis de la capitale, se penchait en travers des cordes, langue pendante, yeux exorbités.

Temple se retint difficilement de lui faire sauter toutes les dents de devant.

— Eh bien, Votre Grâce, reprit Mara. Avez-vous jamais été défié par une personne de mon sexe ?

Il eut besoin d'une fraction de seconde pour se remettre du mot « sexe ». Cette femme était l'adversaire le plus coriace qu'il ait jamais affronté sur le ring.

— Non.

Elle pivota lentement, jusqu'à se trouver face au miroir sans tain derrière lequel les dames devaient s'agiter, rire et s'interroger sur son compte.

Rencontrant le regard de Temple dans le miroir, elle lui adressa un grand sourire chaleureux et, pour la première fois depuis qu'ils s'étaient retrouvés, il se demanda ce que ce serait que de voir ce sourire tous les jours.

— Ah, fit-elle, vous déclarez forfait.

Il s'esclaffa.

— Non, non.

Elle se tourna vers l'arbitre, dont les yeux menaçaient de jaillir de leurs orbites.

— N'est-ce pas la règle ? Le combat a lieu, ou l'un des adversaires déclare forfait ?

L'arbitre ouvrit la bouche et la referma en quêtant du regard l'aide de Temple.

Celui-ci vint à son secours.

— Il y a d'autres façons de combattre, Mara, dit-il en croisant les bras sur sa poitrine. D'autres façons pour moi de gagner.

— D'autres façons pour *moi*, vous voulez dire, riposta-t-elle.

Les spectateurs rugirent d'enthousiasme. Cette femme qui semblait mener Temple par le bout du nez les avait captivés.

Lui aussi.

Il se rua sur elle, la prit dans ses bras et s'empara de ses lèvres. Le brouhaha autour d'eux s'estompa tandis qu'il la savourait. Et, soudain, il se rendit compte qu'elle lui rendait son baiser avec la même ferveur.

Il l'embrassa encore et encore, les mains autour de son visage, la revendiquant des lèvres, de la langue, des dents. Le monde avait disparu, et il n'y avait plus qu'elle. Et lui. Et cet instant.

*Doux Jésus… Ils n'étaient pas seuls.*

Il la poussait dans la déchéance sous les yeux d'une bonne partie de la haute société.

Il s'écarta, le cœur déchiré.

Non. Déchue, elle l'était déjà. Ne l'avait-il pas traitée de putain ?

*Mon Dieu, qu'avait-il fait ?*

La perdre avait pourtant été son objectif, non ? À titre de représailles. Sauf qu'il n'avait pas prévu le désir. Ni la passion. Et encore moins l'émotion.

*Que lui avait-elle fait ?*

Ils devaient parler.

Il la souleva et s'apprêta à l'emmener hors du ring sous les applaudissements des spectateurs.

Le plan aurait été excellent si un homme ne s'était mis en travers de son chemin.

Christopher Lowe.

Le cœur battant d'excitation, folle de joie d'avoir réussi à déstabiliser ce colosse, Mara ne comprit pas pourquoi il la reposait à terre aussitôt après l'en avoir soulevée, son corps glissant le long du sien dans un voyage émouvant.

— Lowe, fit-il à mi-voix.

Elle sursauta. Il révélait son identité ? Maintenant ?

Pourquoi pas, finalement ? Il en avait le droit. Pourtant, elle ne pouvait s'empêcher d'être déçue.

Jusqu'à ce qu'elle découvre qu'il fixait quelqu'un derrière elle. Ce quelqu'un étant son frère, qui, debout derrière les cordes, les observait, une expression indéchiffrable sur le visage.

— Vous croyez avoir gagné une fois de plus ? gronda celui-ci. Vous croyez pouvoir prendre tout ce qui m'appartient… y compris ma sœur ?

Le silence se fit dans la salle, et chacun se pencha en avant pour ne rien perdre de la conversation.

Elle s'approcha de son frère afin de le calmer et l'empêcher d'anéantir son plan.

Temple la saisit par le bras et s'interposa entre elle et Kit.

— Tout Londres vous prend pour un gagnant, poursuivait celui-ci d'une voix hargneuse. Un héros. Mais le Duc Tueur n'est qu'un lâche.

Il regarda Mara et, dans ses yeux, elle reconnut le même éclat haineux que dans le regard de leur père.

— Un lâche et un débauché, insista le jeune homme.

Un cri général s'éleva. Temple n'avait plus le choix, à présent, et Kit le savait. On ne traitait pas un homme de lâche impunément. Le combat était inévitable.

Elle s'avança vers son frère, dans l'espoir vain de l'arrêter.

La retenant par le bras, Temple l'empêcha d'aller plus loin.

— Non. C'est mon combat.

Aveuglé par ses fanfaronnades, Kit ne se rendait pas compte qu'il avait dépassé les bornes.

— Vous refusez de vous battre avec le seul homme qui ait une raison honnête de le vouloir, dit-il en levant les poings. Mais me voilà, et vous ne pouvez plus m'ignorer. Vous vous battrez avec moi.

À ces mots, les spectateurs se ruèrent sur le bookmaker pour parier.

— C'est le combat du siècle ! cria quelqu'un.

— Deux cents sur Temple pour une victoire immédiate !

— Un seul round…

— Cinquante que Temple casse trois côtes à Lowe !

Londres attendait ce combat depuis une décennie. Le Duc Tueur contre le frère de sa victime. David contre Goliath.

Kit allait tout gâcher. Détruire tout ce pour quoi elle avait tant œuvré, anéantir tous ses efforts. Temple aurait sa vengeance, et elle n'aurait plus rien.

L'idée aurait dû l'accabler, la pousser à se résigner, lui donner envie de fuir à toutes jambes. Au lieu de quoi, ce fut de la tristesse qu'elle éprouva. Car n'y avait-il pas eu un moment où elle avait espéré tout gagner ? L'argent, l'orphelinat… et l'homme ?

*Quelle ânerie !*

Il n'était pas à gagner. En tout cas, pas par elle.

Elle ne le méritait pas. Et, après ce combat, il serait débarrassé d'elle.

Temple la repoussa contre les cordes.

— Temple…

Ne sachant que dire, elle s'interrompit.

*Ce n'était pas mon plan.*

*Je ne savais pas qu'il était là.*

*Gagnez.*

Il ne la regarda pas. À croire qu'elle n'existait même pas. À cet instant, elle eut follement envie de revenir en arrière. Chez la couturière. Dans la rue près de chez lui. Ou même douze ans plus tôt.

Tout changer.

— Temple, répéta-t-elle en espérant qu'entendre son nom le ferait se raviser.

Il la souleva et la tendit comme on tend un paquet au marquis de Bourne qui se trouvait de l'autre côté des cordes.

— Il devrait vous tuer pour avoir fomenté ce coup, murmura celui-ci en la retenant entre les cordes et la foule excitée.

Dieu du ciel, il ne croyait quand même pas qu'elle avait tout manigancé ?

Sauf que c'était exactement ce qu'elle aurait pensé si la situation avait été inversée.

Lorsque Temple aurait gagné ce combat, elle lui dirait tout. Tout depuis le début. Elle lui dirait que l'argent perdu était celui de l'orphelinat. Qu'elle, elle se battait pour les garçons, rien d'autre. Qu'elle ne lui souhaitait aucun mal.

Mais, en attendant, elle n'avait pas d'autre choix que d'assister au combat. Temple affrontait Kit – l'affrontait, elle –, et cela n'avait rien à voir avec le combat contre Drake. Il y avait de la fureur dans les yeux des deux adversaires.

Le combat commença, et Temple, comme à son habitude, laissa l'initiative à Kit. Celui-ci ricana.

Le son de la chair s'écrasant contre un os, le choc sourd des poings, les claquements des mains, tous ces bruits étaient horribles. Mara vit avec un début de nausée Temple encaisser un coup, un deuxième et encore un autre. Cela fait, il avança d'un pas et entreprit de présenter la note à l'imprudent.

Ses poings martelèrent le ventre et les flancs de Kit à une vitesse effrayante. Le jeune homme dut s'écarter pour reprendre son souffle. Une fraction de seconde plus tard, la rage le ramenait vers son adversaire.

Temple devait-il son nom au fait qu'il était bâti comme un édifice ? Elle l'ignorait. En tout cas, il donnait l'impression que, le monde dût-il sombrer dans le néant, il resterait debout. Ses poings frappaient, cinglants, à un rythme frénétique.

Kit s'effondra sur les cordes, un œil fermé.

Il n'était plus le garçon que Mara avait connu et aimé jadis, mais c'était toujours son frère.

— Kit ! supplia-t-elle. Arrête ! Il va te tuer !

Il la regarda, et de nouveau, elle vit de la haine dans ses yeux.

— Tu l'as choisi. Tu l'as préféré.

— Non, protesta-t-elle.

Ce n'était pas vrai. Elle avait choisi les orphelins. Et, plus exactement, elle avait choisi leur sécurité.

Mais, bien sûr, d'une certaine façon, elle avait choisi Temple.

L'idée la choqua. Grands dieux, l'avait-elle vraiment choisi, préféré à un membre de sa famille ?

L'accepterait-il ? Elle chercha son regard, et il le lui offrit. Le regard froid de qui se sentait trahi.

Submergée par la honte, elle se détourna, reportant son attention sur son frère. Kit souriait, comme autrefois quand il s'apprêtait à faire une bêtise qui lui vaudrait à coup sûr une bonne correction de leur père.

Elle le vit se pencher. Ramasser le couteau que lui avait pris Temple.

— Non ! cria-t-elle.

Trop tard. Il se jetait sur Temple. Lequel, vit-elle avec horreur, la regardait toujours, elle, au lieu de son adversaire.

*C'était elle qu'il regardait.*

— Non ! hurla-t-elle de nouveau. Il va vous tuer !

Se libérant de l'étreinte de Bourne, elle se précipita vers le ring, agrippa les cordes, essaya d'atteindre Temple.

Le rugissement de la foule avait englouti son avertissement, chacun hurlant comme un chien traquant sa proie, cherchant le sang.

Kit le leur donna.

Le couteau s'enfonça dans la poitrine de Temple, et le sang jaillit comme une fleur perverse.

Une jambe de chaque côté des cordes, Mara s'était pétrifiée lorsque quelqu'un l'attrapa par la taille et la tira en arrière avec force. Elle ne remarqua son propre cri que quand il lui déchira les oreilles.

Et, pour la première fois depuis le jour où il était monté sur un ring, le Duc Tueur s'écroula.

Elle ne put ôter les yeux de l'angle étrange que formèrent ses jambes, de la rivière de sang qui noircit la sciure. Un homme aux cheveux roux monta sur le ring, s'agenouilla auprès de Temple et déchira sa veste, en aboyant des ordres tandis qu'il cherchait à examiner la blessure.

Puis Mara ne vit plus rien. Une douzaine d'hommes entouraient le blessé, chacun y allant de son diagnostic.

— Il est mort !

— Non, murmura-t-elle.

*Mon Dieu, qu'avait-elle fait ?*

Temple était trop fort, trop grand, pour mourir aussi facilement, aussi soudainement. Elle se débattit dans les bras qui la retenaient.

— Non, ce n'est pas possible.

Les bras se resserrèrent un peu plus.

— Si c'est vrai, vous le paierez cher, promit Bourne à son oreille.

# 12

Les propriétaires et associés de *L'ange déchu* regardaient leur camarade blessé.

Il avait fallu trois hommes – Bourne, Cross, le financier du club, et Asriel – pour porter Temple, et c'est à bout de souffle que le trio avait franchi la porte de l'appartement privé de Temple.

Ils avaient débarrassé la table et y avaient allongé leur ami avant d'allumer toutes les chandelles de la pièce.

Sans attendre qu'on l'en prie, Asriel partit chercher de l'eau chaude, des linges propres et un chirurgien, bien que rien ne garantît qu'un chirurgien pût faire quelque chose. Seul Dieu, peut-être… mais Lui et les propriétaires de *L'ange déchu* n'étaient pas en très bons termes.

— Reste avec nous, espèce de gros salopard, l'exhorta Cross.

— Je ne devrais pas être là, bredouilla Temple d'une voix pâteuse. J'ai un combat.

Cross étira un bras du blessé pour repérer la plaie. Temple résista.

— Vous avez déjà combattu ce soir, rectifia Justin, le majordome du club. Deux fois, même.

En proie au délire, Temple fit non de la tête d'un geste mou, telle une poupée cassée.

— Non, balbutia-t-il. Reprends les dés, on doit arrêter, ils sont trop nombreux. Il faut filer...

Bourne le maintint fermement.

— C'était il y a longtemps, Temple. Nous n'organisons plus de parties de dés dans la rue.

La porte s'ouvrit mais, l'accès de cette pièce étant aussi sévèrement gardé que si le roi en personne y luttait contre la mort, aucune tête ne se retourna. Si quelqu'un entrait, c'était forcément une personne initiée aux plus sombres secrets du club.

— Justin, redescends dans la salle, ordonna la voix de Chase. Ce n'est pas parce que Temple s'est fait découper un bout de viande qu'on va cesser d'escroquer l'aristocratie.

Bourne lui jeta un regard noir.

— Tu en as mis un temps pour venir !

— Je suis le seul qui se soit souvenu que nous avons un club à gérer. Que deviendra Temple si nous faisons faillite pendant qu'il se remet ?

— C'est plus grave qu'une petite écorchure, remarqua Cross, qui examinait la plaie.

Temple se débattit de nouveau.

— Il faut que j'aille aider Bourne ! Ils sont trop nombreux !

— Nous les battrons ensemble, lui assura Bourne, le visage livide d'inquiétude. Nous les avons déjà combattus, et nous avons gagné, rappelle-toi.

Les yeux de Temple se rouvrirent et cherchèrent ceux de son ami.

— Cette fois-ci, nous allons perdre.

— Pas avec le diable de notre côté, dit Bourne. Chase est là.

— Je t'ai sauvé la peau ce jour-là, rappela Chase en se penchant sur Temple. Et nous la sauverons encore aujourd'hui.

— Je dois me battre... insista vainement Temple avant de sombrer dans l'inconscience.

— Est-il… s'écria Bourne.

— Non, dit Cross. Évanoui, seulement.

Il inspecta l'endroit où le couteau s'enfonçait profondément dans la poitrine de Temple, à mi-chemin entre l'épaule et le sein.

— Ce n'est pas forcément fatal, ajouta-t-il d'une voix qui manquait de conviction.

— Aucun de nous n'étant médecin, tu me pardonneras de douter de ton diagnostic, dit Bourne.

— C'est peut-être un muscle qui a été touché. Ou un nerf.

— Retire le couteau.

Cross fit non de la tête.

— On ne sait pas ce que cela provoquerait. On ne sait pas si…

Il s'interrompit, mais tout le monde entendit la suite : *si cela le tuerait*.

Chase jura à mi-voix.

— Justin ? appela Cross. Va voir ce que fabrique le chirurgien. Et fais venir ma femme.

Les connaissances de la comtesse Harlow en anatomie étaient impressionnantes. Faute de médecin, elle leur serait d'une grande aide.

— Et Knight, ajouta Chase.

— Knight n'a rien à faire ici, protesta Cross. Cette histoire ne le regarde pas.

— Quel que soit ton passé avec Knight, il connaît les membres de son club mieux que nous. Et nous avons besoin de savoir le maximum de choses sur Christopher Lowe.

— J'imagine que Lowe est parti ? dit Bourne.

— Oui. Il a profité du tohu-bohu.

— Comment les gardes ont-ils pu le laisser sortir ? s'exclama Bourne, furieux.

— Ils étaient fous d'inquiétude pour Temple, et ils ont oublié que leur tâche était de surveiller les issues. J'aurai leurs têtes, je te le jure. Toutes.

— C'est parce qu'ils sont attachés à Temple, dit Cross.

— Au lieu de pleurnicher, ils auraient mieux fait de s'emparer de l'assassin. Ils me rendront des comptes pour s'être comportés comme des fillettes qui ont perdu leurs poupées.

— Tu es un salaud sans cœur, décréta Cross.

Chase ne releva pas et demanda à Bourne :

— Que t'est-il arrivé ?

Un bleu s'épanouissait sur la joue du marquis, et son œil semblait outrageusement fardé.

— Je préfère ne pas en parler.

Chase n'insista pas.

— Où est la fille ? demanda-t-il.

— Enfermée dans la salle Prométhée, comme il convient.

— Très bien. Laissons-la réfléchir à ce qu'elle a fait.

— Que comptes-tu faire d'elle ?

Le fondateur de *L'ange* regardait avec angoisse le souffle saccadé de Temple et sa peau qui, d'ordinaire dorée, avait pris une teinte grisâtre de mauvais augure.

— Je la tuerai de mes propres mains s'il meurt. Et avec plaisir.

— Lowe a pensé qu'elle l'avait trahi, signala Bourne.

— Elle nous a tous trahis, dit Chase. J'avoue que je ne m'y attendais pas du tout.

— Elle a trahi Temple dès le début, en se faisant passer pour morte et en laissant le monde l'accuser de son meurtre, renchérit Cross.

La porte se rouvrit, et Philippa, lady Harlow, entra, hors d'haleine, les lunettes de travers, suivie d'Asriel, qui apportait un tas de linges pliés et un broc d'eau chaude.

Ignorant tout le monde, Pippa se dirigea tout droit vers Cross, dont elle tapota l'épaule en signe de réconfort. Il déposa un baiser sur ses doigts et lui désigna le corps de leur ami. Elle se pencha sur lui, effleura son épaule et s'arrêta devant la protubérance obscène que formait le manche du couteau planté dans la poitrine.

Elle pressa légèrement la chair autour de la lame. Temple gémit.

— Vous lui faites mal, protesta Chase.

— Le fait qu'il ait mal, qu'il réagisse, est une bonne chose, expliqua-t-elle. Le chirurgien est parti dès la fin du premier combat, il a cru qu'il n'y en aurait plus, expliqua-t-elle à son mari. On a envoyé plusieurs hommes à sa recherche. Mais nous ne pouvons pas l'attendre. Il faut retirer ce couteau d'un coup et soigner cette plaie avant…

Elle s'interrompit. Personne n'avait besoin d'entendre la fin de sa phrase.

— Et si le couteau l'empêchait de se vider de son sang ? demanda Chase.

— Dans ce cas, dit Pippa doucement, en le laissant dans la plaie, nous ne faisons que retarder l'inévitable.

— Lady Harlow, dit Chase, j'ai beau être convaincu de vos compétences scientifiques, vous me pardonnerez de mettre en doute vos talents de médecin.

Pippa regarda Cross, quémandant son aide.

— Vu les circonstances, j'ignorerai le ton que tu as pris avec ma femme, dit celui-ci. Je suis d'accord avec Pippa. Nous ne pouvons pas attendre le chirurgien. Cela risque de prendre des heures.

Chase émit un juron étouffé. Ce signe d'émotion chez un personnage connu pour son impassibilité accrut l'anxiété générale.

— Il ne mourra pas, décréta Bourne d'un ton qui tenait plus de la prière que de la certitude. C'est Temple, bon sang de bois ! Il est plus fort que nous tous réunis. C'est un colosse indestructible. Invincible.

Sauf qu'il avait été battu.

— Amenez-moi la fille, dit Chase.

— Non, protesta Cross.

Bourne fut plus catégorique.

— Moi vivant, cette garce n'entrera pas dans cette pièce.

— Je veux qu'elle voie ce qu'elle lui a fait, insista Chase.

— Je préférerais qu'elle en fasse l'expérience sur elle-même.

— Amène-moi la fille, ordonna Chase en s'adressant à Asriel.

Asriel n'hésita pas. Les désirs de Chase avaient force de loi.

— Et garde-la à l'œil, fit Bourne. Elle peut très bien imiter son frère et se ruer sur l'un ou l'autre d'entre nous. Et elle a un sacré direct du droit.

Pippa le regarda. Ses grands yeux s'écarquillèrent derrière ses lunettes, et Bourne se retint de se détourner.

— Elle vous a frappé.

— Elle m'a pris par surprise.

— Je n'en doute pas, s'écria Cross avec un ricanement, avant de reporter son attention sur Pippa, qui nettoyait le sang suintant autour du couteau, tâche digne de Sisyphe.

Au bout d'un moment, elle dit sans lever les yeux :

— Vous ne pouvez pas prendre le risque de vous montrer à elle.

— Je n'y avais pas pensé, admit Chase.

— Il ne faut pas qu'elle sache qui tu es, renchérit Cross. Elle n'est pas fiable.

Pippa prit un autre linge pour essuyer le front de Temple, souillé de sueur et de la sciure du ring.

— Si elle savait… commença Bourne.

Il n'acheva pas. C'était inutile.

Si Mara – si n'importe qui d'autre qu'eux – découvrait l'identité de Chase, *L'ange* serait en danger.

Et le danger que courrait *L'ange déchu* les concernerait tous.

L'un des murs de la pièce où était enfermée Mara était orné d'un tableau représentant avec un réalisme affreux le supplice de Prométhée.

Le héros enchaîné était adossé à un rocher, le visage déformé par la douleur, tandis que Zeus, sous la forme d'un aigle noir, lui déchiquetait la poitrine. Mara connaissait l'histoire. Les dieux avaient voulu châtier Prométhée pour son insolence. Pour leur avoir volé le feu afin de le donner aux hommes. Pour avoir pensé qu'il pouvait s'arroger les mêmes droits qu'eux.

Cette œuvre terrifiante avait visiblement pour but de faire réfléchir ceux qui défiaient *L'ange* et de les amener à avouer leurs fautes, quelles qu'elles soient.

Une image assaillit Mara : Temple s'écroulant sur le sol, la vie s'échappant de lui en un ruisselet de sang, tandis qu'elle s'efforçait vainement de le rejoindre.

Kit avait poignardé Temple avec le couteau que celui-ci avait pris à Mara.

*Le feu arraché aux dieux.*

La porte s'ouvrit, et les mots jaillirent de sa bouche avant qu'elle ait pu les retenir :

— Le duc ? Il est en vie ?

Le second de Temple, le colosse à la peau brune qui avait monté la garde devant l'orphelinat, ne daigna pas répondre mais lui fit signe de le précéder dans le couloir. À en juger par son expression, il était vain de discuter.

Temple l'avait bien formé.

Le cœur battant, elle obéit.

— Ne tentez rien, gronda-t-il comme elle passait devant lui.

Elle aurait aimé lui dire qu'elle n'en avait pas l'intention. Que si elle avait su ce que tramait son frère, elle aurait fait tout ce qui était en son pouvoir pour l'en empêcher. Et que, quelle que soit la colère dans laquelle Temple l'avait mise à plusieurs reprises, jamais elle n'avait désiré lui faire du mal. Mais ces mots auraient été inutiles et auraient sans doute été pris pour un mensonge de plus. Aussi sortit-elle de la pièce sans mot dire.

Elle trouva le couloir bondé d'hommes et de femmes vêtus de tenues diverses, depuis la livrée jusqu'à la robe de soirée. Leurs visages livides exprimaient tous l'angoisse. Et la colère.

Elle regretta de ne plus avoir son masque – on le lui avait ôté avant de l'enfermer.

Leurs regards haineux la suivirent le long du labyrinthe de couloirs sinueux, conçu pour intimider un peu plus le coupable, qu'il soit Prométhée ou un joueur criblé de dettes.

— J'espère que vous l'amenez à Chase, dit une belle femme blonde. Et qu'il a prévu un châtiment exemplaire.

Un murmure approbateur lui répondit, et un homme ajouta :

— Elle mérite de souffrir comme Temple.

— Elle mérite pire, cria quelqu'un derrière Mara.

Croisant les bras, elle hâta le pas pour fuir cette haine incandescente.

L'homme qui l'escortait ouvrit une porte. Elle la franchit et s'arrêta net.

Elle se trouvait dans l'appartement privé de Temple. Là où il l'avait embrassée et lui avait fait espérer d'autres plaisirs.

Un homme et deux femmes se penchaient sur l'immense corps allongé sur une table. La lumière des chandelles soulignait la pâleur de sa peau. Elle ferma brièvement les yeux, repoussant le mot de « mort ».

Elle s'approcha, la gorge nouée.

— Mon Dieu, murmura-t-elle en tendant la main.

Son guide la retint par le bras.

Entendant sa voix, le marquis de Bourne se retourna. Elle remarqua la meurtrissure qui ornait le haut de sa joue et sentit sa main droite la picoter au souvenir du coup qu'elle lui avait donné.

— Ne vous approchez pas de lui, gronda-t-il.

L'angoisse l'emportant sur la prudence, elle s'enquit :

— Est-il mort ?

— C'est ce que vous voudriez ?

— Non, non, non.

— Je ne vous crois pas.

— Je ne m'y attendais pas, rétorqua-t-elle en le regardant franchement.

— Il suffit, Bourne, dit une dame blonde en qui Mara reconnut la femme qui s'était placée à côté d'elle pour regarder le combat. Nous ne pouvons pas attendre plus longtemps. Il faut extraire le couteau.

— Tout droit. Comme il est entré, précisa Mara.

— Et vous êtes bien placée pour savoir comment il est entré, puisque c'est vous qui avez guidé la main de votre frère, s'écria Bourne. Regardez votre œuvre, espèce de harpie.

— Je n'y suis pour rien, protesta-t-elle.

— Bien sûr que si, dit un grand rouquin. Vous y êtes pour quelque chose depuis que vous avez laissé une accusation de meurtre saccager sa vie.

— C'était une…

Elle s'interrompit. Ils n'auraient pas compris.

*Comment auraient-ils pu admettre qu'elle n'avait péché que par sottise ?*

Seul Temple avait le droit de connaître la vérité, et elle la lui dirait s'il survivait.

Elle regarda de nouveau le corps inerte du colosse et remarqua la pile de linges propres préparée à proximité.

— Il faut retirer le couteau d'un coup rapide et appliquer immédiatement une forte pression sur la plaie, dit-elle en s'adressant à la comtesse Harlow. Et nous aurons besoin de plus de linges que ce qu'il y a là. La blessure a l'air profonde.

— Vous êtes médecin, maintenant ? jeta le marquis de Bourne avec un ricanement de mépris.

— J'ai déjà extrait des lames de poignard.

— De qui ?

— Peu importe, je l'ai fait.

La comtesse se lassa d'attendre.

— Asriel, lâchez Mlle Lowe. Nous aurons besoin de toute votre force pour maintenir Temple pendant l'extraction.

— Il est inconscient, remarqua Bourne.

— Si nous avons de la chance, il ne le sera plus quand nous aurons arraché cette arme, reprit Mara. Il va souffrir. Mais ce sera bon signe.

Cette idée pourtant la fit frémir. Elle regarda les hommes se pencher et empoigner les épaules et les cuisses de Temple pour le maintenir à plat. Trois hommes ne seraient pas de trop pour retenir ce corps vigoureux d'où la vie s'échappait inexorablement en ruisselets de sang.

Sa gorge se noua.

Que lui avait-elle fait ? Et lui, qu'avait-il fait pour mériter qu'elle se mêle de sa vie ? S'il survivait, elle lui donnerait tout ce qu'il voulait avant de disparaître et de le laisser vivre libéré, innocenté, heureux.

Avec une belle femme, de beaux enfants, un beau domaine. Et le respect de ses pairs.

Elle lui rendrait tout ce qu'elle lui avait volé.

*Si seulement il vivait.*

À présent, c'était à Dieu qu'elle proposait un marché.

La comtesse regarda les trois hommes, puis se tourna vers Mara.

— Vous avez déjà fait cela ?

Mara hocha la tête, pensant à une autre lame. À une autre époque. À une peau encore plus livide.

— Oui.

— Faites-le, alors.

Sans hésiter, Mara s'approcha du corps. Bourne retint sa main.

— Si vous lui faites du mal. Si vous le tuez. Je vous tuerai.

— Cela me semble raisonnable.

Elle ferait tout ce qu'elle pouvait pour le sauver. Elle voulait qu'il vive. Afin de pouvoir enfin lui dire la vérité qu'il réclamait.

Peut-être lui pardonnerait-il…

Bourne la lâcha. Elle prépara plusieurs linges et rapprocha la cuvette dans laquelle on avait versé de l'eau visiblement très chaude. Le grand rouquin et le marquis de Bourne dardèrent sur elle des regards sévères qu'elle s'efforça d'ignorer.

Elle tendit le linge à la comtesse, puis, retroussant ses jupes, elle s'agenouilla près de la tête de Temple et saisit le manche ensanglanté du couteau.

— Préparez-vous à laver abondamment la plaie, dit-elle à son aide.

Tous les assistants s'immobilisèrent. Elle baissa les yeux sur le visage blême de Temple.

— Ne vous avisez pas de mourir, murmura-t-elle. J'ai un tas de choses à vous dire.

Il ne bougea pas. Le cœur de Mara se serra.

— Un… compta-t-elle. Deux…

Sans attendre le chiffre trois, elle tira tout droit sur le couteau.

Temple hurla de douleur dans un sursaut. Mara faillit pleurer de soulagement. La comtesse s'empressa d'inonder d'eau brûlante la plaie, qui semblait moins mortelle que Mara ne l'avait craint.

Temple hurla de nouveau tandis que l'eau chaude entraînait une rivière de sang. Refusant de se laisser intimider par ses cris, Mara attrapa un autre linge et le pressa sur la plaie en y mettant tout son poids. Le linge s'imbiba aussitôt de sang.

— Vous ne mourrez pas, non ! ordonna-t-elle.

Elle devait impérativement faire cesser cette hémorragie.

Ne pensant plus qu'à cela, elle se mit debout pour appuyer de tout son poids sur le pansement de fortune. Temple se débattit. Même maintenant, sa stature l'impressionnait. Sa force. Son énergie tandis qu'il rugissait de colère et de souffrance mêlées. Il rouvrit des yeux noirs comme l'enfer.

Leurs regards se rencontrèrent et il jura, les muscles de son cou tendus à craquer.

— Vous lui faites mal, dit le marquis de Bourne. Vous y prenez plaisir.

— Non, pas du tout, répliqua-t-elle. Je n'ai jamais voulu vous faire de mal, reprit-elle à l'adresse du blessé.

Elle pressa plus fort. Heureusement, l'homme aux cheveux roux qui se tenait en face d'elle avait assez de force pour maintenir le buste de Temple – quoiqu'il eût sans doute préféré la gifler, se dit-elle en jetant un bref coup d'œil à son expression sévère.

— Je vous veux du bien, insista-t-elle à l'intention de Temple.

Celui-ci se débattant toujours, elle changea de tactique.

— Arrêtez de lutter, dit-elle d'une voix forte. Plus vous vous débattrez, plus vous saignerez, et Dieu sait que vous avez besoin de tout le sang qui vous reste.

Avait-il compris ? Ou bien était-il trop las ? En tout cas, il cessa de s'agiter.

Les linges étaient trempés, comme elle s'y attendait. Temple saignait abondamment. Il allait lui falloir d'autres pansements pour tout éponger.

Elle se tourna vers la comtesse.

— Milady, voudriez-vous…

La femme à lunettes comprit tout de suite. Elle prit sa place et pressa sur le pansement tandis que Mara tendait la main vers le couteau.

— Non, fit aussitôt le gentleman roux.

— Reposez-le tout de suite, ordonna Bourne.

Elle ne cacha pas son irritation.

— Vous pensez que je lui trancherais la tête devant vous tous ? Me croyez-vous complètement folle ?

— Je préfère ne pas prendre de risques, dit Bourne, mais Mara relevait déjà ses jupes et découpait une bande du beau tissu mauve de son jupon.

Visiblement choqué, Bourne renonça à l'arrêter.

— Rendez-vous utile, dit-elle. Nous aurons probablement besoin aussi de vos chemises.

Plus tard, elle s'émerveillerait de la vitesse à laquelle tous ces messieurs ôtèrent leur veste et firent passer leur chemise par-dessus leur tête.

— Celle de Temple doit se trouver quelque part dans cette pièce, reprit-elle. Tâchez de la trouver.

Puis elle repoussa la comtesse et pressa son jupon sur la poitrine nue de Temple, dont les cris s'étaient mués en balbutiements incompréhensibles.

— À cause de vous, ma nouvelle robe est perdue, dit-elle en cherchant son regard. Vous m'en devez une autre.

Il ne répondit pas, et ses paupières parurent s'alourdir.

— Non, souffla-t-elle malgré elle. Je vous interdis de mourir.

Les yeux de Temple disparurent, et ses longs cils retombèrent sur ses joues pâles.

Mara eut la sensation atroce de replonger dans un abîme de solitude, avec pour seules compagnes l'anxiété et la souffrance. Clignant les yeux, elle refoula des larmes brûlantes.

— S'il meurt, vous le suivrez en enfer.

Il lui fallut un moment pour se rendre compte que la menace ne venait pas du marquis de Bourne mais de l'homme aux cheveux roux. Ses yeux gris exprimaient une détermination impitoyable, et elle sut qu'il tiendrait parole.

Ils la tueraient si Temple mourait. Sans y réfléchir à deux fois. Et peut-être le méritait-elle.

Mais lui ne méritait pas de mourir. Aussi ferait-elle tout ce qui était en son pouvoir pour le garder en vie.

Elle inspira à fond et échangea le morceau de jupon contre la chemise du grand rouquin.

— Il ne mourra pas, déclara-t-elle.

Il ne mourut pas cette nuit-là, mais sombra dans un sommeil agité qui persistait quand le chirurgien arriva.

— Vous auriez dû attendre mon retour et ne pas ôter ce couteau vous-mêmes, dit-il en évitant soigneusement de regarder les deux femmes présentes.

— Vous n'étiez pas là, dit Bourne avec colère, et Mara fut contente de le voir s'emporter contre quelqu'un qui le méritait réellement. Vous auriez préféré que nous restions sans rien faire ?

— J'étais occupé ailleurs, rétorqua le médecin sans le moindre remords.

Soulevant le linge, il examina la plaie désormais sèche.

— En l'abandonnant à des mains de femmes, vous avez pris un gros risque, commenta-t-il d'un ton méprisant.

La comtesse Harlow haussa les sourcils et regarda l'aristocrate aux cheveux roux qui, Mara l'avait deviné, était son mari. Mais elle ne dit rien, craignant sans doute d'agacer un peu plus le médecin et de le faire fuir.

Mara n'avait pas les mêmes craintes. Elle avait vu trop de médecins arriver, potions magiques et instruments de torture en main, et repartir en n'ayant fait qu'aggraver l'état du malade. Finalement, Temple avait eu de la chance que ce charlatan ait huit heures de retard. Et peu importait à quoi il s'était occupé pendant ce temps.

— Je préfère un médecin femme à pas de médecin du tout, lança-t-elle.

Le chirurgien la regarda enfin.

— Vous n'êtes pas médecin.

Ayant affronté des adversaires plus forts et plus méritants que ce petit chirurgien – dont l'homme allongé sur la table –, Mara ne cilla pas.

— Je pourrais dire la même chose de vous, vu ce que vous nous avez montré de vos talents ce soir.

La comtesse Harlow ouvrit de grands yeux, et ses lèvres se retroussèrent sur un petit sourire. Elle se détourna, mais Mara eut le temps de voir l'éclat admiratif de son regard.

Une alliée possible dans cette pièce pleine d'ennemis, jugea-t-elle.

Le chirurgien se tourna vers le comte Harlow.

— Il faut le saigner.

Mara revit avec horreur les sangsues qui s'étaient gavées du sang de sa mère.

— Non.

Personne ne la regarda. Personne ne parut l'avoir entendue.

— Est-ce vraiment nécessaire ? demanda le comte, qui n'avait pas l'air convaincu.

— Oui, affirma le médecin.

— Non, répéta Mara, haut et clair.

La saignée ravirait la vie de Temple aussi sûrement qu'elle avait ravi celle de sa mère.

— Qui sait ce que cette femme lui a fait d'autre ? poursuivit le chirurgien. Il est possible d'introduire un poison dans une plaie. Il faut absolument en purger le blessé. La saignée est la seule solution raisonnable.

— La saignée n'arrangera rien, protesta Mara en s'interposant entre Temple et le chirurgien, qui sortait un étui de son sac.

Personne ne l'écouta. Sauf la comtesse Harlow.

— Je ne pense pas non plus que ce soit le traitement approprié, dit-elle en allant se mettre à côté de Mara.

— Vous non plus n'êtes pas médecin, milady.

— Nous ne sommes pas médecins, mais nous étions là, nous.

Le chirurgien prit un air offusqué.

— Je ne supporterai pas qu'on me parle de cette façon, surtout pas…

Il agita la main en direction des deux femmes.

Cross avança, prêt à se battre pour défendre son épouse.

— Qui, précisément ?

Le médecin comprit sa bévue.

— Bien sûr, je ne parlais pas de lady Harlow, monsieur. Je parlais de… de cette femme, acheva-t-il du ton qu'il aurait pris pour lâcher un mot obscène.

Mara se serait mise en colère si la situation n'avait pas exigé qu'elle garde son sang-froid.

— L'avez-vous déjà saigné ? demanda-t-elle.

Comme le médecin hésitait, Cross insista :

— Docteur ?

— Non. Il n'en a jamais eu besoin.

Mara regarda Temple, toujours inerte. Bien sûr qu'il n'en avait jamais eu besoin. Cet homme était la santé même. Jusqu'à aujourd'hui.

Elle regarda la comtesse.

— Milady ? supplia-t-elle.

*Ne le laissez pas faire.*

La comtesse acquiesça d'un hochement de tête et se tourna vers son mari.

— Nous devrions attendre. Il est vigoureux. Je préférerais qu'on lui accorde la possibilité de guérir de lui-même sans perdre plus de sang.

Les yeux emplis de larmes, Mara se remit à respirer.

— Les femmes ne peuvent pas comprendre les principes de ce genre de traitement. Leurs cerveaux, expliqua le chirurgien en agitant la main vers les têtes des dames présentes, ne sont pas équipés pour une science aussi compliquée.

— Je vous demande pardon ? protesta la comtesse Harlow, visiblement exaspérée.

Mara préféra ravaler sa propre indignation. La vie de Temple était en jeu.

— Les femmes peuvent comprendre que le sang n'est pas censé déserter le corps humain, répliqua-t-elle, et je ne vois aucune raison de croire que nous n'avons pas besoin de tout le sang qui coule dans nos veines.

C'était une théorie inhabituelle. Et impopulaire.

Mais la plupart des gens n'avaient pas vu leur mère mourir, livide et de plus en plus malade, tailladée et couverte de sangsues. Mara avait eu sous les yeux la preuve que la saignée n'était pas la solution.

Le chirurgien soupira, se rendant compte à présent qu'il allait devoir disputailler avec les deux femmes.

— Nous devons rééquilibrer le flux du sang, expliqua-t-il du ton qu'il aurait pris pour s'adresser à un enfant. Ce qu'il a perdu à l'épaule, il faut le retirer de la jambe.

Son intonation condescendante irrita visiblement le comte Harlow, dont la mâchoire se crispa.

— Cela me paraît complètement idiot, commenta Mara en se tournant vers la comtesse, son unique alliée. Si un toit fuit, on ne perce pas un nouveau trou dedans, que je sache.

Pour le médecin, c'en fut trop. Il lâcha un soupir excédé et s'adressa à Bourne :

— Ce ne sont pas des femmes qui vont me faire la leçon dans mon domaine. Elles s'en vont, ou je m'en vais.

— Alors, partez et nous trouverons un autre chirurgien, dit la comtesse.

— Pippa… fit Cross d'un ton anxieux.

Il ne voulait pas que son ami meure. Mais Mara non plus !

— Laissez passer une nuit, supplia-t-elle. Et si, dans douze heures, son état a empiré, s'il a de la fièvre, s'il reste inconscient, eh bien, confiez-le à votre barbier.

Le terme insultant fit sursauter le praticien. Mara aurait éclaté de rire si elle n'avait pas été si impatiente d'écarter de Temple cet individu incompétent et ses instruments barbares.

— Je ne m'occuperais pas de lui, même si vous tripliez mon prix, jeta fièrement l'individu en question.

Il rappelait à Mara la myriade de charlatans qui avaient martyrisé sa mère avant de la déclarer incurable. La jeune fille avait en vain supplié son père de trouver un autre médecin dont les armes ne se limiteraient pas aux sangsues et au laudanum.

— Douze heures, docteur, dit Bourne. Ce n'est pas très long.

— Douze heures peuvent le tuer. S'il meurt, ce sera des mains de vos femmes.

— Mes mains, dit Mara en soutenant le regard du marquis. Son sang est sur mes mains. Laissez-moi le nettoyer.

Bourne quêta des yeux l'approbation de son associé, puis hocha la tête.

— Douze heures, pas plus.

Le soulagement envahit Mara.

— Je ne reviendrai pas, annonça le médecin d'un ton acide.

— Nous n'aurons pas besoin de vous, riposta-t-elle en trempant un linge propre dans l'eau chaude.

La porte se referma derrière le chirurgien, et le marquis sortit une montre de son gousset.

— Les douze heures commencent dès maintenant... Chase nous arrachera la tête pour l'avoir laissé partir, ajouta-t-il à l'adresse de Cross.

Mara ne comprit pas ce qu'il voulait dire.

— Nous devons faire tout ce que nous pouvons pour empêcher la fièvre de monter, dit-elle.

Hochant la tête, la comtesse Harlow se dirigea vers la porte pour aller chercher de l'eau fraîche et d'autres linges.

Mara baissa les yeux sur le visage figé de Temple, notant les sourcils sombres, le nez cassé, les cicatrices dont la dernière lui balafrait la joue, et le regret lui étreignit la poitrine.

Tout cela était de sa faute, se dit-elle en pressant le linge sur le front du blessé aux yeux clos.

Eh bien, c'était à elle de le sauver.

# 13

Ils mentaient, ceux qui racontaient qu'à l'approche de la mort un chœur d'anges vous accueillait et vous communiquait un merveilleux sentiment de paix.

Il n'y avait ni ange ni paix.

En tout cas, pas pour Temple.

Aucune vive lumière ne l'attirait ; rien n'apaisait la souffrance qui le déchirait, menaçant son esprit et son souffle.

Un feu dévorait sa poitrine, son bras, sa main comme si on les avait incendiés. Il ne pouvait ni l'éteindre ni le fuir, car il était ligoté et forcé d'endurer ce martyre. À croire que ses tortionnaires y prenaient plaisir.

Ce fut cette chaleur intense qui lui fit comprendre qu'il oscillait au bord de l'enfer.

Ses anges ne venaient pas d'en haut, mais d'en bas. Ses anges étaient des anges déchus. Et ils ne chantaient pas d'hymnes mélodieuses.

Au contraire. Ils juraient et faisaient tout pour l'inciter à rester avec eux. Ils lui promettaient tout ce qu'il aimait dans la vie – des femmes et du bon scotch, des plats de gourmet et de beaux combats. Ils affirmaient qu'avec lui, leur règne n'était pas près de s'éteindre. Leurs voix étaient multiples – l'accent cockney se mêlait aux intonations aristocratiques et à de douces voix féminines. Celles-ci lui promettaient d'immenses plaisirs si seulement il se donnait la peine de s'accrocher à la vie.

Par Dieu, cela le tentait fort.

Puis ce fut elle.

Celle qui murmurait à son oreille avec le plus de détermination. Celle qui semblait prête à le réprimander s'il se laissait mourir. Celle qui prononçait les mots auxquels toute sa vie il avait cédé.

*Vengeance. Pouvoir. Force.*

*Et duc.*

Mais de quoi parlait-elle donc ? Cela faisait très longtemps qu'il n'était plus duc.

Depuis qu'il avait tué la fiancée de son père.

Quelque chose frémit à la lisière de sa conscience, quelque chose qui allait et venait tandis qu'il entendait murmurer autour de lui.

*Il ne peut pas nous entendre. Il ne peut pas lutter.*

*Il a perdu trop de…*

Oui, il avait perdu beaucoup de choses. Il avait perdu son nom et sa famille, son passé et sa vie. Il avait perdu le droit de vivre au sein du monde dans lequel il était né… le monde qu'il avait aimé.

Mais chaque fois qu'il avait la tentation de se laisser aspirer par l'obscurité, c'était elle qu'il entendait.

*Il peut lutter. Il vivra.*

Sa voix n'était ni douce ni angélique. Elle était exigeante, impérieuse. Il ne pouvait feindre de ne pas l'entendre.

*Vous êtes plus fort que n'importe qui.*

*Votre travail n'est pas fini. Votre vie n'est pas finie.*

Ne l'était-elle pas depuis des années ? Depuis le jour où il s'était réveillé dans un lit ensanglanté, après avoir assassiné la fiancée de son père ?

Il l'avait tuée.

Il l'avait tuée de ses mains de géant et de sa force inhumaine. Il l'avait assassinée, ainsi que la vie qu'il aurait pu avoir. Il l'avait tuée, et maintenant il était là, mourant – obtenant enfin le châtiment qu'il méritait.

On disait qu'à l'heure de la mort, on voyait toute sa vie défiler devant ses yeux. Temple aimait cette hypothèse. Ce n'était pas son enfance dans le grand domaine familial qu'il voulait revoir, mais cette nuit-là. La nuit qui avait scellé son destin et lui avait ouvert l'accès à l'enfer.

Mais voilà que ce souvenir continuait à se dérober, lui donnant envie de rugir de frustration.

— Pourquoi ?

Un murmure lui répondit.

*Parce que vous vivrez, Temple.*

*Vous vivrez, et je vous dirai tout.*

Elle était donc là, la fille de cette nuit fatidique – la jolie fille dansant dans le parc, avec ses cheveux soyeux, sa peau lisse et ces yeux vert et bleu qui le hantaient.

Elle était là, et elle lui caressait le front d'une main fraîche, le retenant au seuil de la mort.

Les heures s'écoulaient, et il ne se réveillait pas. Son sommeil était agité et, lorsqu'on lavait la plaie avec de l'eau chaude, il fallait le maintenir tant il se débattait.

Mara n'était autorisée à entrer dans sa chambre que pour changer son pansement. De nombreuses personnes veillaient le blessé. Bourne, Cross et Pippa ne le quittaient pas et, dès que le dernier joueur fut parti, ils furent rejoints par les employés du club – croupiers, gardes, servantes et prostituées en pleurs.

La blonde appelée Anna, que Mara avait rencontrée dans la pièce réservée aux dames, arriva, sa tâche achevée. Mara l'observa du coin de l'œil. La prostituée regarda longuement Temple tout en lui caressant un bras, palpant ses muscles, serrant sa main et murmurant à son oreille.

Ce devait être sa maîtresse, se dit Mara en se rappelant la façon dont elle avait parlé de lui. Temple plaisait aux femmes, elle l'avait remarqué, et celle-ci était assez belle pour être le général de cette armée en jupons.

De longs doigts parfaitement manucurés se promenaient sur le tatouage de Temple et jouaient avec les poils fins de son bras dans un geste prouvant leur intimité.

Mara détourna les yeux. Elle haïssait cette femme et se reprochait la jalousie stupide qui lui brûlait le cœur. Et, surtout, elle s'en voulait de ne pas avoir tout dit à Temple quand c'était possible. De ne pas avoir eu confiance en lui.

De l'avoir tourmenté alors qu'il n'avait rien fait pour le mériter.

La tête baissée, elle nettoyait sa plaie, refaisait son pansement, essuyait son front en sueur. Grâce à Dieu, son cœur battait régulièrement. Quelqu'un l'avait recouvert d'une couverture et avait glissé un oreiller sous sa tête – concession au confort alors qu'ils le laissaient sur une table comme si cette planche de chêne avait quelque propriété vivifiante.

Au fur et à mesure que le jour cédait la place au crépuscule, l'inquiétude de Mara s'accrut. Temple restait inerte. Bourne menaça de faire venir un autre médecin, mais, durant l'un des exils de Mara, le mystérieux Chase, qu'elle n'avait toujours pas rencontré, se rallia à l'opinion de Pippa et décida d'attendre encore toute la nuit.

Il était reparti lorsque Mara fut rappelée pour une nouvelle séance de soins, mais elle comprit que les avis de Chase étaient parole d'évangile pour les autres.

Tout en lavant la plaie et en refaisant le pansement, elle ne cessa de parler à Temple, dans l'espoir de l'arracher à l'inconscience.

L'inconfort le faisait se débattre et répéter encore et encore :

— Pourquoi ?

Elle lui répondait à voix basse, de peur que les autres entendent ce qu'elle disait, ce qu'elle promettait

– réponses, vérité, et même vengeance, espérant que l'une de ces promesses le ramènerait de là où il errait, avant que ses associés ne décident que la comtesse et elle étaient folles et n'envoient chercher l'abruti qui usurpait le titre de docteur en médecine.

La comtesse était clairement de son côté. Les soins que prodiguait Mara l'avaient convaincue qu'elles avaient le même objectif.

La porte de la chambre s'ouvrit, et deux femmes, dont l'une portait un plateau, entrèrent. La première, plus charmante que belle, était visiblement une lady, et l'autre une domestique. La lady se précipita dans les bras de Bourne, qui l'étreignit avec une tendresse visible, spectacle qui désarçonna Mara. De toute évidence, la nouvelle venue était la marquise de Bourne.

Lorsque le marquis s'écarta de sa femme, il recouvra aussitôt son caractère peu aimable.

— Que diable faites-vous ici ? lui demanda-t-il.

— Vous auriez dû m'envoyer un message, dit-elle sans s'offenser du ton qu'il avait pris. C'est Pippa qui m'a prévenue... Mais qu'est-il donc arrivé à votre œil ?

— Rien.

— Ce n'est pas rien du tout, Michael, protesta-t-elle.

— Tout va bien, affirma-t-il en lui embrassant les doigts.

— Qui vous a frappé ? insista-t-elle.

La comtesse Harlow eut un petit sourire. Mara la supplia mentalement de se taire. Mais, décidément, la chance n'était pas de son côté.

— Mlle Lowe lui a envoyé un bon coup de poing.

— Qui donc est Mlle Lowe ? demanda l'épouse de Bourne en se redressant de toute sa hauteur.

— C'est elle, répondit Pippa en désignant Mara, qui regrettait vivement de ne pouvoir se rendre invisible.

La marquise de Bourne se tourna vers elle, et son regard se posa sur sa robe tachée de sang, sur ses cheveux mal coiffés, sur son visage probablement hagard, et enfin sur sa main droite, qui avait donné le coup.

— Il l'avait mérité, je suppose ? demanda-t-elle en haussant un sourcil blond.

Stupéfaite, Mara soutint son regard.

— Oui, en effet, dit-elle.

La dame hocha la tête.

— Dans ce cas, il n'y a rien à dire.

— Je ne méritais rien du tout, protesta Bourne du ton du petit garçon puni à la place d'un autre.

Son épouse haussa les sourcils.

— Vous êtes-vous excusé ?

— M'excuser ! s'écria-t-il. Elle m'a frappé alors que je l'empêchais d'aller tuer Temple !

Mara ouvrit la bouche pour nier, mais la nouvelle venue la devança.

— Mademoiselle Lowe, aviez-vous l'intention de tuer Temple ?

C'était la première fois que quelqu'un pensait à lui poser la question.

— Non, répondit-elle.

— Alors, mon mari a effectivement mérité ce qu'il a reçu.

Bourne fronça les sourcils, mais préféra ne pas revenir sur cette histoire.

— Vous ne devriez pas être là, grommela-t-il.

— Pourquoi ? Je suis membre de ce club et mariée à l'un de ses propriétaires.

— Ce n'est pas la place d'une femme dans votre état.

— Pour l'amour de Dieu, Michael, je ne suis pas malade, mais enceinte. Pippa aussi est là.

La marquise indiqua la comtesse, qui attendait visiblement un enfant.

— Ce n'est pas ma faute si Cross n'aime pas sa femme autant que j'aime la mienne.

Cross sourit à Pippa.

— Je vous aime beaucoup, vous le savez, n'est-ce pas ?

— Oui, je le sais, dit Pippa d'une voix empreinte de sérénité qui émerveilla Mara.

Seigneur, quelle joie ce devait être de se savoir aimée ! Son regard se porta sur l'homme allongé sur la table, sa mâchoire carrée, ses longs bras et la main qui reposait ouverte à côté de lui. Elle se demanda ce que cela lui ferait d'y glisser la sienne.

De l'aimer et d'être aimée de lui.

— Michael, reprit la marquise, Temple est autant mon ami que le vôtre.

Elle se pencha sur le visage blême du blessé et, visiblement inquiète, repoussa ses cheveux en arrière. Bourne la serra contre lui.

— Mon Dieu, murmura-t-elle en s'appuyant sur son mari.

— Il vivra, déclara-t-il d'une voix qui se voulait optimiste.

Le cœur de Mara se serra. Cet homme – celui dont elle avait saccagé la vie – avait des douzaines d'amis qui l'aimaient et le soutenaient.

Et elle, qui l'aimait ? Qui s'était soucié d'elle durant toutes ces années ?

*Mais avait-elle mérité qu'on se soucie d'elle ?*

Mieux valait éviter de s'appesantir sur la question. L'heure n'était plus aux regrets.

Elle se tourna vers la servante, qui avait apporté un plateau avec une théière.

— Est-ce l'infusion que nous avons demandée ?

— Oui, je l'ai faite moi-même.

— Merci, Didi, dit Pippa, tandis que Mara versait le liquide brun dans une timbale.

— Une décoction magique ? demanda la marquise. Dieu sait qu'il en aurait bien besoin.

— De l'écorce de bouleau, répondit la comtesse. On dit que c'est efficace contre la fièvre.

— Pour le moment, il n'a pas l'air d'en avoir, mais mieux vaut prévenir que guérir, dit Mara. Voulez-vous m'aider à lui soulever la tête ? demanda-t-elle à Cross. Il faut essayer de le faire boire.

Cross s'approcha et, aidé d'Asriel, releva Temple en position assise. Mara maintint sa tête et tenta de lui glisser une cuillerée dans la bouche.

— Vous devez boire pour vous remettre, dit-elle après plusieurs échecs.

Une autre tentative eut pour résultat d'inonder le menton et la poitrine du blessé. La patience de Mara menaçait de céder. Il boirait, quitte à ce qu'elle lui enfonce le liquide dans la gorge.

— Avalez, espèce d'idiot !

Il ouvrit grand les yeux et cracha, aspergeant le visage et le cou de Mara du liquide tiède. Elle lâcha un cri de surprise, et toutes les personnes présentes poussèrent des « oh » et des « ah » d'ahurissement.

Temple toussa en repoussant la timbale.

— Vous ne vous lasserez donc jamais d'essayer de me tuer ? gronda-t-il d'une voix enrouée.

Bourne jura et Cross sourit. Soulagée, Mara cligna les yeux pour refouler ses larmes, puis approcha de nouveau la timbale des lèvres du blessé.

Il fit non de la tête et retint le poignet de la jeune femme.

— Qui a préparé ce brouet ? demanda-t-il en regardant autour de lui. C'est toi, Didi ?

La Française approcha, les yeux embués de larmes de joie.

— Oui, Temple. C'est moi qui l'ai fait, répondit-elle en français.

Hochant la tête, elle reprit en anglais :

— C'est moi.

— Et vous n'y avez pas touché ? demanda-t-il en regardant Mara avec méfiance.

— Seulement pour le verser.

— Buvez-en, dit-il en poussant la timbale vers elle.

— Mais je…

— Buvez la première.

Comprenant enfin ce qu'il avait en tête, elle éclata d'un rire léger qui les surprit tous.

— Buvez, Mara, dit-il en poussant de nouveau la timbale vers ses lèvres.

— C'est ridicule, voyons, dit la marquise de Bourne.

— C'est le choix de Temple, trancha son mari.

Il était suffisamment conscient pour se méfier d'elle, se dit Mara avec soulagement. Elle porta la timbale à sa bouche et avala une gorgée avant de tirer la langue au blessé.

— Voilà ! Aujourd'hui, voyez-vous, je ne suis pas d'humeur à empoisonner les gens.

— Ouf… fit-il avec l'esquisse d'un sourire.

S'efforçant de cacher une joie que les autres auraient pu trouver indécente, elle remplit de nouveau la timbale.

— Ce qui ne signifie pas que vous ne poussez pas les femmes à y songer, dit-elle.

La main de Temple se referma sur la sienne et guida la timbale jusqu'à ses lèvres.

— Un autre jour, alors.

Elle voulut sourire, dire une douzaine de choses. Des choses qu'il ne croirait pas.

Qu'elle ne pouvait pas dire.

Aussi se contenta-t-elle d'une exhortation peu raffinée.

— Buvez, odieux pachyderme que vous êtes.

Il obéit. Elle voulut s'éloigner, mais il retint son poignet avec une force surprenante compte tenu du sang qu'il avait perdu.

— Vous m'avez fait une promesse.

— Oui. J'ai dit que je me montrerais à la société. Que je prouverais que vous n'êtes pas un meurtrier.

— Je ne parle pas de cette promesse-là.

— De laquelle, alors ? demanda-t-elle.

— Vous m'avez promis des réponses. La vérité.

Elle entendit le sang rugir dans ses oreilles. Elle n'avait pas cru qu'il s'en souviendrait.

— Vous n'avez pas oublié…

— Je n'ai guère de mémoire en ce qui vous concerne, vous le savez, dit-il en prenant une autre gorgée. Mais vous me direz la vérité sur cette nuit-là. Vous tiendrez vos promesses.

Des promesses de vengeance. De vérité. Aussi longtemps qu'il vivrait.

Et il était vivant.

— Je les honorerai, déclara-t-elle.

— Alors, tout va bien.

Sur ce, il s'endormit.

Trois jours plus tard, Temple s'enfonçait dans l'eau très chaude que contenait la grande baignoire en cuivre faite à ses mesures pour ses ablutions après les combats.

Gardant le bras en l'air pour éviter de mouiller son pansement, il s'adossa et appuya la tête sur le rebord.

Avec un long soupir, il ferma les yeux, laissant la vapeur l'envelopper et chasser de son cerveau toutes ses pensées.

Non, pas toutes.

Uniquement celles qui ne concernaient pas Mara, ses beaux cheveux, ses yeux étranges et son caractère déterminé. Les pensées qui ne le faisaient pas s'interroger sur les raisons de ses errements d'autrefois et de l'autre soir sur le ring.

Avait-elle aidé son frère ? Lui avait-elle passé l'arme qui avait fini sa course dans sa poitrine ?

Les souvenirs qui ne concernaient pas ses gestes doux tandis qu'elle lavait sa plaie et changeait son pansement, il n'en voulait pas.

En revanche, trente-six fois plutôt qu'une il se demandait ce que ce serait de jouir de cette tendresse de nouveau. Souvent. Toujours.

Non. C'était un piège.

Il ne voulait pas de sa gentillesse. Il voulait qu'elle ait des remords. Qu'elle se repente. N'était-ce pas justice ?

Il bougea son bras prudemment. Une douleur vive lui traversa l'épaule, mais le reste lui parut lourd et insensible comme s'il était enfoui dans du sable.

Les sensations reviendraient, se dit-il, et la force aussi. Il le fallait.

Il revit Mara près du ring le soir du combat, revit son regard terrifié. Elle avait crié. Elle s'était penchée sur les cordes, avait cherché à l'avertir. Mais son expression l'avait tellement troublé qu'il n'avait compris ses mots qu'en sentant la lame s'enfoncer dans sa poitrine.

Jusqu'à ce que, flottant aux limites de l'inconscience, il entende la voix de la jeune femme murmurer des promesses à son oreille.

*Vous vivrez, Temple.*

*Vous vivrez, et je vous dirai tout.*

Il vivait.

Et elle lui dirait la vérité sur cette nuit et sa décision de fuir. Elle lui dirait pourquoi elle l'avait choisi, lui. De quoi elle avait voulu le punir.

Pourquoi elle lui avait volé sa vie. Et comment elle comptait la lui rendre.

— Tu sais ce que tu vas faire ?

L'intrusion le surprit, mais il le cacha. Chase se tenait à l'autre bout de la baignoire.

— Je suis sûr que tu vas me le dire. Depuis combien de temps m'observes-tu ?

— Suffisamment longtemps pour rendre jalouse la moitié féminine de Londres, répondit Chase, qui s'assit sur un tabouret, jambes écartées, coudes sur les genoux. Comment va ton bras ?

— Mal, dit Temple, qui, serrant le poing, fit mine de frapper. Il est affreusement raide et maladroit.

Il omit les autres mots, plus précis, qui lui venaient à l'esprit. *Engourdi. Faible. Inutile.*

— Cela fait moins d'une semaine, donne-toi du temps. Tu devrais être au lit.

Temple bougea dans la baignoire, ce qui déclencha un élancement douloureux dans tout son corps.

— Je n'ai pas besoin d'une nounou.

— Sauf que chaque nuit où tu ne combats pas est une nuit où nous perdons de l'argent.

— J'aurais dû deviner que ce n'était pas de mon bien-être que tu te souciais.

Ils savaient tous les deux que c'était faux et que Chase aurait rasé Londres s'il avait cru que la guérison de Temple en dépendait.

— Ton bien-être m'intéresse puisque mes profits en dépendent, riposta néanmoins Chase.

Temple s'esclaffa.

— Tu ne penses jamais qu'à l'argent !

Un silence s'établit.

— Il faut que nous discutions de la fille, dit Chase au bout d'une minute.

— Quelle fille ?

Question stupide à laquelle Chase ne répondit pas.

— Elle demande à retourner chez elle. On l'attend, dit-elle.

Temple avait voulu reprendre des forces avant d'affronter de nouveau Mara Lowe. Mais il ne voulait pas qu'elle s'éloigne. Pourquoi ? Il ne tenait pas à le savoir.

— Et son frère ?

— Il a disparu.

— Il ne va pas pouvoir se terrer longtemps. Il n'a pas un sou.

— Il est possible que la fille ait financé son plan, dit Chase en passant la main dans ses boucles blondes.

Ce n'était pas possible. Elle aussi s'intéressait trop à l'argent.

— Elle ne l'a pas aidé.

— Tu n'en sais rien.

Si. Il avait revu le combat encore et encore dans sa tête.

— Je l'ai vue essayer de le retenir ; elle a crié mais je n'ai pas compris… Et puis elle m'a sauvé, reprit-il en se souvenant des promesses murmurées. Elle m'a soigné et guéri.

— Elle n'avait pas vraiment le choix.

Temple secoua la tête. Elle n'avait pas cherché à le tuer. Il ne le croirait jamais.

— Tu la défends, maintenant ?

— Non.

*Menteur.*

— Simplement, je ne veux pas que son châtiment soit celui de son frère.

— Et comment sera-t-elle châtiée, elle ?

— Pour cela, j'ai besoin de West.

Duncan West, membre du club et riche propriétaire de plus d'une demi-douzaine de journaux londoniens.

Comprenant tout de suite où Temple voulait en venir, Chase approuva d'un hochement de tête.

— Cela, c'est facile.

Mais le voulait-il vraiment ? se demanda Temple. Il en avait été si sûr. Nuit après nuit, il avait rêvé de l'instant où il la montrerait à Londres et serait vengé. Elle serait perdue de réputation et se retrouverait obligée de fuir de nouveau. De se terrer au fin fond de la campagne. De tout recommencer.

Mais maintenant…

— Ce sera selon mes conditions, Chase.

Les yeux bruns simulèrent l'innocence.

— Évidemment.

— Je sais que tu aimes te mêler de tout.

— Balivernes.

Chase tira sur sa manche et arracha un fil d'un geste sec.

— Laisse-moi seulement te rappeler que les femmes sont d'excellentes comédiennes, Temple. La tienne est comme les autres.

Le possessif émut Temple à un point qui lui parut dangereux.

— Elle s'amusait à nous choquer, à faire diversion, quelques minutes seulement avant l'arrivée de son frère. Voilà qui pue le coup monté.

— Pourquoi n'a-t-elle pas fui, alors ? Pourquoi est-elle restée ?

La question le taraudait depuis qu'il avait émergé de l'inconscience et l'avait découverte à son chevet, visiblement soulagée de le voir reprendre vie.

Si belle.

Sienne.

Non. Pas sienne. Jamais sienne.

— Qui peut dire ce qu'elle veut ? rétorqua Chase. Le fait est qu'on ne peut se fier à elle. Ta blessure n'est pas guérie, et tu n'as pas du tout récupéré tes forces. Laisse-la partir. Asriel gardera un œil sur elle.

Temple se crispa. Chase disait vrai, hélas. Sa faiblesse lui faisait horreur. Mais l'idée que quelqu'un surveille Mara le mettait mal à l'aise. C'était à lui de le faire. Elle était la clé qui lui rendrait ses responsabilités de duc et pair.

— Je ne peux pas risquer de la perdre.

Chase lui jeta un regard incrédule.

— Asriel n'a jamais rien perdu de sa vie.

Temple gardant le silence, le fondateur de *L'ange* se pencha sur lui.

— Doux Jésus, ne me dis pas que tu t'intéresses à elle.

*Pas du tout.*

*C'était hors de question.*

Chase lui lança une serviette et en jeta une autre sur le sol mouillé.

— Elle t'a volé ta vie – au sens figuré – puis elle a failli le faire au sens propre. Et maintenant, voilà que tu t'intéresses à elle !

Temple s'essuyait maladroitement d'une seule main.

— Elle se souvient très bien de cette nuit, et moi pas du tout.

— Qu'y a-t-il à se rappeler ? Elle t'a drogué, elle a fui et elle t'a laissé payer pour un crime que tu n'avais pas commis.

Il y avait plus à découvrir. Les raisons. La façon dont s'était passée cette nuit. Les conséquences. Le garçon qui avait ses cheveux à lui et ses yeux à elle.

Il drapa la serviette autour de ses hanches et, contournant Chase, passa dans sa chambre.

— Elle me racontera tout ce qui s'est passé cette nuit-là et prouvera mon innocence au reste du monde. C'est la raison pour laquelle je m'intéresse à elle, comme tu dis. Voilà pourquoi je crains qu'Asriel ne la perde.

Il ne s'intéressait pas à elle. Peu lui importait son caractère déterminé, son corps élancé, son long cou, ses lèvres pleines. Il y avait à Londres des centaines de femmes plus belles, plus désirables, plus charmantes.

Il ne s'intéressait pas à Mlle Mara Lowe.

« S'intéresser » était un euphémisme pour désigner ce qu'il éprouvait.

Elle le consumait.

Chase le regarda en silence enfiler un pantalon, une chemise de batiste blanche et l'écharpe destinée à soutenir son bras.

Il le fit d'une seule main, en espérant que Chase ne remarquerait rien.

Chase remarquait tout.

— Tu sens quelque chose ?

Eh bien, non, justement, il ne sentait rien.

— Oui, toi.

Un sourcil blond se haussa.

— Ne t'énerve pas, voyons.

Chase avait une main sur la poignée de la porte lorsqu'il reprit :

— J'ai failli oublier. Nous surveillons l'orphelinat depuis que Lowe t'a agressé.

C'était évident. Lowe n'avait plus ni argent ni ami. Il ne pouvait plus se montrer nulle part dans Londres. Il n'avait plus que sa sœur. Néanmoins, Temple sentit la colère revenir.

— Et ?

— Il lui a envoyé un message. Nous l'avons intercepté.

*Quel idiot, ce Lowe !*

— Que disait ce message ?

— À ton avis ? Qu'il a besoin d'argent.

Un souvenir revint à Temple : la collaboratrice de Mara suggérant qu'une donation charitable ne serait pas inutile à l'orphelinat. Et puis les jupes usées que portaient les deux femmes quand elles ne s'attendaient pas à une visite. Leurs mains nues, rougies et un peu abîmées. Elles travaillaient dur et se faisaient peu aider. Faute d'argent, bien sûr.

— Elle n'en a pas. Vous avez gardé le message ?

— Non. On l'a lu, puis on l'a laissé passer.

En d'autres mots, ils avaient fait en sorte qu'elle aide son frère. C'est-à-dire qu'elle le trahisse, lui, une fois de plus.

— Envoie-la-moi, dit Temple. Je veux lui parler.

*Je veux la voir.*

*Je la veux.*

Chase ne répliqua qu'au bout d'une longue minute.

— Renvoie-la chez MacIntyre, Temple. Asriel la fera surveiller jour et nuit par une demi-douzaine de nos hommes.

Temple fusilla Chase du regard.

— MacIntyre…

Chase hésita, lui qui n'hésitait jamais.

— MacIntyre, reprit Temple. Tu n'es pas du genre à retenir le nom d'une maison remplie de rejetons illégitimes.

— Non, bien sûr, mais il est normal que je sache où nos membres envoient leurs bâtards.

C'était une information que Chase devait connaître, car elle confortait le pouvoir de *L'ange*. Une information que Temple aurait tant voulu compléter.

*Est-ce que l'un de ces garçons est le mien ?*

*Le sien ?*

*Le nôtre ?*

— Tu savais qu'elle était à Londres ?

— Non.

Temple scruta le regard de son ami.

— Tu mens.

Chase soupira.

— Mme Margaret MacIntyre. Née et élevée dans le port de Bristol, épouse d'un soldat mort tragiquement à la bataille de Nsamankow, en Afrique.

— Tu savais qu'elle était à Londres et tu ne m'en as rien dit ! rugit Temple.

— Quel bien cela t'a-t-il fait de la retrouver ? Elle t'a drogué et poignardé.

— Va-t'en !

— Temple…

— N'essaie pas de m'apaiser, dit Temple, les poings serrés, pris d'une furieuse envie d'écraser le sourire satisfait de Chase. Tu n'arrêtes pas de jouer avec nous. Cela n'a que trop duré.

Les yeux de Chase étincelèrent.

— Je t'ai sauvé la peau alors que tu te débattais vainement contre une douzaine d'hommes assoiffés de sang.

— Et, depuis, tu ne cesses de me le rappeler et de me traiter de haut. Tu fais la même chose avec Bourne et Cross. Tu joues au gardien, au confesseur, à notre mère à tous ! Et quoi encore ? Tu voulais décider à ma place de ma vengeance ? Tu la connaissais ! Tu savais que ma réputation dépendait de sa survie.

Un souvenir fusa. Chase, dans l'appartement privé de Temple. *Rien ne prouve que tu l'as tuée.* La colère l'incendia.

— Tu savais tout depuis le début ! Depuis le jour où tu m'as ramassé dans la rue et amené ici.

Chase restait immobile.

— Bon Dieu ! Tu le savais. Et tu ne me l'as jamais dit.

Chase leva les mains dans une tentative d'apaisement.

— Temple...

Mais Temple ne cherchait pas la réconciliation. Il voulait se battre. Les muscles autour de sa plaie se crispant, la douleur lui vrilla la poitrine et descendit le long du bras. Et cessa brusquement peu avant le poignet.

Cependant, la souffrance de savoir qu'il avait une main quasi morte n'était pas aussi pénible que la trahison de Chase.

— Va-t'en, avant que je fasse quelque chose que tu regretterais.

Le ton menaçant incita Chase à ne pas insister.

— Qu'aurais-tu fait si tu l'avais su ? demanda-t-il en tournant la poignée de la porte.

— J'aurais mis un point final à cette histoire.

— Eh bien, fais-le.

Trop tard. Ils étaient allés trop loin sur cette route.

— Sors d'ici.

# 14

Toute la matinée, Mara s'était préparée à négocier sa libération.

Certes, elle n'était pas totalement enfermée. Elle pouvait aller et venir dans la myriade de pièces et de couloirs secrets de *L'ange*, mais toujours accompagnée, parfois d'Asriel, le garde solennel et presque muet ; d'autres fois, de la comtesse Harlow lorsque celle-ci venait jeter un œil à la plaie de Temple. La belle et mystérieuse Anna se montrait aussi, et parlait beaucoup sans que Mara comprenne grand-chose à ses propos.

Ce fut Anna qui vint cet après-midi-là, ouvrant la porte sans attendre d'y être invitée et entrant d'un pas décidé.

— Temple vous demande, dit-elle.

Mara fut surprise. Elle n'avait pas revu Temple depuis le jour où il avait repris conscience, crachant l'infusion d'écorce de bouleau et sa méfiance envers elle. Elle s'était dit qu'il l'avait tout bonnement oubliée.

Elle regrettait de ne pouvoir en faire autant. Hélas, la peur de le perdre était toujours aussi vivace et, quelles que soient ses résolutions, ses sentiments échappaient à son contrôle.

Elle avait fait savoir aux autres propriétaires associés de *L'ange* – Bourne, Cross et le mystérieux Chase –

qu'elle désirait s'en aller. De multiples tâches l'attendaient à l'orphelinat. Les garçons avaient besoin d'elle.

Aucune réponse ne lui était parvenue, jusqu'à ce message. *Temple vous demande.*

Elle allait donc le revoir.

L'excitation la fit bondir sur ses pieds et lisser son corsage et ses jupes.

— J'y vais, comme Anne Boleyn vers le billot.

— Vous vous comparez à la reine d'Angleterre, à présent ?

— Pourquoi pas ? riposta Mara avec un sourire.

— Vous savez, ce n'est pas un mauvais homme, dit Anna comme elles remontaient le couloir sinueux.

— Je ne l'ai jamais pensé.

— Personne n'a confiance en lui. Personne en dehors de nous, qui sommes ses proches et savons qu'il n'aurait jamais pu...

— Me tuer, acheva Mara.

— Exactement, conclut Anna en lui jetant un regard en coin.

— Mais vous le connaissez suffisamment ?

La belle blonde baissa les yeux sur ses mains.

— Oui.

C'était évident, cette femme était la maîtresse de Temple. Aussi blonde qu'il était brun, avec un visage lisse et pur alors que Temple avait le nez cassé et les joues striées de cicatrices. Ils feraient des enfants splendides.

Mais Temple avait des projets plus ambitieux que d'épouser sa maîtresse. Il voulait récupérer la vie pour laquelle il était né, il voulait une épouse digne de lui, des enfants et son héritage. Il l'avait dit et redit.

Il voulait tout ce à quoi avait droit un duc.

La jalousie pointa son museau. L'idée qu'une femme porte ses enfants était intolérable.

Sauf si...

Elle chassa l'idée avant de la développer.

— Il a de la chance d'avoir de si bons amis, dit-elle.

— Et vous ?

— Moi ?

— Qui sont vos amis ? insista Anna.

Mara émit un rire amer.

— Je me suis cachée pendant douze ans. Avoir des amis est un luxe que je ne pouvais me permettre.

— Et votre frère ?

Mara secoua la tête. Kit était sa famille. Pas son ami. Elle ne l'aurait pas choisi. Et, désormais, moins elle entendrait parler de lui, mieux ce serait.

— Il a failli tuer Temple, rappelez-vous. Quel genre d'ami ferait cela ?

Anna s'arrêta et ouvrit une porte.

— Assurez-vous seulement que Temple le comprenne bien, dit-elle.

La porte se referma derrière Mara sur cette déclaration énigmatique. Plus loin, une autre porte, celle qui menait au ring, était ouverte. Mara avança.

Temple se tenait au milieu du ring, pieds nus dans la sciure, vêtu d'un pantalon noir parfaitement repassé, le bras soutenu par une écharpe.

Ses pieds nus la fascinèrent. Muscles et os. Ongles nets.

*Même les ongles de ses orteils sont beaux.*

Il sourit comme s'il avait lu dans ses pensées.

Vide de spectateurs, la salle était fraîche, et Mara referma les bras autour d'elle. Elle approcha lentement, se recoiffa, lissa ses jupes, consciente du regard de l'homme qui la dominait de toute sa hauteur et l'observait avec une expression perplexe, comme s'il se demandait ce qu'elle allait faire.

Elle ne le savait pas trop elle-même.

Mais elle savait qu'il attendrait qu'elle parle la première, aussi se lança-t-elle sans attendre :

— Je m'excuse.

— De quoi ? fit-il, surpris.

Elle agrippa l'une des cordes du ring.

— De tout. De ce qu'a fait mon frère… De ce que j'ai fait, ajouta-t-elle après une pause.

Il lui tendit une main pour l'aider à enjamber les cordes.

— Vous le regrettez ?

Il lui avait déjà posé cette question. La réponse n'était-elle pas évidente ?

— Je regrette que vous ayez été la victime innocente de cette histoire.

Sa réponse était la même, mais cette fois-ci elle était sincère. Elle ne regrettait pas d'avoir fui, mais qu'il ait été la victime de son odieuse comédie.

— Et je regrette ce que mon frère a fait plus que vous ne le saurez jamais… Oui. Je regrette que vous ayez souffert. Je m'en veux d'avoir joué avec votre vie. Je vous la rendrais si c'était possible.

Il s'adossa aux cordes à l'autre extrémité du ring.

— Alors, vous n'étiez pas au courant du plan de votre frère ?

— Non ! s'écria-t-elle, indignée. Jamais je n'aurais voulu vous faire de mal !

Comment pouvait-il croire une chose pareille ?

— Je vous ai traitée de putain, lui rappela-t-il avec un demi-sourire. Cela aurait pu vous blesser.

Le mot lui faisait mal, même à présent.

— Je suis de taille à supporter une insulte, riposta-t-elle sans se détourner. Ce n'était pas la première.

Il se tut un long moment, l'observant de ses yeux noirs si ardents.

— Je suis heureuse que vous vous soyez remis, Votre Grâce.

Vérité ou terrible mensonge ?

Parce que le mot « heureuse » était loin de décrire le flot d'émotions qui l'envahissait maintenant qu'elle le voyait de nouveau debout et en pleine santé.

Soulagement. Gratitude. Allégresse.

Il était vivant !

Elle relâcha son souffle. S'écartant des cordes, il s'approcha d'elle.

Il tendit les bras et, sans hésiter, elle s'abandonna à son étreinte.

— Vous êtes vivant.

— Comme vous.

Et, en effet, pour la première fois depuis une douzaine d'années, elle se sentait vivante. Et c'était grâce à cet homme. L'homme qui aurait dû être son ennemi. Qui l'était sans doute encore. Qui désirait sûrement qu'elle soit sévèrement châtiée.

Et qui, néanmoins, la voyait telle qu'elle était.

— J'ai cru que vous alliez mourir.

— Vous ne le vouliez pas. Je n'ai pas osé vous décevoir.

Elle s'efforça de lui rendre son sourire mais échoua, assaillie par le souvenir d'une autre blessée, d'une autre vie qu'elle n'avait pas pu sauver.

Il le vit sur son visage.

— Parlez-moi.

Et soudain, elle eut envie qu'il sache.

— Je n'ai pas pu la sauver.

— Qui ?

— Ma mère.

— Votre mère est morte quand vous étiez enfant, se rappela-t-il.

— J'avais douze ans.

— Une enfant, répéta-t-il.

Elle baissa les yeux sur ses mules qui, pointant sous l'ourlet de la robe qu'on lui avait prêtée, touchaient presque les pieds nus de Temple.

— J'étais assez grande pour comprendre qu'elle allait mourir.

— Elle avait attrapé une fièvre, dit-il d'un ton qui se voulait consolateur.

Il n'y avait rien à faire. C'était ce qu'une douzaine de personnes avaient dit en le pensant sincèrement.

Elles avaient toutes cru la même histoire.

Sauf que la mère de Mara n'avait pas eu de fièvre.

Ou plutôt si… mais pas pour la raison qu'avait avancée son père. Cette fièvre n'avait pas été causée par une maladie, mais par une plaie infectée.

Et sa mère avait beaucoup souffert.

La main de Temple lui souleva le menton. Force et chaleur. Franchise.

— Il l'a tuée, murmura-t-elle en plongeant les yeux dans les siens.

— Qui l'a tuée ?

— Mon père.

Même à présent, des années plus tard, il lui était difficile de l'appeler « père ». De penser à lui ainsi.

Temple secoua la tête, et elle devina ce qu'il se disait. C'était impossible. Un mari ne tuait pas sa femme.

— Il était très sévère envers Kit et moi, et elle faisait tout ce qu'elle pouvait pour nous protéger de ses colères. Un jour…

Elle s'interrompit. Poursuivre était douloureux, mais elle ne pouvait garder plus longtemps le silence.

— Il avait acheté un nouveau buste en marbre. Un bel objet qui venait de Grèce, de Rome ou de Perse… je ne sais plus. Ce jour-là, Kit et moi courions dans la maison, et je me suis pris les pieds dans mes jupes… J'avais tout juste obtenu le droit de porter des jupes longues. J'en étais très fière, je me sentais adulte. J'ai chancelé et heurté la table sur laquelle notre père avait placé le buste. Nous jouions sur le palier le plus élevé.

Temple inhala bruyamment, devinant la suite.

— La statue a basculé par-dessus la rampe de l'escalier et s'est écrasée deux étages plus bas, sur les dalles de l'entrée.

Elle revit le buste décapité, gisant un kilomètre plus bas, semblait-il.

— Mon père a entendu le bruit et est sorti de son cabinet de travail. Hors de lui, il a monté l'escalier quatre à quatre.

— Vous n'avez pas fui ?

— Fuir n'aurait fait qu'empirer les choses.

— Le fouet, comprit-il.

— Le fouet, j'aurais pu le supporter. Ce n'aurait pas été la première fois, ni la dernière… mais notre mère a décidé qu'elle en avait assez.

— Qu'a-t-elle fait ?

— Elle s'est précipitée sur lui. Avec un couteau.

— Seigneur…

Cette scène, Mara l'avait vue et revue, encore et encore, presque chaque jour, depuis l'événement. Sa mère si belle, en reine vengeresse, s'interposant entre ses enfants et leur père. Refusant qu'il les approche.

— Il s'est moqué d'elle. Il est vrai qu'il était beaucoup trop fort pour qu'elle puisse l'immobiliser.

— Il a retourné le couteau contre elle.

Une autre fleur de sang s'épanouissant lentement. Celle-ci était mortelle.

— Les médecins sont venus, mais on ne pouvait rien faire. Elle était condamnée dès qu'il a frappé. Ce n'était plus qu'une question de temps.

— Seigneur, répéta-t-il en l'attirant à lui. Et ensuite vous avez dû vivre avec lui, ajouta-t-il dans ses cheveux.

*Jusqu'à ce qu'il m'offre à un autre homme et que je n'aie d'autre choix que de fuir.*

Elle garda ces mots pour elle, de peur de lui rappeler les conséquences que sa fuite avait eues pour lui.

Mensonge par omission.

Enfouissant le visage dans sa chemise, elle inhala son parfum, trèfle et thym, et s'autorisa un instant de bonheur.

— Si je n'avais pas brisé ce buste…

La main de Temple souleva son visage vers la lumière.

— Mara, ce n'était ni un péché ni un crime. Tout juste un accident. Et vous n'étiez qu'une petite fille. Les petites filles jouent, courent, renversent des choses, sinon ce ne sont pas des petites filles.

— Nous l'avons payé cher, quand même, vous et moi.

— Pas si cher que ça, finalement, dit-il en lui caressant la joue du pouce.

Elle examina son visage, s'amusa de son nez cassé, souffrit de sa cicatrice près de l'œil et de celle qui courait sous sa lèvre inférieure. Perdue dans cette contemplation émouvante, elle en oublia leur conversation.

— Je pensais que je vous avais tuée... Et je suis bien soulagé de ne pas l'avoir fait, acheva-t-il en ôtant sa main de la joue de Mara.

Privée du réconfort de cette paume chaude et douce, elle se sentit abandonnée.

« Je regrette », eut-elle envie de dire.

Au lieu de quoi, elle porta la main à la joue de Temple, dont la barbe naissante la chatouilla. Plongeant les yeux dans les siens, elle y vit le regret, la confusion et... oui, un reste de colère si bien caché qu'elle ne l'aurait pas remarqué si elle ne l'avait pas scruté aussi attentivement.

— Je n'ai jamais voulu vous faire du mal. Je n'avais pas pensé que vous souffririez de ma décision.

Il ne dit rien. C'était inutile. L'idée que ses actions n'auraient pas de conséquences sur le jeune homme qu'elle abandonnait dans un lit ensanglanté était absurde. Elle reprit, comme si parler pouvait maintenir le passé au loin :

— Mais quand je les ai entendues... quand elles vous ont regardé...

— Qui ?

Elle désigna du menton le miroir sans tain.

— Les femmes qui étaient là. J'ai détesté la façon dont elles parlaient de vous, dit-elle.

Lâchant le menton de Temple, elle suivit des doigts le contour des muscles de sa poitrine.

— J'ai détesté la façon dont elles vous regardaient.

— Cela vous a-t-il rendue jalouse ?

Certes, mais ce n'était pas ce qu'elle voulait dire.

— J'ai détesté la façon dont elles vous dévoraient des yeux – comme si vous étiez un animal. Un festin dont elles auraient aimé se repaître. Quelque chose de moins... que vous.

Il prit sa main et l'écarta de lui.

— Je n'ai pas besoin de votre pitié.

— De la pitié ? répéta-t-elle, écarquillant les yeux.

Comment pouvait-il penser que l'émotion qui la bouleversait était de la pitié ?

— Je préférerais que ce soit de la pitié, dit-elle en libérant sa main pour la reposer sur son torse nu, qui frémit. Si c'était de la pitié, peut-être pourrais-je m'en débarrasser.

— Qu'est-ce que c'est, alors ? demanda-t-il d'une voix étouffée.

— Je ne sais pas. Vous me faites sentir...

Elle s'interrompit, incapable de trouver les mots pour exprimer ce qu'elle éprouvait.

— Quoi donc ? insista-t-il en cherchant des lèvres le pouls qui battait dans le cou de la jeune femme.

Sans qu'elle l'ait voulu, les doigts de Mara plongèrent dans ses cheveux, et elle s'émerveilla de les trouver à la fois aussi épais et aussi doux. Écartant sa main, il la posa sur la corde supérieure du ring et l'obligea à refermer les doigts autour.

— Qu'est-ce que je vous fais sentir, Mara ? insista-t-il en s'inclinant sur elle.

Après ce qui s'était passé entre eux sur le ring, tout Londres devait la prendre pour sa maîtresse. Qu'importait que ce soit seulement de nom ? Qu'importait qu'elle le veuille réellement, corps et âme ?

Elle agrippa les cordes.

— Vous me faites sentir...

Elle s'interrompit et les lèvres de Temple s'emparèrent des siennes, doucement, avidement.

Il s'écarta avant qu'elle soit satisfaite.

— Continuez, murmura-t-il sans la toucher, la maintenant au-dessus d'un gouffre abyssal avec seulement une corde à quoi se retenir.

— Du feu et de la glace.

Il la remercia d'un long baiser à la base du cou.

— Et maintenant ?

— Le feu, répondit-elle. La glace. Je ne sais pas.

Il sourit, et le frémissement de ses lèvres contre sa peau bouleversa Mara.

— Quoi d'autre ?

— Quand vous me regardez, j'ai l'impression d'être la seule femme au monde.

Il baissa les yeux sur la robe qu'on lui avait prêtée et dont le corsage semblait un peu trop étroit pour loger sa belle poitrine. Il glissa un doigt sur le bord du tissu, effleurant sa peau, avec une seule envie : la débarrasser de cette tenue odieuse.

Ce à quoi il s'attaqua sans tarder. Il défit un nœud, tira sur un ruban, et le corsage glissa. Instinctivement, Mara lâcha la corde du ring pour rattraper le tissu.

Mais il écarta sa main, et elle le laissa faire.

— La corde, dit-il.

Elle obéit.

La robe flottait sur ses seins, à présent, menaçant de tomber. Le regard de Temple était si intense qu'elle se demanda s'il serait capable de la déshabiller rien qu'en la fixant.

Il passa un autre doigt sous la laine, la décolla du corps qu'elle recouvrait, et la robe tomba en corolle aux pieds de Mara. Elle poussa un petit cri.

— Vous avez froid ? demanda-t-il.

— Non.

Elle n'avait pas froid, elle était en feu.

Inclinant la tête, il prit la pointe d'un sein dans sa bouche et la téta à travers la chemise, avant de s'écarter, la laissant au bord du désespoir.

— Qu'est-ce que je vous fais sentir d'autre, Mara ?

— Vous me faites désirer que tout ait été différent.

Il la remercia de cet aveu en envoyant la chemise à terre. Elle n'avait plus sur elle que ses bas de laine et les mules assorties à la robe qu'elle portait la nuit où elle était arrivée. Il la regarda longuement, l'enflammant alors même qu'il s'amusait à souffler de l'air froid sur le bout de son sein.

Elle soupira de plaisir, et il releva la tête. Lorsqu'il passa le dos de sa main sur ses lèvres comme un homme affamé, elle se sentit toute molle et dut s'appuyer sur les cordes derrière elle.

— Vous me faites désirer d'être différente, avoua-t-elle. D'être plus.

— N'est-ce pas étrange que je ne le désire pas du tout ?

Ses mots déclenchèrent une cacophonie de pensées dans l'esprit de Mara, trop emmêlées pour être compréhensibles. Tout ce qu'elle voulait, c'était dire quelque chose qui l'amènerait plus près d'elle. Qui la comblerait. Quelque chose qui ferait de lui son bien.

— Tout, murmura-t-elle enfin. Vous me faites sentir tout.

Et là, sur le ring qui était à la fois son château et son royaume, il tomba à genoux devant elle, enserra sa taille d'un bras ferme et pressa les lèvres sur le doux renflement de son ventre avant de répondre :

— Pas tout. Pas encore.

Il déposa une piste de baisers du nombril jusqu'au bord du triangle soyeux de son entrejambe et s'immobilisa.

— Mais je le ferai, promit-il, sa langue glissant le long de la peau douce et sensible.

Elle soupira, une main dans les cheveux de Temple.

Il tourna la tête pour saisir entre les dents le petit capiton de chair à la base du pouce et le mordiller doucement.

— La corde.

— Pourquoi ? s'enquit-elle.

Il leva les yeux, et elle y vit la promesse d'un plaisir.

— La corde, répéta-t-il.

Elle fit ce qu'il lui disait et eut droit à une longue caresse remontant de la cheville à la courbe du genou jusqu'à la peau douce de l'intérieur de la cuisse, juste au-dessus du bas. D'une main, il souleva la jambe de Mara pour la sortir de l'enchevêtrement de jupes et posa son genou sur son épaule valide, aussi aisément qu'il l'eût fait d'une plume.

Les joues embrasées, Mara se sentait à la fois horrifiée et terriblement excitée.

— Regardez.

Comme si elle avait pu faire autre chose que le regarder…

Le regarder la contempler.

— Dans le miroir, précisa-t-il.

Elle avait été tellement fascinée par lui qu'elle avait oublié la vitre sans tain qui les séparait de la pièce réservée aux dames.

Elle se vit dénudée, offerte à lui, ses mains empoignant la corde, dans la position d'une offrande disposée sur quelque autel barbare tandis qu'à genoux, ses larges épaules insérées entre ses cuisses tremblantes, Temple la préparait au sacrifice.

*N'importe qui pouvait les voir.*

L'idée aurait dû l'effrayer. La mortifier. Lui donner envie de fuir. Au lieu de quoi, elle en voulait plus.

Que lui avait-il fait pour qu'elle en arrive là ?

— Temple, dit-elle doucement, redoutant ce qu'il allait faire tout en désirant désespérément qu'il ne s'arrête pas là.

Il s'écarta un peu, la regarda comme jamais personne ne l'avait regardée. Comme personne n'aurait dû le faire.

Et elle adora cela.

Sa main – cette main magique – bougea de nouveau, un doigt glissant vers l'endroit le plus secret de son être, explorant les plis, les vallées, les crêtes, déclenchant des vagues de plaisir. Elle ferma les yeux, s'inclina en arrière. La corde du ring craqua, et ses fils rugueux s'incrustèrent dans sa chair.

— Mon Dieu, murmura-t-il, ses mots tenant autant du sacrilège que de la bénédiction tandis que son doigt s'affairait perfidement, lui ôtant souffle et pensée. Je ne sais pas comment j'ai pu croire que je réussirais à vous résister.

Un écho de ce qu'elle-même avait pensé. Il était écrit qu'ils devaient vivre ce moment. Dès l'instant où elle l'avait abordé dans la rue. Et peut-être même avant.

Puis la bouche de Temple fut sur elle, et elle ne fut plus capable de former la moindre pensée cohérente, tant les lentes caresses de sa langue la torturaient.

— Temple... cria-t-elle en s'offrant autant que possible.

Pour la première fois, elle se fiait à quelqu'un.

Il la récompensa de sa bouche glorieuse, entourant sa taille de son bras et l'attirant plus près de lui, refermant les lèvres étroitement sur quelque endroit impensable et tétant comme si sa vie en dépendait.

— William, soupira-t-elle, lâchant le prénom qu'elle avait murmuré des centaines de fois seule dans son lit.

En l'entendant, il s'immobilisa, et elle baissa les yeux sur lui. Il la dévorait littéralement, comprit-elle, et c'était à la fois terriblement indécent et merveilleusement naturel.

Incapable de supporter la torture du plaisir, elle ferma les yeux.

— Regardez.

— Je ne peux pas.

— Vous pouvez, affirma-t-il, tournant la tête pour embrasser la courbe de sa cuisse. Regardez-moi vous donner tout ce qu'il y a à donner.

Il posa la bouche sur elle de nouveau, et elle regarda leur reflet dans le miroir, sachant que c'était impudique et scandaleux, mais incapable de détourner les yeux. Incapable de s'empêcher de lâcher la corde et de maintenir la tête de Temple contre elle. Incapable de ne pas se tortiller, de ne pas se cambrer. Incapable d'ignorer le flot de plaisir violent qui la traversa lorsque ce mouvement le fit gémir contre elle.

Il redoubla d'efforts, langue et lèvres s'affairant à l'unisson, envoyant Mara très haut, plus haut encore, sur une vague de plaisir irrésistible, jusqu'à ce qu'elle explose contre lui, crie son nom et serre les poings dans ses cheveux, vaincue et victorieuse à la fois.

Et jamais elle ne se détourna du miroir, pas même quand elle oscilla sur la corde qui menaçait de céder.

Il la soutint un instant, puis la laissa glisser dans la sciure devant lui.

Il l'attira sur ses genoux, et ils restèrent assis ainsi, le cœur battant, hors d'haleine, sans mot dire mais sachant l'un comme l'autre que tout avait changé.

Pour toujours.

Elle n'avait jamais rien éprouvé de semblable. Pas même lors de cette nuit d'autrefois, durant laquelle, avec force baisers, il lui avait fait des promesses qu'il n'avait pas l'intention de tenir.

La nuit durant laquelle elle l'avait dépouillé de sa vie.

Elle ne pouvait plus se cacher de lui. Lui mentir. Elle trouverait un autre moyen de sauver l'orphelinat et de protéger les garçons.

— J'ai promis de vous dire... commença-t-elle.

— Non, pas maintenant. Pas à cause de cela. Ne gâchez pas cet instant. C'est la première fois que...

Il s'interrompit. Ses mots la touchèrent, apportant espoir et promesse – deux choses auxquelles elle ne devait pas s'abandonner.

Elle ne leur donna pas le temps de s'enraciner.

— Nous n'avons jamais... Nous avons commencé mais sans aller jusque-là.

Il ferma les yeux et inspira profondément. Elle s'arma de courage.

— Je n'aurais jamais dû vous laisser croire que nous l'avions fait, ajouta-t-elle.

— Encore un mensonge, alors.

Elle hocha la tête. Elle voulait tout lui dire, et en particulier que, cette nuit-là, s'ils n'avaient pas été intimes, il l'avait fait rire et que, pour la première fois de sa vie, elle s'était sentie belle et désirable. Pour la dernière fois aussi.

— Daniel, dit-il.

— Daniel ? répéta-t-elle sans comprendre.

— Ce n'est pas mon fils.

— Je ne comprends pas, fit-elle, surprise.

— Vous avez dit qu'il était avec vous depuis le début. Daniel avec ses cheveux noirs, ses yeux bleus, et l'âge correspondant.

Elle ferma les yeux. Voilà ce qu'il avait cru. Un fils issu de cette nuit. Elle l'avait blessé, de nouveau. Sans le vouloir, cette fois-ci. Les yeux embués, elle fit non de la tête.

— Depuis que j'ai créé l'orphelinat. Oui. Mais il n'est pas...

Il l'interrompit d'un rire amer.

— Bien sûr, puisque nous n'avons pas fait l'amour !

Il se redressa et s'éloigna en lui tournant le dos.

— Juste une fois, je voulais que vous me disiez la vérité. Que vous me donniez une raison de croire que vous êtes autre chose qu'une femme avide de sang et d'argent.

Elle devait tout lui dire.

L'histoire entière.

L'argent, les dettes, sa fuite. Elle devait se jeter à ses pieds et lui donner la possibilité de lui pardonner. De la croire. De croire en elle.

Peut-être alors pourraient-ils repartir de zéro, et ensuite... Doux Jésus, elle voulait cela plus que n'importe quoi.

— Je ne cherchais pas le sang, dit-elle en se relevant sans se soucier de sa nudité. Ni l'argent, d'ailleurs. Laissez-moi vous expliquer.

— Non.

Il se retourna, et sa main battit l'air entre eux.

Elle s'immobilisa.

— Non, répéta-t-il. Je suis las de vos mensonges, de vos jeux, de vouloir y croire. C'est fini.

Elle ramassa sa robe. Elle avait mérité cette rebuffade. Depuis douze ans, elle savait qu'un jour elle aurait à affronter cet homme et à assumer les conséquences de ses actes. Mais elle n'avait pas prévu qu'elle souffrirait de le perdre. Elle n'avait pas prévu qu'elle s'attacherait à lui à ce point.

S'attacher... Quel mot tiède en comparaison de l'émotion qui faisait battre son cœur tandis qu'elle regardait cet homme lutter contre ses démons, les démons qu'elle avait envoyés à ses trousses.

— Peu m'importe vos raisons, bonnes ou mauvaises. Dites-moi seulement combien je vous dois pour cet après-midi.

Les mots la heurtèrent. Il croyait qu'elle demandait à être payée pour cela ? Eh bien, oui. N'était-ce pas le marché qu'ils avaient conclu ? Aucun des instants passés ensemble n'était gratuit.

Elle secoua la tête.

— Ah bon ? Notre marché n'est plus digne de vous, maintenant ?

Elle n'en voulait plus, de ce marché. Elle ne voulait plus que Temple.

Et, subitement, comme sous l'effet d'une gifle en pleine figure, elle comprit pourquoi.

C'était tout simple : elle l'aimait.

Et le pire était qu'il ne le croirait sans doute pas. Il y verrait une énième ruse.

Elle essaya cependant :

— William, s'il vous plaît.

— Arrêtez. Ne m'appelez plus ainsi, vous n'en avez pas le droit.

Bien sûr. En le dépouillant de la vie qui lui était due, elle lui avait volé son nom. Les larmes affluèrent, mais elle les refoula de peur qu'il n'y voie une comédie de plus.

— Bien sûr, fit-elle avec un hochement de tête.

— Demain, tout sera fini entre nous. Vous montrerez votre visage, vous me rendrez mon nom. Nous ferons les comptes et je vous donnerai votre argent, puis vous disparaîtrez de ma vie.

Il enjamba les cordes du ring et quitta la salle sans se retourner.

Elle attendit que la porte se soit refermée pour laisser les larmes ruisseler.

# 15

Il l'avait abandonnée nue sur le ring.

À aucun autre moment de sa carrière de boxeur il n'avait laissé un adversaire dans un état aussi humiliant.

Mais aucun autre adversaire ne l'avait ainsi dépouillé de ses rêves.

*Bordel !* Penché sur le billard, Temple envoya sa boule en caramboler deux autres, qui glissèrent dans les poches de l'autre extrémité.

— Seigneur, est-ce prudent de te laisser jouer avec un seul bras ? demanda Bourne avant de finir son verre de scotch.

Qu'on lui rappelle son bras blessé toujours insensible attisa la colère de Temple. Christopher Lowe lui avait ôté sa force, mais sa sœur avait fait pire. Elle l'avait privé d'espoir.

Il s'était laissé aller à croire qu'elle pourrait lui apporter ce qu'il désirait tant – une épouse, une famille. Plus encore.

L'amour.

Il chassa ce mot perfide et tira de nouveau avec une précision furieuse. Puis une fois encore.

Appuyé d'un bras sur sa queue de billard, Cross se balança d'avant en arrière sur ses pieds.

— Très bien, il est clair que tu as envie de casser quelque chose. Alors, que t'arrive-t-il ?

— C'est cette femme, décréta Bourne en préparant deux verres.

Temple garda le silence et envoya une autre boule dans une poche du billard.

— Tu crois ? demanda Cross.

— C'est toujours une femme, répondit Bourne en lui tendant le verre.

— Tu as raison.

— Il a tort, jeta Temple.

— J'ai toujours raison, riposta Bourne.

*Bien sûr qu'il avait raison.*

— Allez au diable, tous les deux !

— Nous te manquerions, dit Cross, qui pouvait enfin jouer. En outre, cette femme me plaît bien. Si c'est elle ton problème, ça me va.

Bourne lui jeta un regard intrigué.

— Elle te plaît ?

— Pippa l'apprécie. Elle pense qu'elle aime sincèrement Temple. J'ai confiance en Pippa.

Dans l'esprit de Temple, un souvenir fusa. Les yeux emplis de larmes de Mara lorsqu'il l'avait laissée nue sur le ring. Il grinça des dents.

Elle l'avait dépouillé de sa vie. Elle lui avait menti, encore et encore. Quand on mentait autant, on n'aimait pas la personne qu'on dupait. C'était impossible.

— Et puis, elle t'a envoyé un coup de poing dans la figure, ajouta Cross à l'adresse de Bourne.

— Tu n'as pas besoin de me le rappeler avec une telle jubilation, grogna celui-ci.

— Je jubile parce que c'était jubilatoire. Le grand, le beau, le magnifique Bourne qui se fait battre par une femme !

— Espèce de salaud... Comment pouvais-je savoir qu'elle frappait aussi bien que Temple ?

Temple revit Mara à l'orphelinat, posant une main sur son torse. *Je ne veux pas vous faire mal.*

Encore un mensonge.

— Alors, Temple, insista Cross. Qu'as-tu fait qu'il ne fallait pas ?

De nouveau, il revit Mara sur le ring, le suppliant de l'écouter. Qu'aurait-elle dit ? Mais peu importait, puisque la vraie question était : quand avait-elle dit la vérité ?

— Rien, répondit-il.

— Oh, ça, ça veut dire que tu as bel et bien fait quelque chose, dit Bourne en s'affalant dans un fauteuil.

— Depuis quand jacassez-vous comme des pies ?

— Et toi, depuis quand as-tu perdu ton sens de l'humour ?

La question était justifiée. Si l'un de ses amis avait été d'aussi mauvaise humeur, Temple aurait été le premier à la poser.

Durant l'année qui venait de s'écouler, il avait eu le grand plaisir de les voir flirter avec la folie tandis qu'ils résistaient à l'amour avant de rendre les armes aux pieds de leurs épouses. Il avait bien ri d'eux, de leurs airs de martyr, des excès stupides auxquels la passion les avait poussés. Cette fois-ci, cependant, le but n'était pas d'obtenir une épouse, mais réparation des torts subis.

— Je l'ai laissée partir, dit-il.

— Où ? demanda Bourne.

— Chez elle.

— Ah, fit Cross comme si cela expliquait tout, ce qui n'était pas le cas.

— Eh bien, quoi ? rugit Temple.

— Eh bien, quand elles rentrent chez elles, les choses ne s'arrangent pas pour nous.

— On croit qu'on va avoir la paix et, en fait, on ne peut pas s'empêcher de penser à elles, renchérit Bourne.

Le regard de Temple passa de l'un à l'autre.

— Vous êtes tous les deux devenus des femmelettes. Je m'arrêterais facilement de penser à elle si elle n'était pas aussi…

Il hésita. Si elle n'était pas aussi exaspérante. Si elle ne s'était pas tenue aussi droite et fière sur le ring tandis qu'il la maltraitait, comme si elle était persuadée de mériter ses insultes.

Ce qui était le cas, non ?

*Non ?*

— Si elle n'était pas aussi ? insista Cross.

Temple se versa un verre de scotch qu'il but cul sec, avec l'espoir que la brûlure de l'alcool effacerait celle des souvenirs.

— Si elle n'était pas l'unique lien qui me reste.

— Le lien à quoi ?

À Lowe. Au passé. À la vérité. À la vie qu'il avait tant désiré retrouver.

Plus que cela. Elle était le lien à tout.

Il écarta cette idée et se pencha pour tirer de nouveau. Un élancement de douleur lui cisailla le bras et disparut aussitôt.

Il rata son coup. Bourne et Cross échangèrent un regard surpris.

— Essayez avec un seul bras, leur jeta-t-il avec un regard noir.

On frappa à la porte, et ils se retournèrent.

— Entrez, dit Bourne.

Justin entra, suivi de Duncan West. Ce dernier possédait huit journaux et magazines, ce qui faisait de lui l'homme le plus influent de toute l'Angleterre et, par conséquent, celui qui pouvait le plus efficacement rendre à Temple sa place dans la société.

West examina la partie.

— Il y a de la place pour un quatrième ?

— Prenez la mienne, dit Temple en lui tendant sa queue.

Il alla remplir son verre et en préparer un autre pour le nouveau venu pendant que West ôtait son manteau et le jetait sur un fauteuil.

— Qui gagne ?

— Temple, répondit Bourne, qui tira et rata sa cible.

— Et vous n'avez pas envie de continuer sur votre lancée ? demanda West en acceptant le verre que lui proposait Temple.

Celui-ci s'appuya contre un fauteuil et but une gorgée.

— Je préfère parler sans être encombré.

Le journaliste s'immobilisa.

— Moi aussi, je ferais mieux de ne pas être encombré ?

Temple désigna de son verre la table de billard.

— Jouez jusqu'à ce que je dise quelque chose qui mérite d'être écouté.

La réponse parut satisfaire West, qui examina le tapis vert et les boules dispersées.

— Très bien. Comment va votre bras ?

— Toujours attaché au reste, dit Temple.

West répondit d'un hochement de tête et posa son verre sur le bord de la table. Comme il s'apprêtait à tirer, Temple annonça :

— Mara Lowe est vivante.

West rata sa cible, mais, n'y prêtant aucune attention, il se retourna vers Temple.

— Je pense que ce que vous venez de dire mérite d'être écouté.

— Je me disais bien que vous pourriez être de cet avis.

West reposa sa queue.

— Comme vous pouvez l'imaginer, j'ai une foule de questions à vous poser.

— Je répondrai à chacune. Quand je ne pourrai pas, elle le fera.

West émit un long sifflement.

— En voilà une nouvelle ! Où est-elle ?

— Peu importe.

Subitement, Temple n'avait pas envie de dire où habitait Mara. Il but de nouveau. L'élixir du courage.

D'où diable lui venait cette pensée ?

— Comptez-vous vous rendre au bal masqué des Leighton ?

West savait reconnaître une bonne histoire quand il en voyait une.

— Je suppose que Mlle Lowe sera là ? poursuivit-il.

— En effet.

— Et vous avez l'intention de me la présenter ?

Temple fit oui de la tête. West était intelligent et capable d'additionner deux et deux.

— Mais ce n'est pas tout, reprit Temple.

— Est-ce jamais le cas ? dit Cross, qui se tenait à l'autre bout de la table de billard.

— Vous voulez vous venger de cette fille en la perdant, devina West.

*Le voulait-il ?*

— Je ne vous le reproche pas, reprit le journaliste. Mais je ne serai pas votre marionnette. Je suis venu parce que Chase me l'a demandé et que j'ai une dette envers lui. J'écouterai votre histoire. Mais j'écouterai aussi la version de la jeune femme et, si j'estime qu'elle ne mérite pas d'être humiliée, je m'abstiendrai.

— Depuis quand êtes-vous aussi noble ? intervint Bourne. Cette histoire fera vendre vos journaux, non ?

Une ombre voila le visage de West, si rapidement que Temple ne l'aurait pas vue s'il n'avait pas été en train de le dévisager.

— Sachez seulement que j'ai ruiné suffisamment de gens pour ne plus être obligé d'obéir aux messieurs en quête de vendetta... Est-ce qu'elle le mérite, d'abord ? demanda-t-il en regardant Temple dans les yeux.

C'était la question que Temple avait espéré éviter. La question à laquelle il aurait aimé n'avoir jamais à répondre.

Une semaine plus tôt, il aurait dit oui, sans hésiter. Cette fille méritait tout ce que, grâce à son pouvoir et son influence, il pouvait lui infliger.

Aujourd'hui, les choses étaient moins simples. Il pensa à son attitude taquine quand elle oubliait ce qui les opposait. À son talent d'éducatrice. À la façon dont elle s'était livrée à ses baisers, à ses caresses. Puis il la revit serrant le petit cochon dans ses bras, comme si c'était le meilleur compagnon qu'une femme puisse espérer.

Et lui ? Ne pourrait-il pas faire un meilleur compagnon pour elle ?

Il vida son verre de scotch. Nom de Dieu, voilà qu'il se comparait à un cochon !

Alors, est-ce qu'elle méritait d'être châtiée ? Il ne le savait plus. Mais lorsqu'il pensa à son passé, à la vie qu'il aurait pu avoir, la colère conforta sa décision.

Elle n'avait cessé de lui mentir et, quand elle avait enfin lâché la vérité, il avait fallu qu'elle en profite pour lui ôter une dernière bribe d'espoir.

— Elle le mérite, affirma-t-il en regardant Duncan West dans les yeux.

Le journaliste vida son verre d'une lampée.

— Eh bien, si c'est vrai, je vous aiderai volontiers. Nous nous reverrons donc au bal des Leighton.

Il lui rendit la queue de billard et se dirigea vers la porte.

— Où est Chase ? demanda-t-il en l'ouvrant.

— Il est occupé, dit Bourne d'un ton qui écartait toute autre question.

West n'en tint pas compte.

— Je n'en doute pas, mais quand comprendra-t-il que je suis son ami et que je peux garder ses secrets ?

— Alors que votre gagne-pain est de les répandre ? s'étonna Cross avec un haussement de sourcils.

— C'est juste, admit West. Bon, je vais jouer au vingt-et-un. On m'attend. À demain, donc ?

— À demain, acquiesça Temple.

— Et mes questions auront leurs réponses ?

— Toutes, promit Temple.

West partit ; les tables du casino l'attiraient plus que celle du billard. Son accord aurait dû satisfaire Temple. Au lieu de quoi, il sentait quelque chose de désagréable lui peser sur l'estomac.

Il se retourna vers ses amis, qui l'observaient avec attention.

— Dès qu'il aura révélé qui elle est, sa réputation sera fichue. Et l'orphelinat aussi, fit remarquer Bourne.

— Personne ne soutiendra un orphelinat dirigé par un scandale ambulant, ajouta Cross comme si Temple n'avait pas compris.

Mais il avait compris. Et l'idée que son plan menaçait une maisonnée d'enfants innocents le mettait mal à l'aise. Enfin, que Bourne ait traité Mara de scandale ambulant lui était franchement désagréable.

— S'il a accès aux dossiers de l'orphelinat, il découvrira en quelques minutes qui sont ces garçons, dit Bourne.

— Mara Lowe ne pourra pas rester à Londres, poursuivit Cross. Les pères des enfants la chasseront de l'orphelinat, les dames de la société lui tourneront le dos, toute son existence s'effondrera. Elle te le reprochera. Es-tu prêt à affronter cela ? À la perdre ? Complètement ?

— Pourquoi cela me chagrinerait-il ? Bon débarras.

Le mensonge lui irrita la gorge.

— West est un ami, mais c'est aussi un journaliste. Et un bon journaliste, reprit Cross.

— J'en suis bien conscient, dit Temple.

Il n'était pas un monstre. Quand le scandale atteindrait Mara, il s'occuperait des garçons. Il leur construirait un château à l'extérieur de la ville, avec des chiens, des terrains de sport, des maîtres et des tonnes de bonbons !

Et des cochons.

Il imagina la jeune femme tenant ce foutu petit animal dans ses bras, un sourire sur ses jolies lèvres, et éprouva quelque chose qui ressemblait à une pointe de remords.

*Nom de Dieu.*

Il plia la main de son bras blessé, toujours insensible, et la massa doucement.

— Je maintiendrai West à l'écart de l'orphelinat, déclara-t-il. C'est un type correct. Il ne fera rien qui puisse nuire aux enfants.

Cross remarqua les mouvements de sa main.

— Ça va mieux ?

— Tu as hâte de me remettre sur le ring ? plaisanta Temple.

— J'ai hâte de te revoir en bonne santé, voilà tout.

Temple examina son bras et se demanda s'il devait leur confier les pensées sinistres qui le hantaient dans les heures sombres de la nuit.

Que diraient ses amis s'il leur confiait qu'une partie de son bras restait insensible ? Que deviendrait-il pour eux s'il n'était plus l'indestructible Temple ? Comment se verrait-il lui-même ?

Il ne serait plus le légendaire boxeur de l'Angleterre, l'homme qui passait ses journées à Mayfair et ses nuits à Temple Bar. Il serait un être sans identité réelle, né aristocrate et élevé dans les rues. Le duc de Lamont qui n'avait revu ni ses terres ni sa famille depuis douze ans.

*Il ne serait plus le Duc Tueur.*

Ce qu'il n'avait jamais été, en réalité.

*Et Mara ? Que deviendrait-elle ?*

Il se passa une main sur la figure.

Que lui avait-elle fait ? Et lui, que s'était-il fait à lui-même ?

— Tu n'es pas obligé de le faire, tu sais, dit Bourne posément.

— Tu la défends, maintenant ? Tu veux un miroir pour te rappeler le cercle noir et jaune qui entoure ton œil ?

— Ce n'est pas la première femme qui me flanque un coup de poing, signala Bourne avec un petit sourire. Et elle ne sera pas la dernière. Tout ce que je dis, c'est que tu peux empêcher le scandale.

— D'où te vient cette indulgence ?

Le marquis haussa les épaules.

— Il est visible que tu l'aimes. Sinon, elle ne te mettrait pas dans cet état. Je sais ce que c'est. Et je sais ce que c'est que de renoncer à se venger.

Un instant, Temple joua avec cette idée. Il imagina la vie qu'il pourrait avoir – une palanquée de garçons aux cheveux noirs et une autre palanquée de filles aux cheveux auburn, tous dotés d'yeux splendides et de colonnes vertébrales d'acier.

Et leur mère en générale menant sa troupe.

Mais la réalité était tout autre.

Selon Lydia, le duc et la duchesse de Leighton donnaient leur bal masqué annuel depuis la première année de leur mariage, et la soirée était si prisée que, malgré le froid de décembre, presque tout le monde tenait à revenir en ville pour l'occasion.

Toujours selon Lydia (laquelle était beaucoup plus commère que Mara ne l'aurait imaginé), la duchesse de Leighton était fière d'ajouter à sa liste d'invités quelques douzaines de personnes ne faisant pas partie de la haute société. « Des personnalités qui comptent », avait précisé Lydia dans l'excitation qui avait suivi l'arrivée de l'invitation que Temple avait adressée à Mara – si une ligne de pattes de mouche indiquant l'heure et la robe qu'il souhaitait qu'elle mette pouvait porter le nom d'invitation. Mara en avait déduit que cette soirée serait l'occasion pour elle de se démasquer devant le Tout-Londres. Au sens propre et au sens figuré.

Les choses auraient pourtant pu être différentes. La veille, avant que tout ne s'envenime, avant qu'elle ne lui rappelle leur passé et les raisons qui les opposaient, ils auraient pu être amis.

Et il aurait pu reconsidérer son projet.

*Tu rêves.*

Elle eut un rire amer. Rien n'effacerait leur passé. Rien n'effacerait ce qu'elle avait fait. Aucun pardon ne pourrait empêcher ce qui allait se passer, la façon dont cette nuit allait se finir.

En vérité, Mara était plutôt contente que ce jour arrive enfin. Lorsqu'elle serait définitivement perdue de réputation, elle pourrait reprendre une vie normale et se faire oublier du reste du pays.

*Se faire oublier de lui.*

Ce serait une bénédiction.

Du moins tentait-elle de s'en convaincre.

C'était ce qu'elle s'était dit quand elle avait confié l'orphelinat à Lydia ce matin, lui indiquant les tenants et les aboutissants de l'établissement – le passé des garçons, leurs dossiers médicaux, les preuves de leur naissance.

C'était ce qu'elle s'était dit lorsqu'elle avait promis à Lydia les fonds que devait lui rendre Temple, qu'il le veuille ou non. Elle n'avait pas le choix. Les garçons avaient besoin de charbon, de nourriture, de vêtements, et Lydia avait besoin d'argent pour faire tourner l'orphelinat.

C'était ce qu'elle s'était dit tandis qu'elle préparait son petit sac de voyage et prenait dans la caisse les quelques pièces nécessaires pour aller dans le Yorkshire, le refuge qu'elle s'était choisi douze ans plus tôt. L'endroit où elle s'était réinventée sous le nom de Margaret MacIntyre.

C'était ce qu'elle s'était dit lorsque la robe avait été livrée dans une splendide boîte blanche ornée d'un H doré, avec un masque doré si joli qu'elle avait eu du mal à ne pas le tripoter.

La robe était accompagnée de sous-vêtements – soie, satin et dentelle – si beaux qu'elle en avait été un peu choquée. Cela faisait plus d'une décennie qu'elle n'avait pas porté de linge aussi doux.

Mais de tels raffinements étaient destinés à être vus. Par des hommes.

Par Temple.

Et le manteau d'un vert profond cousu de fils d'or et doublé d'hermine valait sûrement plus que les factures d'une année de l'orphelinat. Mara avait été surprise de le trouver dans la boîte, car il n'en avait pas été question chez Mme Hébert, lors de l'embarrassante séance d'essayage.

Au souvenir du regard brûlant que Temple avait posé sur elle dans la pénombre du salon d'essayage, Mara s'empourpra. Puis, quand ce souvenir céda la place à un autre, plus récent, elle sentit ses joues devenir franchement brûlantes.

À présent, debout dans l'entrée de l'orphelinat qu'elle avait créé à force de travail, de larmes et de passion, elle attendait son bourreau. Elle n'était plus Margaret McIntyre, ni Mara Lowe. Elle n'était plus une directrice d'école, ni une sœur, ni même une amie.

Elle était une page blanche, de nouveau.

Son cœur se serra. Mais, en réalité, seule comptait cette vérité : pour Temple non plus, elle n'était rien.

Elle se tourna vers Lydia.

— Si Kit passe, vous lui direz que je suis partie ? Vous lui donnerez ma lettre ?

Quand elle était rentrée de *L'ange*, elle avait trouvé un message de son frère réclamant de l'argent pour quitter le pays et promettant que c'était la dernière fois qu'il lui en demandait.

Mara lui avait répondu la vérité – à savoir qu'elle n'avait pas un sou à lui donner et qu'ils étaient tous les deux dans l'obligation de fuir. Elle le remerciait d'avoir gardé ses secrets et lui souhaitait bonne chance.

— Je le ferai, dit Lydia, bien que cela ne me plaise pas. Et s'il cherche à vous rejoindre ?

— Il n'y arrivera pas.

Kit ne harcèlerait plus Temple. Et, après ce soir, elle non plus.

Elle soupira, désespérée de ne pouvoir résister aux émotions qui l'assaillaient chaque fois qu'elle pensait à Temple.

— Et tout le reste…

Lydia hocha la tête et, posant Lavande sur le sol, elle se leva et prit les mains de Mara.

— Et tout le reste…

Elles restèrent ainsi un long moment. Amies.

— Vous n'êtes pas obligée de faire ça, vous savez, dit Lydia. Nous pourrions nous battre.

Les larmes menacèrent, et Mara dut cligner les yeux.

— Si, je le dois. Pour vous. Pour les garçons.

Elle ouvrit les mains sur la soie lisse de sa robe, s'obligeant à se rappeler que, ce soir, Temple tiendrait sa promesse. Et elle la sienne.

Ce soir s'achèveraient angoisses, fautes, remords, regrets… et espoirs.

Lydia renonça à discuter.

— Cette robe est très belle.

— Elle me donne l'impression d'être à vendre, dit Mara.

— Pas du tout.

Lydia avait raison. Le décolleté était profond, mais Mme Hébert avait réussi à céder à la demande de Temple sans rendre Mara indécente.

— Elle vous donne l'air d'une princesse.

— Mais non, voyons, dit-elle en refermant le manteau.

— D'une duchesse, alors, rectifia Lydia avec un petit sourire narquois.

Mara lui décocha un regard acerbe et ramassa Lavande, qui trébuchait dans ses pieds.

— Imaginez un peu… Vous, mariée à son père.

— Je préfère ne pas y penser.

— La belle-mère de cet homme.

— Non, je vous en prie.

— Quelle vie… emplie de pensées impures au sujet de votre beau-fils.

— Lydia ! protesta Mara, que la diversion amusait malgré elle.

— En tout cas, il est plus âgé que vous.

— Cela ne veut pas dire…

— Mais si, voyons, insista Lydia. Regardez-le. C'est un colosse. Beau comme le péché. Honnêtement, vous prétendez n'avoir jamais eu une seule pensée impure à son sujet ?

— Oui.

— Menteuse.

Bien sûr qu'elle mentait. Et elle ne s'était pas contentée de pensées impures. Elle avait commis des actes impurs.

Parce qu'elle l'aimait.

*Quel sale tour le destin lui avait joué !*

Et soudain, l'objet de ses pensées pures et impures apparut en tenue de soirée noire, le bras en écharpe, la cravate parfaitement nouée comme par le meilleur des valets de Londres.

Elle ne pouvait l'imaginer avec un valet. Il n'avait pas l'air d'un homme incapable de se passer de l'aide d'un autre, ne fût-ce que pour faire quelque chose d'aussi frivole qu'un nœud de cravate.

Quoi qu'il en soit, la cravate était parfaitement nouée.

— Votre Grâce, dit Lydia avec un grand sourire. Nous parlions de vous, justement.

— Ah bon ? Et que disiez-vous ?

Il s'inclina sur la main de Lydia. Mara s'extasia devant la large étendue de son dos et espéra que son amie n'en dirait pas plus.

— Nous discutions des ruses du destin.

Il flatta le museau du cochon, lequel, trahissant sa maîtresse, s'abandonna à la caresse avec un soupir d'aise.

— Il est rusé, en effet, dit-il en promenant sur Mara un regard qui la brûla et la glaça à la fois.

Nerveuse, elle resserra le col doublé d'hermine de son manteau.

— Vous êtes prête ? demanda-t-il.

— Autant que je puisse l'être.

Il se dirigea vers la porte sans attendre – tant il avait hâte de se débarrasser d'elle, se dit-elle.

Elle le suivit, sachant que chaque pas la rapprochait d'un bouleversement complet de sa vie. Ce soir, elle ne pourrait plus échapper à son passé. Elle le revendiquerait franchement et, en conséquence, elle perdrait tout ce pour quoi elle avait œuvré.

À cause de lui.

Lydia l'arrêta devant la porte et, jetant les bras autour d'elle, murmura à son oreille :

— Courage.

La gorge nouée, Mara acquiesça et prit Lavande dans ses bras pour l'embrasser avant de la tendre à la nouvelle directrice de la Maison pour Garçons MacIntyre.

La voiture était silencieuse comme une tombe, et Mara s'efforça de ne pas regarder Temple.

De ne pas entendre sa respiration, de ne pas sentir son parfum – trèfle et thym. Et même de ne pas le voir se pencher vers elle.

— Je vous ai apporté un cadeau, dit-il.

Se détourner de quelqu'un qui vous offrait un cadeau était la pire des grossièretés, se sermonna Mara en prenant la longue boîte mince sur laquelle se détachait la marque dorée de Mme Hébert.

— Je porte tout ce que vous m'avez ordonné de mettre.

Les mots avaient fusé avant qu'elle ait pu les retenir, lui rappelant qu'elle portait les vêtements choisis par lui alors qu'elle se tenait à moitié nue devant lui.

— Il manque quelque chose, dit-il.

Elle ouvrit la boîte et écarta le papier de soie. Une paire de gants de soie assortis à la robe, chacun orné de douzaines de petits boutons, apparut. Elle les prit avec délicatesse, comme s'ils risquaient de se déchirer.

— Vous ne mettez jamais de gants, dit Temple. J'ai pensé que vous pourriez en avoir besoin ce soir.

Ce n'étaient pas des gants pour travailler ni pour se promener. C'étaient des gants pour une soirée, pour compléter une toilette. *Pour un homme.*

Elle en enfila un et s'aperçut qu'elle ne pourrait pas l'attacher sans aide. Avant qu'elle ait pu dire quelque chose, il se penchait de nouveau vers elle et sortait d'une poche intérieure un crochet à boutons, comme s'il était tout naturel d'avoir un tel instrument sur soi. Il attrapa la main de Mara et la soutint de son bras blessé, avant de s'affairer sur la rangée interminable de petits boutons verts.

Au lieu de lui en vouloir de la contrôler jusqu'à lui faire mettre des gants, elle ne l'en aima que plus. Son cœur pesait lourd dans sa poitrine. C'était leur dernière soirée. Et sans doute la dernière fois qu'ils étaient seuls.

— Merci, dit-elle à mi-voix.

Il garda le silence, concentré sur sa tâche. Troublée de le sentir si près, son souffle caressant la peau de son poignet, elle retint sa respiration. Le contact léger de ses doigts sur l'intérieur de son bras, que la soie recouvrait peu à peu, la bouleversait.

Il fallut à Temple une éternité pour venir à bout du premier gant. Dès qu'il eut terminé, il s'empara de son autre main. Elle voulut la reprendre.

— Merci, mais je peux…

— Laissez-moi faire, dit-il.

« Non, ne regardez pas ma main », eut-elle envie de supplier.

Se sentant rougir, elle se réjouit de la pénombre.

— Vous en avez honte, remarqua-t-il en caressant sa paume du pouce.

Elle voulut de nouveau tirer sur sa main.

— Vous n'avez pas à avoir honte, vous savez, reprit-il sans interrompre cette lente caresse qui tenait de la torture. Ces mains vous ont aidée à survivre pendant douze ans. Elles ont travaillé pour vous. Elles vous ont procuré de l'argent et un abri sûr durant plus d'une décennie.

Les yeux de Mara cherchèrent ceux de Temple.

— Les femmes ne sont pas censées…

Il reprit dans un souffle :

— Ce que je ne comprends pas, Mara, c'est pourquoi vous avez demandé cela à vos mains de jeune fille.

*La peur. Le destin.*

*La folie.*

— J'aimerais qu'elles soient vierges. Douces. Telles que doivent être les mains des dames, murmura-t-elle.

*Telles que vous les préféreriez sans doute.*

Il glissa le gant de satin sur sa main, poussant les doigts chacun à sa place, pressant ses propres doigts dans les vallées qui les séparaient.

Qui aurait pu imaginer que la peau à cet endroit était aussi sensible ?

— Ce sont vos mains, dit-il en les portant à ses lèvres. Elles sont parfaites.

— Ne dites pas cela.

*Ne soyez pas gentil avec moi.*

*Ne me poussez pas à vous aimer plus que je ne vous aime déjà.*

*Ne me faites pas le mal que vous avez projeté de m'infliger.*

Il déposa un baiser sur la base de son pouce avant de boutonner lentement le second gant, ponctuant sa progression de baisers légers qui déclenchaient en elle de longs frissons. Chacun lui donnait envie de monter sur les genoux de Temple et de se plier à toutes ses fantaisies.

Lorsqu'il atteignit la dernière ligne de boutons, celle qui soutiendrait le coude, il s'attarda sur sa peau nue, pressa ses lèvres chaudes sur cet endroit dont elle découvrait la sensibilité, prolongeant la caresse quand il entendit le souffle de Mara se troubler de plaisir, ouvrant la bouche, promenant la langue dans un cercle langoureux.

Incapable de s'en empêcher, elle glissa sa main libre dans les cheveux de Temple pour le maintenir contre elle, haïssant le maudit gant qui s'interposait entre eux.

Elle sentit les lèvres de Temple sourire contre sa peau, avant qu'il ne s'écarte et ne reprenne sa tâche.

En cet instant, elle lui aurait offert tout ce qu'il aurait demandé. Ce qui faisait de cet homme l'être le plus dangereux de Londres.

— Temple, murmura-t-elle dans l'obscurité.

Elle s'interrompit et retint un million de mots.

*Je regrette.*

*J'aimerais que tout soit différent.*

*J'aimerais être la femme parfaite que vous désirez. Celle qui effacera le passé.*

*Je vous aime.*

Il ne lui laissa pas la possibilité d'en dire un seul.

— Il est temps que vous mettiez votre masque. Nous arrivons.

L'expérience ne semblait pas l'avoir ému le moins du monde.

# 16

Les gants étaient une erreur.

Il s'en était rendu compte dès qu'il avait commencé à l'enfermer à l'intérieur de ces foutus machins. Non qu'il n'ait pas imaginé le plaisir qu'il prendrait à les boutonner.

Sauf que cela ne lui avait pas suffi et qu'il n'avait pu s'empêcher de la toucher. De l'embrasser. De goûter sa peau. De la désirer sauvagement.

Jamais il n'avait été aussi impatient d'arriver à destination. Mais, lorsqu'il descendit de voiture et tendit la main pour aider Mara à mettre pied à terre, il saisit toute l'étendue de son erreur. Le frottement du gant de satin sur sa main lui faisait autant d'effet qu'une langue de feu, et il allait devoir la toucher durant toute la soirée.

Il l'entraîna sur le perron de la demeure des Leighton. À l'intérieur, un valet de pied débarrassa Mara de son manteau doublé de fourrure, révélant sa peau blanche et lisse.

Beaucoup trop de peau.

*Nom de Dieu.*

Il n'aurait pas dû insister pour que Mme Hébert échancre autant le décolleté de la robe. À quoi avait-il pensé ? Tous les hommes allaient la reluquer.

Ce qui avait été son plan depuis le début, dut-il s'avouer.

Mais maintenant, alors qu'elle mettait le masque doré qui soulignait ses yeux étranges et qu'elle lui faisait face avec un sourire, son plan ne lui plaisait plus du tout.

Hélas, il était trop tard. Il avait donné son invitation au valet de pied, et ils allaient entrer dans la salle de bal bondée dans laquelle il avait décidé de la montrer à tout ce qui comptait en ville.

Afin d'effectuer son propre retour.

Sa main tomba sur le creux des reins de Mara, et il la guida à travers la foule, en se retenant difficilement de rouer de coups les hommes dont les regards s'attardaient un peu trop sur la naissance des seins de Mara.

Il jeta un regard en coin à la poitrine en question – une peau d'un rose parfait, avec trois petites taches de rousseur qui montaient la garde juste au-dessus du décolleté. Sa bouche s'assécha.

Puis l'eau lui vint à la bouche.

— Eh bien, Votre Grâce ? demanda-t-elle en levant les yeux vers lui. Maintenant que vous m'avez amenée ici, qu'avez-vous l'intention de faire de moi ?

Ce qu'il voulait, c'était rebrousser chemin, l'emmener chez lui, l'allonger sur son lit et faire tout ce qui n'avait pas été fait douze ans plus tôt. Mais ce n'était pas la réponse qu'elle attendait.

Aussi serra-t-il sa main pour l'entraîner dans la foule.

— J'ai l'intention de danser avec vous.

Elle n'était pas dans ses bras depuis une seconde qu'il comprit que l'idée était aussi mauvaise que de lui offrir des gants. Troublé par son corps souple et chaud qui fleurait bon l'eau de toilette parfumée au citron, il se trompa dans les pas.

Ses hésitations n'échappèrent pas à Mara.

— Depuis quand n'avez-vous pas assisté à quelque chose de ce genre ? demanda-t-elle.

— Vous voulez dire, à un bal de l'aristocratie ?

Elle inclina la tête tandis qu'il effectuait un virage compliqué pour éviter un autre couple.

— Plus d'une décennie.

— Douze ans, précisa-t-elle.

L'exactitude de la réponse déplut à Temple sans qu'il sache pourquoi. Lorsqu'il côtoyait l'élite de la ville, c'était au club, après un combat durant lequel il avait prouvé qu'il était le plus fort de tous.

*Ce n'était plus le cas.*

Sa mauvaise main retenue par l'écharpe restait insensible. Il ne sentirait pas la peau de Mara et, si elle découvrait cette nouvelle défaillance, il serait moins qu'un homme pour elle.

Mais peu importait puisque, après ce soir, il ne la reverrait plus.

C'était ce qu'il voulait.

*Menteur.*

— Parlez-m'en, dit-elle.

Il aurait préféré qu'elle ne s'intéresse pas à lui. Qu'elle ne capte pas aussi aisément son attention. Qu'elle ne lui fasse pas perdre aussi facilement tout self-control.

— L'heure n'est pas à la conversation.

Le beau regard de Mara examina les couples qui dansaient autour d'eux.

— Vous avez mieux à faire ?

Cette femme était étonnante. Elle se pliait à sa volonté. Il pouvait lui faire enlever son masque. Il avait toutes les cartes, et elle aucune. Néanmoins, elle trouvait le moyen de le taquiner. Même maintenant, à quelques minutes de sa perte, elle tenait bon.

— Aller dans les soirées, cela faisait partie de mes obligations en tant qu'héritier.

Les lèvres roses se pincèrent derrière le masque doré.

— Cela ne devait pas vous déplaire, d'être obligé d'aller équilibrer le nombre d'hommes et de femmes dansant le quadrille.

— Mon père m'avait bien fait comprendre que je n'avais pas le choix. Que cela relevait des tâches d'un futur duc.

— Et vous obéissiez.

— Oui.

— Et cela ne vous plaisait pas, toutes ces jeunes femmes qui laissaient tomber leurs mouchoirs à vos pieds pour que vous les ramassiez ?

— C'est pour cela qu'elles le faisaient ?

— C'est un vieux truc, Votre Grâce.

— Je croyais qu'elles étaient seulement maladroites.

— Vous détestiez cela ?

— En fait, non, admit-il. C'était supportable.

*Mensonge. Il avait adoré cela.*

Il avait aimé chaque seconde de sa vie de jeune aristocrate. Il avait aimé qu'on lui parle avec déférence, qu'on l'invite partout et que les plus jolies femmes du monde cherchent à attirer son attention.

Il était riche, intelligent et titré. Il avait tous les privilèges et le pouvoir dont on pouvait rêver.

— Je suis sûre que les dames qui habitaient les environs de votre domaine vous étaient reconnaissantes de faire votre devoir.

*Devoir.*

Le mot résonna en lui, aussi estompé que ses souvenirs.

— Pourquoi ce sang dans le lit ?

Elle hésita.

Cette salle de bal remplie de gens qui ne cherchaient qu'à s'amuser n'était pas l'endroit idéal pour une telle conversation. Il insista cependant :

— Pourquoi ne pas vous être contentée de fuir ? Pourquoi avoir fait croire que vous étiez morte ?

— Je n'avais pas prévu qu'on vous accuserait de m'avoir tuée.

Il s'était attendu à toutes sortes de réponses, mais pas à un mensonge de plus.

— Même maintenant, vous mentez.

— Je comprends que vous ayez du mal à le croire, mais c'est la vérité, répliqua-t-elle. On n'était pas censé me croire morte, mais seulement perdue de réputation. Indigne d'épouser votre père.

Il ne put retenir un éclat de rire choqué.

— De quels actes pervers devait-on me croire coupable ?

— J'avais entendu dire qu'on saignait la première fois, dit-elle sans rire le moins du monde.

Les sourcils de Temple se haussèrent derrière son masque.

— Pas autant, voyons ! protesta-t-il.

— C'est ce que j'ai compris quand j'ai appris qu'on vous accusait de ma mort, grommela-t-elle.

— Il devait bien y avoir...

— Un litre.

— Un litre de sang de porc ! s'esclaffa-t-il.

— Je me suis rattrapée en étant aux petits soins pour Lavande, précisa-t-elle avec un petit sourire.

— Ainsi, j'étais censé vous avoir compromise... Mais je ne l'ai pas fait.

— Je n'avais pas prévu non plus que vous dormiriez aussi longtemps. Je voulais vous droguer juste assez pour avoir le temps de m'enfuir. J'avais veillé à ce qu'on nous voie ensemble à plusieurs reprises dans la soirée... Mais, je le jure, je pensais que vous vous seriez sauvé avant qu'on vous trouve dans ce lit.

— Vous aviez pensé à tout, dit-il comme l'orchestre s'arrêtait.

— J'en ai trop fait, dit-elle en s'écartant.

Il entendit le regret dans sa voix. Mais que regrettait-elle ? Ce qu'elle avait fait, ses conséquences, ou bien cette soirée durant laquelle il allait exercer sa vengeance ?

Il n'eut pas le temps de le lui demander. En reculant, Mara heurta un homme masqué qui en profita pour la reluquer.

— N'est-ce pas le lutteur de *L'ange déchu* ? dit-il dans un ricanement.

— Trouvez quelqu'un d'autre à admirer, jeta Temple.

— Voyons, Temple, fit l'homme en ôtant son masque.

C'était Oliver Densmore, le roi des gandins, celui qui avait proposé deux cents livres pour relever le défi de Mara à la place de Temple.

— On peut sûrement s'arranger. Vous ne pouvez pas la garder éternellement pour vous… Quoi qu'il vous ait promis, je vous paierai le double, ajouta-t-il à l'adresse de Mara. Le triple.

Le poing valide de Temple se serra, mais elle intervint avant qu'il ne frappe.

— Je suis au-dessus de vos moyens, monsieur.

Densmore gloussa et remit son masque.

— Vous en vaudriez la peine, je pense.

Il tira sur l'une des boucles auburn de Mara et disparut dans la foule, laissant Temple fulminer. Elle s'était défendue toute seule.

Parce qu'elle ne pouvait pas compter sur lui.

Parce qu'il avait juré de faire le contraire.

Mara revint à leur conversation, comme si l'incident n'avait jamais eu lieu :

— Je sais que vous ne souhaitez pas l'entendre, mais, moi, je veux le dire et le répéter : je suis vraiment désolée.

— Vous l'ignorez. Vous faites comme s'il n'était pas là.

— Cet homme ? C'est mieux, non ?

— Non.

Le mieux aurait été que Densmore soit le nez dans un fossé, dans quelque endroit désert où personne n'aurait pu le trouver. En cet instant, Temple avait une folle envie de se jeter à sa poursuite et de l'entraîner dehors.

— Il m'a traitée comme on traite une belle-de-nuit, dit-elle d'un ton posé.

— Précisément.

Elle inclina la tête.

— Ce n'est pas ce que vous vouliez ?

Doux Jésus, quel idiot il était ! Faire ce qu'il avait prévu… c'était tout bonnement impossible.

— En tout cas, je suis vraiment désolée, reprit-elle, inconsciente des pensées contradictoires qui se heurtaient dans la tête de Temple.

Et voilà qu'elle s'excusait, comme s'il ne lui avait pas donné une douzaine de raisons de le haïr. Une centaine de raisons.

— C'est une piètre excuse, insista-t-elle, mais j'étais une enfant et j'ai commis des erreurs. Si j'avais su alors...

Elle s'interrompit. *Je ne l'aurais pas fait.*

Certes, il ne voulait pas qu'elle batte sa coulpe, mais il désirait vraiment l'entendre dire qu'elle aurait tout retiré si ç'avait été possible.

— Si vous aviez su...

— Je ne vous aurais pas utilisé, répondit-elle d'une voix douce, et ce fut comme s'ils étaient seuls dans la salle de bal et non entourés de la moitié de Londres. Mais je vous aurais quand même approché cette nuit. Et j'aurais quand même fui.

Cela aurait dû le mettre en colère, balayer ses scrupules quant à ce qui allait venir. Ce ne fut pas le cas.

— Pourquoi ?

Elle regarda les portes-fenêtres donnant sur le parc, que l'on avait entrouvertes pour laisser sortir l'air étouffant de la salle.

— Pourquoi quoi ?

Il suivit son regard.

— Pourquoi m'avoir approché ?

— Vous étiez beau, dit-elle en souriant. Impertinent. Et vous me plaisiez. Et, d'une certaine façon, vous me plaisez toujours.

C'était un euphémisme.

Il ne put se retenir.

— Pourquoi avoir fui, alors ?

« Dites-moi la vérité, supplia-t-il intérieurement. Faites-moi confiance. »

Le devait-elle ?

— Parce que j'avais peur que votre père soit comme le mien.

La réponse lui fit l'effet d'une gifle.

Elle avait seize ans, et on la mariait à un homme trois fois plus âgé qu'elle. Un homme dont les trois épouses précédentes avaient connu un destin funeste. Un homme dont le meilleur ami était son salaud de père.

Un homme dont le fils était un coureur invétéré, même à dix-huit ans.

— Je ne l'aurais jamais laissé vous faire du mal, dit-il.

Les yeux de Mara s'embuèrent.

Il l'aurait protégée. Il aurait haï son père d'avoir pu la faire sienne.

— Comment aurais-je pu le savoir ? dit-elle avec regret.

Elle était terrifiée, mais elle s'était montrée déterminée et courageuse. Elle avait choisi de sauter dans l'inconnu plutôt que de vivre avec un homme qui risquait de se comporter comme son père.

Temple n'avait été qu'un dommage collatéral.

Elle se figea, le regard tourné vers les portes-fenêtres et l'obscurité du parc noyé par la nuit. Sans doute songeait-elle à une autre forme d'obscurité, celle dans laquelle, tout comme lui, elle avait vécu durant douze ans.

Peu importait les événements de ces douze années, peu importait leur conflit, les colères, les regrets, les frustrations, la fortune ou la pauvreté, la solitude ou la compagnie d'amis fidèles, ils étaient semblables.

Il ouvrit la main, et ses doigts glissèrent sur le poignet de Mara tandis qu'elle s'écartait dans un mouvement gracieux et se dirigeait vers les portes-fenêtres.

Il la laissa aller.

Le froid était vif, et Mara regretta de ne pas avoir pris son manteau avant de fuir l'atmosphère étouffante de la salle de bal, mais revenir était difficile.

Elle serra les bras autour d'elle et se dit qu'elle avait connu un froid pire et qu'elle pouvait s'en défendre.

Ce dont elle ne pouvait se protéger, c'était de la chaleur de Temple.

*Je ne l'aurais jamais laissé vous faire du mal.*

Elle inspira à fond, dévala les marches et courut se réfugier dans l'ombre épaisse que dessinaient les bois. S'adossant au tronc d'un chêne, elle leva les yeux vers le ciel constellé d'étoiles et se demanda comment il se faisait qu'elle se trouve là, dans cette robe, avec cet homme.

Un homme que le destin la forçait à affronter.

Un homme dont la vie était étroitement liée à la sienne.

*Pour toujours.*

Les larmes menacèrent. Qu'allait-il se passer, à présent ? Le mieux serait qu'il se hâte de la démasquer, afin qu'elle puisse le haïr et s'en aller le plus loin possible. Et surtout apprendre à vivre sans lui.

En très peu de temps, il était devenu une part essentielle de sa vie. Comment se faisait-il qu'il ait changé aussi radicalement ? Qu'il soit devenu gentil, attentionné, prévenant, alors que leur relation avait commencé sous le signe de la colère et du désir de vengeance ? Et comment en était-elle venue à se fier à lui ?

En même temps, comment se faisait-il qu'il fût encore la seule personne qu'elle trahirait ?

Ce fut à ce moment-là que, comme convoqué par cette dernière pensée, son frère surgit de l'obscurité.

— Le hasard fait bien les choses, n'est-ce pas ? dit-il dans un gloussement.

Mara recula.

— Comment savais-tu que j'étais là ?

— Je vous ai suivis depuis l'orphelinat. Je l'ai vu venir te chercher, répondit Kit, le regard hagard, le menton couvert d'un début de barbe. Vous faites un beau couple.

— Nous ne sommes rien de ce genre.

— Si tu avais été fiancée à lui et non à son père, on ne serait pas dans ce pétrin.

Les mots de Kit la blessèrent. Si elle avait reçu un shilling chaque fois que cette pensée lui avait traversé l'esprit, elle aurait été la femme la plus riche du monde.

Ces suppositions n'aidaient en rien. Elles ne faisaient que lui remplir la tête de rêves vains qui refusaient de se laisser chasser.

*Et si...*

Et si elle l'avait épousé, lui, le beau et jeune marquis au sourire malicieux qui l'avait embrassée avec ferveur dans le parc de Whitefawn Abbey comme si elle avait été l'unique femme au monde ? Et s'ils s'étaient mariés et avaient eu une famille avec enfants, chiens ou chats, moult baisers, et quantité de ces petites plaisanteries propres à ceux qui se connaissent intimement ?

Et s'ils s'étaient aimés ?

*L'amour.*

Elle retourna le mot dans sa tête, l'examina sous toutes ses coutures.

Même à présent, elle ne le comprenait pas comme les autres le faisaient. Elle en avait rêvé, enfant. Elle l'avait pleuré durant le mois odieux qui avait précédé son mariage, trempant son oreiller de larmes nuit après nuit.

Mais maintenant... maintenant, elle découvrait ce qu'était l'amour. Eh bien, c'était une maladie douloureuse dont elle avait hâte de guérir.

Que l'amour s'en aille et cesse de la torturer avec des images d'une vie qu'elle n'aurait jamais. Imaginer cette autre vie était absurde ; c'était la voie la plus rapide vers plus de souffrance, d'angoisse, de déception. À quoi bon ? Elle vivait dans la réalité. Pas dans les rêves.

Et, pourtant, l'idée de ce garçon d'autrefois... de cet homme aujourd'hui...

De la vie qu'ils auraient pu avoir... si le destin ne l'avait pas déjà condamnée.

— Tu as reçu ma lettre ?

Elle fit oui de la tête. Le remords l'assaillit. Kit était ici. Temple, quelques mètres plus loin. Parler à son frère était trahir une fois de plus l'homme qui représentait tant pour elle.

— Tu comprends pourquoi j'ai besoin de ton aide, dit Kit d'un ton larmoyant. Je dois quitter Londres. Si ces salopards me trouvent…

Ce n'étaient pas des salopards. C'étaient les hommes les plus loyaux qu'elle connût. Et Temple avait tous les droits d'être en colère. Elle lui avait volé sa vie autrefois, et Kit avait failli la lui ôter de nouveau.

— Mara, je l'ai fait pour toi, dit Kit, reprenant les mots de leur père.

Elle le haït. Lui, le jeune frère qu'elle avait tant aimé. Elle le haït pour son égoïsme et sa stupidité. Pour sa colère et son insensibilité. Pour les choix qu'il avait faits et qui avaient bouleversé son existence.

— Tu ne vois pas ce qu'il t'a fait ? insista-t-il d'une voix doucereuse. Le Duc Tueur t'a changée en putain, et il t'a retournée contre moi.

Elle aurait pu accepter ce jugement au début, mais plus maintenant. Aujourd'hui, elle savait que Temple l'avait libérée.

En enseignant aux garçons de l'orphelinat que la vengeance ne résolvait aucune difficulté, en protégeant Lavande d'une mort certaine, en sauvant Mara de ses assaillants dans une ruelle obscure, il s'était fait aimer d'elle.

En cela, il l'avait libérée.

— Tu penses que je ne le vois pas ? Que je ne devine pas ce que tu penses de lui ? reprit Kit en s'approchant un peu plus. Je vois la façon dont tu le regardes. Il te possède, ma chère sœur, comme le marionnettiste possède le pantin dont il agite la ficelle. Cela t'est complètement égal qu'il m'ait tout pris.

Cela ne lui était pas égal. Mais ce qu'elle voulait, c'était que Temple soit vengé. Et surtout qu'il puisse enfin, enfin, avoir l'existence pour laquelle il était né – la vie parfaite, les enfants parfaits, le monde parfait qui lui étaient destinés et qu'elle lui avait volés.

Voilà ce qu'elle désirait lui rendre.

— Va-t'en, Christopher.

Elle avait choisi le prénom à dessein. Il n'était plus l'enfant que sa grande sœur défendait. Elle ne lui devait plus rien.

— File, avant qu'ils t'attrapent et te punissent comme tu le mérites.

— Et tu ne les en empêcheras pas.

— Non.

Elle ne l'aurait pas fait, même si elle l'avait pu.

Elle vit la haine éclairer les yeux de son frère.

— J'ai besoin d'argent.

Toujours l'argent. Avec lui, inutile d'imaginer autre chose.

Elle secoua la tête.

— Je n'ai rien à te donner.

— C'est un mensonge.

— Je ne possède rien, affirma-t-elle.

C'était la vérité. Le peu qu'elle avait était pour l'orphelinat.

Pour cet homme-là, elle n'avait rien.

— Tu me le dois, gronda-t-il. Pour ce que j'ai souffert. Pour ce que je souffre encore.

De nouveau, elle secoua la tête.

— Non. J'ai passé douze ans à essayer de me convaincre que j'avais pris la bonne décision, mais à penser aussi que je t'avais fait du mal, que j'étais responsable de tes errements. Mais c'était faux. Les garçons grandissent, ils deviennent des hommes, et c'est à eux de prendre leurs propres décisions. En ce moment, tu as de la chance que je ne hurle pas jusqu'à ce que tout le monde accoure et te trouve ici.

— Tu ne ferais pas ça, quand même !

Elle pensa à Temple, inerte sur la table de son appartement de *L'ange*. À la terreur qui l'avait saisie en le voyant ainsi, à sa peur qu'il ne se réveille pas.

Un centimètre de plus à droite ou à gauche, et Kit aurait tué l'homme qu'elle aimait.

— Je n'hésiterais pas.

La colère envahit le jeune homme.

— Tu es donc vraiment sa putain.

Si seulement ç'avait été aussi facile... Elle refusa de se laisser intimider.

Voyant cela, il gémit d'une voix aigre :

— Toi aussi, tu as fait des erreurs, tu sais.

— Et j'en paie le prix tous les jours.

— Je le vois. Dans ta jolie robe de soie, ton manteau doublé de fourrure et ton masque doré. Quel châtiment !

Il semblait avoir oublié ce qui attendait sa sœur.

— J'ai payé pour mes fautes chaque jour qui a suivi ma fuite. Et je paie encore plus cher depuis mon retour. Tu as de la chance que j'assume seule le poids du châtiment pour nos péchés. Les tiens et les miens.

— Je ne demande pas ta protection.

— Non, jeta-t-elle. Tu demandes mon argent.

Il se raidit. Elle comprit qu'elle n'avait pas d'autre choix que de parler crûment.

— Je devrais te livrer à lui. Tu as failli le tuer.

— Je regrette de ne pas l'avoir fait.

— Pourquoi ? s'écria-t-elle. Il ne nous a jamais fait de mal. Il est innocent.

Et il était bien le seul innocent de l'histoire.

— Innocent ? cracha Kit. Il t'a perdue.

— Nous l'avons perdu ! cria-t-elle.

— Il le méritait ! riposta Kit d'une voix aiguë. Et ses amis ont pris tout mon argent, jusqu'au dernier sou !

Vingt-six ans, et toujours aussi puéril.

— Mon argent aussi, cher frère... Je te rappelle que personne ne t'a obligé à jouer.

— Ils ne m'en ont pas empêché non plus. Ils méritent d'être punis.

— Non. Ni eux ni lui.

— Il t'a retournée contre moi – moi, qui ai gardé tes secrets toutes ces années. Et maintenant, c'est lui que tu choisis au lieu de moi.

Seigneur, il disait vrai. Elle lui préférait Temple.

Mais cela ne signifiait pas qu'elle pouvait l'avoir.

En cet instant, elle plaignait Kit. Elle regrettait qu'il ait eu cette existence, qu'ils n'aient pas pu se protéger l'un l'autre. Se soutenir. Et elle pleurait le garçon rieur et aimant qu'il avait été, celui qui lui avait trouvé un litre de sang de cochon et avait poussé les servantes à sillonner plusieurs fois le parc de Whitefawn Abbey afin que Temple et Mara soient vus ensemble avant qu'elle ne simule sa propre perte.

Avant qu'elle ne cause celle d'un homme qui ne l'avait pas méritée.

Frissonnant de froid, elle remonta les gants sur ses bras. Puis, accablée de chagrin, elle sortit de son réticule le peu d'argent qui lui restait, ce qu'elle avait prélevé de la caisse de l'orphelinat pour gagner le Yorkshire et recommencer à zéro.

Elle le tendit à son frère.

— Tiens. Cela devrait te suffire pour quitter l'Angleterre.

Il jeta un regard dédaigneux aux pièces, et elle ne l'en haït que plus.

— Tu n'es pas obligé de le prendre, ajouta-t-elle. Je saurai quoi en faire.

Kit garda le silence un moment avant de jeter :

— Alors, c'est fini entre nous ?

Elle refoula ses larmes, fatiguée de la vie qu'elle menait, épuisée à l'idée de devoir repartir et se cacher. De vivre perpétuellement dans l'ombre de ses erreurs passées.

Mais donner cet argent à son frère lui offrirait peut-être la liberté. Une fois Kit au loin, elle ne serait plus harcelée. Et peut-être pourrait-elle vivre autre chose qu'une vie misérable et solitaire.

— Oui.

Furieux, il tourna les talons et disparut dans l'obscurité d'où il était sorti.

Aussitôt, elle s'en voulut. En permettant à Kit de fuir, elle privait Temple de sa vengeance. Une fois de plus, elle le trahissait.

Elle s'assit sur un banc et resta longtemps dans le parc, plus seule que jamais. Cette nuit, elle perdait son frère, l'orphelinat et la vie qu'elle s'était bâtie. Margaret MacIntyre rejoignait Mara Lowe dans son exil.

Mais, surtout, elle perdait définitivement Temple.

Elle lui rendait la vie pour laquelle il était né – la possibilité d'avoir une épouse issue de l'aristocratie, des enfants, un patrimoine parfait.

Mais elle le perdait.

Et, pour elle, tout s'arrêterait là.

Elle était très belle.

Temple observait Mara. Assise sur le banc fait d'un tronc d'arbre, elle avait l'air de quelqu'un qui a perdu son plus cher ami.

Et peut-être était-ce le cas.

Après tout, en donnant à Christopher de quoi quitter le pays, elle perdait un frère qu'elle avait aimé et la seule personne qui connût son histoire.

Il aurait dû la haïr. Il aurait dû être furieux qu'elle ait aidé Lowe à s'enfuir au lieu de le lui livrer. Et pourtant, cela lui était impossible. Parce que, dans toute cette folie, il la comprenait.

En la voyant ainsi, rigide et perdue dans ses pensées, fière et courageuse, il devinait qu'elle croyait mériter son malheur. Sa solitude. Elle pensait en être responsable.

*Tout comme lui l'avait pensé.*

*Seigneur.* Il ne se contentait pas de la comprendre.

Il l'aimait. Cette prise de conscience lui fit l'effet d'un coup de poing dans l'estomac.

Il l'aimait tout entière – il aimait la jeune fille qui avait causé sa perte et en même temps l'avait libéré, et la femme qui se tenait devant lui, forte et courageuse.

Toutes ces années, il avait soupiré après la vie qu'il aurait dû avoir. Une épouse. Des enfants. Le duché. Toutes ces années, il s'était imaginé en aristocrate puissant et respecté.

À aucun moment il n'avait supposé que cette image pâlirait en comparaison de la vie qu'il aurait pu avoir avec cette femme-là.

Il l'aurait sauvée de son père. Il l'aurait aimée avec passion. Il l'aurait protégée. Et il l'aurait attendue.

C'était mal, il le savait. C'était même scandaleux. Mais il aurait attendu que son père meure et il l'aurait prise pour lui. Et il lui aurait offert la vie qu'elle méritait.

Qu'ils méritaient tous les deux.

Il l'entendit soupirer et perçut la tristesse qui l'accablait. Le regret.

Regrettait-elle de ne pas être partie avec son frère ? De ne pas avoir saisi cette occasion d'éviter sa disgrâce publique ?

Mais il n'était plus question pour Temple de se venger.

Maintenant qu'il la connaissait, qu'il la comprenait, il ne voulait plus qu'une chose : l'emmener chez lui et lui faire l'amour jusqu'à ce que tous deux oublient ce maudit passé. Jusqu'à ce qu'ils ne pensent plus qu'à l'avenir. Jusqu'à ce qu'elle ait confiance en lui au point de lui confier ses pensées.

*Jusqu'à ce qu'elle soit sienne.*

Il était temps de s'y mettre, se dit-il en la rejoignant.

— Vous devez être gelée.

Elle poussa un petit cri et bondit sur ses pieds.

— Depuis combien de temps êtes-vous là ?

— Assez longtemps.

*Pour vous voir me trahir.*

*Et comprendre que je vous aime.*

Elle hocha la tête, serrant les bras autour d'elle. Il ôta sa veste et la lui tendit.

— Non, merci.

— Prenez-la. Je suis las de vous voir trembler de froid.

Elle fit non de la tête.

Il jeta la veste sur le banc.

— Alors, aucun de nous ne l'utilisera.

Un long moment, il crut qu'elle ne la prendrait pas. Mais elle avait froid et n'était pas idiote. Elle la prit, et il profita de l'occasion pour s'approcher, sous prétexte de draper la veste sur ses épaules. La voir se blottir dans sa chaleur lui procura un plaisir inattendu.

L'entourer de sa chaleur pour toujours, quel rêve !

Ils gardèrent longtemps le silence, tandis que le parfum citronné de Mara l'enveloppait de sa tentation.

— J'aimerais que vous en finissiez, dit-elle enfin d'une voix tendue.

— Que je finisse quoi ?

— Eh bien, que vous me démasquiez pour de bon. C'est pour cela que vous m'avez amenée ici, non ?

Oui, bien sûr. Mais maintenant...

— Il n'est pas encore minuit.

Elle ne put retenir un petit rire.

— Vous n'avez pas besoin de procéder avec cérémonie. Plus vite vous me démasquerez, plus vite je pourrai partir et plus vite vous reprendrez votre statut de duc. Vous l'avez attendu assez longtemps, il me semble.

— Douze ans, dit-il en scrutant le visage de la jeune femme. Qu'est-ce qu'une heure de plus ou de moins ?

— Si je vous disais que, pour moi, cela compte ?

— Je vous demanderais pourquoi vous êtes soudain si pressée d'être démasquée.

— Je suis lasse d'attendre. D'être sur des charbons ardents pendant que vous jouez avec mon destin. J'en ai assez d'être sous le contrôle d'autrui.

Il faillit éclater de rire. L'idée qu'il la maintenait sous son emprise était aberrante, alors qu'elle régnait sur toutes ses pensées. Qu'elle menaçait son existence bien organisée. Qu'elle y jetait la confusion.

— Je vous contrôle ?

— Bien sûr que oui. Vous m'avez surveillée. Vous m'avez habillée. Vous vous êtes introduit dans ma vie, dans celle de mes élèves et de mon personnel. Et vous m'avez amenée à...

Elle s'interrompit.

— À quoi vous ai-je amenée ? insista-t-il.

À l'aimer ? Il avait désespérément envie qu'elle le dise, tout en sachant que ce serait faux. Pour elle, il n'était qu'un moyen d'arriver à ses fins, comme elle l'avait été pour lui au début.

La colère l'envahit. La frustration. Comment avait-il pu laisser cette aberration se produire ? Comment avait-il pu oublier ce qu'elle lui avait fait ?

Le lutteur refit surface.

— Je sais que votre frère était là, Mara, dit-il, et la surprise qu'elle manifesta lui causa un plaisir mesquin. Vous n'allez pas le nier ?

— Non.

— Bien. C'est déjà ça.

« Dites-moi la vérité, supplia-t-il mentalement. Pour une fois dans notre relation maudite, dites-moi quelque chose que je peux croire. »

Ce qu'elle fit :

— La nuit où je vous ai retrouvé, je vous cherchais à cause de Kit.

— Je le sais, dit-il, agacé. Pour récupérer son argent.

Elle secoua la tête.

— Ce n'est pas ce que vous pensez. Quand j'ai ouvert l'orphelinat, me présenter comme Margaret MacIntyre m'a paru être la meilleure solution. Une veuve de soldat, cela inspire le respect. On ne pense pas à la soupçonner.

Mais aucune banque ne m'aurait permis de gérer mes propres fonds. Pas sans mari.

— Certaines femmes obtiennent des facilités bancaires.

— Pas celles qui ont de fausses identités. Je ne pouvais pas prendre le risque qu'on m'interroge, ni qu'on enquête sur mon passé.

Il commençait à comprendre.

— C'est Kit qui est devenu votre banquier.

— Il détenait tous les fonds. Les donations initiales des pères et l'argent que chacun versait quand il y pensait. Tout.

— Et c'est cet argent qu'il a joué ! s'écria Temple, scandalisé.

— Oui, jusqu'au dernier sou.

— Et vous cherchiez désespérément à le récupérer.

— Les garçons en avaient besoin, expliqua-t-elle.

— Pourquoi ne me l'avez-vous pas dit ? s'écria-t-il.

— Je ne sais pas, admit-elle. Vous étiez vraiment en colère.

Il fit quelques pas puis s'arrêta, le dos tourné. Elle avait raison, bien sûr, et il n'était pas certain qu'à ce moment-là il l'aurait écoutée. Mais c'était pénible à entendre.

— Je ne suis pas un monstre !

— Je ne le savais pas ! tenta-t-elle d'expliquer, et il pivota face à elle.

— Même vous, vous pensiez mon surnom mérité, alors que…

La déception était cruelle. Elle était censée le connaître, le comprendre mieux que quiconque. Elle était censée savoir qu'il n'était pas un tueur, que tout cela n'était que mensonge.

Mais elle aussi doutait de lui.

La frustration lui donna envie de rugir.

Elle le vit et leva une main pour l'arrêter.

— Non, ce n'est pas cela, Temple.

Encore des mensonges. Mais il ne put s'empêcher de demander :

— Alors, pourquoi ?

Elle écarta les mains.

— Vous avez déclaré que rien de ce que je pourrais dire...

Le souvenir lui revint.

— Seigneur... Que rien de ce que vous pourriez dire ne me ferait vous pardonner. C'est cela ?

— Oui, et je vous ai cru.

Il relâcha son souffle, qui forma un nuage dans l'air froid.

— Moi aussi, je l'ai cru.

— Et il y a une partie de moi qui estimait que je méritais de payer pour les péchés de Kit, reprit-elle. Je l'ai entraîné dans cette histoire, tout comme vous. Je vous ai quittés tous les deux cette nuit-là, et mon père l'a puni brutalement tandis que Londres vous punissait... Mes erreurs semblent sans fin.

Il garda le silence une minute, avant de commenter :

— En voilà une sottise.

— Je vous demande pardon ?

— Vous vous êtes sauvée, certes, mais votre frère a fait ses propres choix.

Elle secoua la tête.

— Mon père...

— Votre père était le pire salopard que la Terre ait porté et, s'il n'était pas déjà mort, je prendrais grand plaisir à l'étrangler de mes mains. Mais un homme n'est pas un dieu. Il n'a pas modelé votre frère à partir de l'argile, il n'a pas soufflé la vie en lui. Les péchés de votre frère sont les siens, et uniquement les siens... De même que les miens sont les miens, ajouta-t-il d'une voix douce.

— Non, non, protesta-t-elle en s'approchant de lui. Si je ne vous avais pas drogué. Quitté. Laissé affronter seul cette accusation sans revenir la démentir...

— Vous n'avez pas fait ce que je suis, Mara. Votre père n'était pas un dieu, mais vous non plus. Vous n'êtes qu'une femme. De même que je ne suis qu'un homme... et, à nous deux, nous avons fait un beau gâchis de cette histoire. Voilà la vérité.

Les yeux de la jeune femme brillaient de larmes, et il eut envie de la prendre dans ses bras, de la toucher, de l'emmener chez lui et de la faire sienne.

— Je désire seulement que cela s'arrête.

— C'est possible, dit-elle. C'est le moment.

Elle parlait de se démasquer. Et peut-être était-ce effectivement le moment. Dieu savait qu'il avait attendu longtemps de récupérer la vie qui lui avait été promise.

Mais, alors qu'il la regardait, ce désir lui sembla vain. Ridicule, même. Il lui caressa lentement la joue. Elle s'appuya sur sa main, dont le pouce suivit le contour de ses lèvres.

Il murmura son nom, qui sonna comme une prière.

— Je ne peux pas.

— Pourquoi ? demanda-t-elle, les larmes aux yeux tant elle avait hâte d'arriver au dénouement.

*Parce que je vous aime.*

Il secoua la tête.

— Parce que je n'ai plus envie de me venger. Pas si cela doit vous blesser.

Elle se figea, et il vit une myriade d'émotions traverser son visage. S'écartant, il sortit de sa poche le chèque bancaire qu'il avait prévu de lui donner après l'avoir démasquée et le lui tendit.

— Qu'est-ce que c'est ?

— La dette de votre frère. Elle est annulée.

— Ce n'est pas ce sur quoi nous nous étions mis d'accord.

— Mais c'est ce que je vous donne.

Elle leva vers lui des yeux emplis de tristesse, et d'une autre émotion qu'il ne s'attendait pas à y voir. De la fierté.

— Non, dit-elle.

— Prenez-le, Mara. C'est à vous.

Elle secoua la tête une fois de plus et répéta :

— Non.

Elle plia le chèque et le déchira, encore et encore.

Que diable faisait-elle ? Cet argent aurait pu sauver l'orphelinat une douzaine de fois. Une centaine.

— Pourquoi faites-vous ça ? demanda-t-il, le cœur serré, tandis que les morceaux de papier voletaient avant d'atterrir sur le sol enneigé.

— Vous ne comprenez pas ? dit-elle avec un petit sourire. J'en ai assez que vous me payiez.

Enivré par le parfum citronné de Mara, il l'attira à lui et l'étreignit.

Elle se laissa faire et pressa les lèvres sur les siennes en un long et fiévreux baiser qui éveilla en lui un désir ardent. Il maudit son bras blessé qui l'empêchait de la soulever et de l'emmener au loin. Mais cela ne l'empêcha pas de ravir sa bouche jusqu'à ce que le souffle leur manque.

— Venez chez moi, dit-il, hors d'haleine, en lui tendant la main. Il est temps que nous parlions sérieusement.

Elle recula.

— Non.

— Mara…

— Non…

La nuit absorba le mot, et il se retrouva seul.

# 17

— Aurais-tu perdu ta veste ?

Ignorant Chase, Temple, toujours en chemise, vida sa troisième coupe de champagne et l'échangea contre une autre, pleine, qu'il saisit sur le plateau d'un valet. Il regardait sans les voir les danseurs tournoyer dans un brouhaha qui devenait de plus en plus fort au fur et à mesure que le vin coulait et que la soirée avançait.

— Et ta compagne, tu l'as perdue aussi ? ajouta Chase.

Temple but une longue gorgée.

— Tu n'es pas là, je le sais.

— Je crains de ne pas être une hallucination.

— Je t'ai dit de ne pas te mêler de mes affaires.

Les yeux de Chase s'écarquillèrent derrière un loup noir semblable à celui de Temple.

— J'étais invité.

— Jusqu'à présent, invitation ou non, tu fuyais les mondanités. Quelle mouche t'a pris de venir ici ?

— Je ne pouvais pas manquer le moment de ton triomphe.

Temple se détourna et jeta un œil sur la salle.

— Si on te voit avec moi, il y aura des questions.

— Nous sommes masqués, dit Chase avec un haussement d'épaules. En outre, dans quelques minutes, tu ne seras plus un paria. C'est aujourd'hui, le grand soir, non ? Le retour du duc de Lamont ?

C'était ce qui était prévu. Mais quelque chose avait mal tourné, et il s'était retrouvé dans le parc, face à la femme sur laquelle il avait misé douze années de colère… sans plus avoir le cœur de se venger.

Si seulement cela s'était arrêté là.

Si seulement il n'avait pas regardé cette femme et vu quelqu'un de complètement différent. Quelqu'un qu'il aimait au point qu'il ne lui en voulait pas d'avoir aidé son frère à fuir.

— Je t'ai dit de me laisser tranquille.

— Inutile d'en faire un drame, répliqua Chase. Tu ne pourras pas m'éviter éternellement, tu sais.

— Je peux essayer.

— Cela aiderait-il si je m'excusais ?

Temple resta stupéfait. Il n'était pas dans les habitudes de Chase de s'excuser.

— Tu en as l'intention ?

— L'idée ne me tente pas vraiment, je l'avoue.

— Cela m'est égal.

— Bon, d'accord, fit Chase en soupirant. Je m'excuse.

— Pour quoi précisément ?

Chase fit la moue.

— Allons bon, tu fais l'idiot, maintenant.

— Je trouve préférable de combattre le feu par le feu.

— Eh bien, j'aurais dû te dire qu'elle était à Londres.

— Bien sûr que tu aurais dû me le dire ! Si je l'avais su…

S'il l'avait su, il serait allé la chercher.

Il l'aurait trouvée. Plus tôt.

Tout aurait pu être différent.

Ah bon ? Et comment ?

— Si je l'avais su, on ne serait pas dans un tel pétrin maintenant.

— Si tu l'avais su, ç'aurait pu être pire.

— Je croyais que tu t'excusais, dit Temple avec un regard acerbe.

En ce moment, Mara devait être à mi-chemin de l'orphelinat. Et il n'avait plus de raison de la voir. Ce qui n'aurait pas dû le chagriner autant.

— Je l'ai laissée partir.

Il n'y eut pas de surprise dans le regard de Chase.

— Je vois. West sera déçu.

Temple avait oublié le journaliste. Dès que Mara avait levé vers lui ses beaux yeux bleu et vert et lui avait avoué la peur qui l'avait poussée à monter cette funeste comédie, il avait tout oublié de son projet de vengeance.

— Personne ne mérite l'humiliation que j'avais prévue.

*Mara moins que quiconque.*

— Donc, le Duc Tueur demeure.

Il avait vécu avec ce surnom durant douze ans. Il s'était montré plus fort physiquement et plus puissant financièrement que les plus arrogants des Londoniens. Il avait bâti une fortune aussi considérable que celle du duché dont il avait dû se passer. Et peut-être que maintenant qu'il la savait vivante et lui innocent, ce surnom le blesserait moins.

Elle était vivante.

Elle aurait dû lui dire la vérité cette nuit-là, il l'aurait aidée. Il l'aurait prise pour lui.

L'idée le bouleversa, ainsi que les images qu'elle déclencha. Mara dans ses bras, Mara dans son lit, Mara à sa table. Une ribambelle d'enfants aux cheveux auburn et aux yeux bleu et vert. Ses enfants.

Leurs enfants.

*Doux Jésus.*

Il passa sa main valide dans ses cheveux, comme pour écraser ces idées folles.

— Le Duc Tueur demeure, confirma-t-il en soutenant le regard de Chase.

— Oh, vraiment ? fit Chase, dont l'attention dérivait vers l'autre côté de la salle.

Troublé, Temple se retourna.

Mara n'était pas partie. Elle était là.

Elle se tenait en haut des marches qui menaient à la salle de bal bondée, la veste de Temple sur le bras, quelques boucles cascadant hors de son chignon sophistiqué. Il eut envie d'y plonger les doigts.

Mais d'abord...

— Qu'est-ce qu'elle fiche là ? s'écria-t-il en s'élançant.

Chase le retint par le bras.

— Attends. Elle est magnifique.

— Qu'est-ce que tu as fait ? rugit Temple en se retournant vers lui.

— Je te le jure, je n'y suis pour rien... Je le regrette, d'ailleurs. Elle va tout changer.

— Je ne veux pas qu'elle change quoi que ce soit.

— Je ne pense pas que tu puisses l'arrêter.

L'orchestre s'arrêtant, Temple jeta un œil à l'énorme horloge murale de la salle. Il était minuit. La duchesse de Leighton se dirigeait vers l'escalier, probablement pour donner le signal à ses invités de se démasquer. Mara descendit à sa rencontre et lui chuchota quelque chose à l'oreille.

La duchesse de Leighton sursauta visiblement avant de poser une question. Mara répondit, la duchesse en posa une autre. Tout Londres observait l'échange. Puis, apparemment satisfaite des réponses de son invitée, leur hôtesse hocha la tête et se retourna face à la foule, un sourire sur les lèvres.

Et Temple devina la suite.

— C'est sans doute la femme la plus forte que j'aie jamais rencontrée, déclara Chase avec admiration.

— Je lui ai dit de ne pas le faire, protesta Temple. Je lui ai dit que je ne le désirais plus !

— Elle doit avoir un problème d'audition.

Sans répondre, Temple arracha son masque et s'enfonça dans la foule, tout en sachant qu'il était trop loin et n'arriverait pas à temps pour arrêter Mara.

— Mes amis ! s'écria la duchesse en prenant la main de son mari. Comme vous le savez, j'ai un faible pour les scandales…

La foule éclata de rire, frémissant à la perspective d'une révélation imprévue. Temple jouait des coudes vainement.

— À cette fin, reprit la duchesse, j'ai veillé à ce qu'il y ait une déclaration véritablement scandaleuse ce soir ! Avant que nous nous démasquions…

Elle fit une pause, savourant visiblement l'excitation de ses invités, et désigna Mara de la main.

— … j'aimerais vous présenter… une invitée dont même moi j'ignorais l'identité !

Temple tenta d'accélérer le pas, mais toute la ville de Londres semblait s'être réunie pour lui barrer le passage, et personne ne voulait s'écarter. De son bras valide, il souleva une femme et la reposa sur le côté, ignorant son cri de surprise.

Le compagnon de la dame se retourna, prêt à intervenir, mais Temple était déjà loin, suivi du murmure « … le Duc Tueur… »

Très bien, si cela pouvait pousser les gens à s'effacer devant lui !

Mara fit un pas en avant et déclara d'une voix claire :

— Pendant trop longtemps, je me suis cachée de vous. Pendant trop longtemps, je vous ai laissés penser que j'étais morte. Pendant trop longtemps, je vous ai laissés blâmer un innocent.

Les douze coups de minuit commencèrent à s'égrener. Temple essaya de courir.

« Arrêtez ! supplia-t-il intérieurement. Ne vous faites pas ce mal-là ! »

— Pendant trop longtemps, je vous ai laissés croire que William Harrow, duc de Lamont, était un assassin.

À l'énoncé de son nom et au hoquet de surprise qui parcourut la salle, il s'arrêta sur place.

— Mais, vous voyez, ce n'est pas un assassin, poursuivit Mara en dénouant les rubans de son masque. Car je suis vivante.

*Il ne pouvait l'atteindre.*

Elle ôta son masque et s'inclina dans une profonde révérence devant la duchesse de Leighton.

— Milady, pardonnez-moi de ne pas m'être présentée comme il convient. Je suis Mara Lowe, fille de Marcus Lowe. Sœur de Christopher Lowe. Celle que l'on a crue morte pendant douze ans.

Se tournant vers la foule, elle chercha le regard de Temple.

— Je n'étais pas morte. J'étais tout bonnement la méchante de l'histoire.

Le dernier coup de minuit retentit dans le bref silence qui suivit la déclaration. Puis, comme si les invités étaient soudain libérés de quelque sortilège maléfique, le vacarme se déclencha.

Mara tourna les talons, remonta l'escalier et disparut. Commentaires outrés, cris de surprise, questions fusèrent autour de Temple. Il n'en entendit que des bribes.

— Elle a causé sa perte…

— Comment ose-t-elle…

— … utiliser l'un d'entre nous !

— … perdre l'un de nous !

C'était exactement le châtiment qu'il avait voulu lui infliger. Celui dont il rêvait il y avait peu encore, jusqu'à ce qu'il s'aperçoive que c'était la dernière chose qu'il désirait. Jusqu'à ce qu'il comprenne qu'il l'aimait.

— Ce pauvre homme…

— Trop beau pour avoir fait une chose pareille…

— … une diablesse…

— Elle ne pourra plus jamais se montrer.

Jusqu'à ce qu'elle se perde elle-même. Pour lui.

À présent qu'il entendait les voix vindicatives qui s'élevaient autour de lui, il haïssait ce projet. Et il haïssait ces gens. Il avait envie de les écraser tous.

Toute l'Angleterre s'il le fallait.

Une main se posa sur son épaule.

— Votre Grâce…

Il se retourna et se retrouva face à un homme qu'il ne connaissait pas, le type même de l'aristocrate.

— Je savais bien que vous ne l'aviez pas fait, disait l'inconnu. Vous vous joignez à nous ?

Il désignait du menton un groupe qui s'apprêtait à entrer dans la pièce réservée aux jeux de cartes.

Voilà. Il avait atteint son objectif.

Il avait retrouvé sa place parmi ses pairs, comme si rien ne s'était passé.

Il n'y avait plus de Duc Tueur.

Mais il n'y avait plus non plus de Mara. Et c'était pire que tout.

Aussi se détourna-t-il de son titre, de ce qu'il avait désiré pendant tant d'années, et se mit-il à la recherche de ce dont il avait besoin.

Elle aurait dû quitter Londres tout de suite.

Temple était retenu chez les Leighton par tous les gens qui voulaient le féliciter et se réconcilier avec lui, et elle aurait très bien pu en profiter. C'était ce qu'elle avait prévu de faire, d'ailleurs. Mais l'idée de ne plus jamais le voir lui avait soudain été insupportable.

Aussi était-elle restée en faction près de son hôtel particulier, tapie dans l'ombre de la maison voisine, en se promettant qu'elle se contenterait de le regarder passer sans l'approcher.

Un coup d'œil suffirait. Non ?

La voiture de Temple déboula à toute allure, et il en sauta avant l'arrêt complet.

— Va à *L'ange* ! cria-t-il au cocher. Raconte-leur ce qui s'est passé. Et tâche de savoir si quelqu'un a une idée de l'endroit où elle a pu aller.

La voiture repartit aussitôt. Mara observait la scène en retenant son souffle, dévorant Temple des yeux. Sa haute taille, la largeur de ses épaules, les mèches qui retombaient sur son front, tout la ravissait.

Il se pencha pour insérer la clé dans la serrure et s'immobilisa.

Se retournant, il scruta l'obscurité. Il ne la voyait pas, elle en était sûre, mais il sentait sa présence.

— Sortez de là.

Jouer les mortes eût été stupide. S'enfuir encore plus. Elle avança dans la lumière.

— Mara, fit-il dans un souffle dont le nuage blanc s'éleva dans l'air froid.

— Je ne voulais pas venir. Je n'aurais pas dû, bredouilla-t-elle.

— Pourquoi avez-vous fait cela ? demanda-t-il en avançant vers elle.

*Pour vous rendre votre vie, et tout ce que vous désiriez.*

Rien n'était plus vrai, et rien n'était plus douloureux.

Mais elle se contenta de répondre :

— Le moment était venu.

Lorsqu'elle vit la main de Temple se lever pour lui caresser la joue, elle ferma les yeux.

— Entrez, murmura-t-il.

Elle n'eut pas la force de décliner l'invitation.

— La dernière fois que vous êtes venue ici, vous m'avez drogué, dit-il dans le vestibule. C'était il y a longtemps, non ?

Une éternité. À ce moment-là, elle pensait pouvoir passer avec lui un marché sans conséquences. Lui offrir quelques semaines, puis lui dire adieu, le cœur léger.

— La dernière fois que je suis venue ici, vous m'avez fait peur.

— Et maintenant, vous avez peur ? demanda-t-il en commençant à monter l'escalier.

*Oui.*

— Vous voulez que j'aie peur ?

— Non.

Il ne s'arrêta pas à la bibliothèque, la pièce où elle l'avait drogué, mais monta plus haut.

Elle hésita. Si elle le suivait, tout pouvait arriver – le pire et le meilleur. Eh bien, tant pis.

Ou tant mieux ?

Seigneur, fallait-il qu'elle soit folle ! se dit-elle en le suivant.

Arrivé en haut des marches, il alluma une bougie et se dirigea vers une porte.

— Il faut que je parle à votre journaliste, déclara-t-elle. Que je lui raconte toute l'histoire. Comme nous l'avions projeté. Puis je vous laisserai tranquille, absous de tout péché… En fait, je devrais partir tout de suite, ajouta-t-elle d'une voix tremblante. Je n'ai rien à faire ici.

— Vous n'irez nulle part avant que nous ayons discuté, répliqua-t-il en ouvrant la porte.

Elle s'arrêta sur le seuil.

— C'est une chambre à coucher.

Et quelle chambre ! Très masculine, avec son papier peint sombre, ses robustes meubles en chêne et les livres qui l'encombraient – empilés sur toutes les surfaces planes, dans l'un des deux fauteuils disposés devant la cheminée, et en colonnes chancelantes près du lit à baldaquin.

— En effet, dit-il en posant le bougeoir sur un meuble.

— C'est votre chambre, comprit-elle.

— Oui.

Fascinée, elle admira les grands piliers de bois du lit massif, les lattes qui formaient la tête de lit, les rideaux et le somptueux édredon.

— C'est ici que nous allons discuter ? demanda-t-elle d'une voix étranglée.

— Oui.

Elle avait affronté des moments plus terrifiants que celui-ci, certes. Mais pas des moments aussi tentants.

— Pourquoi ici ?

Il approchait, le visage dans l'ombre. Le cœur de la jeune femme s'emballa, mais pas de peur. Il n'y avait pas de menace dans la démarche de cet homme. Uniquement une promesse.

— Parce qu'une fois que nous aurons parlé, je vous ferai l'amour.

— Ah bon ? fit-elle, incapable de dire autre chose tant son cœur s'affolait.

— Oui, affirma-t-il tranquillement.

Doux Jésus, comment une femme devait-elle réagir à cette déclaration ?

— Et ensuite, poursuivit-il du même ton placide, je vous épouserai.

— Vous ne pouvez pas m'épouser.

Ce n'était pas possible. Elle était perdue de réputation. Et il était duc. Les ducs n'épousaient pas des femmes déchues.

— Si, je peux. D'ailleurs, vous en avez envie.

Il était fou. Mais qu'il était beau ainsi, dans la lumière orangée des flammes ! Prométhée, le voleur de feu.

Il dégagea le bras de son écharpe et désigna la cheminée.

— Venez là.

Ce n'était pas un ordre, mais une requête. Elle obéit et s'apprêta à débarrasser le second fauteuil des livres qui l'encombraient.

— Non, ici, dit-il en désignant ses genoux.

— Je ne peux pas…

— Mais si, voyons, répondit-il avec un grand sourire.

Le problème était qu'une fois sur ses genoux, elle ne lui résisterait pas.

— Je pensais que vous m'en vouliez.

— C'est vrai.

— Pourquoi ? J'ai fait ce que vous vouliez. Je vous ai rendu votre nom.

Il la regarda longuement avant de prendre sa main. Malgré le gant, un frisson la parcourut, comme si sa peau était nue.

— Et si nous nous déchargions du fardeau de notre passé ? Si nous n'étions plus le Duc Tueur et Mara Lowe ?

— Ne vous donnez plus ce nom !

Il l'attira un peu plus près.

— Je suppose que je n'y ai plus droit, en effet. Vous avez détruit ma réputation.

— Je croyais que vous n'en vouliez plus.

Il l'attira entre ses cuisses et darda sur elle son regard noir qui semblait promettre mille merveilles… à condition qu'elle lui cède.

— Je le pensais.

— Mais vous vous trompiez ? s'enquit-elle, perplexe.

De son bras valide, il l'attira contre lui et enfouit le visage dans ses jupes tandis que ses mains lui caressaient les jambes. Elle ne put s'empêcher de plonger les doigts dans ses cheveux. Hélas, les gants l'empêchaient de sentir leur douceur.

— Je vous ai causé grand tort, reprit-elle. Vous étiez innocent.

Il rit dans la soie de la robe, que son souffle chaud traversa. Un frisson délicieux la parcourut.

— Je ne suis pas innocent. Les choses que j'ai faites…

— Vous les avez faites à cause de moi, tenta-t-elle de raisonner, malgré l'émoi grandissant qui lui brouillait l'esprit.

— Non. Je suis las de ce mensonge. Je suis seul responsable de ce que j'ai fait. À moi d'assumer mes actes. Ils sont ce que je suis. Ce que j'étais… Je n'étais pas un saint, pour commencer, précisa-t-il en levant les yeux vers elle.

— Vous étiez...

— Un abruti plein de morgue. La nuit où nous avons fait connaissance...

Elle revit son visage frais et son sourire spontané.

— Eh bien ?

— Si je vous ai emmenée dans une chambre, ce n'était pas avec l'idée de nouer avec vous un grand amour qui durerait toute la vie.

— Je vous assure que je n'y pensais pas non plus, répondit-elle avec un sourire.

— Ai-je été grossier ? Brutal ?

— Ni l'un ni l'autre.

Évitant son regard, il insista :

— Vous me le diriez ?

Elle releva son visage vers lui.

— À mon avis, peu d'hommes se poseraient cette question, remarqua-t-elle. Peu d'hommes s'en soucieraient, vu qu'ensuite vous avez été accusé d'un meurtre dont vous étiez innocent.

Il resta silencieux un moment, ce qui la mit mal à l'aise.

— Je suis très heureux que ce meurtre n'ait pas eu lieu, dit-il enfin.

Il l'attira un peu plus près, et elle se laissa tomber sur ses genoux. Dans ses bras.

— Je ne comprends pas pourquoi vous ne voulez plus vous venger, dit-elle.

Glissant une main dans ses cheveux, il entreprit d'ôter les épingles qui les retenaient. Elle sentit la masse des boucles chanceler sur son crâne.

— Et moi, je ne comprends pas pourquoi vous avez tenu à m'en donner la possibilité.

— Vous m'avez libérée, mais ce n'était pas la liberté totale.

— Que voulez-vous dire ? demanda-t-il en s'immobilisant brièvement.

Sans attendre qu'elle réponde, il se remit à dénouer ses cheveux, caresse bouleversante à laquelle elle s'abandonna.

— Je reste prisonnière de mes actes. Des choses que je vous ai faites.

Elle s'interrompit, puis reprit, entraînée par la caresse incessante de ses doigts :

— Je ne parle pas seulement d'il y a douze ans, mais aussi du jour où Kit vous a agressé. Et de ce soir.

Elle poussa un soupir lourd de remords.

— Ce soir, je vous ai trahi et vous m'avez libérée.

*Et je vous aime.*

*Et je pourrais vous donner ce que vous voulez.*

Elle ne le dit pas. Elle avait trop peur de sa réaction.

Elle avait peur qu'il éclate de rire.

Ou bien qu'il ne rie pas.

— Vous pensez trop de bien de moi, dit-elle.

— Quand a-t-on pensé à vous pour la dernière fois, Mara ? demanda-t-il tandis que ses doigts glissaient sur le crâne de la jeune fille, suivaient l'ossature de ses pommettes, la colonne gracile de son cou, le dessin de ses épaules. Quand quelqu'un vous a-t-il aimée ? Quand vous êtes-vous livrée à l'amour d'autrui ?

Le simple contact de ses doigts sur sa peau la mettait dans tous ses états.

— Quand avez-vous eu confiance en quelqu'un ?

*Je ne l'aurais jamais laissé vous faire du mal.*

Cette déclaration l'avait anéantie. Douze ans plus tôt, sans même la connaître, il l'aurait protégée.

— Je ne m'en souviens pas, admit-elle.

Avec un soupir, il l'attira plus près, embrassa son front et sa joue, la courbe de sa mâchoire et le coin de sa bouche. Elle tourna la tête pour l'embrasser avec l'idée de se cacher de lui.

*En lui.*

Il s'y opposa.

— Vous m'avez demandé un jour pourquoi j'avais choisi le nom de Temple.

— Oui ? fit-elle.

— C'est là que j'ai passé ma première nuit à Londres après votre fuite.

— Je ne comprends pas, dit-elle, perplexe. Vous avez dormi dans un temple ?

— Sous Temple Bar.

Elle connaissait le monument dressé à l'est de la ville. C'était dans ce quartier que vivaient les miséreux, et l'idée que, par sa faute, Temple y avait passé la nuit, terrifié, la bouleversa.

— Étiez-vous…

Elle chercha des mots qui ne soient pas insultants.

— Quoi que vous vouliez dire, la réponse est probablement oui, répondit-il avec un sourire.

Qu'il soit là avec elle, qu'il la supporte après ce qu'elle lui avait fait, tenait du miracle.

Elle ne le méritait pas.

— Que s'est-il passé après cette première nuit ? demanda-t-elle.

— Il y a eu la deuxième, puis la troisième, répondit-il, tout en déboutonnant d'une seule main l'un des gants de Mara. Et, ensuite, j'ai appris à me débrouiller.

Il ôta le gant, et elle posa aussitôt la main sur le bras de Temple, dont les muscles frémirent à ce contact.

— Vous avez appris à vous battre.

— J'étais grand, reprit-il en s'attaquant à l'autre gant. Et fort. Tout ce que j'avais à faire était d'oublier les règles de la boxe qu'on m'avait enseignées à l'école.

Elle acquiesça de la tête. Elle aussi, pour survivre, avait dû effacer de son esprit beaucoup des règles apprises durant son enfance.

— Elles n'étaient plus adaptées.

— Cela m'a été facile, reprit Temple. J'étais furieux, et les règles des gentlemen ne font pas bon ménage avec la colère. J'ai combattu dans la rue pendant deux ans, en acceptant n'importe quel combat pour de l'argent… et aussi pour rien, ajouta-t-il avec un sourire.

— Comment êtes-vous entré à *L'ange* ?

— Bourne et moi avions été amis à l'école. Quand il a eu perdu tout ce qui n'était pas inaliénable, il s'est retrouvé lui aussi sans un sou. Du coup, nous nous sommes associés. Il organisait des parties de dés, et moi, je veillais à ce que les perdants paient… Vous voyez, insista-t-il devant l'expression sidérée de Mara. Pas si honorable que cela, finalement.

— Et alors ?

— Une nuit, nous sommes allés trop loin. Et nous nous sommes retrouvés face à un groupe d'individus peu complaisants.

— Combien ? demanda-t-elle, effrayée.

— Une douzaine, peut-être plus.

— Tous contre vous ?

— Contre Bourne et moi.

— Comment cela s'est-il terminé ?

— Avec Chase.

Le mystérieux Chase.

— Il était là ?

— Dans un sens. Nous nous battions depuis une éternité, et il en arrivait toujours… J'ai vraiment cru que nous étions fichus… Je ne voyais plus rien de ce côté, à cause du sang, précisa-t-il en désignant la cicatrice qui ornait l'un de ses sourcils. Pardon, fit-il en la voyant blêmir. Je suis désolé.

— C'est seulement que je n'aime pas l'idée que vous ayez souffert, dit-elle en posant le doigt sur la fine ligne blanche.

Il attrapa sa main et déposa un baiser sur le bout de ses doigts.

— Mais que j'aie été drogué, c'est supportable ?

— De mes mains, c'est tout à fait différent.

— Je vois, dit-il d'une voix rieuse qui enchanta Mara. Eh bien… je pensais donc que nous étions fichus quand une voiture s'est arrêtée. Un groupe d'hommes en est descendu. Là, j'ai vraiment cru que notre dernière heure était venue. Sauf qu'ils se sont mis de notre côté. Et peu m'importait pourquoi, puisque Bourne et moi étions vivants.

— Ils travaillaient pour Chase.

— En effet.

— Et vous avez commencé à travailler pour lui.

— Avec lui, corrigea Temple. Jamais pour lui. Depuis le début, l'offre était claire. Chase avait l'idée d'un club qui changerait pour toujours la face du jeu dans la haute société. Mais ce projet demandait un lutteur. Et un joueur. Bourne et moi offrions justement cette combinaison.

— Il vous a sauvé, dit Mara dans un long soupir.

— Indéniablement… Et jamais il n'a cru que j'étais un assassin.

— Parce que vous n'en étiez pas un.

Ce fut plus fort qu'elle. Elle se pressa contre lui et l'embrassa sur la tempe. Lorsqu'elle s'écarta, il s'empara de ses lèvres. Le baiser dura un long moment, puis Mara recula.

— Je veux entendre le reste de l'histoire. Vous êtes donc devenu invincible.

— J'ai toujours eu un penchant pour la violence.

La main de la jeune femme se porta sur les muscles de sa large poitrine, façonnés par les années de combats.

— La violence, c'était mon destin. Depuis toujours.

— Non, dit-elle en secouant la tête. Je ne peux pas le croire.

Il avait été un garçon intelligent, drôle et gentil. Et très beau. Mais pas violent.

— Écoutez-moi, Mara, dit-il en prenant son menton fermement. Vous ne m'avez pas rendu violent. Si je n'avais pas eu en moi une tendance à la violence… je n'aurais pas réussi. *L'ange* aurait été un échec.

— Quand on est obligé d'assumer un rôle, on l'assume. Les circonstances vous y ont obligé… Je vous y ai obligé.

— Et qui vous a forcée, vous ? demanda-t-il en maintenant la tête de Mara contre sa poitrine, contre le lourd battement de son cœur. Qui vous a ravie au monde ?

Toute la conversation menait à ceci. Il lui avait raconté son histoire à dessein, pour l'amener lentement à ce moment. Le moment où elle lui révélerait la vérité, ou bien où elle ne dirait rien du tout.

Dans un cas, elle serait sauve.

Dans l'autre, elle courrait un terrible danger.

Le danger de lui appartenir.

*Dieu, que la tentation était chose perfide !*

Elle fixa le nœud parfait de sa cravate.

— Vous avez un valet ?

— Non.

— Je ne l'aurais pas pensé.

Il dénoua sa cravate, révélant un triangle de peau brune voilée de fins poils noirs.

Il était beau.

C'était un mot étrange pour décrire un homme comme lui – grand et fort, extrêmement viril.

Mais beau, il l'était. Avec ses cicatrices, ses muscles visibles, ses nerfs tendus, et, en dessous, une douceur contre laquelle elle était sans défense.

Les mots vinrent aisément.

— J'ai toujours eu peur. Depuis l'enfance. Peur de mon père, puis du vôtre. Et ensuite, quand j'ai appris mon erreur, quand j'ai su ce que je vous avais fait, peur d'être retrouvée. J'aurais dû revenir à ce moment-là. Mais les dés avaient été jetés, et je ne savais pas comment les reprendre.

— Je gère une maison de jeu. Je sais mieux que personne qu'on ne peut pas annuler un lancer de dés.

— Pendant les premiers mois, je n'ai pas cherché à savoir ce qui vous arrivait. Je suis allée me terrer dans le Yorkshire. Les nouvelles ne me parvenaient que par bribes, souvent déformées. J'ignorais que vous étiez le Duc Tueur, jusqu'à ce que…

— Jusqu'à ce qu'il soit trop tard, acheva-t-il.

— Vous ne voyez pas ? Ce n'était pas trop tard. Il n'est jamais trop tard. Mais j'avais peur, si je revenais, que… Mon père aurait été furieux. Et j'étais toujours la fiancée du vôtre. Voilà, c'est cela, la vérité : j'étais terrifiée.

— Vous étiez très jeune.

Elle rencontra son regard compréhensif.

— Je ne suis pas revenue non plus après la mort de votre père et du mien.

Elle y avait pensé, se disant parfois que c'était la chose à faire, mais…

— J'avais encore peur.

— Vous êtes la personne la moins craintive que je connaisse, dit-il.

— Vous vous trompez. Toute ma vie, j'ai eu peur d'être sous l'emprise de quelqu'un. D'abandonner le contrôle de ma vie à autrui. À mon père. Au vôtre. À Kit. À vous.

— Je ne veux pas vous contrôler, affirma-t-il.

— Je ne comprends pas pourquoi.

— Parce que je sais ce que c'est que d'être contrôlé. Et je ne le veux pas pour vous.

— Arrêtez, souffla-t-elle. Arrêtez d'être aussi gentil.

— Vous préférez la brutalité ?

Il prit son visage dans sa main valide.

— Pourquoi avez-vous fait cela, Mara ?

Elle ne feignit pas de ne pas comprendre. Il voulait savoir pourquoi elle s'était démasquée devant tout le monde. Pourquoi elle était revenue alors qu'il avait affirmé qu'elle n'y était plus obligée.

— Parce que j'avais peur de ce que je deviendrais si je ne le faisais pas.

— Et encore ?

— Parce que je craignais, si je restais cachée, qu'il ne se passe pas longtemps avant que l'on me retrouve.

— Y a-t-il une autre raison ?

— Oui. Je suis fatiguée de vivre dans l'ombre. Perdue ou non, je veux vivre à la lumière.

Il l'embrassa et l'étreignit presque sauvagement.

— Pour quelle autre raison encore ?

Elle ferma les yeux en faisant le vœu de rester toujours là, dans ses bras.

— Parce que vous ne le méritiez pas.

— Mais ce n'est pas une raison.

Elle inspira profondément.

— Parce que je ne voulais pas vous perdre.

— Et quoi encore ?

Il le savait. La vérité se tenait là, entre eux. Mais il voulait qu'elle la dise à voix haute. Qu'elle saute dans le gouffre béant.

Comme elle l'avait fait lors de leur dernière nuit ensemble – leur unique nuit ensemble.

— Parce que, d'une certaine façon, pour moi...

Elle tentait de retenir la vérité, sachant que dès qu'elle aurait été dite, tout serait différent, et surtout plus difficile.

— ... votre bonheur... vos désirs... sont essentiels.

Mais ce qu'elle disait dans sa tête, c'était : « Je vous aime, je vous aime, je vous aime. »

Et peut-être l'entendit-il, car il se leva, la prit dans ses bras et l'emmena sur le lit.

# 18

Jamais Mara ne s'était sentie aussi précieuse qu'en cet instant, tandis qu'elle se tenait debout près du lit, vêtue de soie, chaude des caresses de Temple et de la promesse de ce qui allait venir. Des doigts avides couraient sur ses joues, son cou, ses épaules, palpaient la courbe de sa poitrine.

— Vous voulez que je m'arrête ? demanda-t-il lorsqu'il entendit sa respiration se précipiter.

— Non.

— Je ne vous ferai pas mal.

À combien de femmes avait-il dû dire ces mots, pour les rassurer alors qu'elles se trouvaient près de lui, près du Duc Tueur ?

— Je sais, dit-elle en attirant sa tête pour embrasser ses lèvres. Vous ne me ferez jamais de mal.

Gémissant de désir, il l'enlaça de son bras valide et la pressa contre lui. Il murmura son nom, avant de prendre sa bouche pour un baiser avide, plus dévastateur que tous ceux qu'ils avaient déjà échangés. Les précédents avaient été des rivières de tentation, celui-ci était une mer houleuse de promesses.

Sa main était partout, et celle de Mara l'imitait, cherchant la peau sous la laine. Elle ne s'arrêta que lorsqu'il s'écarta, la laissant horriblement frustrée.

— Attendez, murmura-t-il avant de la faire pivoter face au lit massif et de s'affairer sur les nœuds, agrafes et boutons de sa robe.

— Plus vite, supplia-t-elle.

Les boutons résistaient, semblait-il. À moins qu'il ne fît exprès de prolonger la séance de déshabillage.

— Ne me poussez pas à accélérer, chuchota-t-il à son oreille, et son souffle la fit frissonner de plaisir anticipé. Je veux que cela dure toute la nuit.

Elle sentit un baiser se poser sur la courbe de son épaule, puis une langue se promener sur sa peau tandis que le décolleté bâillait, l'obligeant à retenir sa robe sur ses seins.

Il leva une de ses mains et en embrassa la paume, avant de lui mordiller l'index. La robe tomba à terre, révélant son corset et sa chemise quasi transparente.

— Et même plus, ajouta-t-il.

Elle soupira. C'était impossible, elle le savait.

Le lendemain, chacun reprendrait sa vie – lui, celle dont il avait été longtemps privé, et elle, celle qu'elle méritait.

Il lui fit tenir l'un des piliers du lit et entreprit de la débarrasser du corset. La chemise suivit le même chemin.

Elle ne portait plus que les bas qu'il lui avait offerts. Quand elle les avait enfilés, elle avait, bien malgré elle, imaginé Temple en train de les lui ôter.

Et ses mains, ces mains merveilleuses qu'elle en était venue à aimer pour leur douceur autant que pour leur force, glissèrent sur sa peau en même temps que ses lèvres se posaient sur la courbe de son épaule.

Pas ses mains. Sa main.

Toujours une seule main. Sa main valide.

— Attendez, dit-elle.

Il obtempéra. Elle ne l'en aima que plus. Portant sa main blessée à ses lèvres, elle embrassa ses doigts et lécha les vallées qui les séparaient. Il l'observait, les yeux assombris par la passion, mais quelque chose la surprit, une chose qu'elle n'aurait pas remarquée si elle n'avait pas regardé son visage.

Il ne sentait rien.

Retournant sa main, elle en embrassa la paume et chuchota :

— Que vous a-t-on fait ?

Il voulut retirer sa main, mais elle la retint et saisit l'autre, qu'elle gratifia des mêmes caresses, jusqu'à ce que le souffle de Temple devienne rauque de désir.

Elle fut bouleversée. Après lui avoir volé sa vie, on lui avait volé sa main.

— Temple, dit-elle doucement.

— Non, gronda-t-il, et il l'obligea à saisir de nouveau le pilier du lit.

Après quoi, il s'efforça de la distraire. Un baiser dans le cou, un autre derrière l'oreille, puis le long du dos.

— Vous tremblez, remarqua-t-il.

— Je ne peux pas... C'est trop, balbutia-t-elle.

— Ce n'est pas du tout assez, gronda-t-il à son oreille.

Il poursuivit son chemin le long de la colonne vertébrale, l'extrémité de sa langue tournoyant tranquillement, comme pour la marquer aussi nettement qu'avec un fil et une aiguille.

Et, lorsqu'il parvint au creux des reins, il s'affaira sur sa peau jusqu'à ce qu'elle râle de plaisir. Alors seulement, il la fit pivoter face à lui.

À sa grande surprise, elle le vit à genoux devant elle.

— Temple...

— William, corrigea-t-il.

— Mais vous...

— Vous êtes la seule personne qui pense à moi sous ce nom. La seule qui m'ait jamais vraiment regardé et vu.

La vérité faisait mal. Elle soulignait les fautes commises, ce que cette nuit aurait pu être, ce qu'elle ne pouvait pas être.

— Je suis désolée, murmura-t-elle, les yeux embués de larmes. Jamais je n'ai…

Il se releva prestement et l'attira à lui.

— Non. N'ayez pas de regrets. Le fait que vous me voyez tel que je suis change tout. Ma vie. Moi-même… Seigneur ! reprit-il après un baiser plein de tendresse. Bien sûr que c'est vous. Cela a toujours été vous. Ce le sera toujours.

La déclaration la bouleversa.

— Je ne peux plus tenir debout.

— Eh bien, ne le faites pas. Je vous tiens.

Elle s'abandonna dans ses bras. Il l'allongea sur le lit, écarta ses jambes, s'inséra entre elles et les hissa sur ses épaules. De longs baisers sur l'intérieur des cuisses la firent frissonner jusqu'à l'âme.

Comment se faisait-il qu'elle soit là ? Qu'elle l'ait mérité ?

Eh bien, elle ne l'avait pas mérité.

Et s'autoriser cette nuit serait le pire de ses péchés. Cela reviendrait à la voler à quelqu'un qui la méritait vraiment. Qui aurait pu le rendre heureux.

Mais elle se l'accorderait sans vergogne, pour en faire un souvenir à évoquer toute sa vie, jour après jour, nuit après nuit.

Lorsque la bouche de Temple se plaqua sur sa chaleur intime, elle plongea les doigts dans ses cheveux, et tandis qu'il lui donnait tout ce qu'elle désirait, elle ne put s'empêcher de remuer contre lui, de se soulever à sa rencontre, de le supplier de…

Il s'arrêta.

— Qu'y a-t-il, mon amour ?

Le mot envoya en elle des rivières de plaisir, ainsi que le jeu des doigts qui s'affairaient sur elle, la pénétraient, la caressaient, lui faisant désirer encore plus. Elle se cambra.

— Que c'est joli, dit-il, et elle le regarda.

Il la dévorait des yeux avant de la dévorer tout court.

— Rose et parfait, commenta-t-il. Dites-moi, quand j'ai fait la même chose sur le ring… l'avez-vous vu ? Que vous étiez rose et parfaite ?

Choquée, elle ferma les yeux mais fit oui de la tête.

— Et cela vous a plu.

Elle hocha de nouveau la tête.

— Un jour, quand j'aurai plus de patience, nous recommencerons, avec un plus petit miroir. Plus intime. Vous me direz que faire. Vous vous regarderez jouir.

Les mots la troublèrent. Elle n'était pas sûre d'avoir envie de se livrer à quelque chose d'aussi inconvenant.

Voyant son hésitation, il haussa les sourcils et souffla un courant d'air frais sur son intimité brûlante.

— Vous pensez que vous n'aimerez pas ?

Elle poussa un soupir tremblotant.

— Je ne…

— Vous êtes si belle…

Un coup de langue indiscret la fit sursauter, puis frémir tout entière.

— Tellement prête. Je vous veux comme ça, ouverte, me désirant, encore et encore.

Un doigt vint souligner ces mots terrifiants. Elle ne put retenir un gémissement.

— Voilà le son le plus charmant que j'aie jamais entendu, commenta-t-il. Voyons si on peut renouveler l'expérience, ajouta-t-il en insérant un deuxième doigt.

*Doux Jésus, elle était perdue.*

Tel un virtuose, il jouait de son corps comme d'un instrument. Elle gémit de nouveau, plus fort, plus longuement, et il l'en remercia en joignant sa bouche à ses doigts. Soudain, cet endroit était devenu le centre de son corps. Désormais, le mot « plaisir » aurait pour elle un sens très particulier, lié à jamais à Temple.

L'orgasme survint, la secouant violemment. Il l'étreignit, et ce fut dans ses bras, la tête sur son épaule, qu'elle revint sur terre. Ses doigts lui caressaient les cheveux, les répandant sur l'oreiller.

— Vous êtes ce que j'ai vu de plus beau de toute ma vie, murmura-t-il à son oreille.

Frissonnant, elle se blottit contre son corps chaud.

— Vous m'effrayez, avoua-t-elle à la chemise blanche qui lui faisait face.

— Comment cela ?

— Je n'avais pas imaginé que vous m'attireriez ainsi, expliqua-t-elle en jouant avec la batiste blanche. Que vous me posséderiez si complètement. Que vous exerceriez un contrôle aussi absolu sur moi... Vous n'êtes qu'à quelques centimètres de moi, et vous me manquez déjà.

— Mara, je ne voudrais pas que vous croyiez que je prends plaisir à...

— Non, dit-elle en l'interrompant d'un doigt posé sur ses lèvres. Vous ne comprenez pas. Je souffre quand vous n'êtes pas avec moi. Je suis sous votre emprise. Sous l'emprise de vos caresses, de vos baisers, de vos yeux... désespérément, ajouta-t-elle.

*Et cela rendra les choses encore plus difficiles.*

Elle ne le dit pas.

Il la regarda longuement, et elle espéra qu'il l'embrasserait de nouveau. Au lieu de quoi, il sortit du lit, et elle eut peur d'avoir tout gâché. Mais, une minute plus tard, il l'avait rejointe, sans chemise et sans bottes, vêtu uniquement de son pantalon de laine noire. Le pansement blanc sur son épaule se détachait dans la pénombre.

Elle se reput du spectacle qu'il offrait, s'émerveillant que cet homme, bâti comme un dieu grec ou une statue de Michel-Ange, soit issu de l'une des plus anciennes lignées aristocratiques d'Angleterre. Il n'y avait rien d'efféminé chez lui. Il était l'incarnation de la virilité.

— Vous craignez d'être sous mon contrôle ? demanda-t-il en ramassant sa cravate sur le sol.

— Oui, répondit-elle, le cœur battant.

Il lui tendit la cravate et s'allongea, étirant les bras jusqu'à toucher la tête de lit.

— Allez-y, dit-il. Prenez le contrôle.

— Vous êtes sûr ? demanda-t-elle en tripotant la cravate.

Il fit oui de la tête et agrippa la tête de lit.

— Ayez confiance en moi, Mara.

— Vous voulez que je vous attache ? demanda-t-elle en s'agenouillant près de lui.

— Je veux que vous fassiez tout ce qui vous passe par la tête.

Il s'offrait à elle. À son plaisir. Mais, se dit-elle, son plaisir était inexorablement lié à celui de Temple.

Aussi, convaincue de cela, eut-elle le courage de faire l'impensable, c'est-à-dire de chevaucher son torse, son entrejambe pressé sur la peau nue de sa monture. Il gémit et ferma les yeux, soulevant les hanches vers elle, promettant de son corps ardent l'inimaginable.

— Si vous voulez me bander les yeux, mon amour, faites-le maintenant. Avant que je ne meure de vous voir ainsi.

Lui bander les yeux, grands dieux ! Les gens faisaient-ils vraiment ce genre de choses ?

*Elle le voulait. Éperdument.*

Elle ne put retenir un sourire à cette idée. Il s'esclaffa.

— Espèce de coquine... Je vois que cela ne vous déplaît pas.

— Vous me désirez.

— C'est peu dire... souffla-t-il.

Elle s'inclina et s'empara de sa bouche, l'embrassant comme il le lui avait appris.

Encouragée, elle lui banda les yeux et noua la cravate derrière sa tête.

— Vous êtes mien, à présent, murmura-t-elle en pressant ses seins sur son large torse.

— Pour toujours.

*Non, hélas, pas pour toujours.*

Avec elle, il n'aurait pas la vie qu'il méritait. Marié à un scandale vivant, à une femme dont Londres ne pourrait jamais oublier les fautes, il serait toujours le Duc Tueur.

Et il méritait autre chose.

Mais, ce soir, elle pouvait faire semblant. Jouer la comédie et être heureuse quelques heures.

Elle couvrit de baisers sa peau brûlante, son épaule et son bras valide, sur lequel le tatouage frémit. Cédant à une folle envie, elle en lécha le contour jusqu'à ce qu'il grogne de plaisir. Satisfaite, elle descendit sur la poitrine en accordant une attention spéciale aux cicatrices qui la couturaient.

— Elles vous font mal ? demanda-t-elle en l'entendant siffler doucement.

— Non, c'est seulement que... personne n'avait jamais voulu les toucher. Pas comme ça.

Mais elle le voulait. Elle voulait toucher chaque centimètre carré de lui. S'enhardissant, elle se souleva, descendit sur le corps qu'elle chevauchait et s'attaqua aux boutons du pantalon, le désir et l'instinct palliant son inexpérience. Il se cambra pour l'aider à faire glisser le pantalon et à dénuder son corps parfait.

Elle se rassit et le contempla tout entier, bras au-dessus de la tête, offert à sa convoitise.

Elle tendit la main vers son membre dressé et s'arrêta.

— Mara... souffla-t-il, les dents serrées.

— Je ne sais pas ce qu'il faut faire, avoua-t-elle. Je n'ai jamais...

— Vous ne pouvez pas vous tromper, chérie, dit-il avec un petit rire rauque. Je vous désire trop.

Elle se pencha en avant et poursuivit son aveu :

— Je n'ai fait qu'en rêver. La nuit.

— Ne m'en parlez pas. Je ne veux pas savoir que vous avez rêvé d'un autre, protesta-t-il.

— Jamais, protesta-t-elle, choquée. Ça a toujours été vous. Depuis le début.

Sa main se posa sur le membre érigé, qui sursauta et se raidit encore. Temple grogna de plaisir, et ce son rauque émut Mara.

— Vous êtes si dur.

— C'est pour vous.

— Et doux aussi. Du velours sur de l'acier.

Il détacha une main de la tête de lit, puis, se rappelant sa promesse, la remit en place.

— Pas aussi doux que vous.

— On dirait que vous avez des problèmes, remarqua-t-elle comme il tressautait sous ses caresses.

— Seriez-vous en train de me taquiner ?

— Peut-être.

— Rappelez-vous, mademoiselle Lowe, que faire volte-face est toujours possible.

— Quelle charmante promesse...

Il grogna de nouveau.

— Plus fort, gémit-il.

— Je croyais que c'était moi qui contrôlais la situation.

— Mon amour, si vous en doutez, vous êtes folle.

Elle sourit de nouveau, accentuant ses caresses.

— Comment puis-je savoir que je suis la patronne ?

— Parce que, si c'était moi, on ne jouerait plus à des jeux idiots.

Elle éclata de rire.

— J'aime le son de votre rire, déclara-t-il. Il est si rare. Je voudrais l'entendre tous les jours.

C'était la plus belle chose qu'on lui avait jamais dite. Elle le remercia d'une longue caresse appuyée. Il en perdit le souffle.

— Dites-moi...

— Tout ce que vous voudrez, promit-il.

— Dites-moi comment vous aimeriez que je fasse.

— Je veux que vous fassiez tout ce qui vous passe par la tête.

Elle se pencha en avant et l'embrassa sur les lèvres.

— Vous aimeriez cela, si j'utilisais ma bouche ?

Il jura, et elle prit le mot pour un oui. Descendant plus bas, elle considéra l'instrument.

Elle hésita trop longtemps, visiblement, car elle entendit son nom dans une supplique. Elle déposa un baiser sur l'extrémité de son membre, ce qui le fit sursauter.

— Dites-moi quoi faire, chuchota-t-elle à la partie la plus intime de Temple.

— Tétez, souffla-t-il.

Instruction scandaleuse, totalement inconvenante.

Ce qu'elle voulait.

Elle fit ce qu'il demandait, découvrant, apprenant, expérimentant, tandis qu'il entrelaçait son nom de gémissements d'acquiescement, sa tête roulant d'un côté à l'autre, les mains crispées sur la tête de lit.

Puis elle se rendit compte que cela ne lui suffisait pas. Qu'elle le voulait tout entier. Et elle s'arrêta.

— Non... lâcha-t-il lorsqu'elle pressa un dernier baiser sur l'extrémité palpitante de son membre. Pourquoi ?

Elle remonta sur lui, écarta les jambes et l'amena contre la partie la plus secrète d'elle-même.

Celle qu'elle lui donnerait. À lui et à personne d'autre.

Il trembla.

— Est-ce... Ô Seigneur, Mara.

Avec un sourire, elle le guida entre les plis humides de son intimité.

— Si chaude, si belle...

— Comment le savez-vous ? Vous ne pouvez pas me voir.

— Je vous vois toujours. Vous êtes gravée en moi. Je pourrais devenir aveugle que je vous verrais encore.

Les mots la ravirent, et elle se laissa glisser sur lui, le prenant en elle. Tous deux soupirèrent, mi-prière, mi-blasphème. Il s'immobilisa.

— Avez-vous mal ? demanda-t-il.

— Non. Et vous ?

— Oh non !

— Je vais bouger, alors, si cela vous convient.

— C'est vous la patronne, mon amour, assura-t-il en riant.

Et elle garda le contrôle, se soulevant et s'abaissant, testant la pression et la vitesse, s'arrêtant parfois, cherchant un autre angle, un plaisir différent. L'encourageant de murmures indistincts, il la laissa mener la danse, se cambra à sa rencontre.

C'était glorieux.

Mais quelque chose manquait.

*Lui.*

Ses caresses. Son regard. La partie de lui qu'elle désirait désespérément. Elle ne voulait pas le contrôler. Elle ne voulait pas prendre ce moment pour elle toute seule.

Elle voulait le partager.

Aussi se pencha-t-elle en avant pour dénouer la cravate. Le regard de Temple se fixa sur elle, brûlant. Elle faillit s'évanouir lorsque sa bouche s'empara de l'extrémité d'un sein.

Il garda les mains sur la tête de lit jusqu'à ce qu'elle le libère et dise :

— Je suis à vous.

Libres, les mains de Temple empoignèrent ses hanches et soutinrent le rythme de sa chevauchée. Puis l'une de ses mains s'égara entre eux, et elle cria lorsque ses doigts s'affairèrent sur elle.

Il ne la quittait pas des yeux, les paupières lourdes. Plaquant les mains sur le lit à côté de sa tête, elle murmura :

— Ne vous arrêtez pas.

*Ne vous arrêtez pas de me regarder.*

*Ne vous arrêtez pas de bouger en moi.*

*Ne vous arrêtez pas de m'aimer.*

— Jamais, souffla-t-il comme s'il avait entendu.

Elle s'abandonna à l'extase. À lui.

À ce moment seulement, il s'autorisa un, deux, trois assauts et, criant son nom, jouit en elle en l'étreignant jusqu'à ce que leurs cœurs battent à l'unisson.

Un long moment plus tard, le froid la faisant frissonner, il tira sur elle l'épais édredon et enfouit le nez dans son cou.

— Je ne me rassasierai jamais de vous. De cette odeur. Vous me donnez envie d'acheter tous les citrons de Londres afin que personne d'autre n'ait une bouffée de vous. Mais ce n'est pas seulement le citron, c'est autre chose. C'est vous.

— Vous avez remarqué mon parfum ?

— Ne pas le remarquer serait difficile.

Ils restèrent un moment silencieux, la main valide de Temple caressant le dos de Mara.

— Et si je ne pouvais plus me battre ? lâcha-t-il tout à trac.

— Vous le pourrez, assura-t-elle en embrassant sa large poitrine.

— Et si je ne récupère jamais de sensations, que deviendrai-je ? Qui suis-je si je cesse d'être invincible ? Si je ne suis plus un boxeur ? Si je ne suis plus le Duc Tueur ?

Il serait tout ce qu'elle avait jamais voulu. Il serait celui dont elle avait rêvé.

— Vous ne voyez donc pas que vous êtes beaucoup plus que cela ? demanda-t-elle en soulevant la tête.

Il l'embrassa sur la bouche. Pour la faire taire ?

— Temple, vous êtes tout.

— Appelez-moi William.

— William, William... murmura-t-elle.

William Harrow, duc de Lamont.

L'homme qu'elle avait détruit. Celui à qui elle pouvait redonner vie.

Elle pouvait le rendre à son statut de duc, au monde qu'il avait aimé, aux dames de son milieu, aux soirées mondaines, à l'aristocratie. Le monde qu'il ne réintégrerait jamais s'il faisait la sottise de l'épouser, elle, la scandaleuse Mara Lowe.

C'était le plus grand sacrifice qu'elle pût faire, mais aussi le plus beau cadeau qu'elle pût lui donner.

Renoncer à lui.

Elle n'était pas son rêve. Elle n'était pas son objectif. Elle ne pouvait pas être son épouse, la mère de ses enfants, l'âme de son patrimoine.

— Nous ne pouvons pas nous marier, dit-elle à mi-voix.

Il l'embrassa sur le crâne.

— Dormez avec moi cette nuit et, demain, laissez-moi vous convaincre que jamais je n'ai eu de meilleure idée.

Non, elle devait partir tout de suite, tant qu'elle en avait la force.

— Je ne peux pas…

Il l'interrompit d'un long baiser ardent, dont elle s'interdit d'examiner la signification, de peur de ne plus pouvoir faire ce qu'elle avait à faire.

— Restez.

Le cœur serré, elle s'efforça de rassembler son courage. Si elle restait, il ferait son possible pour la garder, et il n'aurait pas la vie qu'il méritait. Il ne serait pas libéré du scandale, du passé, des souvenirs honteux.

Le choix était clair.

Mais, pour le faire, elle devait lui mentir une dernière fois.

— Je vais rester.

Il s'endormit et, lorsque sa respiration ralentit, elle dit enfin la vérité :

— Je vous aime.

# 19

Pour la première fois depuis douze ans, Temple se réveilla l'esprit en paix. Son premier geste fut de chercher Mara de la main.

Il avait hâte de la prendre dans ses bras, de lui faire l'amour et de lui prouver qu'ils devaient se marier, qu'ils seraient très heureux, qu'ils ne le regretteraient jamais…

Une tâche fort plaisante à laquelle il allait s'atteler tout de suite.

Sauf qu'elle n'était pas dans le lit. Sa main ne trouva que des draps froids, preuve qu'elle s'était levée depuis un moment déjà.

Bon sang… elle avait fui !

Il bondit hors du lit et enfila le pantalon dont elle l'avait débarrassé la veille, chassant l'image de sa tête de peur que la passion ne l'empêche de réfléchir.

À peine habillé, il dévala l'escalier, sella son cheval et se retrouva devant le 9 Cursitor Street en moins de trente minutes. Il grimpa les marches du perron quatre à quatre et entra. Heureusement, la porte n'était pas verrouillée, sinon il l'aurait enfoncée.

Lydia traversait l'entrée lorsqu'il surgit. Elle s'arrêta net.

— Où est-elle ? s'écria-t-il sans préambule.

La jeune fille avait appris sa leçon d'un maître.

— Je vous demande pardon, Votre Grâce. Où est qui ?

En plus de trente ans, jamais il n'avait bousculé de femme, et ce n'était pas maintenant qu'il allait commencer. Mais utiliser sa stature pour intimider quelqu'un ne le gênait pas.

— Mademoiselle Lydia, je ne suis pas d'humeur à plaisanter.

— Elle n'est pas là, dit la jeune femme.

Renonçant à insister, il se dirigea vers le cabinet de travail de Mara, avec l'espoir fou de la trouver assise derrière son bureau, les cheveux retenus en un petit chignon sévère, l'air placide comme à l'accoutumée.

Elle n'y était pas.

Le bureau était aussi bien rangé que le décor d'une pièce de théâtre et ne donnait nullement l'impression qu'on prévoyait de s'y installer pour travailler.

Il se retourna vers Lydia, qui le regardait tristement.

— Emmenez-moi dans sa chambre.

Elle pensa refuser, il le vit à son regard. Puis, se ravisant, elle prit l'escalier. Arrivée au deuxième étage, elle s'arrêta devant une porte. Sans attendre d'y être autorisé, Temple poussa le battant de chêne et entra.

L'odeur de citron l'accueillit.

La petite pièce était aussi bien tenue que le cabinet de travail. Il y avait une armoire juste assez grande pour abriter le strict nécessaire, et une petite table sur laquelle étaient posées une chandelle à moitié consumée et une pile de livres. Il les examina. Des romans. Lus et relus, vu leur état.

Il y avait aussi un lit étroit dont les pieds de Mara devaient dépasser et sur lequel étaient déployés la robe de soie verte qu'elle portait la veille, le manteau doublé d'hermine et les gants.

Elle était partie dans le froid, pour affronter Dieu savait quelles épreuves, et elle n'avait pas pris de gants.

Il les porta à son nez et les huma.
— Où est-elle ? demanda-t-il à Lydia.
— Je ne sais pas. Elle ne l'a pas dit.
— Quand reviendra-t-elle ?
Elle baissa les yeux, et il entendit la réponse avant qu'elle ne la prononce.
— Jamais.
Il se retint avec peine de hurler, de maudire la sottise des femmes et le destin cruel qui s'acharnait sur lui.
— Pourquoi, pourquoi, pourquoi ? gémit-il.
— Pour nous. Elle pense que nous nous en sortirons mieux sans elle.
— Les garçons ont besoin d'elle ! Vous avez besoin d'elle ! Cet endroit a besoin d'elle !
Lydia le regarda avec un sourire entendu.
— Vous ne comprenez pas. Elle pense que, pour vous aussi, c'est mieux.
— Elle a tort.
— Je suis d'accord. Mais elle croit que, désormais, aucun aristocrate ne confiera son fils à quelqu'un dont le passé est aussi noir que le sien. Que personne ne donnera d'argent à un orphelinat dirigé par une menteuse. Et qu'aucun duc ne réintégrera la société avec une femme déchue sur les bras.
— Merde à la société !
— Bien dit, commenta Lydia sans se choquer du mot grossier.
— Comment avez-vous fait sa connaissance ? demanda-t-il abruptement, tant il désirait en savoir plus sur la femme qu'il aimait.
Seigneur… il aurait dû le lui dire. Peut-être, se sachant aimée, serait-elle restée.
— C'est une longue histoire, prévint Lydia.
— Racontez-la-moi.
— Il y a une maison dans le Yorkshire. Un endroit où peuvent se réfugier les femmes qui veulent changer de vie. Des filles et des sœurs brimées. Des épouses

brutalisées. Des prostituées lasses de leur métier. Dans cette maison, on leur offre une seconde chance.

Temple acquiesça de la tête. Il avait entendu parler de ce genre d'endroit. Les femmes n'étaient pas toujours traitées comme elles le devaient, quel que fût leur milieu. Il pensa à la mère de Mara, poignardée par son mari. À Mara elle-même, battue et promise à un homme trois fois plus âgé qu'elle.

*Il l'aurait protégée.*

Sauf qu'il n'en aurait pas eu la possibilité. Elle se serait retrouvée mariée, et lui serait retourné à l'université dès le lendemain du mariage.

Et il aurait haï son père pour avoir épousé la femme de ses rêves.

— Mara était là depuis plusieurs années lorsqu'on lui a proposé de revenir à Londres pour ouvrir l'orphelinat MacIntyre, poursuivait Lydia. Moi, cela faisait moins d'un an que j'étais là. À l'entendre parler du projet de cette maison, j'ai compris qu'il ne s'agissait pas seulement pour elle d'accueillir des enfants, mais d'une tâche plus importante... Je pense qu'elle essayait de compenser le mal qu'elle avait fait à un jeune garçon de l'aristocratie en en aidant deux douzaines d'autres à sortir de la médiocrité à laquelle les condamnait leur naissance, ajouta-t-elle en regardant Temple dans les yeux.

C'était évident. Et ces garçons étaient devenus ce qui comptait le plus pour elle.

Lorsqu'il la retrouverait, il achèterait un domaine avec des chevaux, des jouets, d'immenses pelouses où les garçons pourraient courir et se développer sainement, et où chacun aurait la vie qu'elle rêvait de lui donner.

Mais d'abord, cette chance, il la lui donnerait, à elle.

— Je lui ai demandé de m'épouser, annonça-t-il.

— Oh ! fit Lydia en écarquillant les yeux.

— Je lui ai offert d'être ma duchesse, de lui donner tout ce qu'elle voulait. Et elle a fui.

— Elle n'a rien pris.

— Que voulez-vous dire ?

— Elle a dit qu'elle ne pouvait plus vous prendre quoi que ce soit. Elle a tout laissé. Les vêtements, la cape, les gants.

Il revit Mara déchirant le chèque qu'il lui avait donné. Les fonds dont l'orphelinat avait tant besoin et qu'elle avait gagnés grâce à leur marché stupide.

— Elle n'a pas d'argent.

— Quelques shillings, c'est tout.

— Dire que je lui ai offert de quoi vivre sans souci plusieurs années de suite. Une fortune !

Lydia secoua la tête.

— Elle n'aurait rien accepté de vous. Pas maintenant.

— Pourquoi ?

— Vous ne comprenez rien aux femmes amoureuses, n'est-ce pas ?

*Amoureuse.*

— Si elle était amoureuse, elle ne m'aurait pas quitté, voyons !

— Au contraire, Votre Grâce, expliqua Lydia. C'est parce qu'elle vous aime qu'elle est partie. Pour elle, ce qui compte, c'est votre patrimoine.

Une épouse. Des enfants. Un patrimoine. Il lui en avait parlé, et elle l'avait cru.

— Tout ce que je veux, c'est elle.

— Eh bien, voilà qui est clair, commenta Lydia avec un sourire.

Se dire que Mara l'aimait risquait de le rendre fou. Il ne fallait pas qu'il y pense. Il devait garder son sang-froid s'il voulait la retrouver. Ensuite, il l'enfermerait dans une pièce et ne la laisserait plus sortir.

— Elle est partie en plein hiver, sans gants et sans argent.

— Je ne suis pas sûre que l'absence de gants soit importante.

— Si, si.

— Bien sûr, admit Lydia. Vous voyez donc pourquoi j'avais hâte que vous arriviez. J'espérais que vous la retrouveriez.

— Je la retrouverai.

— Bien, dit Lydia en lâchant un long soupir.

— Et ensuite je l'épouserai.

— Parfait.

— Ne vous emballez pas tout de suite. Il est possible que je l'étrangle après ça.

— Cela me paraît tout à fait raisonnable, approuva tranquillement Lydia.

Il s'inclina, tourna les talons et se dirigea vers l'escalier. Il descendait les dernières marches lorsqu'une petite voix sortit de l'ombre.

— Elle est partie.

Temple se retourna et vit un groupe de garçons consternés, plantés sur le palier. Daniel tenait Lavande dans ses bras.

— Oui, dit Temple.

— Elle pleurait quand elle est partie, reprit Daniel en lui jetant un regard sévère.

— Tu l'as vue ? demanda Temple, le cœur serré.

Le garçon hocha la tête.

— D'habitude, Mme MacIntyre ne pleure jamais.

Temple revit Mara, les yeux emplis de larmes, lorsqu'il l'avait laissée nue sur le ring. La honte l'envahit.

— Vous l'avez fait pleurer ! lança Henry.

L'accusation était brutale et franche. Temple ne nia pas.

— Je vais la retrouver. Je vais tout arranger.

L'air affligé et courroucé à la fois, le garçon insista :

— Qu'est-ce que vous lui avez fait ?

Un millier de choses.

*Je ne l'ai pas crue.*

*Je ne lui ai pas fait confiance.*
*Je ne lui ai pas montré combien je l'aimais.*
*Je ne l'ai pas protégée.*

— J'ai fait une erreur.

— Vous devriez vous excuser, suggéra George.

Les autres garçons parurent approuver cette démarche.

— Les filles aiment bien qu'on s'excuse, ajouta Henry.

— Je vais le faire, répondit Temple, mais il faut d'abord que je la trouve.

— Elle est très bonne pour se cacher, signala Henry.

— Quand on joue à cache-cache, c'est la meilleure de nous tous, renchérit l'un de ses camarades.

Temple n'en doutait pas.

— Moi aussi, je suis bon pour me cacher. Et, si on est bon pour se cacher, on est bon pour trouver les autres.

— Aussi bon qu'elle ? demanda George, l'air sceptique.

— Meilleur, répondit Temple en priant pour que ce soit vrai.

— Elle nous a quittés, dit Daniel tristement. Je ne crois pas qu'elle reviendra.

Le ton du garçon faisait écho à la peur qui étreignait Temple, et il se rappela avoir cru, et espéré, que Daniel était son fils.

— Elle a laissé Lavande, reprit l'enfant en baissant les yeux sur le cochon.

Elle les avait tous laissés. Les garçons, en pensant que cela valait mieux pour eux. Lydia parce qu'elle avait estimé que la jeune femme dirigerait plus facilement l'orphelinat sans le poids du scandale au-dessus de sa tête. Et Lavande parce que la malle-poste n'était pas un endroit pour un petit animal.

— Elle a oublié Lavande, répéta une autre voix.

Temple remonta les marches et, s'accroupissant devant les garçons, prit Lavande dans ses bras. Il savait ce qu'éprouvaient le petit cochon rose et les garçons.

Car, lui aussi, elle l'avait oublié.

— Puis-je l'emprunter pour la journée ? demanda-t-il en soulevant l'animal.

Les têtes des garçons se rapprochèrent tandis qu'ils examinaient sérieusement la question.

— Oui, mais il faut que vous nous la rameniez, dit Henry, le conciliabule terminé.

— Il faut que vous les rameniez toutes les deux, rectifia Daniel.

Le cœur de Temple cogna dans sa poitrine, et il acquiesça solennellement.

— C'est exactement ce que je vais faire.

S'il le pouvait.

— Elle n'est pas là.

— Elle est forcément là ! rétorqua Temple, qui se mit à marcher de long en large dans le bureau de Duncan West.

Mara ne quitterait pas Londres avant d'avoir rendu à Temple son honneur. Elle l'avait dit et redit, et sur ce sujet, elle tiendrait parole, il en était convaincu.

— Elle est venue ici, insista-t-il en se tournant vers West, assis derrière un bureau encombré de papiers. Pour vous parler. Vous raconter l'histoire promise.

— Temple, je vous le jure, rien ne me plairait autant que de voir entrer Mara Lowe dans cette pièce avec de quoi alimenter mes journaux pendant des jours et des jours, affirma le journaliste en se renversant sur le dossier de son fauteuil. Mais, pour le moment, je n'ai qu'un duc avec un cochon dans les bras. Pourquoi donc, d'ailleurs, tenez-vous si tendrement ce petit animal assoupi ?

— Cela ne vous regarde pas, répondit Temple avec un sourire.

— C'est suffisamment bizarre pour en faire un entrefilet, commenta West.

— Je vais vous donner de quoi écrire un fait divers si vous ne me dites pas la vérité.

La menace laissa le journaliste insensible.

— Vous comptez faire un peu de cuisine ?

Horrifié à l'idée de manger Lavande, Temple la serra sur son sein.

— Non, je la garde pour quelqu'un d'autre... Mais si vous voyez Mara...

— Je vous assure que, si j'ai la possibilité de parler avec cette femme, tout Londres sera au courant.

— Je vous interdis de faire rire à ses dépens ! gronda Temple.

— Elle a détruit votre vie. Elle mérite quand même qu'on la raille un peu. Les illustrateurs sont déjà en train de travailler sur la soirée d'hier.

Pris de fureur, Temple se pencha sur le bureau.

— Vous. Ne. Vous. Moquerez. Pas. D'elle ! articula-t-il férocement.

Le regard de West s'éclaira.

— Je vois, fit-il.

— Qu'est-ce que vous voyez ? grommela Temple.

— Que vous êtes sérieusement attaché à elle.

Ce n'était pas tous les jours que Temple était mis à nu par un membre de la presse.

— Bien sûr que je suis attaché à elle. Je vais l'épouser.

— Le mariage, tout le monde s'en fiche. Jetez une pierre dans Londres, vous toucherez forcément un pauvre type mal marié. L'intéressant, c'est que vous l'aimez.

Temple baissa les yeux sur Lavande, endormie dans ses bras. L'unique créature au monde qui, en ce moment même, ne lui causait aucun ennui.

— Doux Jésus ! L'invincible, l'impitoyable Temple... mis au tapis par une femme !

— Si elle vient ici, envoyez-moi chercher. Immédiatement ! ordonna Temple en mettant toute la détermination possible dans son regard.

— Dois-je l'enfermer en vous attendant ?

— S'il le faut.

Elle errait sans ressources dans les rues de Londres. Il ne prendrait pas de repos avant de l'avoir retrouvée.

— Je le ferai, mais à une condition, entendit-il dans son dos alors qu'il se dirigeait vers la porte.

Il aurait dû s'y attendre, bien sûr. Avec West, on n'avait jamais rien sans rien. Se retournant, il jeta un regard impatient au journaliste.

— Dites-moi pourquoi vous lui accordez autant d'importance. Après tout, elle vous a déjà rendu votre nom. Tout Londres sait qu'elle est vivante. J'ai appris qu'une demi-douzaine des femmes présentes au bal, hier soir, l'avaient reconnue. Malgré les années, elle est toujours aussi belle. Et nul n'a pu oublier ces yeux extraordinaires.

La mention des yeux de Mara attisa la colère de Temple. Personne n'avait le droit d'y penser, de les regarder, de les admirer. Lui seul les avait scrutés et y avait vu autre chose que leurs couleurs étranges. L'âme de la jeune femme.

— Qu'est-ce que cela peut vous faire qu'elle reste ou qu'elle s'en aille ? insista West.

— Un jour, la femme que vous aimez vous glissera entre les doigts, et je vous poserai la même question.

Il quitta la pièce, laissant West réfléchir aux implications de sa déclaration.

Le journaliste attendit d'avoir entendu la porte d'entrée se refermer, puis il alla à la fenêtre et regarda le Duc Tueur se hisser sur son cheval.

— Vous pouvez sortir maintenant, dit-il quand les sabots martelèrent les pavés de la rue.

La porte d'un placard s'ouvrit, et Mara apparut, les joues ruisselantes de larmes.

— Il est parti ?

— Il vous cherche.

Elle hocha la tête et baissa les yeux. Jamais elle ne s'était sentie aussi triste ni aussi émue. Temple l'aimait. Il la cherchait et il avait avoué son amour pour elle.

— Il vous trouvera, dit West.

— Peut-être pas.

— Il n'aura pas de répit tant qu'il ne vous aura pas mis la main dessus.

— C'est possible.

Sauf s'il s'apercevait qu'elle n'en valait pas la peine.

— Vous pensez qu'un homme peut renoncer à chercher la femme qu'il aime ? demanda West avec un sourire.

*La femme qu'il aime.* Elle ne put retenir ses larmes.

— Il y a quand même quelque chose que je ne comprends pas, reprit West, autant pour lui-même que pour Mara. Vous l'aimez aussi, non ?

— Désespérément.

— Alors, où est le problème ?

— Tout fait problème, voyons ! s'écria-t-elle avec un rire amer. Je l'ai perdu, j'ai détruit tout ce qui aurait dû lui appartenir. Je lui ai volé sa vie. Il mérite une épouse issue de l'aristocratie, des enfants parfaits, et un patrimoine que ma présence ne ternirait pas.

— Toutes choses auxquelles il n'a pas l'air de tenir, riposta le journaliste.

— Moi, si ! Londres, si ! Il ne récupérera pas pleinement sa place de duc s'il est affligé d'une femme à la réputation souillée.

— La réputation… ricana West.

— Vous en vivez, non ?

— Oui, et je sais justement combien c'est une chose arbitraire.

— Vous faites erreur, protesta-t-elle.

— Je pense que vous êtes restée trop longtemps éloignée de la société. Vous avez oublié qu'on pardonne tout aux ducs – qu'ils aient ou non une femme scandaleuse. Ils sont, après tout, les seuls à pouvoir engendrer d'autres ducs. L'aristocratie a besoin d'eux, sinon c'est notre civilisation qui s'écroule.

Peut-être avait-il raison. Peut-être Temple serait-il capable de survivre au scandale.

Mais serait-il capable d'oublier ce qu'elle lui avait fait ?

— Ai-je répondu à toutes vos questions, monsieur West ?

Duncan West comprit que la conversation touchait à sa fin.

— Oui.

— Et vous ne lui direz pas que j'étais là ?

— Pas avant que l'article paraisse.

— C'est-à-dire ?

Il jeta un œil au calendrier.

— Dans trois jours.

Elle avait trois jours pour quitter Londres et se sauver le plus loin possible. Trois jours pour libérer Temple. Ensuite, elle s'efforcerait de l'oublier.

Pour leur bien à tous les deux.

Elle quitta les bureaux et, la capuche baissée jusqu'aux yeux, sortit dans la rue. La bruine la glaça immédiatement et lui fit regretter de ne pas s'être mieux chaussée, mieux vêtue. Et surtout d'avoir quitté l'abri des bras de Temple, qui savait si bien la réchauffer.

*Mon Dieu, comme il lui manquait déjà !*

Elle marchait depuis près d'un kilomètre quand elle se rendit compte qu'une voiture roulait à sa hauteur, accélérant lorsqu'elle pressait le pas, ralentissant lorsqu'elle s'attardait. Elle s'arrêta et se tourna vers le grand véhicule noir dépourvu d'armes.

Il s'arrêta aussi.

Le valet sauta à terre et ouvrit la portière. Il abaissa le marchepied et lui tendit la main pour l'aider à monter.

— Non, non, dit-elle.

Le jeune homme parut confus. Un pan de soie violette passa par la porte.

— Dépêchez-vous, mademoiselle Lowe, fit une voix féminine familière. La chaleur s'en va.

Mara s'approcha et passa la tête par la portière.

Anna, la femme avec laquelle elle s'était liée à *L'ange*, était à l'intérieur.

— Vous !

— Oui, c'est moi. Je ne veux pas vous bousculer, mais je préfère converser au chaud plutôt que dans le froid.

Mara hésita.

— Vous n'allez pas me ramener à Temple ?

— Non, à moins que vous ne le décidiez.

— Je ne changerai pas d'avis.

— Alors, montez vite, s'il vous plaît, et fermons cette portière, dit Anna.

Mara obéit, incapable de résister à la douce chaleur que répandaient les briques disposées sur le sol. Anna tapa sur le toit de la voiture, qui s'ébranla.

— Comment m'avez-vous retrouvée ? demanda Mara.

— Grâce à Temple, répondit Anna avec un sourire malicieux.

— Vous l'avez suivi.

— Il vous connaît mieux que moi, mais moi, je connais mieux les femmes… Et quelle femme refuserait l'occasion de passer une matinée avec Duncan West ?

— Je ne comprends pas, dit Mara.

— Il faut que vous soyez follement amoureuse de Temple pour avoir laissé passer cette chance.

— Je ne suis pas…

Elle s'interrompit. Pourquoi mentir ?

— Je sais que vous l'êtes, dit Anna. C'est pourquoi je suis là.

Mara fronçant les sourcils, Anna fit un grand geste de la main.

— Il faut que quelqu'un vous détrompe. Je pensais que Temple le ferait, mais il est trop épris de vous pour réfléchir intelligemment.

Mara attendit avec anxiété les mots qui allaient suivre. Elle ignorait ce qu'elle espérait, mais savait très bien ce qu'elle ne voulait pas entendre.

— Vous n'avez pas ruiné la vie de Temple.

Elle était lasse d'entendre des étrangers lui affirmer qu'elle avait tort.

— Je suppose que vous êtes experte en matière de vie ruinée.

— En fait, oui, répondit Anna avec une moue.

— Vous n'étiez pas là.

— Je n'étais pas là, en effet, lorsque vous avez inondé le lit de sang en laissant Temple se faire accuser de votre mort. Ni quand son père l'a chassé et que le reste de l'aristocratie lui a tourné le dos. Ni quand il a passé sa première nuit sous Temple Bar, ni quand il a commencé à se battre, et pas plus quand Bourne et lui ont décidé d'organiser des parties de dés dans les pires quartiers de Londres.

Mara sentit son sang se glacer à l'idée que cette femme en sache autant sur la vie de Temple. Anna poursuivit :

— Mais j'étais là lorsqu'ils ont fondé *L'ange*. Et j'étais là quand il a gagné son premier combat sur le ring de *L'ange*. Et pendant que sa fortune, son prestige et le respect des Londoniens pour lui s'accroissaient, j'ai toujours été là.

— Ce n'est pas du respect, dit Mara. C'est de la peur. Et une peur infondée. Ils le prennent pour un assassin, à cause de moi.

— Je trouve charmant que vous pensiez qu'il n'a jamais rien fait qui justifie ce surnom.

— En tout cas, rien d'aussi grave que ce qu'il pensait avoir fait.

Anna haussa une épaule.

— En tout cas, c'est du respect et de la peur. Et l'un sans l'autre ne vaut même pas l'encre qu'il faudrait pour l'écrire.

Elle se tut un instant. La voiture tressautait sur les pavés, et la bruine se transformait en une neige fondue qui dégoulinait sur les vitres.

— Quoi qu'il en soit, reprit Anna, cette vie ne déplaît pas à Temple.

C'était peut-être vrai.

— Il a de l'argent, des amis et un club. Beaucoup d'hommes tueraient pour avoir autant que lui. Et il a de son côté la moitié du Londres qui compte – celle qui juge un homme à ses œuvres et non à ses aïeux. Et tout cela lui plaît.

Avait-elle raison, cette femme étrange ? Temple aimait-il la vie qu'il menait ? Ou regrettait-il jour après jour celle dont elle l'avait dépouillé ?

— La seule chose qui lui manque, c'est vous.

Elle se figea, ce qui n'échappa pas à Anna.

— Revenez à *L'Ange*, insista-t-elle. Et laissez-le vous montrer comme il vous aime.

Les mots la bouleversèrent. L'offre était trop tentante. Elle n'avait pas vraiment envie de fuir.

— Je lui dois de partir. Je lui dois de lui rendre tout ce que je lui ai pris. D'effacer l'ardoise.

— Même si vous aviez raison et même si vous pouviez le faire, est-ce que vous ne lui devez pas aussi la possibilité d'être heureux ?

Il avait dit qu'il l'aimait.

Et elle l'aimait.

Le bonheur pouvait-il se résumer à cela ?

Grands dieux, si elle s'était crue capable de le rendre heureux, elle aurait couru dans ses bras.

— Parfois, l'amour ne suffit pas.

— C'est vrai, acquiesça Anna. Mais avec la solution que vous envisagez, vous n'avez rien. Même pas l'amour.

Anna posa une main gantée sur celles de Mara, que cette dernière tenait serrées sur ses genoux.

— Vous m'avez dit un jour que vous n'aviez pas d'amis.

— Non, pas vraiment.

— Eh bien, lui, vous l'avez.

Les mots la mirent de nouveau au bord des larmes. Elle tapa sur le toit de la voiture comme Anna l'avait fait un peu plus tôt. La voiture s'arrêta, et le cocher vint ouvrir la portière et abaisser le marchepied. Mara descendit, en s'interdisant de se retourner.

— Réfléchissez à ce que je vous ai dit, mademoiselle Lowe, lança Anna dans son dos. Et sachez que vous êtes la bienvenue au club quand vous voudrez.

# 20

La salle de jeu était bondée. Temple étant blessé, les joueurs ne pouvaient plus parier sur les combats et se rattrapaient aux dés et aux cartes. Tant que l'argent rentrait, *L'ange* s'efforçait de satisfaire sa clientèle, et tout le personnel – valets, croupiers, associés et cuisiniers – s'activait sans rechigner.

Lavande dans les bras, Temple entra et promena un rapide regard sur la foule de gentlemen élégants qui perdaient allégrement leur fortune.

Un autre soir, ce spectacle lui aurait fait plaisir. Il aurait cherché Cross et l'aurait interrogé sur le montant des paris. Il aurait peut-être même fait une partie ou deux de vingt-et-un.

Mais ce soir, tandis qu'il déambulait en silence dans la salle, il se sentait frustré, agacé de voir tous ces beaux messieurs qui le snobaient la veille encore l'accepter comme l'un des leurs, incliner la tête sur son passage, lui tapoter l'épaule.

S'il ne retrouvait pas Mara, cela ne l'intéressait plus.

Il avait passé la journée à trotter de-ci de-là sous la pluie, à chercher cette belle aiguille perdue dans le foin souillé de Londres. Il était allé à l'orphelinat, chez Duncan West, et de nouveau à l'orphelinat. Il avait consulté le registre des voyageurs de la malle-poste, ce qui lui avait coûté une petite fortune.

Un couple en fuite et deux messieurs avaient pris la route du nord en direction de l'Écosse. Mais, si la moitié féminine du couple en fuite était très jolie, ses cheveux n'étaient pas auburn et ses yeux n'avaient rien de spécial.

Ce n'était donc pas Mara.

Il aurait dû s'en réjouir. Mais le fait qu'elle ait pu disparaître aussi facilement le consternait. Personne ne l'avait vue, personne n'avait la moindre idée de l'endroit où elle avait pu se réfugier. Elle semblait s'être volatilisée comme un nuage de fumée. À croire qu'elle n'avait jamais été là.

Sauf qu'elle avait laissé un cochon.

Et un trou dans la poitrine de Temple. À cette idée, il sentit sa plaie l'élancer. Deux trous, en fait.

Un qui cicatrisait, et l'autre peut-être mortel.

Il fit rouler sa mauvaise épaule ; la douleur irradia dans son bras et s'arrêta au coude. Il fléchit les doigts. Rien. La fatigue n'arrangeait rien, il le savait, mais prendre du repos était inenvisageable. Du moins tant qu'il n'aurait pas retrouvé Mara.

Peu lui importait de rester handicapé, si c'était auprès de Mara.

La frustration revint le harceler, plus virulente que jamais.

*Mara, Mara, où diable vous cachez-vous ?*

Ses yeux se posèrent sur le vitrail de *L'ange déchu*. Lucifer, tombant des cieux, une chaîne autour de la cheville, un sceptre dans une main, ses ailes grandes ouvertes incapables de retenir sa chute dans la salle de jeu.

Temple n'avait jamais beaucoup réfléchi à ce vitrail, sauf pour y voir un message adressé aux membres du club : si l'aristocratie les avait bannis, Bourne, Cross, Chase et lui, les propriétaires de la plus célèbre maison de jeu de Londres tenaient leur puissance de la passion qui clouait les joueurs à leurs tables.

Chase avait un penchant pour le drame.

Mais maintenant qu'il regardait le vitrail, c'était le corps massif et puissant de Lucifer qui le frappait. La forme des muscles et le dessin des tendons étaient bien soulignés. La force de Lucifer était visible, mais elle ne lui servait plus à rien. Il ne pouvait plus freiner sa chute, et il atterrirait où Dieu l'avait décidé.

Debout là, avec son bras blessé et le sentiment d'impuissance qui le dévastait, Temple plaignit le prince des ténèbres. Tant de beauté, de pouvoir, de ruse… pour plonger dans l'enfer !

*Seigneur… qu'avait-il fait ?*

— Tu as apporté un cochon dans mon club.

Temple leva les yeux vers Chase.

— Quelqu'un l'a-t-il vue ?

Chase reprit son sérieux.

— Non.

Temple retint difficilement un hurlement de rage.

— Elle a disparu.

— Les hommes d'Asriel continuent à chercher.

— Oui.

— Elle va peut-être réapparaître d'elle-même.

— Peut-être, répéta Temple en décochant à son ami un regard dubitatif. Je la retrouverai, quitte à y consacrer ma vie.

Chase hocha la tête et se détourna, mal à l'aise.

— En tout cas, tu as trouvé un cochon.

— Son cochon, précisa Temple.

— La dame possède un cochon ? s'étonna Chase.

— C'est ridicule, je sais, mais il en est ainsi.

Le pire était qu'il s'était attaché à la petite créature.

— Je trouve cela plutôt charmant.

Temple lui tendit Lavande.

— Alors, emmène-la à la cuisine. Vois si Didi peut lui trouver quelque chose à manger.

Il scruta de nouveau la foule, à la recherche de quelqu'un qui connaîtrait Mara, par exemple un ami d'enfance qu'elle aurait retrouvé et qui aurait proposé de l'héberger.

Et si personne ne l'avait recueillie ? Si, en cet instant, elle errait dans les rues glacées de Londres ?

Il secoua la tête pour s'éclaircir les idées. Elle n'était pas idiote. Elle trouverait sûrement un endroit où dormir.

*Mais avec qui ?*

Cette question lui donna envie de frapper.

— Didi est française, disait Chase. Le cochon risque de finir ses jours en ragoût.

— Ne la laisse pas faire ça !

— Je croyais que c'était le cochon de Mlle Lowe ?

— Justement ! Nous allons nous marier, c'est notre cochon.

— Entendu, approuva Chase avec un grand sourire qui s'effaça aussitôt. Temple, il y a quelque chose que je devrais te dire.

— Je n'ai pas envie de l'entendre. J'en ai assez que tu t'immisces dans ma vie. Si tu veux m'aider, nourris ce cochon. C'est tout.

— Mais…

— Nourris le cochon !

Temple avait beau élever la voix, il craignait fort que Chase ne continue à se mêler des affaires d'autrui, comme à son habitude.

Justin, le majordome, surgit devant eux.

— Nous avons une visite.

— Qui ça ? s'exclama Temple avec espoir.

— Christopher Lowe. Il veut se battre avec Temple.

Le regard de Chase se durcit.

— Amène-le à mon bureau. Et fais venir Asriel et Bruno. Il aura son combat, mais ce ne sera pas avec Temple et ce ne sera pas un combat loyal.

— Non, dit Temple.

— Ton bras n'est pas guéri, lui rappela Chase.

— Amène-le-moi, Justin, dit Temple. Maintenant.

Quelques minutes plus tard, Lowe était là, encadré de Bruno et d'Asriel.

— Vous avez commis une grosse erreur en venant ici.

— Vous avez fait de ma sœur une putain.

— Elle sera ma duchesse, riposta Temple, dont le poing se serra.

— Voilà qui m'est complètement égal, dit Lowe d'une voix avinée. Je n'ai plus besoin d'elle. Vous l'avez déshonorée. Peut-être même il y a douze ans. Vous lui avez sans doute pris sa vertu avant de vous évanouir.

— Vous ne devriez pas avoir le droit de respirer le même air qu'elle, fulmina Temple.

— Vous êtes prêt à vous battre avec moi, alors ? Sinon pour l'argent, du moins pour l'honneur ?

Temple agrippa le col du jeune homme, qu'il souleva du sol.

— Je te battrai pour les deux. Si tu gagnes, tu auras ton argent.

— Je ne perdrai pas, assura Lowe.

Temple lâcha Lowe, qui s'écroula à ses pieds, puis, se penchant sur lui, il souleva son menton pour le regarder en face.

— Trouve-toi un second. Et rendez-vous sur le ring dans une demi-heure.

— Apportez mon argent.

— Avec plaisir, dit Temple en se redressant. Tu as de la chance que je ne t'assomme pas tout de suite. Cela t'apprendrait à dire du mal de la femme que j'aime.

— Il l'aime ! Quel mensonge !

Sans répliquer, Temple se dirigea vers son appartement privé en ôtant déjà sa cravate. La salle de jeu était silencieuse, tous les joueurs ayant cessé de parier quand Temple s'était emporté.

Chase hasarda :

— Eh bien, dis donc...

Temple lui jeta :
— Nourris le cochon.

Lorsque Mara arriva à *L'ange*, elle fut surprise de voir la rue déserte et silencieuse, alors qu'elle se trouvait devant le cercle de jeu le plus célèbre de la ville.

Était-il trop tard ? se demanda-t-elle. Temple avait-il fermé le club et quitté sa vie de paria pour retourner à la lumière et à sa vie de duc ?

La panique la saisit.

S'enhardissant, elle frappa à la porte. Une fente s'ouvrit.

— Bonjour, je suis…

La fente se referma.

Elle frappa de nouveau. Sans succès : ouverture, fermeture, ouverture, fermeture.

La troisième fois, une voix réclama :

— Mot de passe ?

— Je ne le connais pas, mais je…

Elle n'eut pas le temps d'achever. La fente s'était refermée.

C'est alors que la colère s'empara d'elle. Fermant les poings, elle cogna sur la porte. Avec force. Jusqu'à ce que la fente se rouvre et que deux yeux noirs se fixent sur elle avec irritation.

— Bon, écoutez-moi, vous ! s'écria-t-elle de sa voix d'institutrice, tout en ponctuant ses mots de coups sonores sur la porte.

Les yeux noirs s'écarquillèrent de surprise.

— J'ai passé toute la journée dans les rues de Londres, à mourir de froid !

Le dernier mot fut signé de *bang-bang-bang* !

— Et j'ai finalement décidé qu'il était temps que j'affronte mes désirs, mon passé, mon avenir et l'homme que j'aime ! Donc – *bang* – vous – *bang* – me laisserez entrer – *bang* !

Elle acheva sa tirade par une série de coups des deux poings. Auxquels, pour faire bonne mesure, elle ajouta un coup de pied.

À présent, les yeux noirs… Doux Jésus ! Ils riaient ? Cet abruti se moquait d'elle ?

— Mademoiselle Lowe ?

Elle leva un doigt sévère.

— À votre place, je ferais attention à l'expression que vous me présenterez quand vous ouvrirez cette porte.

Lorsqu'elle put enfin entrer, le portier avait l'air très sérieux, voire déférent. Mara secoua ses jupes humides et accepta le masque qu'il lui tendait.

— Maintenant, emmenez-moi auprès de Temple, ordonna-t-elle.

L'homme obéit.

Ou, du moins, s'apprêta à le faire, mais Anna les intercepta dans le couloir et se chargea de Mara.

— J'ai entendu dire que vous aviez un peu secoué Bruno à la porte.

— Je vois que les informations circulent vite.

— Les informations sont notre marchandise la plus précieuse.

— J'espère qu'à l'avenir, il me laissera entrer plus facilement.

Anna sourit.

— J'espère qu'à l'avenir, vous connaîtrez le mot de passe.

L'idée réchauffa le cœur de Mara. Si tout se passait bien ce soir, elle connaîtrait le mot de passe.

Si tout se passait bien, ce serait au bras de l'un des propriétaires du club qu'elle reviendrait ici.

Encore fallait-il qu'on l'amène à lui. Or, ce fut dans la pièce au miroir sans tain que la fit entrer Anna. Quelques dames y étaient déjà assises.

— Il va y avoir un combat ?

— Oui, répondit sobrement Anna en lui désignant deux chaises côte à côte.

— Non, c'est pour voir Temple que je suis venue. J'ai attendu trop longtemps. Je veux qu'il sache que j'ai changé d'avis et que...

*Que je l'aime.*

*Que je veux être avec lui.*

*Que je veux tout recommencer.*

*À partir du début et pour toujours.*

— Vous le verrez, mais après ceci, promit Anna.

Lorsqu'elle vit s'ouvrir la porte de l'autre côté du ring et Temple apparaître, Mara bondit et pressa les mains contre la vitre.

— Non, souffla-t-elle.

Il était torse nu, et la splendeur de sa poitrine large et musclée rappela à Mara le plaisir éprouvé dans ses bras. Puis son attention fut attirée par le bandage entourant son épaule.

— Non, répéta-t-elle à l'adresse d'Anna.

Mais celle-ci ne la regardait pas. Elle fixait Temple.

— Il a l'air de ne vouloir se servir que d'un bras.

— Bien sûr ! dit Mara. Il est blessé. Ce ne sera pas un combat loyal.

Les femmes qui les entouraient échangeaient des commentaires obscènes.

— Il ne ressemble à aucun duc de ma connaissance.

— Dieu, qu'il est beau !

— Il a vraiment l'air d'un tueur.

— Je lui céderais volontiers tout ce qu'il veut !

— Je ne crois pas qu'elle soit réellement vivante, vous savez. À mon avis, il a payé une putain pour prétendre être Mara Lowe.

— Non, c'est bien elle. J'ai fait mes débuts dans le monde lorsqu'elle était censée épouser le duc décédé. Tout le monde parlait de ses yeux bizarres.

— En tout cas, je lui suis reconnaissante. Grâce à elle, le duc de Lamont est redevenu un parti intéressant.

Mara retenait difficilement sa colère.

— Vous pensez pouvoir le décrocher ?

— J'ai entendu dire qu'il l'aimait.

« Oui, faillit hurler Mara. Il m'aime et je l'aime. Éperdument. »

— Je suis une marquise. Et vraiment trop jeune pour rester veuve.

Comme si Temple avait besoin d'un second titre !

— J'imagine qu'il ne va pas manquer de candidates pour le rôle de duchesse de Lamont, intervint une autre femme. Et pas seulement des veuves. Ma sœur a une fille de presque dix-huit ans. Elle tuerait pour avoir un duc comme gendre… Je ne plaisante pas. Et, à mon avis, elle n'est pas la seule.

Mara serrait les dents, craignant d'exploser. Temple n'avait pas besoin d'un titre mais d'une femme qui le comprenne, qui l'aime, qui désire consacrer le reste de sa vie à le rendre heureux.

Qui l'éloigne de ces maudites commères et de la sciure du ring.

— Vous devez arrêter ce combat, dit-elle à Anna.

— Le défi a été relevé et des paris faits.

— Au diable les paris !

— Vous parlez comme Temple, dit Anna avec respect.

— Eh bien, oui ! jeta Mara. Amenez-moi à Chase. Il m'écoutera, lui.

— Croyez-moi, parler à Chase ne changera rien. Qu'est-ce qui vous inquiète à ce point ?

— Temple n'est pas prêt à reprendre les combats. Sa blessure n'est pas cicatrisée. Elle se rouvrira, et ensuite il lui faudra des jours, des semaines, pour se remettre. Plus, peut-être… C'est vous qui l'avez convaincu de relever le défi ?

— Absolument pas, protesta Anna. Il a pris sa décision tout seul.

— Pourquoi ?

Le regard de Mara se fixa sur l'homme à demi nu qui se dressait sur le ring. Elle se dirigea vers la porte, mais l'énorme garde lui barra le chemin.

— Pourquoi ? répéta-t-elle.
— Pour vous, répondit Anna avec tristesse.
— Pour moi ?
*Quelle ânerie !*
— Il veut vous venger.
C'était la preuve qu'il l'aimait.
Tout comme elle l'aimait. Mara ferma les yeux. Elle ne le méritait peut-être pas, mais elle le voulait quand même. Tandis qu'elle le regardait, elle remarqua qu'il y avait quelque chose de différent chez lui, quelque chose qu'elle n'avait pas vu jusqu'à présent.
*La colère.*
*Le désespoir.*
*La frustration.*
*La tristesse.*
— Il pense que je suis partie, comprit-elle.
— Oui, dit Anna.
— Emmenez-moi auprès de lui.
— Plus tard.
C'est alors que Mara vit entrer le second combattant. Son frère.
— Que fait-il là ?
— Il nous montre sa bêtise, dit Anna. Il est venu au club et a défié Temple.
— Pourquoi Temple a-t-il accepté de se battre avec lui ?
— Lowe vous a insultée.
Mara ne doutait pas que son frère l'ait fait en termes crus.
— Vous devez arrêter cela.
— Pourquoi ? demanda Anna en la regardant attentivement.
— Pourquoi ?
Cette femme était-elle folle ?
— Parce qu'il va se blesser.
— Alors, si vous deviez choisir le gagnant…
Mara comprit soudain pourquoi elle se trouvait là.

— Vous pensez que je ne l'aime pas.

— Je pense qu'il mérite plus d'amour que quiconque. À cause de vous. Alors, oui, j'ai peur que vous ne l'aimiez pas assez. Et je crains que vous ne vouliez empêcher ce combat pour une autre raison.

Le combat commença avant que Mara ait pu protester de sa bonne foi. De nouveau, Temple attendit que son adversaire prenne l'initiative. Puis il frappa. Une fois, deux fois, trois fois.

*Toujours du droit.*

Kit répliqua, et son deuxième coup fit chanceler Temple. Mara vit son bandage se desserrer.

— Arrêtez le combat, supplia-t-elle.

— C'est son combat, répondit Anna. Pour vous.

— Je n'en veux pas.

— C'est quand même pour vous.

Un autre crochet. Du droit.

Kit comprit le problème. Un enfant l'aurait compris. Mara se détourna.

Il allait perdre.

Combien de fois lui avait-il dit qu'il ne perdait pas ? Combien de fois avait-elle entendu célébrer sa force, sa vaillance, sa science du combat ?

Kit avait beau être ivre, il n'était pas complètement idiot. Ayant repéré que Temple se méfiait de son côté gauche, il ne cessait de l'attaquer de coups maladroits, qui, dix jours plus tôt, seraient restés sans effet. Aujourd'hui, ils étaient assez forts pour faire reculer Temple.

Le Duc Tueur n'était plus invincible.

Mais Kit ayant insulté Mara, il ne reculerait pas.

— Mais pourquoi n'utilise-t-il pas le gauche ? s'écria une femme.

— Il ne peut pas !

Un autre coup mit Temple à genoux. L'assistance commença à compter les secondes. Mais Temple se remit debout, la joue en sang.

Il se battrait jusqu'à l'anéantissement. Il ne renoncerait pas.

Elle se souvint des questions qu'il s'était posées la veille, de ses doutes quant à sa valeur s'il n'était plus le meilleur lutteur d'Angleterre.

Il serait toujours l'homme qu'elle aimait.

— Ce sera fini avant qu'on ait le temps d'intervenir, dit Anna, qui comprenait enfin le drame.

Sans réfléchir, Mara bondit et souleva sa chaise.

— Non ! cria Anna.

Trop tard. Mara n'avait plus qu'un but.

*Temple.*

Il allait perdre.

La douleur le déchirait. Muscles, nerfs, tendons, tout protestait sauvagement.

Il allait perdre. Il ne la vengerait pas.

Mais quelle importance, finalement, puisqu'elle était partie ?

Deux coups sur le côté gauche le firent tomber à genoux. Quand s'était-il trouvé à genoux dans la sciure du ring pour la dernière fois ? se demanda-t-il.

L'après-midi où il aurait dû emmener Mara dans son lit pour ne plus jamais la lâcher.

— Tu vas peut-être gagner aujourd'hui, mais si tu dis de nouveau du mal d'elle, je te le ferai payer, grommela-t-il.

— À condition que je te laisse en vie, assassin, répliqua Lowe, qui reculait en dansant.

Temple se releva pour ce qui devait être la dernière partie du combat, mais, avant que d'autres coups soient échangés, la salle explosa.

Avec un bruit strident, la glace sans tain qui séparait l'endroit réservé aux dames et le ring se brisa en mille morceaux. Les combattants et les spectateurs, se retournant d'un bloc, virent la vitre s'écrouler et, derrière, les dames hurler et chercher un abri.

Et, debout devant le trou béant, se dressait, fière et droite, une femme armée d'une chaise.

Mara.

Son amour.

Elle était là. Enfin.

Posant la chaise à terre, elle monta dessus pour franchir le muret et pénétra dans la salle du ring. Les yeux fixés sur Temple, elle ne prêtait aucune attention aux hommes qui s'étaient levés et la regardaient avec ahurissement.

Il se dirigea vers elle, le cœur empli de joie. Puis elle ôta son masque, et un murmure parcourut l'assistance.

— Je suis lasse d'attendre que vous veniez me chercher, Votre Grâce, dit-elle d'une voix forte que tout le monde entendit.

— Je vous aurais trouvée, répondit-il en souriant.

— Je n'en suis pas certaine. Vous avez l'air assez occupé.

Le regard soucieux de Mara scrutait son visage ensanglanté.

— J'ai pensé que je pourrais vous aider, reprit-elle en enjambant les cordes. Toi, Christopher, tu es un âne, et toujours aussi gamin que lorsque je t'ai quitté il y a douze ans.

— Eh bien, ce gamin aurait détruit ton duc si tu ne nous avais pas dérangés, grommela Kit.

— Quel dommage... Mais parlons clair, veux-tu ? ajouta-t-elle en regardant les spectateurs.

— Je t'en prie, dit Kit.

— Je propose un dernier échange. Celui qui le gagnera sera déclaré vainqueur.

Son frère jeta un œil à Temple, visiblement affaibli.

— Cela me paraît juste, dit-il. Si je gagne, je m'en vais librement avec mon argent.

— Temple ? demanda-t-elle.

Peu lui importait ce que devenait Lowe du moment que Mara lui était revenue.

— J'ai toujours dit que vous étiez une excellente négociatrice.

— Parfait, fit-elle avec un sourire satisfait.

Et puis, nom de Dieu, voilà que la femme qu'il aimait se retournait vers son frère et l'envoyait au sol d'un seul coup de poing !

C'était sans nul doute sa meilleure élève.

— Tu m'as cassé le nez ! hurla Kit, qui se redressait péniblement sur les genoux.

— Tu l'as mérité, répliqua-t-elle. Et tu as perdu.

Asriel et Bruno entrèrent dans la salle pour veiller à ce que Kit ne profite pas du tohu-bohu pour se sauver comme la fois précédente.

— Voici mes conditions, reprit Mara. Tu vas être traîné en justice pour tentative de meurtre sur un duc... Mon duc, acheva-t-elle en regardant Temple.

*Son duc.*

Temple feignit la désinvolture.

— C'était presque fini, de toute façon.

Hochant la tête, elle s'approcha de lui.

— Vous auriez gagné, je n'en doute pas, mais j'en avais assez d'attendre.

— Vous voilà bien impatiente aujourd'hui.

— Attendre douze ans, c'est long.

— Attendre quoi ? demanda-t-il.

— L'amour.

Seigneur. Elle l'aimait. Il la prit dans ses bras.

— Redites-le.

Ce qu'elle fit, dans le ring, devant tous les membres de *L'ange déchu*.

— Je vous aime, William Harrow, duc de Lamont.

Son audacieuse reine vengeresse. Il s'empara de ses lèvres pour un long baiser dans lequel elle déversa tout son amour.

Relevant la tête, il appuya le front sur celui de la jeune femme.

— Redites-le-moi.

— Je vous aime… Il vous a fait très mal, ajouta-t-elle en remarquant l'œil à moitié fermé de Temple.

— Cela guérira. Tout guérit, dit-il en embrassant les doigts de Mara. Redites-le-moi encore.

— Je vous aime, répéta-t-elle, les joues rouges.

Un autre baiser passionné vint la récompenser de sa franchise.

— Merveilleux, souffla-t-il.

— Je voulais vous quitter. Je pensais que ce serait mieux pour vous, expliqua-t-elle. Que cela vous donnerait la vie que vous désirez. Une épouse. Des enfants. Votre…

Il l'interrompit d'un baiser.

— Non. Mon patrimoine, c'est vous.

— Je pensais que cela effacerait l'ardoise. Que vous redeviendriez le duc de Lamont et que je pourrais disparaître… et ne plus jamais vous embêter.

L'idée qu'elle avait failli disparaître à jamais bouleversa Temple.

— Écoutez-moi bien, Mara Lowe. Il n'y a qu'une place pour vous sur cette terre, et c'est ici, dans mes bras, dans ma maison, dans mon lit. Si vous me quittiez, vous ne me donneriez pas la vie que je veux. Vous laisseriez ma vie avec un énorme trou, un gouffre, en plein milieu.

Il l'embrassa de nouveau et reprit :

— Je vous aime. Je crois que je vous aime depuis le moment où vous m'avez rattrapé dans la rue. J'aime votre force, votre beauté, votre façon de vous comporter avec les enfants et les petits cochons. Chase a veillé à nourrir Lavande, à propos.

— Pourquoi Chase s'occupe-t-il de Lavande ?

— C'est toute une histoire, mais, pour résumer, je n'ai pu supporter de me passer de ce petit animal. Il m'a semblé faire partie de vous.

Elle éclata de rire. Et il se dit qu'il transporterait partout ce petit cochon si cela avait le mérite de la faire rire.

— J'aime votre rire. Je veux l'entendre tous les jours. Je veux que nous émergions de toute cette obscurité, de cette dévastation. Je veux que nous soyons heureux. Je veux notre dû. Je veux ce que nous méritons depuis toujours.

Il s'interrompit et la regarda dans les yeux avant d'ajouter :

— Je vous veux.

— Oui.

— Oui ?

— Oui ! Oui à tout. Au bonheur, à la vie et à l'amour... Je vous ai causé tant de mal, reprit-elle, l'air chagriné. Je vous ai tant blessé...

— Il suffit. Ne me blessez plus.

— Plus jamais, promit-elle, en larmes.

Il essuya ses joues du pouce.

— Ne me quittez plus jamais.

— Jamais... J'aimerais que nous puissions tout recommencer depuis le début.

— Pas moi, dit-il. Sans le passé, il n'y aurait pas de présent, ni d'avenir. Je n'en regrette pas une minute. Il nous a amenés ici, à cet instant. À l'amour.

Ils s'embrassèrent de nouveau. Et il regretta de se trouver en public.

— J'ai gagné, dit-elle soudain.

— Oui. C'est d'ailleurs la première fois qu'une autre personne que moi gagne sur ce ring... Notez-le sur le livre, dit-il à l'adresse de l'arbitre. Mlle Mara Lowe a gagné.

Les spectateurs déçus protestèrent, criant au combat truqué. Il n'y prêta pas attention. Chase les calmerait, et les plus amers iraient se consoler aux tables de la salle de jeu.

— Qu'est-ce que je gagne ? chuchota-t-elle à son oreille.

— Qu'aimeriez-vous ?

— Vous.

— Je vous appartiens, dit-il en l'embrassant. Et vous m'appartenez.

— Toujours ! répondit-elle en riant.

Et rien n'était plus vrai.

# Épilogue

La veille de son mariage, Mlle Mara Lowe se tenait à la fenêtre du deuxième étage du manoir de Whitefawn Abbey et regardait l'obscurité envahir le parc. Sa main plaquée sur la vitre froide y dessinait une aura de buée. Elle l'effaça et la nuit apparut, trouée des reflets des chandelles allumées derrière elle.

Avec un petit sourire, elle s'amusa à relier du doigt les petites étoiles des flammes dansantes, ce qui l'occupa au point qu'elle n'entendit pas son futur époux entrer dans la chambre. Elle ne découvrit sa présence qu'en voyant sa haute silhouette surgir entre les lignes qu'elle avait tracées sur la vitre.

Aussitôt, des bras l'entourèrent, des mains s'ouvrirent et l'attirèrent contre lui. Des lèvres chaudes l'embrassèrent longuement entre l'épaule et le cou.

— Vous sentez le citron.

Elle sourit et, soupirant de plaisir, chercha les mains de l'homme qu'elle allait épouser afin d'entrelacer ses doigts aux siens.

— À quoi pensiez-vous ? demanda-t-il.

Elle pivota face à lui et répondit franchement :

— Je pensais au fait que nous nous retrouvions ici, à Whitefawn. Et dans cette chambre en particulier.

Il ne feignit pas de ne pas comprendre et regarda le lit dans lequel elle l'avait laissé douze ans plus tôt.

— Pensez-vous que quelqu'un d'autre y a dormi depuis ce jour-là ?

La question inattendue la fit rire.

— Honnêtement, je ne pense pas.

— C'est dommage.

— Moi, je trouve cela parfaitement normal. Après tout, j'étais censée y avoir rendu mon dernier soupir.

Il prit les bras de Mara et les mit autour de son cou.

— Mais vous ne l'avez pas fait, dit-il d'une voix douce qui la fit frissonner.

— Non, en effet. Je ne suis pas morte cette nuit-là.

— Et vous ne vous êtes pas non plus mariée ce matin-là.

Il la serra contre lui, et leurs corps s'ajustèrent si parfaitement qu'il n'y eut plus un seul centimètre entre eux. Une onde de chaleur se répandit en elle, comme si leur conversation roulait sur tout autre chose que sur l'horreur de cette nuit d'antan.

— J'ai de la chance, dit-il avant de s'emparer de la bouche de Mara pour un long baiser qui promettait toute une vie de plaisirs.

Baiser passionné qui la captiva tant qu'elle ne se rendit pas compte qu'il la faisait reculer pas à pas jusqu'au lit. Un cri lui échappa lorsqu'il la fit basculer sur le matelas, où il la rejoignit immédiatement.

— Vous voyez pourquoi c'est regrettable que personne n'ait couché là durant toutes ces années ? plaisanta-t-il en dévorant la joue de Mara de petits baisers taquins. C'est un lit très confortable.

— Temple... fit-elle en plongeant les mains dans ses cheveux.

Il s'écarta pour la regarder.

Il y avait une douzaine de choses à dire. Une centaine.

Il fit non de la tête.

— Plus de démons. Plus de souvenirs.

Les larmes emplirent les yeux de Mara.

— Comment pouvez-vous dire cela ? Ici, entre tous les endroits ?

Il sourit et lui caressa la joue.

— Parce que le passé est le passé. Le présent m'intéresse beaucoup plus.

Quel homme remarquable, songea-t-elle avec émotion.

— Je vous aime, dit-elle, déterminée à ce qu'il le sache vraiment, à ce qu'il n'en doute plus jamais.

Il l'embrassa de nouveau, et ce baiser la convainquit qu'il n'existait plus d'incertitude entre eux.

— Puisque nous parlons de présent... dit-il une minute plus tard en attrapant quelque chose à la tête du lit.

Elle s'émerveilla de l'aisance avec laquelle il bougeait son bras. Les sensations lui revenaient et, s'il existait un risque qu'il ne puisse plus donner de coups aussi précis qu'avant, il retrouverait vite vigueur et rapidité.

— Joyeux Noël, mon amour, dit-il en poussant vers elle un paquet.

— Noël, c'est demain, répliqua-t-elle avec un sourire.

— Non, demain, nous nous marions. Il faut donc que nous fêtions Noël plus tôt... Ouvrez-le.

— Vous vous comportez comme les garçons, remarqua-t-elle en riant.

Lesquels garçons, qui étaient tous venus assister au mariage de Mara, allaient désormais vivre dans l'immense domaine de Whitefawn Abbey. Ce n'étaient plus de pauvres orphelins, mais les pupilles du duc de Lamont.

Il était leur protecteur. Tout comme il était le sien.

Elle posa la main sur sa joue, qu'un début de barbe rendait un peu rugueuse.

— Je vous remercie.

— Vous ne savez pas encore ce que c'est.

— Ce n'est pas pour le cadeau que je vous remercie. Enfin, si, c'est pour le cadeau, mais aussi pour des quantités d'autres choses. Je vous remercie d'aimer les garçons. De m'aimer, moi. De m'épouser. De...

Il se pencha et stoppa la marée de mots par un long baiser.

— Mara, dit-il lorsqu'il s'écarta, c'est moi qui dois vous remercier. De votre force de caractère. De votre courage et de votre intelligence. De me confier les garçons. Et surtout d'accepter de m'épouser... Bon, maintenant, ouvrez votre cadeau, acheva-t-il après un dernier baiser.

Elle le repoussa pour s'asseoir et défaire l'emballage. La boîte blanche, ornée d'un H doré, réveilla des souvenirs émouvants. Elle souleva le couvercle, écarta le papier de soie et découvrit...

Des gants.

Il lui avait acheté des gants. Des douzaines de gants. De toutes les couleurs, textures, longueurs et matières imaginables. Chevreau jaune, daim mauve, soie noire, cuir vert...

Elle les sortit de la boîte en riant et les étala devant eux.

— Vous êtes fou !

Il prit un long gant en velours blanc, de ceux que les femmes portaient à l'opéra, et le caressa.

— Je veux que vous en ayez autant de paires qu'il y a de jours dans l'année.

— Pourquoi donc ?

Il prit ses mains, les porta à ses lèvres et expliqua en ponctuant ses mots de baisers sur chaque phalange meurtrie par les engelures :

— Parce que je veux que vous n'ayez plus jamais froid.

Réponse étrange, frivole et délicieusement absurde. Mais c'était la plus belle chose qu'on lui avait jamais dite. Et les gants étaient vraiment très beaux.

Elle prit une paire en satin argenté et entreprit de la mettre.

— Non, dit-il en retenant son poignet.

— Non ?

— Quand nous sommes seuls, je vous préfère les mains nues.

Elle fronça les sourcils.

— Temple, vous ne savez pas ce que vous dites.

Il sourit et l'embrassa dans le cou avant de murmurer à son oreille :

— Quand nous serons seuls, je vous tiendrai chaud d'une autre manière.

Et il consacra l'heure suivante à lui montrer comment, ce que Mara trouva tout à fait convaincant.

Près d'une semaine plus tard, respectant une sacro-sainte tradition en usage chez les gentlemen de Grande-Bretagne, le fondateur de *L'ange déchu* s'assit pour prendre son petit déjeuner et déplia le journal du matin.

Ce jour-là, cependant, Chase rompit avec la tradition et commença par le carnet mondain.

*Le duc de Lamont et Mlle Mara Lowe se sont mariés à Noël dans la chapelle de Whitefawn Abbey, la propriété où ils se sont rencontrés pour la première fois lors d'une nuit fatidique, il y a douze ans.*

*Les noces ont attiré toutes sortes d'invités, dont plusieurs des plus célèbres canailles de Londres ainsi que leurs épouses ou amies, deux douzaines de garçons âgés de trois à onze ans, une cuisinière française et un cochon.*

*Bien évidemment, en voyant cette caravane étrange remonter l'allée, les domestiques de Whitefawn Abbey ont craint pour leur sécurité et leur santé mentale. Mais il faut signaler que le groupe, quoique bruyant et amateur de plaisanteries salaces, s'est comporté avec bienséance et que tous ont assisté à la cérémonie avec la solennité qu'exigeait l'événement.*

*Tous sauf la petite truie qui, nous a-t-on dit, a dormi du début à la fin.*

*Nouvelles de Grande-Bretagne*, 30 décembre 1831

Avec un sourire satisfait, Chase referma le journal et termina son petit déjeuner. Puis elle se leva, lissa ses jupes et sortit.

Après tout, elle avait un club de jeu à faire tourner.

# Note de l'auteur

En 1831, la médecine laissait beaucoup à désirer. La théorie des germes étant à peu près complètement ignorée, un homme pouvait mourir d'un coup de couteau, même si la lame avait évité tous les organes vitaux. Bien sûr, lorsqu'on écrit un livre, on n'y pense pas – d'autant moins si le héros attire la violence.

Par conséquent, avoir de bons médecins pour amis est un atout pour un écrivain comme moi. Tous mes remerciements au Dr Daniel Medel, qui, endurant la lecture de mes aberrations, ne s'est jamais plaint de mes coups de téléphone nocturnes au sujet de plaies, d'hémorragies, de dégâts aux nerfs, et ne m'a jamais dit que telle chose était impossible, que le couteau en question soit miraculeusement propre ou non. Il va sans dire que toutes les erreurs médicales sont entièrement de mon fait.

Comme pour tous mes livres, celui-ci n'aurait pas été écrit sans les conseils toujours avisés de mon sherpa littéraire, Carrie Feron, et le travail assidu de Tessa Woodward, de Nicole Fischer, de Pam Spengler-Jaffee, de Jessie Edwards, de Caroline Perny, de Shawn Nicolls, de Tom Egner, de Gail Dubov, de Carla Parker, de Brian Grogan, d'Eleanor Mikucki et du reste de l'équipe inégalable d'Avon Books.

Comme toujours, merci à Sabrina Darby, à Carrie Ryan, à Sophie Jordan et à Melissa Walker de m'avoir aidée pour l'histoire de Temple et de Mara, ainsi qu'à Aprilynne Pike et à Sarah Rees Brennan pour les collations improvisées qui m'ont fourni de nouvelles idées, dont les yeux vairons de Mara.

Je vous ai gardées pour la fin ! Merci d'avoir fait ce voyage avec mes canailles, de les aimer autant que je les aime et de m'encourager par courrier et en ligne. J'espère que vous vous joindrez à moi pour le livre concernant Chase et ses secrets en 2014.

# AVENTURES & PASSIONS

**5 octobre**

Julia Quinn

***Les Lyndon — Je t'offrirai le soleil***

*Inédit*

Quand Charles Wycombe tombe d'un chêne et atterrit aux pieds d'Eleanor Lyndon, ni l'un ni l'autre ne se doutent qu'une rencontre aussi rocambolesque les conduira à l'autel nuptial. En effet, Charles doit trouver une épouse s'il veut conserver sa fortune, et Eleanor doit dénicher un mari avant que la fiancée de son père ne s'en mêle. Ils décident donc de se marier. Eleanor n'avait jamais imaginé qu'elle épouserait un inconnu, et encore moins un inconnu au charme ravageur. Un baiser en entraînant un autre, cet improbable duo découvre que le mariage n'est pas forcément une malédiction et pourrait même mener à l'amour.

✦

Mimi Matthews

***Les belles de Londres — L'amazone du Sussex***

*Inédit*

Evelyne Malravers est la cadette d'une famille désargentée du Sussex. Elle se donne une saison à Londres pour trouver le mari qui lui permettra d'assurer l'avenir de ses quatre sœurs. Persuadée d'être dénuée de charme, elle ne peut compter que sur ses talents de cavalière pour attirer un époux. Elle décide donc de s'offrir une belle tenue d'amazone confectionnée par le meilleur tailleur de Londres, Ahmad Malik, un couturier d'origine indienne. La rencontre est explosive et les écueils nombreux, car la bonne société méprise autant l'origine d'Ahmad que la situation financière d'Evelyne. Seulement quand la volonté rencontre le talent, tout devient possible…

Megan Frampton

***Les chroniques amoureuses de lady Capel***

*Inédit*

Le nouveau duc de Hasford, Thaddeus a été contraint d'épouser lady Lavinia Capel après un fâcheux concours de circonstances qui les compromettait tous les deux. Si chacun comprend que ce mariage exclut tout sentiment, Lavinia, qui écrit sous le nom de son frère des romans d'amour échevelés, aimerait mettre en pratique avec ce mari si distant les scènes qu'elle imagine dans ses histoires. Alors que la jeune épouse parvient à convaincre Thaddeus de lui consacrer un peu plus de temps, elle réussit à transformer le lit conjugal en un étonnant champ d'expérimentation et pourrait bien changer cette union de façade en un mariage d'amour.

✦

Kate Bateman

***Rivalités – Rendez-vous au printemps***

*Inédit*

Sur le pont de la rivière qui sépare les domaines des Davies et des Montgomery, Madeline attend. Un décret royal oblige les deux familles à fraterniser à chaque équinoxe de printemps sur la rive, sinon celle qui n'honore pas le pacte perd ses biens. Désormais seule, Madeline souhaiterait que personne ne vienne, afin de récupérer ces terres si convoitées, car un revers de fortune de son père la laisse désargentée, à la merci d'un vieux magistrat cupide, sir Drake. Soudain, la jeune fille entend le galop d'un cheval. Serait-ce Gryffud, le fils facétieux du clan Davies ? Le cœur de Madeline s'emballe. Depuis l'enfance, elle aime le jeune homme en secret...

Anne Gracie

***Les fiancées de Bellaire Gardens — La fille du maître chanteur***

*Inédit*

Le comte de Charlton n'a laissé à sa veuve Alice que des dettes. Heureusement, elle a hérité d'une jolie petite maison londonienne : Bellaire Gardens. Alors qu'elle pense pouvoir enfin mener une vie tranquille, un affreux bonhomme se présente chez elle : Octavius Bamber. Ce fâcheux lui annonce qu'il détient la correspondance intime de feu son mari et qu'il la rendra publique si elle ne trouve pas un époux titré pour sa fille, avant la fin de la saison. Quel odieux chantage ! D'autant que cette demoiselle Bamber se rebiffe. Qui pourrait convaincre la jeune Lucy de se marier ? Le neveu d'Alice, le vicomte de Thornton, qui sait ?

✦

Julia Quinn, Lisa Kleypas, Kinley MacGregor

***Un héros pour Noël***

*Inédit*

Nous rêvons toutes de l'homme idéal, si souvent le héros de nos auteures préférées. Parfois, au cours de nos lectures, nous avons également un faible pour celui qui n'est pas le personnage principal, l'autre dans l'ombre. On voudrait qu'il ait, lui aussi, sa propre histoire. Comme Ned Blyton, le frère de Belle dans *Splendide* de Julia Quinn. Il nous donnerait tant envie d'apprendre la valse ! Ou Jake Linley, dans *Courtisane d'un soir* de Lisa Kleypas, ce docteur qui veillerait à notre chevet si nous étions malades. Et jamais nous n'aurions imaginé que vivre dans un château inconfortable puisse être si agréable jusqu'à ce que Simon de Ravenswood ne fasse son apparition dans *Noces secrètes* de Kinley MacGregor. Ces hommes-là font chavirer notre cœur. Alors, pour Noël, pourquoi ne pas accepter le cadeau offert par ces trois merveilleuses auteures ?

Monica McCarty

***Les chevaliers des Highlands — La Vipère***

1307, Écosse. Lachlan MacRuairi est un mercenaire redoutable, surnommé La Vipère. Solitaire, il n'accorde sa loyauté qu'au plus offrant. Mais cette carapace vole en éclats lorsqu'il est chargé d'escorter Isabella MacDuff pour le couronnement du roi d'Angleterre. En effet, sans le savoir, la fière et sensuelle comtesse écossaise allume chez Lachlan les flammes de la passion qu'il s'était interdit d'éprouver…

✦

Johanna Lindsey

***Les Malory — Magicienne de l'amour***

Warren Andersen n'en peut plus. Amy, une gamine insupportable, ne cesse de le poursuivre de ses assiduités, jusqu'à lui proposer le mariage et même le suivre dans un bouge ! Or, Warren est un sacré entêté qui tient à sa liberté plus qu'à tout. Mais le jeune homme ne soupçonne pas qu'Amy est une Malory et que, chez les Malory, on ne renonce jamais.